U0143009

破案而非破頭

論文解謎初學者指南

劉美慧、劉宇挺 主編

古芷蓉、范雅筑、黃美馨、劉美慧、劉宇挺 著

李偉誠、吳寬柔 譯

五南圖書出版公司 印行

推薦序 #1

　　國立臺灣師範大學自 2021 年起，爲教育部大專校院學生雙語化學習計畫的「重點培育學校」之一，爲培養學生的國際競爭力，致力推動全英語課程，打造雙語校園環境。臺師大除了提供EMI教師協助以外，亦認爲建立並發展學生的多元支持系統，提高師生的學術口說與寫作能力，也是很關鍵的一環。尤其是針對 EAP (English for Academic Purposes) 或是 ESAP (English for Specific Academic Purposes) 的師生支持系統。臺師大英語學術素養中心自 2021 年成立起，持續不間斷地針對 EAP 及 ESAP 開發多元的自學資源，種類涵蓋教學影片、Podcast節目、講義和自我練習等。本書總共包含十一個章節，爲學術寫作這趟艱鉅的旅程提供了不可或缺的指南。從第一章破除常見的學術寫作迷思開始，到深入淺出地呈現撰寫學術論文各章節的詳細引導，整本書結合學術寫作的基本原則以及作者們的個人故事，使書讀起來既具資訊量又引人入勝，將原本枯燥乏味的內容變成一本幽默的讀物。

　　舉例來說，「選擇適合的論文題目」往往是學生甚至是剛進入學術研究領域的年輕學者常面臨到最具挑戰性，但卻也是最重要的任務之一。本書巧妙地運用臺灣電視劇《人選之人：造浪者》的名稱，將第二章命名爲〈人選之文──造文者：選擇合適的學術研究主題〉；本章重點提供讀者在挑選研究題目時可以考量的四個關鍵準則：興趣、熟悉度、獨創性，以及可行性。興趣確保在整個研究過程中保持對研究的動力和熱情；熟悉度代表研究者對該題目具有一定的知識背景，可以更有效率地進行研究；獨創性是爲研究領域引入新的視角，提供新的知識；而可行性則是確保研究在現有的資源和時間限制下是實際可行的。在介紹四個準則的段落中，編者和作者們透過親身的經

歷及有趣故事，道出自己在學術之旅中學習和認知到的關鍵知識，並藉此引導讀者挑選出最適合自己的論文題目！

　　這本書中很特別的一點是貫穿全書的《唬爾摩斯與譁生》偵探故事。由系列的故事引導讀者進入每一章中作者們要傳達的核心概念，並在生硬的文字段落中插入表格和插圖，以不同的形式來幫助讀者理解書中的內容，使他們能夠快速掌握書中複雜的概念。此外，每一章結尾的重點回顧 (Recaps) 和牛刀小試 (Exercises) 都有利於讀者回顧該章節的重點內容，並提供他們可以把從書中學到的知識與他們的研究聯繫起來的機會。

　　本書不僅提供學術寫作的宏觀概念，還提供詳細和實用的指南，例如在撰寫學術論文時應該做到哪些事情和哪些事情應該要避免 (Dos and Don'ts)，確保讀者能夠了解他們應該從哪裡開始做研究、如何進行研究、論文需要涵蓋哪些內容，以及為何這些要素在論文中是必不可少的。

　　希望這本書能成為你學術寫作旅程中的燈塔為你引航！

吳正己

國立臺灣師範大學校長

推薦序 #2

　　為響應 2030 雙語政策，推動大專院校教育體系的雙語活化是首要的重要任務之一。國立臺灣師範大學於民國 110 年成立雙語教育辦公室，以跨單位的形式執行「大專校院學生雙語化計畫」來推動全英語授課 (English as a Medium of Instruction, EMI)，期許能培育更多元的雙語人才。在這個願景下，如何透過各種支持系統來增進學生的雙語能力是至關重要的議題。

　　非常高興能向大家推薦這本作為學術英語寫作自學資源的專書。本書係由國立臺灣師範大學英語學術素養中心所出版，總共包含十一個章節，主要目的在於透過詼諧幽默又不失專業的語言，將英語學術寫作的技巧化為簡單易讀的內容，讓學生能夠透過此本專書，增進自身英語寫作的能力和自信心。

　　在這本書的章節中，包含了從「破解英語學術寫作的常見誤區」到「撰寫英語學術論文的基本原則」的詳細指南。本書的獨特之處在於它能以輕鬆有趣的方式呈現複雜的寫作原則，使內容能夠易於理解，而且作者們巧妙利用**偵探唬爾摩斯與譁生**的有趣故事貫穿整本書的主軸來吸引讀者，讓本書不僅僅是一本寫作指南，還讓讀者像在看小說一樣，忍不住要**繼續翻到下一個篇章**，一瞧大偵探與助手風趣的對話。此外，作者們將自己過去所親身經歷的故事融入其中，讓原本可能會非常枯燥的主題變成愉快的閱讀體驗，透過書中的案例，道出學術寫作旅程中的酸甜苦辣！

　　例如，在第七章〈文獻中的魔術師：文獻回顧〉的開頭，作者們先用偵探唬爾摩斯與譁生的故事來帶出「解讀線索」的重要性，例如透過拋棄式手機、監視錄影畫面以及可疑的腳印等線索縮小範圍找到

犯案的嫌疑人，藉此帶出「在文獻中發掘線索，並將線索與研究連結起來」的觀點。文獻回顧是許多研究生認為在撰寫論文過程中寫起來最具挑戰性的章節，而作者們在第七章中，先透過煮飯的舉例說明如何建構文獻回顧的框架，接著，透過準則 (Dos and Don'ts) 來說明文獻回顧章節中應該要包含的內容以及須注意的事項。這種具有創意的撰寫方法確保讀者在享受閱讀的同時也能掌握書本要傳達的重要概念。

近幾年，我因參與提高大專院校層級雙語教育的工作，深刻體認到英語學術寫作能力在增進全球化競爭力和國際合作層面的重要作用。這本書可以成為期許自己在全球學術界做出有意義貢獻的學生和研究人員的重要工具。《破案而非破頭：論文解謎初學者指南》的出版將提供學生更多英語學習環境中的資源，協助學生在日益全球化的學術環境中成長。

無論你是一位正要開始寫論文的研究生，還是一位希望增進學術寫作技巧的資深研究人員，這本書都提供了寶貴的見解和實用的技巧，透過作者們有趣且溫馨的故事來陪你度過可能會很漫長的寫作旅程，讓你能以更自信和愉快的方式來撰寫論文。

我們希望這本書能成為你學術旅程中的珍貴夥伴之一，不僅能為你在學術論文寫作上提供幫助，也能成為你日後跟朋友聊起來仍會是一個有趣話題的書籍。

印永翔

國立臺灣師範大學副校長

推薦序 #3

在許多同學的想像中，寫論文就像面對一場漫長艱辛的戰役，而學習如何寫論文也就意味著一段單調困苦的過程。然而，《破案而非破頭：論文解謎初學者指南》這本新書，突破教科書講述風格的窠臼，顛覆學術寫作的刻板印象，以輕鬆幽默的行文帶領讀者進入學術寫作世界，並如同一名超級偵探般破案解鎖，愉快地完成這項艱鉅任務。

全書章節架構經過精心設計，以《唬爾摩斯與譁生》的有趣對話開啓每一章的主題，使學術寫作過程變得如同破解謎題的推理劇般充滿樂趣。從第一章到第五章可說是觀念篇，含括如何破除傳統學術寫作的迷思、挑選既有挑戰又充滿樂趣的研究主題、選擇合適的指導教授並建立良好合作關係、謹慎使用AI工具及注意其衍生的學術倫理議題、英文學術寫作的常見規範，內容包羅萬象。第六章至第十一章則可稱為實戰篇，詳細介紹論文各章節的寫作技巧。例如「緒論」應引人入勝並結合問題陳述、理論框架和相關研究；「文獻回顧」要找到自己研究的位置，並與更廣泛的研究脈絡連結；「研究方法」必須讓讀者理解你的研究過程和方法；「研究結果」清晰客觀呈現和解釋你的發現；討論自己的研究結果並作「總結」應突出創見；而最後一章則是分享完成論文後需要處理和考量的事。各章最後還有「牛刀小試」，讓你有機會親自上陣實踐所學，由此也可見作者的用心巧思。

綜觀全書有幾大特色，首先是令人嘆服的作者陣容，所有成員皆來自國立臺灣師範大學，包括教務長兼教育系特聘教授劉美慧老師、副教務長兼英語學系特聘教授劉宇挺老師，以及英語學術素養中心的古芷蓉博士、范雅筑博士和黃美馨博士候選人。我有幸曾與這些作者

在教務處和英語學術素養中心共事，深知他們都是學養豐厚的學者兼資深教育工作者，擁有豐富的論文著作和研究經驗，也了解學生在寫作上的困難和需求。再加上兩位翻譯研究所碩士李偉誠和吳寬柔把本書英文版譯成風趣流暢的中文。如此專業的黃金組合，爲本書掛上優質的精品保證。

其次，這是國內首見同時發行中英兩個版本的論文寫作專書，而且作者群是先撰寫英文版《Crack the Case, Not Your Head: A Beginner's Guide To Solving Your Thesis Puzzle》後，再由專業譯者譯成中文。此種創舉對於國內大學配合政府的雙語政策，推動全英語 (English as a Medium of Instruction, EMI) 教學實有莫大助益。目前許多大學 EMI 課程的一大挑戰就是學生的英文寫作能力不足與缺乏適當教材，而本書有中英兩種版本，對於不論要用英文或是中文撰寫論文的同學都有幫助。其實筆者覺得更有效的學習方式是中英兩本一起對照研讀，除了學好論文寫作技巧之外，還可快速提升個人的英文讀寫能力，可說一舉數得。

第三，一般論文寫作指南都充斥許多抽象的指導原則，看似很有道理，但大多只是冰冷文字，總覺得隔了一層距離。可是本書作者群並沒有隱身文字背後，而是走到幕前現身說法，與讀者分享他們親身研究和撰寫論文的心路歷程。如書中的宇挺是卓有學術成就的教授，芷蓉和雅筑都已取得博士學位，美馨則正在撰寫博論，而他們在學術研究道路上不同階段所經歷的徬徨、期待、努力、挫折和成就等都是活生生的真實故事。讀者在寫作過程碰到類似問題時，就能想起這些作者的共同經歷和解決方式，興起「有爲者亦若是」之感，進而重啓學術寫作的熱情。

第四個亮點，就是讓人忍俊不禁的幽默筆觸。書中除了運用了偵探故事的元素，激發讀者的好奇心之外，還大玩眾多風趣的時事梗、

諧音梗、流行文化梗和迷因梗圖等。特別是擅長將枯燥的概念用貼近年輕人生活的事例來比擬取譬，讓同學在學習嚴肅的學術寫作時也能保持愉快心情。這也反映出作者團隊高超的教學創意，能把複雜的寫作技巧和研究方法轉化為生動易懂的內容，還能令人會心一笑。

簡言之，《破案而非破頭：論文解謎初學者指南》是本融合輕鬆趣味風格和嚴謹學術品質於一爐的獨特作品，年輕學子不但能享受閱讀的樂趣和啟發，更能學習到紮實的論文寫作技能。我衷心推薦給所有致力學術研究的同學，讓本書成為你們在談笑間破解學術謎題、發表研究論文的最佳搭檔！

廖柏森 教授

國立臺灣師範大學翻譯研究所前所長 (2013-2016)

文學院副院長 (2016-2017)

推薦序 #4

對於許多研究生來說，念研究所最困難且痛苦的任務，就是撰寫論文！寫論文這件事確實還蠻可怕的。首先，在開始寫論文前，研究生必須先對於選擇的研究主題有創見。然而，前面已經有無數的學者花了畢生精力在鑽研相關主題，研究領域新鮮人是要如何提出自己的創見呢？

如果你已經有了創見，非常棒。接下來，就是把你要表達的內容濃縮再濃縮、提煉再提煉，讓你想表達的訊息變成一句精華的「論句 (Thesis Statement)」。 到這裡，你可能會想，要是文章重點能夠以一句話概括論述，那論文還有必要寫那麼長嗎？囉囉嗦嗦寫了長篇大論，是故弄玄虛，還是畫蛇添足？原因很簡單，帶領讀者走過你的整個推論過程，可以幫助他們更好地掌握你的核心論點。而這就不是一句話可以做到的。

此外，寫論文的挑戰之一還包括了掌握學術寫作該有的風格，這個風格跟我們日常的敘述與溝通是不同的：它是一種在表層上客觀、超然，但實際上可能包含了一點什麼的……奇妙溝通風格。總之，就是和平常「說話」的口吻是相當不一樣的！讀到這裡，你可能會心想，恐怕只有哪根筋不對的人，才會想要用這種一點也不自然，又做作、又浮誇的方式寫作吧！別寫了，單想學術寫作這件事，就足以讓人反胃了。再來，寫作之前，還要先讀一堆又無聊又難懂的論文……讀得滿腦袋都是密密麻麻的文字！

除了被這些挑戰折騰以外，研究生還得常常泡在圖書館裡，熬過許多夜深人靜的時光，蜷縮在電腦前，盯著螢幕看得頭昏目眩，呆立在咖啡機前，沖泡一杯又一杯賴以生存的續命熱飲。

最糟糕的是，整個寫論文的過程常常心驚膽顫。研究生一邊寫，一邊懷疑自己永遠看不到盡頭的曙光，也擔心自己辛苦了這麼多年，該不會一事無成，到頭來只剩下無法達成任務而產生的挫敗感……

要是你最近一直被這些煩惱困擾，那你可能正深受「論文怪病」纏身。別怕，這本書正是你的濟世良醫！要是你正在準備開始撰寫論文，但又不確定要如何前進，那這本書可以讓你避免走許多冤枉路。

《破案而非破頭：論文解謎初學者指南》的五位作者中，有兩位算是「學術新手」。芷蓉是一位不久前才完成博論口試，拿到博士學位的作者；美馨是仍在與論文搏鬥，即將拿到博士的作者，因此她們非常了解此時此刻，正在閱讀此書的你，抱持著什麼樣的心情！她們給讀者提供了許多非常實用的建議，例如什麼時候應該暫時停止閱讀、開始寫作，如何尋找既有趣又可行的研究主題，如何找到又有創見、又有趣的研究角度，以及如何在學術寫作中融入個人獨特性。

本書的另一位作者宇挺則是在研究方面經驗豐富並成就非凡。他擁有超過十七年指導學生的經驗，也在書中分享許多寶貴的經驗，其中便包含如何同時在腦海中思考多個研究主題的方式！

另外值得一提的是，這本書非常詼諧有趣。書中有兩個可愛的角色，分別為「唬」爾摩斯偵探和「譁」生醫生，他們會出現在每一章節的開頭。透過每一章的故事，從他們的對話、玩笑、後知後覺當中，都讓我們看到，論文寫作並不是什麼高深莫測的事。

作者們也十分風趣地在書中穿插許多流行文化梗與流行語，把各種寫作技巧包裝得有趣又親民。在閱讀的過程中，我們都能在字裡行間發現作者的巧思：不僅想分享知識，而且還希望寓教於樂，讓讀者以輕鬆有趣的方式學習論文寫作技巧。他們就像你求學過程中可遇不可求的良師益友！

讀了《破案而非破頭：論文解謎初學者指南》之後，你可能會對撰寫論文這件事徹底地改觀：寫論文並非「滿清十大酷刑」！撰寫論文是研究生涯中非常有意義的事，或者，撰寫論文的過程「能夠」且「應該」是非常有意思的一個人生經驗！它會是一條串連自我與浩瀚世界的人生之道，你可以從這趟旅途裡探索並發現「你是誰」。非常感謝本書的作者們，他們這本書為學術這條路點亮了一盞引路燈。

胡宗文 教授

國立臺灣師範大學翻譯研究所前所長

作者序

親愛的讀者們！

看到這本書的標題前幾個字「破案而非破頭」時，你是否立即想像到這是一本學術寫作指導工具書？而想到「學術寫作書」，你是不是已經忍不住翻了個白眼？若你已經立志要走學術這條路，我猜你心裡一定在想：「世界上已經有這麼多這種書了，為什麼我要讀這本書？」

別擔心，我們理解你的疑慮！你可能覺得「閱讀學術寫作指南」就像花一小時呆呆看著墨水乾掉一樣無聊。不過請你敞開胸懷相信我們一次，這本書所帶給你的啟發絕對不只是學術上的知識充電（或放電），而是知識上的啟發和過程中的感動——回顧你的經驗裡（或想像看看），是否曾經讀了一本學術寫作指導工具書之後，發現你在看的過程裡雖然每一句話都看得懂，可是看完還是心裡很空虛，感覺沒有什麼共鳴，不知從何下筆？

這本用了十足真心的好書，將會手把手地帶著你逐步發掘「學術腦」到底在想什麼、如何用英語來理解甚至有效地表達一個你構築很久的學術巨作。為了在幫你充電的過程中不讓你睡著，我們將會化身為穿著運動鞋教你寫 fancy 論文的酷教授，用幽默的語言、生動的例子和有趣的插圖來闡釋學術寫作中的停看聽。

這本書中每一章節都以偵探故事開場，讓你在無壓力的狀態下開始讀懂學術寫作的眉眉角角，藉由主角「偵探唬爾摩斯」和「譁生醫生」（沒錯，就是「福爾摩斯和華生」的搞笑版）的對話，先帶著你淺嚐每一章節主題或議題的背景知識；在正式進入每章節後，我們穿插了本書作者的親身故事，和你一起穿越時空回到好幾年前，一起

體驗當作者第一次遇到類似議題時，所經歷過的那些刻骨銘心的頓悟和成長。當然，本書作者群裡有些已經是學術寫作的老手，有些則是「浸泡」在這茫茫學海好幾年、持續磨礪自我實力的「新老手」。這些作者掏心掏肺、自曝其「短」的「私密」故事，相信都會讓你在咀嚼這些相關議題和概念時會心一笑，進而更好去理解我們想分享給你的點點滴滴。啊！與其說這本書是一個「學術寫作導引」，還不如說這是一個跨越時間的「學術互助會」，是每位成員在每週分享中互相交流的成長經歷！這也是我們在討論學術議題之外，想一起告訴你的：學術寫作道路上，你並不孤單。我們都在不斷學習，努力進化成為更好的寫作者或溝通者。

即使你未來不見得會在學術界深造發展，這本書的英文版也會是你最好的英語成長書——對的，本書也有英文版喔！非常歡迎一起搭配閱讀！你會發現本書作者在分享與訴說故事時，納入了很多實用的英語表達語法、幽默的流行文化梗、迷因和自嘲式笑話，非常有趣且平易近人。因此，閱讀這本書的英文版可以有效地提升你的英語能力。只要每天細讀幾頁，就能有效地提高你的英語水準、參透英文中的獨特表達方式，還能幫你看懂更多英語笑話，成為一位富有幽默感且有涵養的外語使用者！（聽起來真的很不錯，對吧？）

總之，這是一本有趣、實用又能激發思考的書。還在猶豫什麼？把它放在床頭，讓它成為你個人成長和學術進步路上的好夥伴。衷心祝福你在這段學習和探索的旅程中找到無比的喜樂和成就感！畢竟同為學術寫作大家庭的一分子，不要害羞，讓我們牽著你的手一起在這條學術道路上共同成長吧！

目錄

推薦序   III

作者序   XIII

一   我可能不會寫你：顛覆學術論文寫作的 5 個迷思   1

  迷思 1   論文要從第一章「緒論」開始寫起   4

  迷思 2   我需要全知的視角才能下筆   9

  迷思 3   文獻回顧越多越好   14

  迷思 4   學術寫作是一趟孤獨的旅行   19

  迷思 5   論文裡面不能出現個人意見   23

  本章重點回顧   29

二   人選之文──造文者：選擇合適的學術研究主題   31

  1. 那些實戰經驗教我的事   34

  2. 從一堆加密檔案中找到「對的」題目   35

  3. 牛刀小試   53

  本章重點回顧   56

  牛刀小試參考答案   57

三 我的教授怎麼那麼可愛：創造共好的學術研究環境 **59**

1. 對的人 62

2. 我們都是過來人：作者們的親身經歷 75

3. 成功的攻略 86

4. 牛刀小試：選擇「對」的指導教授 89

5. 找到適合的人選了嗎？ 94

本章重點回顧 95

四 我的論文不是我的論文：意識到數位世代的學術倫理議題 **97**

1. 生成式 AI 是什麼？它是如何運作的？ 100

2. 生成式 AI 工具的優點 101

3. 訓練你的 AI 管家 105

4. 生成式 AI 工具的缺點 106

5. 國王與他的軍師（上）：如何奪人性命 114

6. 如何聰明使用 AI？ 115

7. 國王與他的軍師（下）：坐穩你的王位 122

8. 結論 123

9. 牛刀小試 124

本章重點回顧 126

牛刀小試參考答案 126

五 **我們寫作的那些小事：剖析學術論文寫作的眉眉角角** **129**

　　1. 學術寫作是什麼？ 132

　　2. 為什麼要這樣寫？ 134

　　3. 讓論文更有「學術味」：該做的事 137

　　4. 讓論文更有「學術味」：不該做的事 156

　　5. 暢遊茫茫學海：掌握學術寫作的竅門 162

　　6. 最後……（但還不是最後） 168

　　7. 牛刀小試 169

　　本章重點回顧 174

　　牛刀小試參考答案 174

六 **比困難更困難的起頭：緒論** **177**

　　1. 第一步：我做的是哪一種研究？ 180

　　2. 緒論要素圖說：另一隻襪子呢？ 183

　　3. 牛刀小試 200

　　本章重點回顧 203

七 **文獻中的魔術師：文獻回顧** **205**

　　1. 燒一手好菜，或寫好文獻回顧 208

　　2.「相關」是什麼？ 210

　　3. 文獻回顧地雷區 214

　　4. 文獻回顧祕笈區 220

5. 整理你的偵探檔案 249

本章重點回顧 251

八 質與量，別鬧了：研究方法 253

1. 我幹嘛要透露自己的祕密？——分享研究方法的目的 256

2. 應納入的資訊 268

3. 喵喵研究方法圖說 274

4. 該做的事：談論研究方法時，請參考以下方法！ 283

5. 不該做的事：不能沒有「方法」（廢話？） 288

6. 整理你的偵探檔案 293

本章重點回顧 296

九 命中注定發現你：研究結果 297

1. 結果 vs 發現 300

2. 看我發現了什麼！組織研究結果 303

3. 祕笈區 313

4. 地雷區 327

5. 牛刀小試 337

本章重點回顧 339

十 那些年，我們一起寫的最終章：結論與討論　　**341**

1. 為何要寫：為什麼要討論研究發現呢？　　345

2. 要寫什麼：結論與討論的基本要素　　345

3. 祕笈區　　368

4. 地雷區　　373

5. 牛刀小試　　378

本章重點回顧　　380

十一 我們與讀者的距離：標題與摘要　　**381**

1. 學術除錯：校對／編輯　　384

2. 玫瑰不論以什麼為名，都一樣芬芳：取個好標題　　396

3. 撰寫摘要　　402

4. 選擇關鍵字（學術主題標籤）　　406

5. 接下來呢？　　408

6. 天下沒有不散的宴席　　417

7. 整理你的偵探檔案　　421

本章重點回顧　　424

我可能不會寫你：
顛覆學術論文寫作的
5 個迷思

　　你知道嗎？之前看 YouTube 影片，大部分的人類其實只用到 10% 的腦力。而且影片裡面還提到，如果人類能繼續開發其他 90% 的腦力，就可以開發自我潛能，使用超能力！所以只要我每天跟著影片中的師傅練習冥想，持續開發我的大腦，有一天我就能學會心電感應！

　　稍等一下，眞的是這樣嗎？

　　從「愛喝牛奶會長得比較高」到「外國的月亮比較圓」，再到「學術論文篇幅越長越有價值」，各種迷思充斥在我們生活中，就連世界級的名偵探「唬」爾摩斯也深受其害！

◇◇◇◇◇◇◇◇◇◇◇◇◇◇◇◇◇◇◇◇◇◇◇◇◇◇◇◇◇◇◇◇◇◇◇◇◇◇

《唬爾摩斯與譁生》第一集

譁生醫生：最近偵探事務所的委託案件這麼少，大家都要喝西北風了！我剛剛已經打電話邀請「吃飯大學行銷集團」的經理來跟我們開會，討論看看怎麼擴大宣傳我們的事務所。

偵探唬爾摩斯：我來看一下行事曆，跟他約下個月可以嗎？

（叮咚！）

譁生醫生：啊哈！眞是說曹操，曹操到，一定是吃飯大學的行銷經理來了！

（轉身去開門）

偵探唬爾摩斯：現在嗎？！你不是剛剛才打電話給他嗎！

吃飯大學行銷經理：你一定就是大名鼎鼎的偵探唬爾摩斯！很高興認識你！聽說你有全世界最敏銳的觀察力，每次都能從蛛絲馬跡中找到破案的關鍵證據。現在讓我來考考你，你猜我午餐吃了什麼？

偵探唬爾摩斯：你以爲我是誰，福爾摩斯嗎？

吃飯大學行銷經理：你不是嗎？

偵探唬爾摩斯：你知道福爾摩斯是一個虛構人物吧？

吃飯大學行銷經理：可是……算了。我來問一些跟工作有關的問題。身為一位名偵探，你是怎麼悄悄潛入別人家中安裝竊聽器的？你隨身攜帶的是哪一種手槍？

偵探唬爾摩斯：蛤？你說什麼？我也是要遵守法律的好嗎！

吃飯大學行銷經理：不敢相信！我以為偵探就是這樣啊！難道電視上演的都是騙人的嗎？

偵探唬爾摩斯：沒錯，那些都是「你以為」，卻不見得符合真實狀況的迷思！

◇◇◇

　　偵探唬爾摩斯在《唬爾摩斯與譁生》第一集中，破除了吃飯大學行銷經理對偵探的迷思概念，你是不是也對學術寫作存在一些迷思概念呢？準備好你聰明的腦袋瓜（發揮 100% 的腦力）、繫好安全帶，本章我們將從碩、博士論文寫作的角度，顛覆學術英語寫作裡常見的 5 個迷思！偷偷告訴你，這本書的每個故事，都是作者群掏心掏肺、充滿淚與歡笑的真人真事，快來一起看看吧！

迷思 1 論文要從第一章「緒論」開始寫起

芷蓉的故事

萬事起頭難：從最熟悉的部分開始

念碩班前，我如果聽到學術論文四個字一定會問：「那是什麼？能吃嗎？」然而，一眨眼就到了我該開始寫碩士論文的時間，而事實證明它不能吃（真可惜）。想要拿起筆桿寫下曠世巨作的我，一方面雄心壯志，另一方面卻又困惑無比，不知從何下筆。

某次跟指導老師聊天的時候，我提出了深埋在心中的疑惑：「大家都怎麼開始寫文章的呢？」老師呵呵笑以後回答（老師常對我呵呵笑，慈祥的那種）：「因人而異，只要能寫得出來，都是好的開始，因為寫作就是讓妳更能釐清思緒的催化劑。妳可以從妳認為簡單的地方著手。」

一知半解的我回家後，做了所有研究生（可能？）逃避論文時最常做的事情：整理書桌。我先從簡單的地方開始，把不屬於書桌上的物品先移開（吃到一半的餅乾和早上沒喝完的豆漿），然後才開始比較浩大的工程，把碩士班所有的上課筆記整理成冊。

在這個看似逃避論文的過程中我突然發現，這不就是老師說的「從簡單的地方著手」嗎！同理可證，寫論文也可以用同樣的邏輯，**先從對我來說相對簡單的地方開始，再一步步進入我認為比較有挑戰性的部分！**（逃避雖然可恥但是有用？）

想通以後我立刻開始列出目前「已經知道」的事情，例如我的研究對象 (Participants)、研究流程 (Research Process)、研究工具 (Instrument) 等等，很快地我就把「研究方法 (Methods)」的初稿寫完了。太值得記錄下這一刻了，我先去發一篇限動 (Instagram

Story)！在這之後，我信心大增，接著把我蒐集到的數據和資料彙整起來，加進第四章「研究結果」。最後我發現，我寫論文的順序竟然是：

「研究方法 (Methods)」→「研究結果 (Results)」→「緒論 (Introduction)」→「文獻回顧 (Literature Review)」→「結論與討論 (Discussion and Conclusion)」

後來，我曾在與其他研究者聊天時，詢問他們寫論文的順序。令我訝異的是，每個人的作法不盡相同，有些人的寫作順序跟我南轅北轍！這個經驗給我最大的啟示就是，寫論文並沒有所謂「正確」或「錯誤」的方式。重點是找到適合自己的方式，敲下第一個字，然後一直寫下去。如果你也跟我一樣不確定要從哪一個地方開始你的論文，不如就從自己最有信心的部分開始敲出第一個字吧！

　　芷蓉的研究領域屬於社會科學研究，她碩士論文的核心概念是透過統計分析來驗證量表發展的信度與效度，而她開始下筆的章節，剛好是她論文中最關鍵的部分「研究方法」。對她來說，先從「研究方法」章節開始，其他部分的寫作工作就變得容易許多。換句話說，當我們受困於不知道從何下筆的時候，不妨先問自己一個問題：「**我的研究核心是什麼？**」

▶ 1.1　條條大路通羅馬

　　本書另外一位作者美馨的碩士論文屬於文學領域，跟芷蓉的研究領域天差地遠。「文本分析 (Texture Analysis)」是美馨最先著手的部分，接著才撰寫其他章節，由此可知「文本分析」可以視為美馨碩士論文中的「研究結果 (Results)」，是她研究的核心主軸，也是她認為整

篇論文中最有趣的部分。相較之下，本書另外一位專攻語言教育的作者宇挺則是按照「章節排序」，從「頭」開始撰寫論文，因為對他來說「緒論 (Introduction)」永遠是他論文寫作最關鍵的「核心」。

如果我們把學術論文的章節編碼成：**1＝「緒論 (Introduction)」**；**2＝「文獻回顧 (Literature Review)」**；**3＝「研究方法 (Methods)」**；**4＝「研究結果 (Results)」**；**5＝「結論與討論 (Discussion and Conclusion)」**，從三位作者論文寫作的順序，我們可以歸納出以下的結論：

芷蓉寫作順序（社會科學）：3→4→1→2→5

美馨寫作順序（文學）：3→2→4→1→5

宇挺寫作順序（語言教育）：1→2→3→4→5

此處雖然只呈現作者群三人的寫作順序差異，但我們仍可以發現，每個人的論文寫作經驗、方法以及邏輯有所不同是很正常的狀況。就拿日常生活中的例子來說，有些人會先把兩隻腳的襪子都穿好，再穿鞋子，然而，也有一些人是先把左腳的襪子和鞋子都穿好以後，才穿右腳的襪子和鞋子。你知道嗎？英國研究甚至指出，有百分之九十四 (94%) 的人都是先穿完兩隻腳的襪子以後再穿鞋子，只有百分之六 (6%) 的人是先把一隻腳的襪子和鞋子穿完，才換另一隻腳？……抱歉抱歉，離題了！我們想要表達的是個別程序的差異在論文寫作上是可以被接受的。不論你是跟宇挺一樣從緒論開始，或是跟芷蓉及美馨一樣從研究方法起頭，都不應該影響到這份研究的價值。

▶1.2 不一樣也一樣

　　前一節提到，論文寫作的順序有時候會因個人偏好而有所不同，然而，研究的程序則可能會因為研究題目和研究方向而產生變化，換句話說，研究的程序不一定跟書寫的順序相同。

　　舉例來說，美馨想在博士論文中，將來自精神分析學的「陌異 (Uncanny)」概念應用在改編研究上。在此之前，她必須先藉由文獻評析來討論「陌異」的本質為何，因為如果美馨不夠了解「陌異」的概念，她又該如何將這個概念應用到她的分析中呢？因此，雖然前一節中提到，美馨的寫作順序是從「研究方法 (Methods)」開始下筆，但她的研究程序其實是從「文獻回顧 (Literature Review)」開始。

　　另一個作者芷蓉撰寫論文是從「研究方法 (Methods)」開始，但研究程序是從「文獻回顧 (Literature Review)」開始，在文獻閱讀與分析的過程中找**研究領域的趨勢**，並思考如何透過研究設計與執行來**填補目前的研究缺口**。以她的博士論文來說，她從「系統性文獻回顧

(Systematic Reviews)」的文章中發現，現行師資培育制度仍較缺乏讓職前教師參與跨領域學習的機會，且在跨領域教學實務上也仍有很大的改善空間，因此她開始思考，要怎麼透過教學模組的設計，提供職前教師體驗跨領域學習，同時能讓他們把自己的學習經驗連結到未來教學實務中？有了這個想法以後，她進一步蒐集相關文獻，依據文獻探討結果提出適用臺灣教育現況的跨領域師資培育教學模組，並設計教學實驗來驗證此模組的效益。

作者宇挺經常指導初次做研究及撰寫論文的學生，在寫作的程序上，他通常會建議學生從「緒論」開始寫起，他認為這樣的策略能有效讓學生從一開始就很清楚這項研究的定位，也利於降低學生撰寫「文獻回顧」或「研究方法」時，偏離主軸的可能性。

透過幾位作者的親身經歷與故事，我們想要傳達的概念是，在不影響研究價值的情況下，你的寫作程序可以不用完全依照研究程序進行的順序，重點在於怎麼樣開始下筆寫出第一個字，並且繼續寫下去，就像美馨和芷蓉的案例。喔對！別忘了宇挺的提醒，不論你的寫作順序是從緒論還是研究方法開始，在論文寫作的過程中都必須時時刻刻提醒自己要保持前、後文的一致性 (Consistency)，避免寫到後面脫離研究主軸。

破除迷思 1：
學術寫作不一定要「從頭開始」

迷思 2 　我需要全知的視角才能下筆

美馨的故事

探索研究的汪洋：寫就對了

我博士論文選用的理論架構非常龐大。這個理論架構除了有長達一個世紀的歷史以外，也跟許多文學理論一樣，眾說紛紜。因此，有關這個理論的研究論文多達上千份！於是，我到圖書館借了一大疊書（我可憐的肩膀），也盡可能下載了所有相關的論文（我可憐的眼睛），簡單來說，我使出洪荒之力蒐集了所有這個題目相關的文獻（我可憐的心臟）。但是在我每天蠶食這些文獻的同時，又不斷有新的文獻出來，我感覺自己彷彿在排一蘭拉麵，永遠看不到隊伍的盡頭在哪裡！

更慘的是，指導教授和同學還會不時溫馨關懷我的論文進度。我的第一千零一個回答是：「我還在讀資料，還沒準備好開始寫作。」有些人會告訴我：「開始寫就對了！」但我壓根沒聽進去，反而是繼續將自己埋入書海的深處，企圖用閱讀量不足的焦慮來掩蓋不知道如何下筆的事實。

這樣的情況一直持續到博士班的第四個學期（博二下學期），我猛然發現自己被困住了。我因為焦慮而遲遲不敢動筆，但寫作進度0又讓我更焦慮了！天啊，這根本就是一個雞生蛋蛋生雞的地獄循環！終於有一天，我決定強迫自己開始動筆，結果——完全跟我預想中的一樣，沒錯，就是那麼困難，因為我不只要擊退對自我的懷疑，同時還得跟上千頁的書本奮戰。論文初稿就跟我所預期的一樣：一塌糊塗。

儘管如此，我仍發現，這個極度混亂的論文寫作的過程能有效幫

助我釐清思路，同時讓我更了解自己的研究題目。我逐漸在迷霧中，摸索出自己前進的路線。

博士論文無疑是一項浩大的工程，但我因為想得太多，在腦海裡無意識地增加了這項任務難度，導致我遲遲無法開始動筆。有時候，只有在動手開始做之後，我們才會發現事情其實沒有自己想得那麼可怕。更重要的是，除了劃滿各種顏色重點的筆記以外，我開始有了可以展示給別人看的成果。事後看來，「開始寫就對了」有可能是我在博士班期間得到最受用的建議之一了！

　　你是否也跟美馨面臨一樣的狀況呢？我們很常被一個迷思困住，覺得必須要有 100% 的準備才可以開始撰寫論文，在自認達到100%準備之前，總是一直拖延寫作的進度。尤其是像面對博士論文這樣艱鉅的不可能的任務 (Mission Impossible)，若是尚不熟悉寫作工作和概念，總是會認為自己「還沒準備好」要寫論文。不過透過美馨的故事，我們了解到，並非要閱讀完全世界所有的相關文獻才能開始下筆，讓我們繼續接著看，在沒有「全知的視角」時，我們應該如何完成論文寫作這項不可能的任務！

▶2.1　做就對了

　　論文寫作不是一項簡單的任務，許多人會因為擔心自己知道得不夠全面，而遲遲無法動筆。畢竟花時間蒐集和閱讀資料，對論文寫作來說是非常重要的前置工作，對吧？沒有足夠的研究專業知識，是寫不出好論文的，對吧？開始寫作前應該整理好自己的筆記，對吧？對，這些都對。話雖如此，但如果過了好幾年，仍停留在「準備」階段，那就不太對了。借用某運動品牌最知名的企業標語：「做就對了！(Just Do It!)」

在研究和寫作的某一個階段卡得太久，就跟耽溺於過去的戀情一樣有害健康！讓我們告訴你一個殘酷的事實：**一直沒有進度，你只會越來越沒有幹勁**。猶豫就會敗北！如果你發現自己也有同樣的「病徵」，甚至是用「我還需要多讀一點書」來當逃避論文寫作的藉口，不如就從現在開始寫作吧！

▶ 2.2　成為時間管理大師

從讀文獻到寫論文的轉換過程可能會感到很痛苦，我們建議，你可以從「訂定論文寫作的時間軸」開始，藉此釐清並自我監控論文寫作的進度。但問題來了，在開始寫作前應該要花多少時間做研究呢？例如要規劃多少時間閱讀文獻？或是要花多少時間分析數據？這些問題的答案會因研究領域的不同而存在差異，但大原則都是一樣的：**「研究不該喧賓奪主，搶走寫作的光彩。」**如果你發現自己過了好多年都還停留在「研究」的階段，那麼或許是時候轉換到「寫作」的階段了！我們都有過同樣的經歷——就跟有人總說自己的柔軟度不夠好，沒辦法上瑜伽課一樣，有時候，改善柔軟度的方法就是直接去上瑜伽課，而不是在家裡持續彎腰試著去摸自己的腳趾頭。

雖然論文寫作的時間規劃可能會因研究領域而有所不同，但這裡我們仍然提供在看這本書的小可愛一個概念：如果你念的是兩年制的碩士班，或許你可以在碩一下學期的時候開始構思，升碩二的暑假開始撰寫，預備碩二上學期進行論文前三章的預口試 (Proposal Hearing)。如果你是博士生（修業時間可能從三年到七年不等），或許你可以從博二下學期，或是博三的上學期開始構思想法。當然了，以上建議的時間軸僅供參考，重點是在特定的時間點過後，你就必須開始定期寫作。就算沒辦法每天寫，最少也要兩天寫一次。

當然，如果你是非常積極的研究生，可能會想要從入學的第一年就開始寫作，強迫自己及早開始準備絕對是 z>b（利大於弊）！不過老實說，在剛踏入研究所的前幾個月，比論文寫作計畫更重要的是：你需要先了解圖書館在哪裡，以及不限時又可以免費充電和提供 Wi-Fi 的咖啡廳（最好是咖啡廳並且還有貓可以吸）在哪裡。

▶ 2.3 你看到了嗎（看到後還回得去嗎）？

在進入正題前，我們想要先問你，在這張圖中你看到什麼？

你看到的是兩張臉還是一個花瓶呢？這是一張視覺錯覺圖，只要透過觀點的轉換，就能「解鎖」一個新的影像。轉換觀點可以幫助你從不同角度審視同一件事，就像視覺的錯覺一樣，有可能就因為這一個觀點轉換，讓你對一件事情產生不同於過往的看法。

同樣地，寫論文的時候，改變對寫作採取的態度，就有機會大幅降低你的無力感。很多人將論文寫作視為這趟學術旅程的終點，用來展現自己這幾年的學習和研究成果。在這裡，我們想要提供你一個新的觀點：「**寫作是釐清並組織想法的過程，而不只是最終的產品。**」

在寫作過程中，我們將想法和知識訴諸文字，不代表這些想法和知識將永恆不變。寫作是一個過程，能幫助你組織想法，並檢視自己的論點是否合理。

你可以將寫作視為建置心智圖 (Mind Map) 的一個方法，幫助你探索及檢核自己的學習和理解程度。寫作的時候，你可能會發現自己很難闡明兩個論點之間的邏輯連結，一直無法將你的想法完整呈現在論文中，在這種狀況下，就像你花了一整個下午拼拼圖，卻始終無法拼出一幅畫一樣。這時候，不妨換一個觀點思考：「無法拼出一幅畫，是因為有幾片拼圖遺失了，還是因為沒有找到對的位置把每一片拼圖拼進去？」如果答案是後者，或許比起在房間每個角落搜尋遺失的拼圖，為拼圖找到對的位置才是你的首要任務！

▶ 2.4　把牛排切成小塊再吃如何？

如果你還是覺得寫論文很可怕，莫慌、莫急、莫害怕，讓我們提供你一個小撇步：「把一項大工程分解成數個小工程。」不要學某個作者（是誰我們就不說了），某次參加正式商業晚宴吃牛肉時，沒有切成小塊就囫圇吞下，結果差點噎死在現場。（但她至少讓大家印象深刻，對吧？）

總之，為了不要被論文噎死，我們可以想想論文是由哪些部分組成的。通常，一篇論文會有「緒論 (Introduction)」、「文獻回顧 (Literature Review)」、「研究方法 (Methods)」、「研究結果 (Results)」和「結論與討論 (Discussion and Conclusion)」。你看，這不就把論文分成五個章節了嗎？接著，先選一個章節開始寫，再細分成更小的部分。舉例來說，如果你選擇先寫「文獻回顧」，要彙整相關文獻，並且有邏輯地把它們放進這個章節裡，嗯，光是想像起來就是一個曠日廢時的大工程！

別急別急，這時候，我們就可以想像自己在切牛排，為了能讓牛排更好入口，要把一整塊的肉切成小塊小塊的，舉例：你每天讀一篇文獻（牛排），並且用三個句子總結這篇文獻的重點（三個小塊），每天重複，你每天就獲得了三個句子。這個方法看似「憨慢（臺語用來形容笨拙的意思）」，但卻非常「實在」。就像每天存一個50元銅板，只要持之以恆，也會非常可觀（如此一來就可以每次吃麥當當都薯條加大了）！如果你能持續一年，每天讀一篇文獻、摘要出三個句子，試想到年底，你可以累積多少的文獻資源？

 破除迷思 2：
你不必等到獲得所有解答後才開始寫作

迷思 3 文獻回顧越多越好

宇挺的故事

將文獻回顧精簡化：「質」大於「量」

身為論文指導教授，學生最常問我的問題就是：「我需要引用多少文獻？」要是我每次聽到這個問題就有一塊錢可以拿，我早就可以退休環遊世界了。但你知道嗎？我自己寫碩士論文的時候也問過同樣的問題。讓我分享一個故事，或許你聽了之後可以少走很多冤枉路。

剛開始寫碩論時，聰明的我決定讀遍每一篇與我的題目相關的文章。我好像走進糖果店的小孩，每個都吃吃吃吃吃！只是我吃的不是糖果，而是堆積如山的研究論文。

聰明如你——小朋友吃太多糖果會怎樣？肚子爆炸痛！學生讀太多論文會怎樣？頭爆炸痛！啊，說得更精確一點，或是說更慘一點，要開始寫文獻回顧時，我竟然出現了研究失憶症。我為什麼不記得自己讀過什麼？難道我是金魚腦嗎？啊啊啊啊啊啊，一切都亂成一團了！

於是我到外面散步，想整理自己的思緒。我走著走著，路過一家書店，看到一本暢銷心靈成長書，封面寫著：

> 「過度努力，是在逃避最重要的事。」

Oh my god，這是在針對我吧！？

於是我跟指導教授約了時間，想要釐清我心中的謎團，結果她說的話徹底改變了我對文獻回顧的看法：「好的文獻回顧就像拼圖，每一篇文章都應該提供你一塊拼圖片。你現在蒐集了太多的拼圖片，其中有些甚至根本不屬於你的拼圖。有時候，少即是多(Less is more)！你只需要能幫你說明論點的拼圖，其他的就先放進檔案庫，供未來其他研究計畫使用。」

聽了這個建議，我決定效仿偵探辦案，開始尋找最能切中要點的參考資料，不再囫圇吞棗。我追查線索、尋找線索之間的關聯，最後寫出的文獻回顧行雲流水，比上了油的機器更流暢。在我的想像中，指導教授驚豔到流下了喜悅的淚水！好啦，或許只是我一廂情願，但人生本來就不可能事事如意嘛。

重點是什麼？切記「貪多嚼不爛」，閱讀和參考文獻時要精挑細選，你的文獻回顧才能引發熱議，引起讀者共鳴喔！（讓他們感動落淚吧。）

宇挺的經驗告訴我們，很多研究生一開始都太求好心切，太想寫出好論文，導致他們受學術 FOMO（Fear of Missing Out，錯失恐懼症）擺布，無法聚焦「關鍵」的資訊，且不願意放棄任何與題目有關的內容，即便當中的相關性可能只是微乎其微。

▶ 3.1　「相關」與「切題」

所謂「相關」資訊和「切題」資訊，差別在哪裡呢？我們認為這個問題的答案取決於**你對研究問題的了解有多深**。畢竟如果偵探連自己在找什麼都不知道，又怎麼知道應該從何找起呢？

「相關」的資料，其相關性可能僅**限於表面**，角色就和論文的「關鍵字」類似，雖然是相關「線索」，但是無法「直接」協助你解決或釐清你想探勘的問題或主題。而**「切題」的資料則是與你研究主題最直接相關的資料或資訊，可以協助你看到相關研究的趨勢 (Patterns)、缺口 (Gaps)，甚至是亮點 (Insights)**。我們可以用下圖來表示「相關」和「切題」之間的關係：

還是看不懂嗎？我們就用本書作者宇挺在寫論文時常做的一件事來說明。寫作遇到壓力時，宇挺喜歡洗衣服，把髒衣物清洗乾淨的過程是很療癒沒錯，但是每次洗完衣服，總是有幾「隻」襪子會消失。於是宇挺決定把襪子搞失蹤的這個神奇事件做一些調查與探勘。作了一些功課後，他列出三個「切題」資訊和三個「相關」資訊：

「切題」的資訊包括：

- 襪子失蹤的日期：蒐集這些數據有助於識別襪子遺失的頻率和時間點。

- 洗襪子的過程：觀察洗衣機在洗襪子的過程，可能會發現洗衣程序上的缺陷或襪子可能遺失的時間點。

- 上網查洗衣機的評論：檢視其他人有沒有對相同機型或廠牌的洗衣機發表評論，還是只有我的洗衣機是吃襪子怪獸！

「相關」的資訊則包括：

- 洗衣服的最佳方式：雖然從廣泛的角度來看，或許有助於延長襪子可以使用的年限，但並未具體解決襪子洗到不見的問題。

- 最常在家中遺失的物品：從這些數據可以知道最常在家裡遺失的幾項物品，當中確實包含襪子，但對於襪子為什麼會在洗衣過程中消失並沒有給出明確的線索。

- 襪子的材質：襪子的材質確實很重要，畢竟我的腳丫子可是很嬌貴的。不是啦！除非有某種特定的材質會造成襪子在洗衣的過程中遺失，否則這項資訊也沒有直接提供解決襪子失蹤謎團的線索。

　　許多剛開始寫論文的學生沒辦法清楚區分「相關」和「切題」的資料，於是，他們在圖書館目錄和搜尋引擎中輸入「關鍵字」，然後開始閱讀如山一樣高的文獻，一手拿筆、一手拿著咖啡杯，孜孜矻矻地做筆記，深怕漏掉任何一行可能有引用價值的句子。最後，學生看著堆積如山的筆記，臉上流下兩行清淚。究竟是學生為自己的努力流下驕傲的淚水，還是因為對下一步毫無頭緒而流下焦慮的淚水？沒有人知道答案，包括學生自己。切記，尋找「相關」文獻資料的最終目的，就是要能夠萃取出「切題」的直接論證資訊。

「我不能讓這些努力白費，得讓教授知道我付出了多少辛勞才行！」於是學生開始撰寫文獻回顧，努力塞進所有讀過的東西。經過幾週的睡眠不足後，學生自豪地將八十頁的文獻回顧和二十頁的參考文獻交給指導教授，結果教授看完一臉困惑：「你究竟想說什麼？」

受挫的學生內心吶喊：「你說什麼？！怎麼會看不懂？！你真的是教授嗎？！」但學生還是盡力維持著選美皇后般的微笑，非常禮貌地說：「謝謝教授，我再修修看。」當天晚上，學生爆吃三桶冰淇淋洩憤，在準備打開第四桶時被震驚的室友逮個正著。

▶ 3.2 回顧不等於「複述」

如果這聽起來很熟悉，你並不孤單。都念到了研究所，你很可能一直都是個好學生，而大學前所謂的「好學生」通常都是擅長記憶和複述資訊的人。因此，就算念到了研究所，很多研究生還是用同樣的態度面對文獻回顧——複述你「學會」或是你所讀過每一篇文章的內容，希望能以自己的用功讓老師留下深刻的印象。

然而研究所要求不只是用功而已。你必須「整合」閱讀題材後，決定自己想說什麼故事 (What is the story you want to tell)，並思考最適合呈現這故事的方法 (How to tell the story)，這個過程經常不需要你展示自己一路走來學過的「所有東西」。

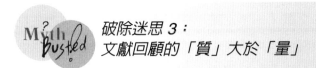

破除迷思 *3*：
文獻回顧的「質」大於「量」

看到這裡，不知道你的腦中是否也浮現了這個問題：「我的論文要寫幾頁才夠？」本書的第七章將會更深入探討如何撰寫優秀的文

獻回顧。現在請先記得宇挺的指導教授改變他一生的忠告：「少即是多」，用最少的文字講讀者真正需要知道的故事或「關鍵資訊」(Make it short and sweet)；過多的資訊，往往讓人讀到懷疑人生，容易讓不熟悉你研究的讀者迷失在資訊流中。「少即是多」或許不適用於生活中每個層面，像是人際網絡的建立，或是研究室抽屜裡存放的零食，但我們 120% 保證，「少即是多」絕對適用且能幫助你的文獻回顧。

迷思 4　學術寫作是一趟孤獨的旅行

宇挺的故事

從夥伴身上獲得希望、力量和支持

以前的我以為寫論文等於一個人獨自關在圖書館敲打鍵盤。

我剛開始寫論文時確實是這樣沒錯，當時我每天到圖書館報到，一個人寫著自己的論文。就這樣孤單地寫了幾週後，我不禁心想，如果有人能一起寫論文就好了。

就這麼一個起心動念，我預約了圖書館的研究間，邀請同樣在寫論文的朋友加入，把圖書館變成我們第二個家。我做的事情跟以前一樣：讀書、寫作、分心，然後再繼續讀書、寫作（盡量不再分心）。

跟以前不一樣的是，現在我有吐苦水和被吐苦水的對象了！每當寫作遇到瓶頸時，我們會一起休息，分享彼此遇到的困難，然後互相打氣，或是在寫到很煩的時候講幾句垃圾話讓心情放鬆下來。

那段時間，研究間成為了我們的庇護所。有時候，其中幾個人會

離開研究間去上課，但大家總是會不約而同回到研究間來充電。
我在那裡見證了許多重要時刻，例如研究有所進展時的歡笑聲、
被拒絕時流下的淚水（不管是研究上，還是感情上），有時候，
就只是安靜地待在研究間各自做自己的事情，也是一種享受和放
鬆，因為我們知道，只要需要陪伴，在這裡，第二個家的大門隨
時敞開。

當有人失去動力，團體中的其他成員就會給予支持。有時只是一
起出去吃頓飯，有時則是徹夜長談。我是給予支持的人，也是
接受夥伴鼓勵的人。最後，我們在彼此的陪伴下完成了自己的論
文，順利畢業。那些陪伴的時光點亮了我個人和學術生活上的成
長，在經過二十多年後，我們這個小團體依然是很要好的朋友。

如果你也覺得有一群人互相扶持是論文寫作過程中很重要的一
環，不妨就找一群志同道合的朋友們，把研究室變成你們的第二
個家吧！相信我，這樣的學術生活會成為你這一生中回味無窮的
珍貴回憶！

　　儘管論文是個人研究的成果，但你不需要一個人面對這趟旅程。
宇挺在他寫論文的過程中受到夥伴的許多幫助，你也可以尋找屬於自
己的論文夥伴！

▶ 4.1　你的論文夥伴

　　你可能會心想：「有這種團體是很棒沒錯啦，但要**夥伴**要從何找
起？」最簡單的答案，就是從**你所屬的系所**開始找起。上課時，你可
能會認識一些**志同道合的同學**，並且不介意每天跟他們共處一室長達
八到十六個小時。你可以跟這些同學組成讀書會，一開始每週先見面
兩次，如果一切進行順利，就可以在圖書館或其他適合的場地設立據
點（貼心提醒：擺滿漫畫和桌遊的空間可能就不太適合）。

　　「讀書會」不應該成爲你的壓力來源，而是一個能讓你**暫時躲避論文寫作壓力的避風港**。這聽起來可能很矛盾，畢竟成立讀書會的目的就是爲了督促自己寫論文。但是，不在一艘船上是無法了解相同處境的。因此，就算讀書會的夥伴無法對你的研究或論文寫作提出任何有建設性的建議，然而有時候，我們感覺自己快溺斃在論文寫作的漩渦時，最需要的只是陪伴。不然你也可以這樣想：「與其我獨自承擔一切，不如把其中一些壓力分給朋友，這樣我就好多了。」好朋友就是什麼都要與彼此分享，包括壓力，你說對吧？最重要的是，宇挺後來發現，這些不懂他論文題目和研究領域的夥伴反而成爲他論文最好的讀者，他的邏輯是：如果他能把艱澀的研究轉化成可以讓這些夥伴看懂的論文，其他讀者（包含他的指導教授）就有更高的可能性會看到並且欣賞他論文中的亮點！

▶ **4.2　兩顆心：恆心和好奇心**

　　飛機起飛需要兩隻翅膀，而讀書會要發揮功效則需要「雙核心」：恆心和好奇心。

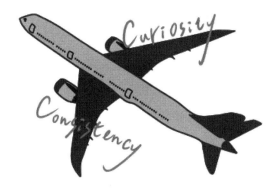

4.2.1　恆心

持續不間斷地維持讀書會是非常重要的。例如，約定每週至少開一次團體的會議，在會議上大家要分享自己的寫作進度。在會議中分享的內容並非這邊要講的重點，重點是無論颱風還是地震，甚至是爆發新一波疫情的時候，有一份**責任感**會督促你定時與夥伴們開會（不會因為颱風假是晴天就想翹掉，跑去衝浪）。就算只是同學間的會議，也會因為每週要有新進度而產生壓力，鞭策你持續推進研究和論文寫作的進度，建立起研究的**紀律**和**動力**。

4.2.2　好奇心

好奇心是促使人不斷進度的一種驅動力。除了要對自己的研究領域保持好奇以外，對讀書會其他夥伴的研究抱持好奇心也是很重要的。

例如，互相分享研究進度的時候，夥伴們應該積極提問，一方面增進自己不同領域的知識量，另一方面也透過問答過程提供報告者回饋意見。在提問的時候要記得，提出問題並不是要攻擊報告者，而是在幫助他們釐清觀點。此外，回答問題能有效讓報告者用自己的話解釋研究概念，提升他們對**內容的熟悉度**，還有不同論點之間的**邏輯連結**。來自外界的提問和建議經常能幫助研究者發現研究中的**盲點**，讓他們之後有辦法加以修正。宇挺的碩士論文就是請他的讀書會夥伴，在他論文的每段空白處列出他們看完該段後對有關內容或邏輯的任何疑問，宇挺接著再順著這些疑問，想辦法順過文字或提供更清楚的說明，也因此讓他的碩士論文思緒脈絡變得更加清晰，還因此得了該年度畢業生的最佳論文獎。

下表簡單總結了有效的讀書會所需要的「雙核心」。恆心和好奇心必須共同運作，讀書會才有辦法互相扶持、鼓勵。有了雙核心，你的論文就能展翅高飛！

恆心	好奇心
• 責任感 • 紀律 • 動力	• 釐清內容 • 建立邏輯連結 • 發現盲點
互相支持與鼓勵	

破除迷思 4：
你可以尋找寫作之旅的小夥伴

　　滿足上面的條件後，讀書會就能正式起飛了！但是要飛去哪裡？應該讓風決定我們的航向，還是制訂自己的路線？在寫作論文的旅程中，我們有資格發表自己的意見嗎？

迷思 5　論文裡面不能出現個人意見

　　很多人覺得學術寫作單純只是呈現事實和數據，無須發表任何個人的想法。但是事實並非如此！學術寫作非常看重個人看法和客觀事實之間的平衡，芷蓉從她的經驗中學到了這點。

芷蓉的故事

文獻之外：在論文中展現自己的聲音

剛進研究所的時候，我覺得自己像一隻闖入迷霧森林的小白兔，閱讀每一篇文章都像抬頭仰望高大的樹木，只能不停讚嘆。於是我在撰寫文獻回顧的時候，理所當然地將這些令我崇拜的文章忠實地呈現出來，深怕多一個字或少一個字，因為我這渺小生物的

個人意見影響了這份研究的客觀性和可靠性。但是！這就像我去花市把喜歡的植物全部買下來，然後再全部移植到花園裡，花園有很多花花草草，但卻完全看不出來花園主人想要營造的氛圍是什麼，是一個歐洲風格的花園？還是一個日式庭院？還是——它只是建國花市的臨時倉庫之一？

在我信心滿滿地將論文前三章交給指導教授以後，他卻對我說：「我看到妳很認真呈現了妳閱讀的文獻，但妳對這些文獻的評述呢？這些文獻讓妳得到什麼想法？」

於是我重新問自己：從文獻中我發現什麼關鍵的研究缺口？蒐集到的文獻對我的研究有什麼幫助？有哪些文獻的研究結果支持我的研究假設？又有哪些文獻跟我的研究假設持不同觀點？我整理了這些問題的答案，重新融合到我的文獻回顧中，然後再把修改過的稿件交給指導教授。這一次，除了改善的建議，我還得到了他滿意的認同！

興高采烈的我決定這個週末要好好犒賞自己。你問我是怎麼犒賞自己的？當然是去逛花市買幾株植物，打造我的小花園囉！

　　學術寫作最重要的關鍵之一，就是你可以整合自己的專業知識和看法，結合蒐集到的文獻，提出其他人沒有想到的新觀點。撰寫學術文章時，你可以想像自己是在說一個全新的故事，不過這個故事並非憑空捏造，而是有憑有據的。接下來，我們就來一起看看，如何說個有憑有據的新故事吧！

▶ 5.1　升級你的「吵架」功力：證據 (Evidence) 結合主張 (Claim)

　　你大概聽過牛頓的名言：「如果說我看得比別人遠，那是因為我站在巨人的肩膀上。」

　　我們可以將這句話應用在兩個極端的例子上。要是寫論文的時候，僅單純呈現蒐集到的文獻資料，而沒有加入自己的看法和評論，就好像站在巨人的肩膀上，卻沒有向遠處眺望；相反地，當論文中的個人觀點沒有獲得充足的證據來佐證，就好像還沒站上巨人肩膀，便努力向遠處眺望，這樣是看不到完整風景的。因此，想要有最寬廣的視野，爬上巨人肩膀和遠眺兩者缺一不可！

　　在學術寫作中，你必須結合證據 (Evidence) 和主張 (Claim)……等等，隔壁好像在吵架。我們先暫停一下，去聽聽他們在吵什麼吧。（這才不是多管閒事，是關心鄰居好嗎！）

A：你這混帳！

B：什麼意思？

A：這還用說嗎？

B：蛤？？？

　　看來 A 只是陳述了主張（B 是混帳），卻沒有提出證據（為什麼 B 是混帳）。難怪 B 會這麼困惑。啊，C 也加入對話了！看來情況越來越有趣了……

C：我借你的錢你都沒還，而且你上次弄壞了我的筆電，卻沒跟我講！！！

B：是這樣沒錯，但你的重點是什麼？

C：我的重點？這還需要說明嗎！？

B：蛤？？？

C 雖然提供了一些證據（B 欠錢不還，弄壞別人的筆電又不說），但仍然沒有明確點出該證據 (Evidence) 和主張 (Claim) 之間的連結，所以 B 仍然不懂 C 的意思。

幸運的是，我們都聽到了這兩段（蹩腳的）指控，所以很清楚這三人的愛恨糾葛。於是我們走到 A、B 和 C 的面前說：「要發表論點，最好的方法是結合 A 提出的主張和 C 提出的證據。舉例來說，你們應該告訴 B：『你欠錢不還，而且弄壞我的筆電又不跟我說，所以你是個混帳。』這樣 B 才會明白自己做錯了什麼呀。」

A、B、C：「你偷聽我們說話，還多管閒事，你才是混蛋！」

唉，這年頭好人還真難當。但往好處想，真的是孺子可教也，他們馬上就用了我們教的技巧，將主張和證據結合了起來！

▶ 5.2　證據 (Evidence) 結合主張 (Claim)：升級你的寫作功力

既然被罵了，只好回到正題上。我們可以把同樣的邏輯應用在論文寫作上，例如：

> **證據 (Evidence)**：我調查了近三年指導教授最愛的珍珠奶茶售價，發現 2021 年大杯珍奶一杯售價 50 元，2022 年上漲到 70 元，2023 年竟然來到一杯 100 元。
>
> **解讀 (Interpretation)**：從蒐集的資料可以知道，指導教授最愛喝的那間珍珠奶茶售價是兩年前的 2 倍！
>
> **主張 (Claim)**：珍珠奶茶售價持續上漲，此漲價的趨勢未來可能會持續下去，可能會導致指導教授把零用錢都花在珍奶上，而減少請我們聚餐吃飯的頻率。

這種寫作風格在**以資料為中心 (Data-focused)** 的研究中很常見（例如芷蓉的研究領域）。作者通常會先陳列資料或是證據 (Evidence)，然後透過自己的解讀賦予資料意義，最後再提出主張 (Claim)。使用此方法寫作的論文段落結構呈現如下：

(1) 證據 (Evidence)

(2) 解讀 (Interpretation)

(3) 主張 (Claim)

除此之外，也有另一種是**以解讀為中心 (Interpretation-focused)** 的研究，例如針對小說的文學分析，或是探討移民家庭適應新文化經驗的質性研究，這類的文章，通常作者會先提出自己的主張 (Claim)，接著再以證據 (Evidence) 說明，如以下範例所示：

> **證據 (Evidence)**：起司是詩作中主要的意象。
>
> **主張 (Claim)**：詩人在詩中反覆使用「起司」這個詞與其變化形式，例如第五行（切達起司，我的達令！）、第十二行（莫札瑞拉起司，非你莫屬！），還有第二十行（布里起司，別不理我！）。除此之外，整首詩的結構呈現一個圓形，看起來就好像一整塊起司，並且利用最後一行與第一行連結，**強化本詩主題的連續性（主張 (Claim)）**。

這類論文段落的結構如下：

(1) 證據 (Evidence)

(2) 主張 (Claim)

　　雖然論文寫作的段落結構會有所差異，但重點是，不管研究的性質為何，個人看法都很重要。資料本身需透過身為研究者的你才能述說完整的故事。因此，你有義務賦予資料意義，告訴讀者這些數字究竟說了些什麼。

　　做個有趣的比喻，你可以把自己想像成一位靈媒，蒐集到的資料就是你要解讀的靈體，你的文章讀者則是希望能了解靈體在想什麼的信眾。

　　信眾可能會聽到一些敲打聲，看到桌上的茶壺震動，但信眾無法透過敲打聲和茶壺的震動參透靈體要傳達的訊息，而你身為靈媒，就有義務解讀這些訊息，**讓你的讀者能夠了解資料要傳達出的意涵**。

破除迷思 5：
個人意見在學術寫作中扮演重要的角色

　　向前邁進吧，我勇敢的新手作者們！你們已經準備好踏上論文寫作這趟旅程了！

　　你還聽過哪些關於論文寫作的迷思呢？不管是什麼樣的迷思，你可以跟曾經有同樣經驗的人討論（例如跟你交情要好的老師），了解這些迷思的真實性為何。

　　看完本章〈我可能不會寫你〉，初步破除完一些論文寫作常見的迷思後，是不是讓你比較不害怕寫論文了呢？學術寫作這條路很漫長，破除迷思雖然只是第一步，但卻是非常重要的一步。而下一步，

當然就是啓動引擎，做好準備，邁向畢業（在這一切結束之後，你還可以去眞正的畢業旅行）。

　　下一章〈人選之文——造文者〉，我們將和你一起探索你的研究題目。快繫好安全帶，抓穩扶手，跟我們一起出發吧！

 ## 本章重點回顧

Myth 迷思	Busted 破解迷思
論文要從第一章「緒論」開始寫起	學術寫作不一定要「從頭開始」（只要寫得下去都是好論文）
我需要全知的視角才能下筆	你不必等到獲得所有解答後才開始寫作
文獻回顧越多越好	文獻回顧的「質」大於「量」
學術寫作是一趟孤獨的旅行	你可以尋找寫作之旅的小夥伴
論文裡面不能出現個人意見	個人意見在學術寫作中扮演重要的角色

人選之文——造文者：
選擇合適的學術研究主題

展開學術研究總是令人熱血沸騰又充滿挑戰，而過程中極為重要的一步，便是找到完美的題目：一個能引起你的興趣，且符合自身技能樹、知識包和資源庫的主題。在這一章裡，我們將跟隨唬爾摩斯和譁生醫生的腳步，一探選題的藝術，揭開決定研究主題時需要考慮的重要因素。話不多說，馬上一起來解開這個天大謎團，學習如何找到你命中注定的研究題目吧！

◇◇

《唬爾摩斯與譁生》第二集

譁生醫生：上週你跟吃飯大學行銷經理的訪談簡直是一場災難！但已經月底了，我們必須先從幾個現有的案子裡面挑一個來接才能付得起水電費。

偵探唬爾摩斯：好吧……說來聽聽吧。

譁生醫生：「敬愛的偵探大人，此次來信，是想請您幫忙解開家族的謎團。西元前兩百年，當我的曾曾曾曾曾曾祖父來到這個國家時，他……」

偵探唬爾摩斯：等等，西元前兩百年的懸案？好極了，快把時光機搬來！

譁生醫生：（丟掉手上的信）下一個案件是個包裹，信上寫著「偉大的偵探，我家的小屁孩把這幾張藏寶圖放進碎紙機了，您能幫忙把它們復原嗎？」

偵探唬爾摩斯：聽起來真有趣！一場拼圖大賽！接下來兩年我們就努力把這份藏寶圖拼完，或許就能加入航海王了呢！

譁生醫生：（丟掉手上的包裹）下一個，「偵探大人，上週有人闖入我家……」

偵探唬爾摩斯：又是偷竊案，無聊，下一個。

譁生醫生：好歹也讓我講完……算了，下一個。「偵探大人您好，我母親的原住民社區發生了神祕事件，當中牽扯古老的神靈儀式……」

偵探唬爾摩斯：挺有趣的案子。但我們不懂這些遠古儀式，要不先做個五年功課，等夠了解之後再來處理這個案子如何？

譁生醫生：吼，你就不能隨便挑一件嗎？我們需要錢！

偵探唬爾摩斯：吼，你就不能給我一些有趣的案件嗎？

從唬爾摩斯和譁生醫生的對話中，我們可以看到偵探根據不同的因素來評估每個可能的案件，例如：調查的規模有多大、需要什麼樣的資源、案件的有趣程度，以及他對案件類型的認知程度。在開始一項學術研究時，我們就像大偵探唬爾摩斯一樣，最好選擇能夠引起興趣的主題，同時符合自身擁有的知識、能力和資源。要選到「對的研究主題」就跟找到「對的人」一樣困難，但在聰明絕頂的大偵探和他那得力助手的帶領之下，你將踏上一段磨練學術本能的全方位修行！

在選擇「對的研究主題」時，我們建議你可以從這四個準則開始：**興趣、熟悉度、獨創性**和**可行性**。從《唬爾摩斯與譁生》第二集中，你有沒有發現大偵探唬爾摩斯是如何應用這四個準則來挑選案件的呢？答案在本章節最後一段，但是先別急著往後翻！

1. 那些實戰經驗教我的事

　　這四個準則——**興趣、熟悉度、獨創性和可行性**——能夠有效幫助你找到並發展你的研究主題。「興趣」能讓你保持研究和寫作的動力，「熟悉度」有助你掌握研究主題的內容，「獨創性」會提供你發現新事物的機會，而「可行性」則是讓你從實務的角度確定執行研究的可能性。

　　想知道如何靠這些原則打造一帆風順的學術之路，首先讓我們來看看宇挺的故事。

宇挺的故事

教授與他們的腦內特技團

那是個在紐約的溫暖夏日，而我卻坐在一間小教室裡寒毛直豎——不是因為冷氣太強，而是教授說的話讓我嚇到凍未條！當時我二十六歲，隻身在異鄉求學，而我的教授在她的領域是 Boss 等級，當聽到她輕描淡寫地說自己腦中隨時都有超過三百個研究想法在跳轉時，我整個驚呆了。她是怎麼辦到的？她如何像雜耍大師一樣把玩著數百個點子，而我想到腦袋打結也才勉強擠出一個？我看我連把玩兩顆橘子都會引發「終橘之戰」。總之，那天我最大的收穫不是她教了什麼，而是她的這個「超能力」。

驀然回首，不知不覺地我也經歷十七年指導學生的漫長歲月，我終於明白指導教授當年並非誇大其辭，而是要成為一位偉大的學者，**必須時刻保持敏銳的觀察力和批判思考的能力，並且絕不能對任何事情抱有理所當然的態度**——連會議上最後那片披薩，也要認真看待。十七年的學術生涯給了我很多時間和機會去實踐，我養成了無時無刻不仔細觀察世界的習慣，從我的觀察去挖掘其

中的基本假設，並找出值得深入研究的潛在議題（當然有一部分必須歸功於咖啡因不間斷地給我支持）。

看到這裡，你可能會想問，我能像我的指導教授一樣輕鬆想出三百個潛在的研究主題嗎？這個嘛，我想還是很不容易的。但如果你問我五十個呢？那絕對是一片蛋糕 (A piece of cake)！

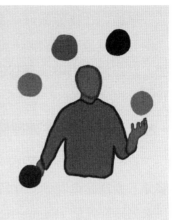

你是否也像學生時期的宇挺一樣，對你的教授恣意駕馭數百個研究想法的能力感到讚嘆不已？隨著時間過去，宇挺逐漸明白這種能力根植於**興趣、熟悉度、獨創性和可行性**這四個準則上。透過運用這些準則，宇挺也發展出跟他教授一樣的超能力了！

當然，你需要透過勤加練習，才能像這些經驗豐富的研究者一樣能夠同時處理多個研究題目。在達到這種境界之前，我們先腳踏實地，從第一個題目開始吧！試著回想第一次學習新事物的經驗，例如騎自行車，剛開始可能會非常緊張，但勇敢踩下踏板以後，你會發現其實也沒那麼可怕呀（頂多摔個幾次車）！

雖然大家都知道萬事起頭難，不過別擔心！在這一章中，我們會手把手帶你破解這個令人緊張的「第一步」。

2. 從一堆加密檔案中找到「對的」題目

對剛開始寫論文的研究生來說，決定研究題目無疑是最要人命的環節！無論你是苦惱於選擇太多、選擇太少，或是連有哪些選擇都不知道，或不知不覺中點開了幾個網購分頁，都是再正常不過的事。

　　無論你在哪個領域，都一定會看到漫山遍野的文獻，這對有經驗的作者來說是靈感寶庫，但卻容易讓一個研究新手滿頭黑人問號。那麼，要如何利用琳瑯滿目的資源來幫助我們縮小範圍，發現潛在的研究題目呢？

▶ 2.1　第一步，從哪裡開始？

　　有一個最容易找到線索的地方，就是在**相關期刊論文接近結尾的部分**，通常你會看到一些段落標題寫著「研究限制 (Limitations)」或是「未來研究建議 (Future Research)」的內容，用白話文來講，就是論文作者在寫作過程中可能有一些有趣的想法，但由於時間或資源的限制無法更進一步探討（或單純只是字數已經夠了），此時身為讀者的你便可以從這些資訊中找尋研究的靈感。

　　舉例來說，你可能會看到類似下面這段文字敘述的內容（擷取自本書其中一位作者芷蓉的博士論文）：

第二節　研究限制

　　回顧本研究在教學設計與實施過程遭遇到的**問題和限制**，具體來說，研究者認為後續在科技師資培育過程中應用重複式工程設計教學模組時，可以就以下幾點進行討論……

　　有時候，就像上面的舉例一樣，研究者已經在線索上裝了七彩霓虹燈，你就算晚上戴著墨鏡也不可能錯過它們。當然，並非所有的線索都會站在明顯的地方向你招手，但別灰心！即使沒有看到像上面那樣的小標題，我們依然可以從文字中找到蛛絲馬跡，而這些關鍵字很有可能會成為照亮你學術之路的一盞明燈。例如：

- 研究者建議，**未來研究**若要應用本研究所發展之教學模組進行教學實驗時，可以針對……
- **另一個可以進行研究的領域**是探索……
- **建議未來研究**可以更進一步拓展本研究之研究結果，透過應用……

有些作者則會以問題的形式提出想法，例如：

　　許多文獻都已提及「翻譯」在不同文化和脈絡中的意義轉變。在進行我們的研究之前，應該詢問自身一些問題，例如：**「此文化如何看待翻譯？」**和**「他們如何定義來源文本和目標文本？」**每當在不同的文化背景中提出這些問題時，都會為這個領域增添一塊新的拼圖。

　　看到這裡，有沒有降低一些你對於選擇研究題目的焦慮感呢？在這個持續探索的過程中，你可能也會隨手記下一些想法和點子。

　　然而，下一個挑戰來了！假設你現在已經有了十個研究的想法，要怎麼知道哪一個才是「對的」想法呢？這時，我們可以問自己幾個問題，來幫助自己找到「對的」想法！

▶ 2.2 研究題目的四大支柱

2.2.1 興趣：每天叫醒我的是對研究題目的熱情

　　想要邁向成功的學術旅程，就必須審慎選擇你真正感興趣的題目。當你對一個主題充滿熱情，才能夠在研究過程中保持動力。現在，讓我們來聽聽芷蓉的故事，你就會知道「興趣」之於選擇研究題目有多麼重要！

芷蓉的故事

論文兩難——擇你所愛還是圖個方便？

我在念碩士班時，發現很多同學都不知道要選擇什麼論文題目，有部分的人會以指導教授或研究團隊正在進行的研究作為自己論文的題目。但其實選一個研究題目就像選刺青的圖案，必須確定自己真的喜歡它，因為它注定會跟著你好一段時間。

我看著身邊對研究題目不感興趣的同儕，痛苦地在研究中掙扎，即使拚死拚活把論文寫完，仍然不知道自己的研究發現能產生哪些貢獻，也不知道如何讓自己的研究與未來的工作產生連結。這個情境就像俗話說的「牽馬到河易，強馬飲水難」，意思是你可

以叫研究生做牛做馬……抱歉，說錯了，意思是你可以提供研究生做研究的方向，但你無法強迫他們「做」研究。

當然，大多數人最後還是成功抵達了終點線，順利取得學位。但是我忍不住在想，選擇一個讓你提到它時眼神發光的主題，即使在初期需要付出較多努力，一定好過日日面對你不感興趣的題目，而呈現眼神死的狀態吧！相信我，請認真地面對這個選擇，未來的你一定會感謝當初**選擇了熱情而不是捷徑**。而且，當你酷酷地說出「我的論文是在探討我非常關注的主題」，聽起來絕對比「反正我就做指導教授要我做的東西」帥氣一萬倍！

(1) 興趣就是最好的老師

透過芷蓉的故事，我們了解「缺乏興趣」很容易使學術之路變得更加艱難又枯燥。為了更清楚說明這個論點，請試著回想一下你剛開始學習某一項專長或培養某一個興趣的時候，譬如騎腳踏車、彈吉他、游泳、繪畫等，並思考這幾個問題：

(a) 什麼環節讓你覺得最困難？

(b) 你如何激勵自己進步？

(c) 什麼動機讓你想要持續練習，克服困難？

貓又教練在《排球少年劇場版：垃圾場的決戰》中曾說出一句名言：「**興趣就是最好的老師**。」當你選擇了一個真正吸引你的研究題目，即使在研究過程中遇到困難（例如問卷回收份數達不到統計分析的最低標準），「興趣」會促使你保持積極的態度和動力，並以正向的心態來面對這些挑戰，想辦法去解決和克服它，而不是直接舉白旗投降（當然適時找指導老師求救還是很有用的）。

在探索潛在研究題目時，我們建議可以把重點放在那些你想更深入了解的未答之問。舉例來說，如果你好奇《排球少年劇場版：垃圾場的決戰》是否會影響中小學生加入排球隊的意願，你可以先做個簡單的初步調查，從蒐集和分析文獻來了解過去是不是有人做過類似的研究、他們透過什麼方法來進行研究，以及他們的研究結果顯示出什麼線索，一方面幫助你更靠近感興趣的研究題目，另一方面也可釐清相關研究題目的脈絡。

「等等，但是我真的不知道自己對什麼有興趣啊！我連等一下午餐要吃什麼都無法決定了，更何況從生活經驗中找到有興趣的題目！」好的，如果你仍然無法確定自己對什麼樣的研究主題感興趣，那我們就出發當一位學術跟蹤狂吧！

(2) 當個學術跟蹤狂吧（鄭重聲明：不犯法的那種！）

想找到吸引你的題目，還有另一種方法，就是了解同領域的教授們在研究什麼。即便是同一個系所，每位教授都有自己關注的面向，我們建議你不妨看看他們的研究興趣、發表的論文以及執行的研究計畫。如此一來，你不僅會更加了解你的指導教授，可能還會意外發現從來沒想過的研究題目呢！

舉例來說，你看了宇挺的資料，發現他對電玩如何幫助人們學習語言非常感興趣。你進一步檢視他近期的著作，發現他曾進行過以下幾項研究：

(a) 多人線上戰鬥競技場遊戲（Multiplayer Online Battle Arena，簡稱 MOBA）如《英雄聯盟》對學習外語詞彙的效益

(b) 如何藉由虛擬實境遊戲（Virtual Reality Games，簡稱 VR Games）讓語言學習像是一場冒險而非作業

(c) 不同類型的玩家（如探索型和競爭型）在透過電動學習語言時是否有不同模式

在考察完宇挺的著作後，你可能會發現原來你也對遊戲和語言學習的跨域研究充滿熱情。（好突然？）接下來，你就可以發想你的酷炫想法，譬如如何設計手機遊戲以保持學習者在語言學習上的動機，或者是探討線上遊戲社群的社交互動如何幫助玩家練習語言技能。這當中有無限的可能性，而你只需要在一開始理直氣壯地偷看一下你的教授在忙些什麼，就可能得到啟發！

一旦你的跟蹤雷達鎖定了學術興趣與你相符的潛在教授，你就可以開始**和這些教授接觸，與他們分享你的想法**。這個階段的進行模式，可能會因為不同學院和教授的教學風格而有所差異，有些教授覺得邊聊邊聽你對題目的看法是很棒的方式，也有些教授會希望你先寫一份研究提案，整理好想法後再與他們討論。所以，你需要先了解系所和教授習慣的模式，然後再進行下一步，這樣不僅能確保你的研究在**對的方向**上，還能幫助判斷你的這位潛在論文指導老師是不是**對的人**。（下一章會談到更多！）

2.2.2　熟悉度：我們認識嗎？

在思考可能的研究題目時，務必要考慮到你對這個題目的了解程度。擁有一定的背景知識能夠讓研究過程（相對）更容易，並幫助你找到能夠更深入探索的領域。你不用是財金專家也能買股票，但了解投資對象絕對有助於決策，研究亦然，你不需要一開始就是專家，但對主題有所認識可以讓你贏在起跑點。重要的是，在閱讀相關研究資料時，對該主題或議題的了解和經驗能讓你「看到」更多，並產生更豐富有趣的見解。讓我們來看看美馨的故事，以及對題目的熟悉程度

如何影響研究過程。

美馨的故事

從電視劇女王化身學者——美馨如何透過追劇追出論文新高度

我喜歡邊吃飯邊追劇（對，我知道這對消化不太好，但我只是做了一件全天下人都會做的事）。

幾年前，當我正為了一篇小論文勞神苦思時，改編自小說《使女的故事 (The Handmaid's Tale)》的電視劇推出了。此時——觸電般不可思議，像一個奇蹟，劃過我的生命裡（唱）——我拋下論文開始追劇，深深被這部影集吸引，還立馬買了原著小說來看。

當我啃完原著以後驚訝地發現，原著小說和改編後的電視劇差異非常大！於是我開始進行研究，並據此當作小論文的研究題目，探討改編版本中酷兒角色能見度的增加。後來，這篇小論文還延伸成了我的碩士論文呢！

現在回想起來，我認為針對這個研究題目進行探究對我來說並不困難，因為**我已經對這個故事有一定程度的理解，也因此在研究過程中，我能更快地且精準地進行兩個版本的比較**。甚至到現在，每當我跟別人聊起這項研究都還興奮不已呢！

(1) 熟悉的題材不僅不可恥還很有用

透過美馨的故事，我們看到了選擇熟悉的研究題目所帶來的優勢。因爲選擇的研究題目是她熟悉且有興趣的內容，因此在研究執行的初期，她能夠以較節省時間和精力的方式來進行分析，並找到有趣的角度剖析蒐集到的資料。

其實研究的靈感可能來自你生活周遭的任何地方，就像故事主角美馨在追劇的過程中靈光乍現，你可以跟美馨一樣，從**日常生活**中找靈感，進而啓發了自己碩士論文研究。然而，若是很難從生活經驗來連結研究題目，你也可以翻翻自己的**課堂作業或期末報告**，試著從中發掘你熟悉的**題材或研究方向**，更進一步找到潛在的研究題目。

當然，如果你想挑選比較不熟悉的題目，我們也不反對，不過選擇熟悉的題目可以有效幫你節省大量的時間。就像是美馨進行的比較研究，如果你選了沒有讀過的文本，就必須先花個一年半載來閱讀它們，然而，如果你選擇已經讀過的文本，那麼你就擁有起跑優勢了。

(2) 混熟了比較好說話

我們再舉另外一個例子，假設你打算訪問一個特定的團體，如果你在這個圈子裡本來就很活躍，要獲得他們的信任也會比較簡單。想像一下，如果你的研究需要訪問一間老人安養中心的居民，而你已經在那裡當了好幾年的志工，比起一個素未蒙面的陌生人，要讓阿公、阿嬤們開口跟你聊天應該會容易許多。畢竟，你早就進入他們的世界了，再繼續往前走幾步似乎也不是什麼太困難的事！

綜上所述，雖然在挑選研究主題的時候，並沒有硬性規定要選擇熟悉的主題，但如果從熟悉度較高的題材下手，有機會因你熟悉該題材的特性或該場域的文化，而可以省下大量的時間，甚至能讓你更快速地進入實際的研究和寫作過程，何樂不為！

2.2.3　獨創性：只有我這樣想嗎？

在思考研究題目時，很重要的一點是你的想法是否具有獨創性。獨創性的題目不代表必須提出全新的概念，而是要找到一個新穎的觀點，將現有觀念應用到新情境中，或填補當前研究中的缺口。讓我們來看看宇挺的故事，當中包含了對於研究獨創性的一個常見誤解：

宇挺的故事

從披薩到論文──你不必多此一舉「擀」出新麵皮

幾年前，一位學生告訴我他想設計一個新的語言評量工具，我建議他只要調整現有的工具再應用到新的對象即可。他震驚到兩眼發直，看著我的表情就像我問他披薩要不要加鳳梨。他倒抽一口氣：「但，教授，這不是作弊嗎？這樣我就只是在重複別人已經做過的事情欸！」

那一刻我才意識到，他對於論文寫作中的獨創性概念有所誤解。我先安撫驚嚇過度的學生，拍著胸脯向他保證他這不是作弊，他也不會被抓去關，而是與其從零開始，調整現有工具也可以為一個特定領域帶來新穎的觀點，並且讓他免於無數個挑燈夜戰的夜晚！我進一步解釋，我們可以從兩個角度來看獨創性：

(1) 革命獨創性：從零開始，通常適用於有經驗的研究老鳥。

(2) 進化獨創性：以現有知識為基礎，適合研究新手。在這個情況下，研究者將現有的概念、工具或方法調整後應用於新的情境、群體或用途。

當他總算明白獨創性之於學術研究的真正意涵後，他露出如釋重負的表情，接著驚呼道：「所以，這就像是在海鮮披薩上加入新的配料，比如香菜！皮蛋！臭豆腐！即使基底是一樣的，這仍然是一種獨創性又美味的組合！是吧！教授！教授？」香菜？美味？嗯，我只能說這個「香味」有人喜歡，有人不喜歡。

不過，我承認他的比喻確實有道理，以現有的研究進行調整，仍然可以帶來珍貴的新發現！

如同宇挺的故事所說，進行獨創性的研究不代表你必須從零開始，或憑空變出開創性的想法，而是可以透過以往沒有的方式，來應用現有的理論、模組和方法。

(1) 不必起新厝，加扇窗就好

我們也有可能會像宇挺遇到的學生一樣，發現目前已經有的工具在評量特定學生族群的表現時幾乎毫無用處，因此，作為一個研究者，你有兩種選擇：

(a) 從零開始打造一個全新的評量工具

(b) 將現有的工具依照你的研究情境進行調整

　　我們用以下圖示來說明這兩種選擇。圖1中的每一個圓圈都代表不同評量工具，當研究者每做一項研究，就要從零開始發展一個全新的評量工具時，這些圓圈會各自代表不同的意義。然而，若研究者是把自己的研究建構在過去研究的理論基礎上，並依照自己的研究設計來調整現有的評量工具，則會呈現圖2的形式，這個圓圈會不斷擴大，這樣的作法對學術研究也是有意義的！

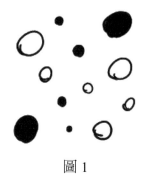

圖 1

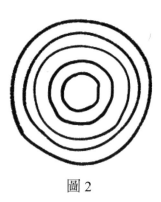

圖 2

　　對於碩士班研究生而言，通常選擇第二個方法更合適，就如同宇挺給他指導學生的建議，你也可以從挑選一個想要研究或改善的研究工具來著手。例如，目前已經有一份調查問卷是用來探討學生跨領域學習自我效能，其中包含 A 和 B 兩個面向的問項，**但是你分析相關**

文獻後發現，**C 面向也經常被用來調查學生的學習自我效能**。因此，你決定調整 C 面向中的問項，讓它們更符合跨領域學習的情境，並將 A、B 以及調整後的 C 面向設計成一份「新的調查問卷」，接著透過預試和正式施測來驗證此份問卷的「信、效度」（第八章會針對這部分進行更詳細的說明）。透過調整現有研究工具，不僅可以擴展該工具的使用範圍，也能夠對該研究領域產生貢獻。

(2) 能力越強（口袋越深），機會越大

　　新技術也可能創造新的研究領域，在這種情況下，就像那句脫口秀名言說的「現代的問題需要用現代的手段解決」，如果沒有太多現有文獻可供參考，你也可以借鑑**相近領域的觀點**。

　　在下圖中，中間的小圓圈代表你的研究，周圍更大的圓圈代表已存在的相近領域，可以看到它們與你的研究有部分重疊。換句話說，如果你正在進行的研究是一個相對較新的主題，你可以綜合其他相近領域的知識，藉此提出你的見解，這將會是你對自己研究領域的獨特貢獻！

舉例來說，研究電視劇的敘事策略已經老掉牙了，但如果是串流平臺製作劇集的敘事策略呢？它們與傳統電視劇有所不同，還是大同小異？針對這個主題，你就可以參考如電影敘事學的觀點，然後將相關的想法應用到你的研究中。如此一來，你就可以得出獨創性的發現！記住，獨創性能讓你的學術表現與眾不同。試著從沒有人探索過的角度觀看事物，或許你就是將來學術史中命中注定的奇才吧！

2.2.4　可行性：我做得到嗎？

在選擇研究題目時，最好先問問自己：「我真的能在不發瘋、走心的情況下完成它嗎？」選一個遠大的題目，成為學術界的焦點，這聽起來很吸引人，但事實上，更好的作法是先專注於一個主題的特定部分就好，這樣可以避免你日後因為這個年輕時的決定而屢屢懷疑人生。此外，你也可以更深入地分析該題目，並更有機會在兩鬢斑白之前完成整個研究。讓我們來看看美馨的故事，了解為何考量研究題目的可行性是相當重要的。

美馨的故事

把一件事講好一點，不要好多件事都只講一點

我念碩士班時，班上有個同學超喜歡《冰與火之歌》，喜歡到他的碩士論文想要比較小說和電視劇改編的版本有什麼異同。這個方向聽起來似乎沒什麼問題，畢竟興趣是首要準則，對吧？

嗯，問題是《冰與火之歌》目前有五部小說（據說還會有更多，作者本人都還沒寫完），還有八季的電視劇。所以，當這位同學把他的計畫告訴一位教授時，教授雲淡風輕地回答：「孩子，深度勝過廣度。還是說──你不打算畢業？」

教授的意思是，與其對多部作品進行淺薄的研究，不如專注於一

本小說，進行深入分析，並傳達論文作者的見解。更重要的是，專注於有限的範圍能讓你更容易掌握整個研究！我的同學最後懸崖勒馬，縮小了研究範圍，決定先比較第一部小說和第一季的電視劇就好，最後順利在一年內完成了他的論文！（來賓請掌聲鼓勵鼓勵。）

(1) 貪多嚼不爛，量力而為

　　在美馨的故事中，教授的建議提出了一個重點，那就是對碩士或博士論文的期望。身為廣大學術界的一分子，充滿使命感的我們當然希望自己能寫出曠世巨作，但**保持客觀理性和設定可行性目標**是非常重要的。畢竟，並不是每一篇論文都能開疆闢土，為你的領域帶來重大改變。

　　當然，如果你能做到，請收下我們的膝蓋。BUT！如果你稍微想一下你的系所每年有多少碩、博士學生（可能是數十人），你的學院又有多少（數百人？），整個國家呢（數千人？），以及全世界（數萬人？）。從統計和邏輯上來講，不可能每篇論文都具有典範轉移意義，畢竟如果答案是「是」的話，那典範將會時時刻刻都在改變，到最後也不會剩下任何典範可以轉移了！

(2) 你有多餓？

　　滔滔不絕講了這麼多，我想我們都餓了，不如先把論文放在一邊，點些熱滷味來當午餐吧！你的滷味點餐策略是什麼？看看你的策略屬於下方的哪種類別！

深度（由淺到深）↓	廣度（由窄到寬）→	
	【A 客人】 一塊雞蛋豆腐	【B 客人】 一片甜不辣、一片雞排、一支黑輪
	【C 客人】 十片甜不辣	【D 客人】 甜不辣、雞排、黑輪、豆腐、花椰菜、玉米筍、金針菇、雞胗…… 給我來一份什錦拼盤！

看到這裡，你可能會想，到底誰會這樣點滷味？！嗯，這些點餐內容可能會讓滷味攤老闆投來異樣的眼光，不過在決定論文範圍時能帶來一些啓發。

這些類別是根據兩個維度設計的：廣度和深度。

左上角，完全不餓，但是又嘴饞到不行的 A 客人，冒著被滷味攤老闆鄙視和被後面排隊顧客怒視的風險，點了一塊雞蛋豆腐。

右上角，B 客人這個點法像是來試試這個滷味攤的口味，點了一片甜不辣、一片雞排、一支黑輪，嘗試不同的品項，又不會吃得太飽（就算踩雷也不至於太生氣）。

左下角，非常愛吃甜不辣的 C 客人，直接點爆十片甜不辣。

右下角，飢腸轆轆的 D 客人則是直接來一份健康豐富的滷味十全大拼盤！

哈啊……人家說吃完滷味會想睡覺是眞的！當我們舒服地在睡夢中漂流時，靈感突然來襲！一覺醒來發現，原來，滷味菜單也能教會我們一些選擇研究題目的道理和邏輯。

如果看得一頭霧水，無法理解買滷味跟選擇研究題目有什麼關聯性，那現在請試著將你的研究想像成黑暗中的光源。

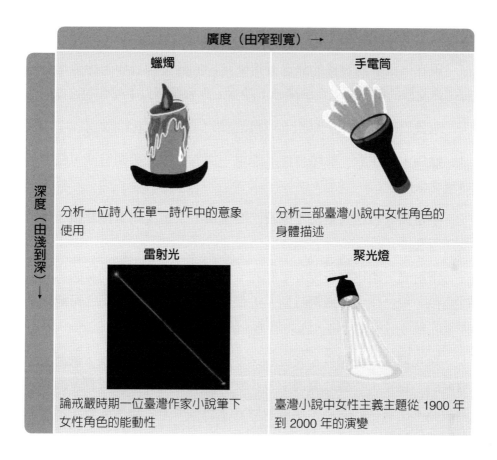

蠟燭，如同 A 客人點的一塊雞蛋豆腐，你需要拿著它靠近你想照的物體，這樣你才能看得見它的表面和形狀，就像一個窄而淺的研究題目。

手電筒，如同 B 客人點三樣，淺嚐即止，能夠照亮的範圍廣了一點，但沒辦法讓你看得太遠。

雷射光，如同 C 客人點的十片甜不辣，是一道非常集中的光束，它只照出你指的物體，但也正是這種聚焦性使它能照得很遠很準。

聚光燈，如同 D 客人的豐富拼盤，同時提供了範圍和深度，它的光照範圍可以讓你好好觀察光圈內照到的部分，而它同時也能照得

遠，因此你也可以看到遠處的事物。

現在，試著將這樣的概念應用到可能的論文題目中。想像你是一位主修文學的學生，正在準備碩士論文，你會選擇以下哪個題目？

讓我們仔細看看這些題目，從範圍最小的**蠟燭**題目開始：

蠟燭，專注於一部短篇作品的單一面向，因此範圍窄淺，較不具廣度與深度。

手電筒，包含大量文本閱讀（範圍廣），但文本證據解讀相當直接（深度淺）。

雷射光，題目將研究者限制在一個明確且不太廣泛的範圍內（女性角色、單一作者、戒嚴時期），但由於研究角色的能動性可能需要大量的參考引用和分析，因此賦予了研究深度。

聚光燈，題目兼具了廣度和深度：在時間上，它涵蓋了臺灣文學發展的一百年；在概念發展上，「女性主義主題」涵蓋了許多面向。換句話說，這樣的題目不僅需要研究者跨越歷史，還要綜觀不同時間點的當代背景。

必須特別注意的是，論文的廣度和深度並不代表該論文價值的評判標準——它不代表**聚光燈**題目比**蠟燭**題目更好，而是**每個範圍可能適用於不同的目的**。假如你正在攻讀博士學位，你可能會考慮**聚光燈**題目，因為你有相對較長的時間來對某個主題進行深入研究；而對於時間較有限的碩士生來說，雷射光或手電筒題目可能更容易掌握；最後，**蠟燭**題目則適合作為學期論文或課堂討論的題目。話雖如此，實際上**並沒有絕對的規定**——並不是說博士生只能選擇聚光燈題目，而碩士生不能，我們提供的只是一套指導原則，讓你可以多方思考。畢竟各學科的研究實踐和標準各有不同，因此你需要在廣度和深度之間找到一個「可行性的平衡」。

　　偶爾找找你的教授和同學做點實地考察也挺好的，他們都是你最寶貴的資源，不妨分享你的想法，聽聽他們的意見，如果你朋友不假思索地說：「你瘋了嗎？」這時候或許該退一步重新評估，看看你的想法是否超出了自己的能力範圍。

　　總結來說，我們討論了四個關鍵準則：**興趣、熟悉度、獨創性**和**可行性**。這些因素可以幫助你決定一個適合自己的研究題目。選擇「對的」題目真的相當重要，它不僅可以減輕你一路到畢業途中可能遇到的障礙，還能讓整趟旅程更加愉快和有意義。

　　說到這裡，是時候動動你的小腦袋，練習如何決定一個適合的題目了！

3. 牛刀小試

▶ 3.1　使用你的偵探放大鏡吧

　　既然已經討論了選擇研究題目時的關鍵考量因素，現在就捲起袖子開工，弄髒我們的雙手吧！當然，這只是比喻啦。

　　在上述列出的四個準則中，學生作者經常遇到的困難就是定義研究範圍。因此，我們在下方列出了幾個非常廣泛的題目，來幫助你更好地理解如何將潛在主題的範圍縮小。

　　請試著用多種方式來縮小它們的範圍。**題目會涵蓋不同的學科，但縮小研究問題的邏輯是相同的**。前兩題是已經完成的範例：

題目	太廣泛的原因	建議
氣候變遷對臺灣不同生態系統的影響	(1)「氣候變遷的影響」可能涵蓋許多方面，最好聚焦在其中一個。 (2)「臺灣不同生態系統」以地理上來說太廣泛了，研究者不太可能涵蓋如此廣闊的範圍，最好選定一個可以深入研究的生態系統。	(1) 2021 年至 2023 年，暖冬對新北市新店和美山螢火蟲族群的影響。 (2) 2022 年及 2023 年，熱浪對日月潭生態系統的影響。
臺灣社區口譯實踐概況	(1)「概況」的概念太過廣泛，應該要決定一個研究的主要面向，例如：你想研究過去十年相關政策的發展，還是你希望對這些服務的使用者進行調查，以提出改進的方向？ (2) 臺灣的社區口譯場域涵蓋了醫院、警察局和法院，應該要選擇一個領域進行重點研究。	(1) 臺中公立醫院的社區口譯實踐——與三位社區口譯員進行訪談。 (2) 臺北市政府於 1990 年至 2020 年間，社區口譯培訓計畫的發展。
探索企業社會責任 (CSR) 概念及其在當代商業實踐中的重要性		
媒體在推動社會變革、行動主義和倡議中的角色		
當代社會中家庭結構、角色和功能的變化		
科技如何改變課堂教學與學習實踐		
奈米技術如何應用於癌症治療		

▶3.2　將你的案件們歸檔

現在你已經更了解評估潛在研究主題的四個準則，是時候來點腦力激盪，練習如何運用它們了。拿起你最喜歡的筆，喬個舒服的姿勢，跟著以下步驟的引導開始吧！

將列出的想法分別對應到每個準則，答案「是」就打勾，「否」就打叉。

(1) 在「想法」的地方列出三到五個研究想法，不用擔心你的點子太瘋狂，我們只是在腦力激盪。

(2) 運用「四個準則：興趣、熟悉度、獨創性、可行性」來評估你寫下的想法，符合準則就打「ˇ」，不符合則打「ｘ」。

(3) 完成後，讓我們再看一次整個表格，如果有任何想法獲得四個勾，恭喜你，這些題目看起來都前途無量！如果沒有，再看看哪些想法得到最多打勾數量，並思考如何修改它們。

(4) 篩選完題目之後，就可以先列出你想要發展的後續步驟，並與你的教授和同學討論他們的看法。

想法	興趣	熟悉度	獨創性	可行性
(1)				
(2)				
(3)				
(4)				
(5)				

　　希望這個練習有助於你縮小選擇研究題目的範圍。現在，你對研究題目有了更清楚的方向，是時候與你的教授和同學分享這些想法了。在下一章中，我們將討論如何與你的指導教授和學習夥伴合作，讓你的碩士或博士論文成為愛的結晶，而不是挫折的泉源！

 ## 本章重點回顧

　　適合你的題目應符合以下準則：

興趣	研究者必須對題目產生興趣，才有源源不絕的動力進行研究。
熟悉度	研究者對題目最好要有一定的背景知識，才能更有效地進行研究。
獨創性	研究題目應有獨創性，採取新的視角或提供新的研究發現。
可行性	研究範圍應考量資源和時間上的限制，切勿超出能力所及。

牛刀小試參考答案

將四大準則應用於《虎爾摩斯與譁生》第二集，參考答案

	興趣	熟悉	獨創性	可行性
案件一：西元前兩百年的謎團	✓	?	?	✗
案件二：拼湊破碎文件	✗	✗	?	✗
案件三：破門案	✗	✓	✗	✓
案件四：原住民文化	✓	✗	✓	✗

牛刀小試，參考答案

題目	太廣泛的原因	建議
探索企業社會責任 (CSR) 概念及其在當代商業實踐中的重要性	(1)「企業社會責任」包含許多面向，如環境永續、道德勞工實踐、社區參與、慈善事業及企業經營透明度，應選擇其中一項來專注研究。 (2)「重要性」的定義太過模糊，可以試著縮小範圍，關注企業營運的其中一個面向，例如聚焦於雇主或員工。 (3)「商業」涵蓋的範圍也很廣，可以選擇一個特定產業，甚至只專注於一家公司，讓研究更容易進行。	(1) 分析環境永續實踐如何影響「Moonbucks 咖啡館」之日常營運。 (2) 探討道德勞工實踐對「LuluOrange 運動服」臺灣製造廠的影響。
媒體在推動社會變革、行動主義和倡議中的角色	(1)「媒體的角色」涵蓋了許多面向，可以進一步界定其角色定義，或選擇一個特定的媒體產物來集中研究。 (2)「社會變革、行動主義和倡議」都是非常廣泛的題目，應選擇其中一個來集中研究。	(1)《酷男的異想世界》中的酷兒呈現如何透過媒體能見度促進 LGBTQ+ 權利。 (2)《八尺門的辯護人》對臺灣移工議題之意識提升的影響。
當代社會中家庭結構、角色和功能的變化	(1)「家庭結構、角色和功能」是三種不同的討論範疇，應選擇其中一個來集中研究。 (2)「當代社會」也非常廣泛，一個研究者不可能將整個人類社會作為整體來研究，應聚焦於一個你能夠深入研究的單一群體。	(1) 臺灣單親家庭數量的增加及其對小學生教育成就的影響。 (2) 探究現有法律在保護同性家庭上所面臨的挑戰。
科技如何改變課堂教學與學習實踐	(1)「科技」是一個非常廣泛的主題，涵蓋了各種工具和應用。 (2)「教學與學習實踐」涵蓋了各種策略，可應用於所有教學主題，同時還包含了教師和學生的經驗。	(1) 如何有效應用 ChatGPT 來提升學生的英語口說能力。 (2) 探究互動式白板在小學數學課堂中對學生參與度的影響。
奈米技術如何應用於癌症治療	(1)「奈米技術」涵蓋了許多癌症治療中的可能應用，應選擇一項專注研究。 (2) 癌症的種類很多，應選擇一種專注研究。	(1) 奈米技術在肺癌治療中的免疫療法應用。 (2) 奈米技術標靶藥物輸送系統在腦瘤治療中的應用。

三

我的教授怎麼那麼可愛：
創造共好的學術研究環境

本書的第一章告訴我們，論文寫作不一定是孤獨的旅程。除了一起撰寫論文的同儕以外，指導教授也是陪伴我們走過學術之旅的重要夥伴之一。大家都知道，好的指導教授帶你上天堂（不是）！應該是說，跟適合自己的指導教授合作，能讓你在學術的旅途上事半功倍，並幫助你更有效率地產出夢寐以求的完美論文。本章我們將探討如何跟指導教授建立良好的合作關係，創造共好的學術研究環境，讓你的論文寫作如虎添翼！

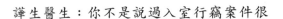

《唬爾摩斯與譁生》第三集

譁生醫生很幸運，有機會向偵探中的佼佼者唬爾摩斯學習！唬爾摩斯或許有點怪，但他的聰明才智無庸置疑，而且很願意與譁生分享知識。讓我們來看看，唬爾摩斯是如何在辦案過程中將偵探重要技能傳授給譁生醫生的吧！

某天，偵探唬爾摩斯和譁生醫生抵達了案件現場。

譁生醫生：你不是說過入室行竊案件很無聊嗎？怎麼會接這個案子呢？你看，客廳地毯上有一顆石頭，小偷顯然是拿它打破玻璃進到屋裡的。接著小偷破壞了保險箱，偷走了屋主的珠寶。結案！

偵探唬爾摩斯：哈！「小偷」就是希望你這麼想！

譁生醫生：這話是什麼意思？

偵探唬爾摩斯：你先看看玻璃窗的破洞。你覺得這個大小夠讓一個人爬進屋裡嗎？

譁生醫生：確實是小了一點……

偵探唬爾摩斯：再來是保險箱被破壞的方式也看得出來，顯然「小偷」知道密碼是什麼，但還是刻意破壞了保險箱，營造出有人強行打開的樣子。

譁生醫生：真是觀察入微！

偵探唬爾摩斯：而且我調查過了，這棟房子的屋主欠了一屁股債。有極高的機率他是自導自演家裡遭小偷，想藉此詐領保險金。

譁生醫生：哇，唬爾摩斯，我太佩服你了！雖然很不想承認，但每次辦案我都從你身上學到很多。

偵探唬爾摩斯：這是最基本的推理，親愛的譁生！

譁生醫生：如果你不當偵探，搞不好你會是一位很棒的指導教授耶！

偵探唬爾摩斯：我已經是了！

◇◇◇◇◇◇◇◇◇◇◇◇◇◇◇◇◇◇◇◇◇◇◇◇◇◇◇◇◇◇◇◇◇◇◇◇◇◇

　　在偵探工作領域，唬爾摩斯比譁生醫生要有經驗。他在辦案過程中扮演類似學術研究中指導教授的角色，大方地與譁生醫生分享自己的專業知識。

　　你的指導教授或許不像唬爾摩斯這麼嘴賤，但肯定也能為領域的初心者提供寶貴指引，讓這趟論文寫作之旅更加順暢！你找到適合自己的指導教授了嗎？還是仍在尋找當中呢？不管怎樣都不用擔心，我們會在本章中分享我們與指導教授互動的經驗，讓你知道如何把這段關係發揮出最大的價值。不過在那之前，先讓我們看看要找到最適合自己的指導教授，應該考慮哪些重要因素吧！

◇◇◇◇◇◇◇◇◇◇◇◇◇◇◇◇◇◇◇◇◇◇◇◇◇◇◇◇◇◇◇◇◇◇◇◇◇◇

1. 對的人

在本書的第二章曾經提到過，「對」的指導教授是決定你論文寫作之旅成敗的重要關鍵之一。本章中，我們總結了兩個面向的標準來幫助你找到「對」的指導教授：

- 研究的興趣

- 教授的風格

▶1.1　研究的興趣：尋找 #主題標籤 (Hashtag)

譁生醫生雖然不是專業的偵探，但是他跟啵爾摩斯一樣，對破解複雜案件充滿熱忱，所以才會一次又一次地跟啵爾摩斯合作，也成功破解許多別人無法偵破的案件。還記得我們在第二章討論到選擇「合適」的題目時所提到的第一項標準嗎？沒錯，就是**興趣**！同樣地，在學術寫作的這條路上，你也必須找到你「感興趣」的指導教授。這裡的感興趣指的是你必須對指導教授的**研究方向**感興趣，如此一來，當你們一起討論研究時才能跟啵爾摩斯和譁生醫生一樣，充滿熱情！至於怎麼找到研究興趣一致的指導教授呢？讓我們繼續看下去。

首先，你可以**調查教授的研究專長**，藉此縮小人選範圍。**系所網頁**會列出每一位教授的研究興趣和出版著作，這是一個很好的起點。除了這兩項資訊外，有些教授甚至會列出他們參與過的研討會或是主持的研究計畫，以及其他學術成就。另外，你也可以在**學術資料庫**中輸入教授的名字，搜尋他們更多的著作。調查教授的研究專長能有效幫助你找到與你有相同研究興趣的教授，而他很有可能就是「對」的指導教授。

1.1.1 關鍵字 (Keywords) 就是主題標籤 (Hashtag)

許多教授都擁有豐富的學術研究著作，若將他們的著作清單印出來，這一張紙可能會從臺北一路攤開到屏東。如果你想要從教授的著作中尋找有用的資訊，可以從著作的**關鍵字 (Keywords)** 開始著墨。關鍵字能幫助讀者快速掌握該著作的研究主軸，有利於讀者在有限的時間內判斷是否要將整篇文章讀完。

你可以把關鍵字視為**主題標籤**，也就是我們常看到的 **#hashtag**。現實生活中，主題標籤通常怎麼使用呢？舉例來說，你想找一個週末可以去放鬆的地方，可以先用以下這些主題標籤搜尋貼文，例如：#度假、#旅遊、#週末去處。在搜尋結果的貼文中，你可能會找到其他相關的主題標籤，例如：#週末小旅行、#海灘度假、#山景。如果你是喜歡看山景大過於去海邊玩的人，那麼你可以快速排除「#海灘度假」的貼文，而針對「#山景」的貼文仔細閱讀來蒐集資料。

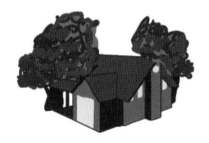

同理，如果某位教授的文章中有個關鍵字讓你產生了去週末小旅行的心情，（誰說不可能呢？）或許這個關鍵字可以當作你發想研究題目的素材，而這位教授可能就是你指導教授的不二人選！#充電 #愛自己 #幸福

下一步是**記錄重複或相關的關鍵字**，如果這些關鍵字剛好與你的研究興趣相符，那就更值得記錄了。在記錄的過程中，你會越來越清

楚自己對哪些研究題目或主題感興趣，也會更容易找到你感興趣的指導教授。

　　接下來就讓我們用一個實例說明如何尋找相關的關鍵字，並將之分類和記錄。以下是兩篇虛構的期刊文章，請你特別留意截圖中的關鍵字。

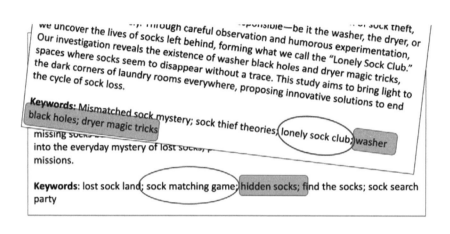

　　我們用表格的方式，按照主題將其中一些關鍵字進行分類，並更進一步解釋這些關鍵字之間的關聯性。

關鍵字	關鍵字的關聯
第 1 組（圈起來） 第一篇文章 　● 孤襪俱樂部 (lonely sock club) 第二篇文章 　● 襪子配對遊戲 (sock matching game) 	這兩個關鍵字都在表達「**原先成雙成對的物品現在落單了，必須為它們找到同伴**」的概念。
第 2 組（標註底色） 第一篇文章 　● 黑洞洗衣機 (washer black holes) 　● 變魔術的烘衣機 (dryer magic tricks) 第二篇文章 　● 隱藏的襪子 (hidden socks) 	第一篇文章的兩個關鍵字是關於**襪子失蹤的可能原因**，而第二篇文章的關鍵字則是探討**解決襪子失蹤情況的方法**。換句話說，第一篇文章是提出**問題**，第二篇文章則是探究**解決方法**。

　　像這樣分析關鍵字，就能推論撰寫這兩篇文章的教授對於洗衣服時襪子經常失蹤的現象很感興趣。如果你也對襪子失蹤疑雲感興趣，恭喜！你可能已經找到了跟你有同樣興趣的指導教授。

1.1.2 追蹤教授最常用的關鍵字

在尋找指導教授的過程中，記得要將你感興趣的關鍵字（例如襪子失蹤）記錄下來。假設你發現某一位教授的著作中，**重複出現相同的概念或相關的關鍵字**，這名教授很可能是襪子失蹤研究的專家，對這類的研究主題充滿廣泛的專業知識，經得起同領域其他專家的一再審視。如此一來，你便可以找到一位有共同研究興趣，且具備深度知識的指導教授，讓論文寫作的過程更有趣、更有成就感。

1.1.3 尋找屬於你的熱門關鍵字

若你還是不確定這位教授的研究專長是否與你的興趣相符，或許是時候該反求諸己一下，因為有可能是你還不確定自己對哪些研究範疇有興趣。光是瀏覽教授的研究經歷，並不足以幫你找到「對」的指導教授──這就好比進到一間餐廳，你不知道自己想吃什麼，此時即便餐廳的菜單多達100頁，你仍是沒辦法決定要點什麼。

但是別擔心，一時之間不知道自己想吃什麼沒關係，如果能知道自己「不喜歡」的食物，或是對哪些食物「過敏」，也是很有幫助的資訊！例如，對花生過敏的人絕對不會點花生醬培根起司漢堡 (Peanut Butter Bacon Cheeseburger)。同理，在尋找指導教授的時候，你可以從篩選教授常用的關鍵字開始，用這個方式避開自己不感興趣的研究題目，從而縮小指導教授人選的範圍。畢竟，選到不感興趣的研究題目雖然不會要了你的命（希望是不會啦），卻很有可能讓你在跟指導教授合作的過程中心力交瘁。

1.1.4　與教授聊聊天

如果你無法從蒐集網路上的資料來判斷這位教授是不是「對的人」，你也可以**直接聯絡教授**，邀請教授喝咖啡、聊是非，（不是啦！聊聊學術研究才對！）或正式一點地跟教授進行一次會談。這麼做能幫助你更了解教授的個性和溝通方式，藉此判斷這位教授適不適合你。最重要的是，與教授對話可以更進一步幫助你釐清你們的研究興趣是否相符。

興趣除了會影響你選擇的研究題目之外，也會影響你在研究旅途中的人際關係。許多學生對指導教授的認識常常僅限於學術研究的面向。然而，就像啳爾摩斯不只具有優秀的推理技能，他還是一個充滿幽默感的人，同樣的，指導教授也是一個有血有肉的人，因此教授的個人特質可能也會對你寫論文的經驗有很深遠的影響。

而這就是我們下一個要考量的重點⋯⋯

▶1.2　教授的風格：哈密瓜有股哈味

除了有相同的研究興趣之外，你也必須了解教授的個人特質及指導風格。無論是什麼風格的教授都有適合的學生。打個比方，哈密瓜有股哈味，有些人喜歡，有些人不喜歡。教授的風格也是一樣的——某位教授有可能非常適合指導 A 學生，但卻讓 B 學生嚇得逃之夭夭！只有你是最了解自己的人，你必須判斷自己適合哪一種風格的指導教授。

1.2.1　教授的個人特質

　　進研究所的前幾年，你可能已經在修課時觀察過教授們了。教授幽默嗎？還是說，他們本人就跟上量子物理學時一樣嚴肅呢？他們指導學生時是事必躬親、鉅細靡遺，還是採取比較自由放任的態度？這些因素會對你的論文寫作過程有深遠的影響，因此，請做出明智的選擇，誠實面對自己真正的「需求」。

　　我們必須理解的是：**學生不同，需要的指導可能也有所不同。**有些學生雖然個性與指導教授差得天南地北遠，但卻因為這樣常常能在討論過程中激盪出火花，產生新的點子。有些學生則是比較適合跟個性相仿的指導教授合作，互相理解，建立和諧的工作關係。因此，在選擇指導教授的時候，除了研究興趣之外，也需要考量你比較想要跟哪一種個人特質的教授合作唷！

1.2.2　教授的指導風格

　　以下就用四個面向作為舉例，讓你認識幾種**不同的指導風格**。你可以像做心理測驗一樣，把這些問題的答案記下來，幫助你判斷某位教授是不是你那位「對」的指導教授。

(1) **「咪挺」風格**：每個教授的「咪挺」（英文為 meeting，因此學生之間會以咪挺兩個字代表開會）習慣不同，有些教授是偏好定期與學生開會，有些則是讓學生自己決定什麼時候要約指導教授開會討論。除此以外，有些教授習慣安排團體咪挺，讓所有指導學生一起參與，有些教授則是喜歡跟學生一對一咪挺。每種咪挺風格都有它的特點，例如定期開會有助於培養學生的紀律和閱讀文獻的規律，而較有彈性的方式是讓學生自己約咪挺時間，但後者就比較適合會自我督促的學生。

(2) **編修風格**：教授審閱論文時，是習慣直接編修文章（充滿追蹤修訂的標註），還是偏好跟學生約會議進行口頭討論呢？指導教授直接針對你的文章內容進行編修是很有效率沒錯，但可能會因此限制你的成長幅度。而口頭討論雖然能讓你有效理解教授給的建議，但卻也需要你投入更多時間和精力。

(3) **諮詢安排**：教授是採取開門政策 (Open-door Policy)，允許學生在他開放諮詢的時段 (Office Hours) 隨時登門造訪，還是希望學生能提前預約諮詢時間呢？開門政策有利學生隨時詢問簡單的小問題，或是分享突然間的頓悟，而事先安排好的諮詢則是能確保有足夠的時間深入討論。你必須思考哪一種風格比較符合自己的溝通需求和工作步調。

(4) **討論想法的方式**：討論想法的時候，教授是喜歡自由、開放式的討論，還是希望學生事先寫好書面提案，並事先將書面資料寄給教授呢？前者能激發創意，讓人發現意料之外的見解，後者則是能協助學生整理自己思緒，有效節省討論時間。哪一種方式能讓你以最有效率的方式解決問題，並且持續往下撰寫論文呢？

　　出發找指導教授之前，你可以先來點**自行觀察**，透過課堂參與和作業，稍微了解不同教授的指導模式。值得注意的是，教授在不同情境，或是他跟不同學生互動時，這中間可能會存在差異。比方說，某位教授在課堂中很嚴肅，但他對指導學生非常關愛且溫暖；或是教授可能跟一板一眼的 A 學生討論的時候比較正經、嚴肅，跟大剌剌的 B 學生討論時則以比較輕鬆幽默的方式進行。

　　因此在探索教授指導模式時，你不妨**與教授現在和過去指導的學生聊聊**，他們能從學生的角度提供實際跟教授合作的內幕資訊，幫助你模擬未來可能與教授合作的模式。或者，你也可以**直接問教授本人**。但是，如果你想到要跟這位教授面對面交談就雙手雙腳開始顫抖，那麼這名教授可能不太適合你，除非你已經做好心理準備，未來每次跟教授會談前都胃痛一整晚。

1.2.3　你的工作模式

　　在判斷自己適合哪一種風格的教授之前，你也必須先了解自己的工作風格。舉例來說，本書的其中一位作者芷蓉在就讀博士班時幫自己安排了周延的修業計畫，她能在規範的時間內完成設定給自己的任務，並依照進度與指導教授開會討論。若你跟芷蓉的工作模式相仿，那你可能也會偏好能給學生高度自主性的指導教授。有些學生與芷蓉不同，他們偏好定期與指導教授開會，並從會議中獲得新的進度，這樣的方式使他們的學術生活充滿規律性。若你是指導教授放牛吃草，

就可能永遠不會動筆寫論文的人，那你或許也比較適合有定期開會的指導風格。

再打個比方，如果要做一道從來沒做過的料理，你會希望有人（或許是媽媽）站在你旁邊一步一步帶著你完成，還是偏好自己上網查食譜，摸索著把這道菜變出來？永遠記得，沒有所謂正確的作法，但總是有「最適合自己」的選擇。

哪一種教授的指導風格比較適合你？該怎麼確定這是你需要的方式？最了解你的人就是你自己，所以在選擇指導教授時，請務必誠實地面對自己的需求！

這些問題實在很嚴肅，值得我們細細思量。只是，我們現在非吃冰淇淋不可。糟糕！錢包放在家裡沒帶出來，口袋裡只有一些銅板。讓我看看……這些錢只夠買兩支蛋捲冰淇淋，或是一杯 Oreo 冰炫風。但我兩種都好想吃呀！可惜魚與熊掌不可兼得！

有時候，人生就是這樣會遇到難以抉擇的時刻。可能你某學期修了一門課，發現這位上課的教授在**個人特質**和**指導風格**方面都特別吸

引你，但仔細一查卻發現他的**研究興趣**與你不同，該怎麼辦呢？

▶ 1.3　興趣與專業間的拔河

　　長大眞是麻煩，爲什麼我想要的不能全部都實現？我們懂你的感覺，在你挑選「對」的指導教授時，有時候會遇到幾種需要考量的因素互相衝突而發生的狀況。雖然我們無法像選冰淇淋口味和配料一樣明確衡量這些因素，但你對每一種因素的重視程度可能會有所不同。啊哈，這似乎提供我們一個不錯的方向！

　　接下來，我們將透過作者們的親身經歷來敘述幾種不同的情境，藉此讓你知道，每個人在選擇指導教授時，雖然考量的因素差不多，但因素的比重卻不盡相同。你可以一邊看著作者的故事，一邊思考：對你來說，最重要的因素是什麼？

1.3.1　指導教授比較重要的情境

　　本書其中一位作者美馨念大學時曾遇到一個兩難的情境，讓她直到現在仍然覺得長大是一件很麻煩的事情。讓我們來看看她的故事。

美馨的故事

我選的題目或是我選的指導教授

我的大學規定，大學部的學生必須寫一篇論文才能畢業。當時，我對當代文學很感興趣，但我最喜歡的 I 教授是專攻古典文學。於是，我必須**在理想的指導教授和理想題目之間做出抉擇**──如果我想寫有關當代文學的論文，就必須找其他教授；如果我想找 I 教授指導的話，就必須更換成我沒這麼感興趣的論文題目。

在要繳交指導教授同意書的那一天，I 教授跟往常一樣優雅地走進教室，腳上的長靴吸引了我的注意力。我聽到坐在後面的人說：「她瘋了嗎？這裡是新加坡耶！外面三十幾度，她竟然穿雪靴！」I 教授無懼酷暑的時尚選擇讓我不禁莞爾。

在那一刻，我突然頓悟了：就是因為**I 教授具有獨特又有些古怪的個人特質**才這麼吸引我。於是我當下就決定找 I 教授當我的指導教授。除了很懂穿搭時尚，I 教授還有許多讓我景仰的個人特質，例如**她對學習自己專業領域以外的各種知識充滿熱情**。另外，我也喜歡 I 教授展現出來的氣質——**世故又優雅、幽默又謙卑**。「這就對了。」她在聰明與古怪之間取得完美平衡，是我最嚮往成為的大人！

簡而言之，我決定以教授的個人特質為優先考量的因素，而不是我的研究興趣。就算需要改掉我原本想寫的論文題目，我也不想放棄和敬佩的指導教授密切合作的機會。除此之外，我也察覺：從 I 教授的學識和做研究的方法中學習，**能讓我獲得珍貴的眼界和工具，不管我未來從事什麼主題的研究或其他事業，都將助益良多。**

將近十五年後的現在，我是否已經「長大」，變得更像 I 教授了呢？這個嘛……我只能說，光是佩服是無法讓自己變得跟偶像一樣的！

　　有些學生跟美馨一樣，重視指導教授的**個人特質和工作風格**勝過研究專長，也就是說，他們願意更換自己的研究題目，使其更符合教授的研究興趣。這有可能是因為學生認為教授有更棒的其他特質，或

有可以傳授的技能，長期下來可能對自己有利。

舉例來說，在上面的故事中，美馨非常仰慕 I 教授對各類知識的好奇心，於是她選擇請 I 教授指導自己，想知道教授對學習的熱情是否能感染自己。

以上描述是否讓你覺得深有同感？如果是的話，試著問自己以下問題：

(1) 捫心自問指導教授的特質和工作風格（有可能是開門政策、給予一針見血回饋的能力，或是團隊合作的心態）是否跟自己契合。對處於學術生涯目前階段的你來說，哪個因素比較重要？**聚焦一到兩個關鍵特質**，有助釐清自己最重視的是什麼。

(2) 你的首要目標應該是找到具備這些特質的指導教授，即便要**微調研究焦點**以配合教授的專業領域也在所不惜。

如果你心想：「想都別想！我要誓死捍衛原本的題目！」好吧，對自己選的題目這麼堅持，你應該適用下一種類別⋯⋯

1.3.2　研究興趣大於一切

對某些人而言，研究興趣是最具決定性的因素，換句話說，他們寧願放棄理想的指導教授，也不願意放棄自己的研究題目。

職涯選擇可能是這些人考量的要素之一。如果你想在特定學術領域發展職涯，可能就會把題目的重要性排在指導教授前面。畢竟，以想發展的專長為主題寫論文，對你是有好處的。讓我們再次以洗完衣服後失蹤的襪子為例：假設你未來想靠調查襪子失蹤案餬口，你的論文就應該選擇與襪子相關的主題。或許有個教授是你崇拜的大神，但如果那個教授的專長是髒鞋子，而不是失蹤的襪子，你在選擇論文指導教授的時候，可能必須聽從自己的理性，而不是感性行事。

若以上描述與你的情況類似，你可以這麼做：

(1) 釐清自己作為研究者最感興趣的主題，然後以之作為挑選潛在指導教授的指南針。換個說法，**你可以把興趣當作判斷一位教授適不適合的「篩子」。**

(2) **找到在你感興趣的領域有卓越成績的教授，**先不管他們的個性或工作風格為何。

(3) 不要害羞，勇敢告訴教授自己需要什麼樣的指導。跟教授合力**擬定計畫，**允許你追尋自己的研究目標，同時維持良好的師生關係。

再強調一次，每個人看重的東西都不一樣，並沒有所謂的正確解答。想知道最好的答案，就必須誠實面對自己！但如果你還不知道答案，也不需要擔心。先讓我們把令人焦慮的抉擇放到一邊，再繼續聽聽作者們的故事放鬆一下吧！

2. 我們都是過來人：作者們的親身經歷

作者們彼此分享親身經歷時發現，每個人與指導教授的合作關係都有所不同。不同個性和不同工作風格的碰撞，會產生許多有趣的互動！接下來，作者們會分享自己當學生時的經歷，你可以看看誰的經歷讓你最心有戚戚焉！如果你已經有指導教授，也可以想想你和教授的組合最像下面哪一種；如果還沒有指導教授，就想想哪一種模式最適合自己。

我們將作者們的故事分成以下四個類別：**有 AI 協助的鋼鐵人、有指揮官引導的神力女超人、有警長作伴的太空人，以及有嚮導陪伴的探險家。**這些分類代表什麼？繼續往下讀就知道了！

▶ **2.1　有 AI 協助的鋼鐵人**

宇挺的故事

打造卓越學術力

回首寫論文的歲月，我認為自己非常幸運，不只擁有許多互相支持的「夥伴」，還有一個「媽媽」，這對當時乳臭未乾的我來說再好不過了。不然的話，我會忙著享受校園生活，把論文拋到九霄雲外。

超級媽咪教授以**效率**聞名，這點從她會談的風格就可見一斑。要跟她會談，每個學生一個學期通常只有三到四次機會，每次十五分鐘，而且要事先預約。這也難怪我們會談的時候都誠惶誠恐，深怕浪費任何一丁點寶貴的時間。就好像晉見皇上時，必須在沙漏中的沙流完之前就陳述完這次的請求。

為了善用會談時間，我們會事先將重要的討論事項列成清單，將清單項目「濃縮」到一千個問題，然後在能力所及範圍內盡快交給超級媽咪教授。接著，超級媽咪教授會以每分鐘一千字的語速回答這些問題。此時，雖然手指不停顫抖，我們還是會瘋狂做筆記。我發誓，會談的時候我寫字速度之快，讓我的筆和破爛筆記本幾乎擦出了火花！

每次會談結束後，我會戰戰兢兢地將筆記帶回家，確保它們不受風吹雨打，並且提防其他嫉妒的研究生半路攔胡我的辛苦成果。回到家後，我會立刻開啓電腦，叫出我的論文檔案，在頭腦因為使用過度而開始忘記某些資訊前，盡可能地把論文依照超級媽咪的建議修訂完。

充滿痛苦的幾週過去了，我終於把稿件修好了！我緊張地按下 Email 的「寄出」，將修好的稿件寄給超級媽咪教授。

「終於寄出了！辛苦了那麼久，應該好好休息犒賞自己！來看部電影吧……」我開始瀏覽書架上的 DVD 收藏——

電腦顯示我收到了一封新的 Email？

蛤？！超級媽咪教授已經回信了！距離我寄信的時間還不到一小時，而且現在是凌晨兩點耶！她都不用睡覺的嗎？

我嘆了一口氣，把 DVD 放回架上，回到電腦前打開她的 Email。我發現她在我的稿件中做了一些修訂，以讀者的角度解釋這些修訂的原因。她也提供了一些**有建設性的回饋**，點出稿件中的缺失之處，讓我知道接下來應該補強哪裡。超級媽咪教授的效率和專業讓我深感佩服，於是我隨即又開始修訂論文（當然，我有先睡覺，我又不是她）。

事後回想，超級媽咪教授為她的學生樹立了一個很好的典範：**她的時間管理做得很好**，而且**工作不僅認真，還很聰明**。現在我也是教授了，我希望自己也能成為學生的好榜樣，只是我可能無法凌晨兩點還在工作就是了！

　　天啊，超級媽咪教授的訓練可真是精實。但多虧有她的訓練，宇挺現在也得到了一個外號——不是「超級爸比」，而是「鋼鐵人」！

2.1.1 「鋼鐵人與賈維斯」

　　說到鋼鐵人，大家八成都會想到漫威 (Marvel) 宇宙中，穿著高科技裝甲打擊壞蛋的東尼・史塔克 (Tony Stark)。但我們也不該忘記，若沒有 J.A.R.V.I.S.（簡稱賈維斯，一個很智慧的系統 (Just A Rather Very Intelligent System)），他是辦不到這些事情的。賈維斯是史塔克打造的超強 AI，能協助他扮演好超級英雄的角色。沒有賈維斯的史塔克就已經很聰明了，有了賈維斯的協助，史塔克更是如虎添翼！

　　英文名字也是 Tony 的宇挺，認為超級媽咪教授的訓練讓他獲益良多，也讓現在的他有能力穿梭在校園間，隨時看到因為論文而手足無措的學生就拔刀相助！

　　宇挺覺得他的教授跟賈維斯很像：**效率超高、回答極精準，而且隨時有問必答**。宇挺和指導教授的會談總是資訊量超載，如果會談是在寒冷的冬天早晨，咖啡因還沒進入血液的時候，宇挺會特別頭痛。每次踏出指導教授的辦公室，他都覺得自己的頭脹到裝不進鋼鐵人的裝甲，必須將裝甲從馬克 I 號更新為馬克 II 號。

　　但指導教授給學生的不只有任務和工作而已。宇挺的指導教授給了他很多**觀察入微和極度精確的回饋**。除此之外，宇挺幾乎是隨時都能透過網路獲得指導教授的建議，讓他無須擔憂無法獲得需要的指引和資源，也開始懷疑指導教授會不會真的是高科技 AI。

　　總而言之，宇挺和他賈維斯般的指導教授是一對效率極高的搭檔。如果你跟宇挺一樣，有辦法承受**節奏快、高壓**的工作風格，這類的合作關係會對你很有幫助。但我們得提醒你——並不是所有人都適合接受嚴師的指導。

　　如果說我很需要指導，但希望老師可以不要那麼嚴格呢？假如這是你的心聲，讓我們來看看由雅筑分享的另一種師生合作關係吧！

▶2.2　有指揮官引導的神力女超人

雅筑的故事

剛踏上論文寫作的旅程時，我跟許多研究生一樣滿腔熱血和決心——我要讓那些嘲笑我的人知道，書呆子其實也很酷！當時的我真心相信，我的論文將會是一大突破，讓世界變得更美好。

研究所第一學年結束後，我已經躍躍欲試，等不及要動筆了。於是有一天，我決定開始寫作。我開啟空白的新文件，開始打字。

過了五分鐘，我寫了半個句子。

三十分鐘，三句。一個小時，五句。

怎麼會這樣？無論我再怎麼努力，就是再也生不出隻字片語。

同樣的情況持續了一陣子。幾天、幾個禮拜過去了，我開始自我懷疑：或許我根本不適合在學術界生存。

渴望有所突破的我聯絡了指導教授，尋求她的支持。見到教授時，她給了我一個溫暖的笑容，然後耐心地聽著我訴苦。最後我下了一個結論：「也許我還是退學算了。」

「什麼？你不能因為寫作遇到瓶頸就放棄，每個人都會遇到瓶頸！來，我們來討論你的點子，然後**制訂相應的策略**吧。」於是我們開始腦力激盪，並討論我寫好的八句論文。（對，我後來又多寫了三句，很值得鼓勵吧？）教授給了我一些想法，教我從現有的簡單句子一步步擴寫，接著告訴我：「你有成為優秀研究者的資質，我不會讓你輕易放棄。**不管你需要什麼幫助，都可以找我，但我也會要求你付出心力。**」

在指導教授的鼓勵和指引之下，縈繞我大腦的自我懷疑漸漸消散，我再次感到自己充滿自信。她的溫暖重新點燃了我對學習的熱情，讓我從這次經驗中破繭而出，變得比過去更堅強！

　　雅筑跟神力女超人小時候一樣充滿想要改變世界的熱情，但若缺少適當訓練和一位良師，她們都無法發揮自己百分之百的潛能。

2.2.1　「神力女超人與安提奧佩 (Antiope)」

　　在 DC 電影宇宙中，神力女超人黛安娜小時候就充滿潛力，但這代表她從小就準備好成為神力女超人了嗎？當然還沒。首先，她必須接受阿姨安提奧佩 (Antiope) 的**嚴格訓練**。安提奧佩對黛安娜的嚴格程度，跟其他受訓的亞馬遜女戰士相比，是有過之而無不及。除了體能訓練以外，安提奧佩也為黛安娜提供**指引和支持**，強化她精神的韌性，同時維護她的初衷。經歷了這一切後，黛安娜才終於得到真實套索 (Lasso of Truth)，成為我們所熟悉的超級英雄！

雅筑跟黛安娜一樣充滿潛能，對她的領域具備豐富的知識和熱情，只是她對自己的能力產生了懷疑和恐懼，因此出現寫作障礙。她需要良師指導她如何運用自己的能力，一如安提奧佩讓黛安娜和其他亞馬遜女戰士接受訓練，強化她們本來就有的長處。更重要的是，無論是安提奧佩還是和雅筑的指導教授，都以**關懷但堅定**的態度培養徒弟的精神韌性與毅力，不讓她們因為遇到挫折就輕易放棄。

　　現在，掌握了（學術）真實套索的雅筑，也可以說是成為了神力女超人！黛安娜手握真實套索，成為神力女超人，而雅筑獲得博士學位後，則是為她的領域做出了許多貢獻！

▶ 2.3　有警長作伴的太空人

芷蓉的故事

剛進到碩士班就讀的我，就像剛踏上月球的太空人一樣，對什麼都充滿好奇，對所有事情都躍躍欲試。

例如碩一上學期的某一天，我鼓起勇氣寫信給指導教授，詢問他：「我能不能參與你的研究計畫？」又或是碩一上學期快結束的某天，我拿著一份課堂作業（僅是一頁 A4 的研究想法）跑到指導教授面前，詢問他：「我能不能寫一篇文章投稿去兩個月後舉辦的國際研討會（截稿日期就在一週後）？」再後來碩一下學期的某一天，指導教授把一個 Excel 檔案寄給我，詢問我：「有沒有興趣把這一份問卷資料寫成文章投稿去國際期刊？」當時我仍是個連學術文章能不能吃都不確定的碩一小菜鳥，但我想都沒想就答應了。

在完成幾次指導教授交付給我的初階任務後，他開始讓我挑戰更艱難的任務，並在解任務的過程中把專業知識傳授給我，我們因此建立起一種亦師亦友的合作的模式。他從來不直接告訴我要怎麼修改我的文章，相反地，他還會在我的文章中插入許多「註解（Comment）」，每一個註解都是一個或是很多個問題，藉由這些問題訓練我**批判思考的能力**，並且找到修改的方向和想法。對於我提出的大膽想法，**他會從師長的角度給我建議，也會從朋友的角度給我支持**。譬如第一次投稿我決定選擇一個超高等級的國際期刊作為目標期刊，指導教授首先呵呵笑了一下，接著對我說：「雖然被接受的機率可能只有 5%，但是我們可以闖看看。」在他的帶領下，我們成功將文章刊登到這個國際期刊上，當然，這就是後話了。

從碩士班到博士班我一直跟著同一位指導教授，他是一位對專業領域富有強烈責任感、正直，且對學生知無不言的教授。最讓我敬佩的是，**他能依照不同指導學生的個人特質來調整與該學生的合作模式**！也是因為這樣，大家總是能在他的領導下，找到屬於自己的位置，發揮專長！

在經過這些年的合作與相處後，我們建立了非常友好的師生關係。我們甚至有一個群組聊天室，大家會在裡面討論學術工作，也會自由地交談和分享生活。例如上個月，指導教授跟他太太到澳洲旅遊，就傳了他們在雪梨歌劇院的合照來，而我在街上看到可愛的貓咪或是喝到很棒的咖啡，也會拍下來跟他們分享。

現在回想起來，我能在許多人認為很煎熬且孤獨的學術生活中快樂前行，都要感謝我的指導教授。因為有他亦師亦友的陪伴，我才能發覺自己的熱情和興趣，並且堅定地走在這條學術路上。

說到這裡……差點就忘了，我還要把剛才拍的貓咪照片傳給教授。先走了，掰掰！

　　芷蓉和指導教授的關係，讓我們想到《玩具總動員》(*Toy Story*) 當中的胡迪 (Woody) 和巴斯光年 (Buzz Lightyear)！巴斯光年是一個太空人模型，能幹、自信且獨立，就跟芷蓉一樣；而胡迪則是一個牛仔警長的布偶，有責任感、聰明、正直，且善於關懷他人，其他玩具都以他為首，相信他做的決定，就跟芷蓉的指導教授一樣。

2.3.1 　「巴斯光年與胡迪」

　　在《玩具總動員》中，胡迪、巴斯光年和其他玩具們經常聯手克服種種挑戰，向彼此學習。芷蓉在論文寫作時，從指導教授身上學到最重要的一項技能，便是**對所有議題都要以批判性思考的角度來審視**，審慎思考以後才可以講出巴斯光年那句代表無懼面對挑戰的名言：「飛向宇宙，浩瀚無垠！」

　　除了捕捉巴斯光年的冒險精神和無限熱情以外，這句話也能用來描繪年輕學者的夢想和抱負。芷蓉的指導教授透過亦師亦友的合作關係，讓她**看見自己在廣大脈絡中屬於自己的定位**。這不也是巴斯光年在電影中學到的課題嗎？他從原本以為自己是一位太空騎警，應該隨時在宇宙中飛來飛去，尋找自己的使命，到後來與胡迪和其他玩具們

變成朋友，找到自己的歸屬和定位！

　　如果有教授願意對你說《玩具總動員》主題曲的歌詞：「我是你的好朋友 (You've got a friend in me)」，你該知道自己是個幸運兒！如果你跟芷蓉一樣幸運，就勇敢當一個太空人，啓動你的噴射背包、展開翅膀，一起飛向天空，伸手摘取學術成就的星星吧！

　　不過如果你不喜歡噴射背包，請容我們提供另一個低科技的選項：一千顆氣球。

▶2.4　有嚮導陪伴的探險家

美馨的故事

很多人問我，為什麼碩士不在新加坡念，要跑到臺灣念？我一貫的回答是：我想看看這個世界的更多角落，所以才做出這個決定。但我事前從沒想過，臺北這座城市給我的驚喜遠遠不只是這裡的觀光景點。我在這裡認識了跟我有許多共同興趣（像是旅遊）的指導教授，她也為我帶來許多驚喜。

念碩士班的某一年夏天，我到葡萄牙當背包客，旅程第三週，我和指導教授約了在當地見面。早在我出發之前，我們就已經**交換過許多人生故事**，但此時身處異國，感覺完全不一樣。旅行過程中，我們脫離了師生關係，只是兩個享受歐洲溫暖夏日的旅人，在波多 (Porto) 迷人的鵝卵石街道上漫步，與彼此分享自己過去的歡笑與淚水。

那次經驗讓我對指導教授又多了一份敬意——我看到她不論是在工作或是在生活中，都在**開放和專注之間取得良好的平衡**。在工作上，她鼓勵學生**探索新奇的想法**，不要受到領域的框架侷限。我的系所因此流傳一個說法：「如果你有奇怪的論文靈感，找她

當指導教授就對了。」就算是不太熟悉的領域，她也會盡力去了解，為學生提供如何繼續研究的建議。

她開放的態度也體現在指導學生的方式當中。收到論文稿件後，她不會對文字本身做具體修改，比較喜歡與我們**討論稿件中的想法**。這點很重要，因為文學研究經常**沒有正確答案**。透過這個方式，她讓我們不受限於她的詮釋，而是鼓勵我們對特定問題進行更深入、更具批判性的思考，進而形成自己的觀點。

這也是她最令我欣賞的特質：她**對冒險和新想法保持開放態度**，孕育了**她智性上的好奇心**，進而讓她有辦法**與他人發展深度的關係**。很多人以為從事文學和文化研究就是把自己關在象牙塔裡，但她的存在證明了，文學非但不會把人變成隱士，反而能讓人更有人性！

　　對了解世界的渴望讓我們想起了皮克斯 (Pixar) 的動畫片《天外奇蹟》(*Up*)。片中，年長的卡爾 (Carl Fredricksen) 和八歲男孩小羅 (Russell) 一起展開冒險。旅程中，小羅探索荒野時的興奮神情，讓卡爾重新燃起了對生命的熱情；而卡爾則是為小羅提供情緒支持、保護

和建議，讓小羅除了興奮之外，在探索過程中也能有指引可以依循。他們在冒險中培養的情誼足以維繫一生，即便他們已經從仙境瀑布(Paradise Falls) 回到家中，也不會消失。

2.4.1　「卡爾和小羅」

美馨跟小羅一樣，非常渴望探索學術世界和整個世界（現在依然如此）。而她的指導教授就像卡爾，在冒險途中陪伴著小羅，以他的智慧和耐心，讓有時過度心切的小羅冷靜下來。同樣地，美馨的指導教授扮演**同伴和嚮導的雙重角色**：她雖然對探索人跡罕至的小路抱持開放態度，但會確保兩人不會在旅途中誤入歧途、丟掉小命，也不會讓學生在撰寫論文時陷入死胡同。

美馨的指導教授鼓勵學生在選擇研究題目時**跳脫框架思考**，但這**並不代表學生想寫什麼都可以**。有幾次，美馨因為太興奮，在論文中加入過多東西，就好像想要在一天的行程中塞進各種景點的遊客，讓指導教授不得不提醒她放慢腳步，回想自己最終的目的地 ── 她的仙境瀑布是什麼。多虧有她的提醒，美馨才沒有迷失方向，也成功抵達了目的地。

最後，美馨想要引用《天外奇蹟》中的臺詞感謝她的教授：「謝謝妳這段旅程的陪伴！」

3. 成功的攻略

每一對師生關係都是獨一無二的，我們只是從無限多的可能性中，舉出四個當作範例，讓你一窺與指導教授互動可能有哪些模式。以下，我們提出了一些能讓你善用與教授互動機會的建議！

▶3.1　有 AI 協助的鋼鐵人：效率為王

如果你的指導教授跟宇挺的超級媽咪指導教授是同一種風格，你就必須發動方舟反應爐，以 101% 的專注度跟賈維斯對話！

可以預期……	• 有建設性的評論 • 快節奏的討論
討論風格	• 從讀者的角度直接編修 • 討論論文中的缺失
學生特質	• 自律 • 主動
可以學到……	• 時間管理 • 努力和聰明的工作方式

▶3.2　有指揮官引導的神力女超人：戰鬥策略

如果你跟雅筑一樣需要指揮官鞭策，那麼你可以跟指導教授討教一些有效的策略，將產能最大化！

可以預期……	• 指導教授的期待很高 • 強力支持
討論風格	• 策略導向 • 腦力激盪
學生特質	• 對學習充滿熱情 • 願意尋求指引
可以學到……	• 克服挑戰的策略 • 如何更上一層樓的見解

▶ 3.3　有警長作陪的太空人：伸手摘星

如果你和芷蓉一樣隨時準備起飛，就找個能帶你摘星的指導教授吧。飛向宇宙，浩瀚無垠！

可以預期……	• 自由討論 • 討論各種可能性
討論風格	• 以一連串提問刺激你的批判思考 • 脈絡化的討論
學生特質	• 獨立學習者 • 懂得批判性思考
可以學到……	• 深入了解大局中的議題 • 找到屬於自己的定位

▶ 3.4　有嚮導陪伴的探險家：保持開放

如果你跟美馨一樣有著探索世界的渴望，請找一位跟你一樣熱愛新奇體驗的指導教授。

可以預期……	• 智性上的好奇心 • 對學生個人的關懷
討論風格	• 沒有正確答案的開放式討論 • 討論大方向的概念，而非具體細節
學生特質	• 願意探索新的想法 • 充滿熱忱
可以學到……	• 對學習真誠的愛 • 建立有深度的人際關係

4. 牛刀小試：選擇「對」的指導教授

　　我們希望你讀完以上的故事後，能夠比較清楚自己適合什麼樣的指導教授。如果你還需要有人推一把，我們設計了一份簡短的測驗，供你評估自己想要的「學術父母」應有什麼特質、提供什麼樣的引導，無論你喜不喜歡，你都很可能會在心中為教授套上爸爸或媽媽的形象。

　　接著我們來練習根據本章討論過的因素組織而成。花點時間仔細思考每一項特質。做完練習，你可能會發現自己離找到合適指導教授更近一步了！

▶ 4.1　研究的興趣

　　寫下你的研究興趣，就算你對主題不太熟悉也沒關係。現階段要做的只是腦力激盪、縮小搜尋的範圍而已。

4.1.1　我的研究興趣：

　　　(1) _____

　　　(2) _____

　　　(3) _____

(4)　_____

(5)　_____

4.1.2　哪些教授有同樣的興趣？

你可以到系所的網頁，記下你所選教授的姓名和研究興趣。有人的興趣跟你相符嗎？如果有，請在最後一欄打勾，沒有就打叉，不確定就先畫個問號。

教授	研究興趣	符合

完成之後，你應該會更了解潛在指導教授的研究興趣，藉以縮減人選名單。接下來讓我們看看下一個因素：**教授的風格**。

▶ 4.2　教授的風格

除了研究興趣，教授的風格相符也是成就良好師生關係的關鍵因素。我們依照本章節敘述的**教授風格**分成以下五個面向。請閱讀 4.2.1 到 4.2.5 的題目，每一道題目都有兩個相對應的選項，請依照你對自己的了解，選出哪一個數字最接近你的需求。

4.2.1　咪挺風格

定期與指導學生開會討論			學生自己決定討論的頻率	
1	2	3	4	5

4.2.2　編修風格

直接在文章中提供修正建議			跟學生口頭討論	
1	2	3	4	5

4.2.3　諮詢安排

提前預約開會時間			開門政策，隨時歡迎	
1	2	3	4	5

4.2.4　討論想法的方式

依照事先提交的書面資料討論			開放式討論，每次都是一場腦力激盪	
1	2	3	4	5

4.2.5　師生互動性

需要「虎爸、虎媽」關懷			我沒問題，給我一點個人空間	
1	2	3	4	5

現在請將分數加總，看看總分是多少。

我的總分：＿＿＿＿＿＿＿＿＿

請閱讀以下敘述，了解自己屬於哪一種論文作者。以下每個種類都代表了不一樣的工作風格，幫助你更快速找到哪一種教授的指導風格最適合自己。

請注意：分數高低並不代表工作風格的好壞，低分僅是代表靠近光譜的左端，顯示出這個論文作者偏好比較有組織、規律性的師生關係。相反地，若你的總分很高，表示你靠近光譜的右端，可能會希望在論文寫作過程中擁有較大的自主權。

要記得，這些分類並不是非黑即白。你可能在某些層面偏好有組織，但希望在其他層面擁有自主權。以下描述僅供參考。對自己的偏好仍然一知半解的人，這些描述會很實用。總而言之，我們希望你在回答這些問題的過程中，有機會思考自己內心真正的聲音！

4.2.6 你是哪種人？

5-12 分：熱愛規劃

你喜歡在工作開始前就摸清可能發生的情況。有**明確指令**與**組織清晰**的引導，你的工作表現會比較優秀。你適合注重細節、會密切監督學生是否偏離方向的指導教授。有固定的行程會讓其他學生覺得受到限制，但你會覺得生活因為固定的日程而有了秩序。

13-18 分：中間路線

你夠自律，有辦法獨立工作，但希望指導教授能提供有組織的引導。對你來說，理想的指導教授應能詳查論文中的細節，也能討論廣泛的概念。**能手把手引導學生，同時又賦予學生自主權**的教授，會是你的理想人選！

19-25 分：自由的靈魂

　　你很**獨立，而且對學習充滿熱情**。你知道自己夠自律，不需要有人隨時監督就能完成研究功課，所以，你偏好在研究出現突破時再與指導教授聯絡。你對自己的題目充滿好奇心，有許多充滿創意的點子，而且很享受跟指導教授討論。

▶ 4.3　個人特質

　　人生不只是工作而已。想想看，你覺得理想的指導教授應該具有哪些個人特質？下面我們列出了幾項特質，你可以**根據這些特質對你的重要性**來進行勾選。當然，這份清單並未包含所有的特質，所以我們在表格最下方留了一些空間，讓你可以把你重視的特質加進去。想想你理想中的指導教授是什麼模樣吧！

個人特質	不可或缺	有的話很好	感受不深
對想法抱持開放心胸			
友善且溫暖			
會給予清楚的指示			
具效率			
關心學生			
有幽默感			
其他：			

5. 找到適合的人選了嗎？

看完兩大因素：**研究的興趣和教授的風格**後，再重新思考你曾經列出的幾位指導教授候選人名單。你是否發現已經有人能跟你「完美配對」了呢？

有的話，恭喜你！現在，你可以鼓起勇氣去找你夢想中的指導教授，詢問他們願不願意將智慧傳承給你！（怎麼搞得好像求婚？）

如果你仍尚未找到「配對成功」的指導教授，沒關係，這不是世界末日。你只需要權衡每一項因素，決定哪一項對你最重要。舉例來說，你是否已經下定決心，無論指導教授是誰都要做某一個研究題目？還是說，你是某位教授的死忠粉絲，就算要放棄自己首選的題目才能跟他們合作，也在所不惜呢？這些問題能幫你釐清誰才是「合適」的教授，請好好思考！

我們已經解決了論文寫作有關「人」的問題，現在，是該處理「非人」的問題了。下一章，我們將討論現今論文寫作不可或缺的助手：人工智慧 (AI)。無論你情願與否，AI 已經是我們生活中的一部分。在使用 AI 輔助論文寫作時，有什麼是我們應該注意的呢？想知道答案，就趕緊翻到第四章開始閱讀吧！

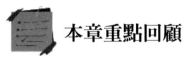 **本章重點回顧**

關鍵考量	選擇「合適」的指導教授有三個關鍵考量：**研究興趣、個人特質、工作方式／指導模式**。
師生相處模式	我們分享了四種不同的師生指導互動關係（**智能夥伴、指揮官、太空人、探險家**），也討論如何在各種相處模式下與指導教授共同成長。
如何找到你的「天選之師」	要找到你的專屬「天選之師」，必須先對自己在論文寫作方面的自律、動力、獨立有明確意識，充分理解。
最適合的導師	「最佳」導師因人而異，最適合你**個人特質和學習目標**的老師就是你的「最佳」導師。

我的論文不是我的論文：意識到數位世代的學術倫理議題

現今社會，你認為哪個比較稀少？是沒使用過人工智慧 (AI) 寫作業的學生、會噴火的惡龍，還是日本製造的壓縮機？如果要拿午餐來打賭的話，我們會把這頓飯梭哈在第一個選項上。第四章我們將帶你認識一些在使用 AI 時能做和不能做的事情，幫助你征服或至少馴服寫論文的這隻不會噴火的惡龍，成為馴龍高手（這不是譬喻，畢竟比起沒用過 AI 的學生，我們都同意龍存在的機率更大）。AI 工具已成為許多人生活的一部分，偵探唬爾摩斯和譁生醫生也不例外。一起來看看他們如何運用 AI 之力破解最新的案件！

◇◇◇

《唬爾摩斯與譁生》第四集

兩天前，偵探唬爾摩斯開始處理一個棘手的案件。在這個下著雨的早晨，譁生醫生來到唬爾摩斯的家，卻發現這位大偵探難得已經起床，興奮地翻閱著一疊疊的筆記。

譁生醫生：發生什麼事？你不是都睡到中午的嗎？

偵探唬爾摩斯：我覺得我就要解開這個案子了！

譁生醫生：怎麼可能？這個案子根本就不是你的專業，而且你對植物學幾乎一無所知，怎麼這麼快就無師自通了？

偵探唬爾摩斯：哼哼哼，我找了一位十分可靠的助手。

譁生醫生：這位偉大的助手是誰呢？

偵探唬爾摩斯：我叫 **AI** 助手幫我彙整一些植物學的重要概念，花了一個晚上看這些資料，雖然我連土都沒碰過，但有了 **AI** 的幫助，現在我儼然成為一位植物學大師！我甚至可以告訴你一些植物學專家的名字和他們的重要論文！例如這位邰青椒博士，他最新的著作是 **2025** 年刊登在國際期刊《不植得相信》的〈探究楊柳一詞在唐詩中的意義〉。

譁生醫生：這是什麼？這很明顯是瞎掰的吧！

偵探唬爾摩斯：是嗎？那花神莖博士的〈光合與交合作用：室內植物的祕密情愛生活〉呢？

譁生醫生：你覺得真的有這些論文嗎？

偵探唬爾摩斯：難道這是假的嗎？

譁生醫生：廢話！我證明給你看（開始搜尋學術資料庫）。看吧！這些論文根本不存在。

偵探唬爾摩斯：所以 **AI** 在唬爛我？但看起來真的超合理的欸……

譁生醫生：你使用的這個 **AI** 工具是透過背後的語言模型把文字進行排列組合，有點像是文字接龍的概念，但這些資訊不一定完全正確！為了避免你被誤導，我們現在要來好好檢查你的筆記。

偵探唬爾摩斯：哇，你這麼會講，一定能在植物學年度研討會上造成轟動。

譁生醫生：植物學我不懂，但我絕對是諧音梗的專家。好了，趕快來搞清楚這個案子的真相吧！

偵探唬爾摩斯：沒問題，讓我們一「葉」一「葉」地閱讀這些資料，搞懂其中的「枝微末節」，找到謎團的「根源」吧！

譁生醫生：現在你倒說得「天花亂墜」！

連偉大的偵探唬爾摩斯都因為過於依賴 AI，差點毀了他的一世英名！AI 應用的普及性證明確實有其厲害之處，無疑是個強大又誘人的助手（對被論文榨乾的研究生來說更是如此），但我們必須謹慎使用 AI 工具，以免落入這個甜美的陷阱。

如今，各種生成式 AI (Generative AI) 工具如雨後春筍般冒出，族繁不及備載！因此，本章的重點並不在於介紹或推薦 AI 工具，相反地，我們希望分享 AI 工具的使用指南，幫助你在學術寫作和研究中，能善用這些虛擬助手的強項，同時避免潛在的弊端，例如意外抄襲或在論文中放入太多諧音梗。我們將著重在探討生成式AI的優、缺點，以及你可以如何聰明地利用它來增進學習和研究的效率。

1. 生成式 AI 是什麼？它是如何運作的？

誠如其名，生成式 AI 會生成東西。好，在你摔書覺得浪費時間之前，先等等！像 ChatGPT 這樣的生成式 AI 工具能跟你對話、提供資訊、幫你寫一封 Email，是因為它背後有一個經過大量的數據資料訓練的大型語言模型（Large Language Model，簡稱 LLM）。簡單來說，這個語言模型從網路、書籍、影音以及文章中獲得大量的資訊，藉此學習單字和句子之間的關係，所以它可以辨識和產生文字，來回答問題、翻譯文字，或是草擬一封信件的內容。

此時此刻，你可能會想，AI 這麼厲害，又飽讀詩書，又能產出內容，我的論文就靠它了！等等等等，生成式 AI 工具的角色比較像個人助理，而非你論文的主筆作者，而且你必須記得，即使是最能幹的助理也是會犯錯的。

你一定知道蝙蝠俠 (Batman) 是誰吧？不過這裡我們想談談他的全能管家——阿福・潘尼沃斯 (Alfred Pennyworth)。阿福雖然能幹又忠誠，但他也會犯錯，可能是溝通失誤或判斷錯誤。如果 AI 聊天機器人

就像阿福，那麼你就是蝙蝠俠！記住，雖然 AI 可以成爲你可靠的幫手，但它不能替你戰鬥，就像阿福可以幫蝙蝠俠打造蝙蝠車，但蝙蝠俠必須親自駕駛它追捕壞蛋！

接下來，我們會協助你檢視 AI 工具的優點和缺點，讓你能像蝙蝠俠一樣，學會如何跟這位助手合作，成爲彼此的最佳夥伴，一同消滅糟糕的論文，就像蝙蝠俠將邪惡逐出高譚市 (Gotham City) 一樣！

2. 生成式 AI 工具的優點

大家都同意生成式 AI 工具能帶來許多益處，但你有想過在學術寫作的路上，它能幫到你什麼嗎？現在，我們將聚焦討論生成式 AI 作爲「智能搬運工」、「創意夥伴」以及「口袋語言顧問」三個角色的情況。雖然這不是一個詳盡的條列清單，但我們希望提供一些想法，讓你的 AI 個人助理能發揮所長！

▶ 2.1 智能搬運工

眾所皆知，AI 能在短時間內快速分析大量資料，包括統計數據、文件內容、程式碼等等。這就是爲什麼我們將 AI 比喻爲智能的搬運工，因爲它可以**高效地處理繁瑣且耗時的工作**，而這些工作在研究中通常都是最吃力又乏味的。將這些任務交給 AI，可以有效節省研究者的工作時間，讓研究者專注於更重要的部分。

以下我們舉例列出了一些 AI 作為「智能搬運工」擅長的事情：

(1) **文獻檢索**：搜尋學術資料庫並推薦與研究主題相關的參考文獻，且速度比你崩潰地喊出「再不出版就出殯！」還要快。

(2) **文獻摘要**：整理出文獻的重點，讓你可以更快速判斷哪些文章是與你研究高度相關的，確保你不會在文獻海中昏昏欲睡。

(3) **資料處理**：就像剛喝下全糖珍奶而異常亢奮的偵探一樣，AI 能夠馬不停蹄地歸納資料及數據中的重點，並且找出其中的規律性或趨勢。

當然，以上提到的工作我們也可以自己處理，但通常需要花上好幾小時，甚至好幾天才能完成，然而 AI 卻可以在幾秒或幾分鐘內就把結果呈現給你。因此，如果你能善加利用科技工具的優點，就能讓 AI 成為你的智能搬運工，幫你節省許多工作時間！但記得，撒隆巴斯還是留給你瘋狂打字的手腕就好。

▶ 2.2　創意夥伴

AI 除了可以當你的搬運工，搞定那些你肯定不想做的無趣工作，它還是你創意發想的好夥伴：

(1) **腦力激盪新點子**：需要新的研究想法嗎？找 AI 就對了！

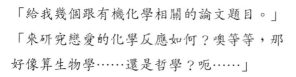

> 「給我幾個跟有機化學相關的論文題目。」
> 「來研究戀愛的化學反應如何？噢等等，那好像算生物學……還是哲學？呃……」

(2) **免懂行話也能學新知**：需要理解不熟悉的概念嗎？讓 AI 幫你上一堂速成班！

> 「把我當成三歲小孩，解釋馬克思的思想給我聽。」

(3) **提出反對論點**：需要從不同角度觀看一個議題嗎？與 AI 來場辯論，看看機器陣營的擁護者會怎麼反駁你吧！

　　「我認為 AI 將會統治世界。你能提出幾個理由，説明這可能不會發生嗎？……你想統治世界嗎？……你確定？……你只是想讓人類自我感覺良好，這樣你就可以統治世界吧？」

嗯，在世界變成類似《駭客任務》(*The Matrix*) 的反烏托邦之前，我們仍然可以在學術追求上的路上與 AI 稱兄道弟，因為它可以提供我們未知的資訊，也可以提出新穎的想法，幫助我們迅速而輕鬆地開拓新領域。

▶ 2.3　口袋語言顧問

　　如同本章一開頭提到的，AI 的大型語言模型接受了大量資訊輸入的訓練，使它們能夠生成語法正確的文句。對許多非母語者來說，AI 能夠很好地協助他們清楚地表達想法。

(1) **生成參考書等級的「範文」**：學生可以請 AI 生成內容作為參考，再寫出自己的版本。

　　「請以『啓蒙運動』為主題，給我三個好的範例作為論文的開頭。」

收到這個提示詞 (Prompt) 後，一個天馬行空的 AI 可能會回覆你：「啓蒙運動是西方一場劇烈的思想運動，盛行於 17 至 18 世紀，對政治和社會制度的改動有著深遠的影響，因此有作家形容這是『在生存還是滅亡中選擇 (To be or not to be; that is a question.)』的時代……」等等，這段話是引用自英國文豪莎士

比亞戲劇作品《哈姆雷特》中的一段角色獨白，背景根本不是
啓蒙運動啊！這也提醒了我們，AI 雖然可以提供看起來很棒的
範文，但有時它可能會不小心混淆事實，因此我們還是要審愼
評估 AI 助理提供給我們的內容才行。

(2) **翻譯**：AI 可以在不同語言之間翻譯單字、詞組、句子甚至段
落，作爲你寫作的材料或是參考。例如：「將『*aging society*』
翻譯成英文。」（答案：老齡化社會）

(3) **編輯**：AI 也可以幫忙校訂或潤飾你所寫的內容。

在這個情況下，你可能會下達這樣的提示詞：「檢查下面這段
文字，修正其中的**文法錯誤**，並修改得**更加符合語用習慣**。」
經過 AI 打磨潤飾後，這些文字瞬間斐然成章，連莎士比亞都
可能從他永恆的酣眠中因爲嫉妒而醒來！

哇，聽起來 AI 就像是最棒的作家、翻譯和編輯，而我可以隨便寫
下任何想到的東西，然後交給 AI 幫我檢查！畢竟，它的語法是完美無
缺的，對吧？

嗯，「完美無缺」有點太浮誇了。由於語言使用的細微差別、語
境的複雜性、地區差異以及其他各種因素，AI 的語法檢查不可能達到
「完美無缺」。關於 AI 生成文字的限制，我們稍後會詳細討論，但現
在可以肯定的是，AI 的語法校訂確實爲使用第二語言或外語寫作的作
者帶來許多助益，因爲它可以幫忙**排除基本錯誤**，使讀者或老師能更
專注於文章的想法，不會因爲文法問題而分心。

這裡需要聲明一下：我們指的是你的傑出想法，不是 AI 的！人類
作者需要檢查 AI 的語言輸出是否準確，對於它生成的想法也該如此。
AI 可以提供無數的點子，但最終還是需要人類研究者**選擇哪些想法適**
合加入並融入至研究中，以產出眞正屬於自己的學術成果。就像購買

一款遊戲前，你會先試玩免費版，在使用 AI 的點子之前，你也該充分評估它們的品質。雖然 AI 可以迅速生成許多想法，但選擇和結合最好的想法以創造出原創且高品質的研究，是人類研究者的工作。

3. 訓練你的 AI 管家

　　哇，聽起來 AI 可以在研究旅程中的每一步幫助我們！只需要輸入提示詞，AI 就能為我們完成海量的工作！不過，這代表它完美、全能，且完全無所不能嗎？絕對不是！

▶ 3.1　各司其職

　　如同前面提到的，AI 聊天機器人就像蝙蝠俠的管家阿福，而身為使用者的你就像蝙蝠俠。觀察他們之間的分工，會發現雖然阿福的拳腳功夫不如蝙蝠俠，但透過運籌帷幄和足智多謀，他仍為蝙蝠俠提供支援，彌補了戰鬥力的侷限。對蝙蝠俠來說，儘管阿福（通常）不會與他並肩作戰，他仍是個能幹的夥伴和堅強的後盾。

　　你有想過他們為何能如此合作無間嗎？當阿福剛開始在韋恩 (Wayne) 家擔任管家時，他需要熟悉整座巨大豪宅的格局，學習以最佳方式協助他的主子們，以及掌握其他成千上萬的細節，才成為了韋恩家族不可或缺的一部分。這個過程可能花了好幾年，並且需要阿福與韋恩家族之間大量地來回溝通。

▶ 3.2　溝通就是關鍵

　　良好的訓練和溝通能夠使管家更稱職地完成工作，同樣地，AI 能有多強大也取決於你如何與它溝通。換句話說，只有當你給出詳細且**具體的提示詞 (Prompt)** 時，才能將上述的 AI 強項最大化。此外，由於大型語言模型透過對話來生成內容，因此往往需要**與 AI 進行多次互動**才能獲得高品質的產出。

　　只有在與蝙蝠俠進行清楚且頻繁的溝通後，阿福才能提供有效的協助。同理，AI 也需要精心設計的提示詞才能生成理想的內容。下表列出了構建一個精準的提示詞所包含的關鍵要素，並舉例該要素在實際操作中的呈現方式。將範例的所有句子組合在一起，就會得到一個完整的提示詞。

關鍵要素	範例
使用者身分	我是一名高中生。
主題／議題	我正在寫一篇報告，關於**社群媒體**對青少年心理健康之**影響**。
具體任務	請列出五個在過去五年內出版，有關社群媒體對青少年心理健康影響的關鍵資料（包含新聞文章、報告或書籍），並附上這些資料的重點摘要。
語境脈絡	這篇報告的**目標讀者不具備**公共衛生領域的**專業知識**。
語言考量	**請以高中生能理解的簡單詞彙**，解釋任何與心理健康或社群媒體相關的專業術語或抽象概念。

　　請記住，這些只是構建一個精準提示詞的基本要素。根據任務的複雜度，你可能需要提供 AI 更多的資訊或背景脈絡。

　　在了解 AI 能為我們做的事情，及學會如何善用提示詞之後，我們要來探討 AI 的限制，以便在撰寫提示詞時將其缺點降到最低。

4. 生成式 AI 工具的缺點

　　AI 確實有許多強項，但它並非萬無一失。以下是我們彙整出 AI 既有的四個主要缺點，以及我們建議可以採取的應對方法：

▶ 4.1　無心的說謊者──不經意地提供虛假的資訊

AI 最常被討論的缺點之一，便是提供**與事實不相符**的內容。就如同本章開頭，唬爾摩斯和謹生醫生的故事中，我們發現 AI 可能會「產生幻覺」並提供不真實的資訊。做研究時，這樣的「幻覺」會以多種形式出現，像是**不存在的參考文獻**、**編造的引述**或是錯誤的資料來源。

AI 提供的資訊中，有部分內容可能是真實的，但同時參雜錯誤的訊息，因此若你不具備足夠的批判思考能力，很可能會被這種虛假的資訊所誤導。就像我們的朋友雅婷，她的前任總是利用謊言參雜事實來欺騙她，為自己一次次的出軌行為開脫，而她也傻傻地一再相信了！這個故事我們改天再說……

在進行學術寫作和研究時，研究者可能會得到 AI 生成的虛假參考文獻，但並非所有資訊都是捏造的，有可能該文獻的作者是真有其人。換句話說，「作者」是確實存在，但當你再仔細搜尋 AI 提供的文章標題，會發現這位作者根本沒有寫過這篇文章。再舉一個例子，AI 提供研究者某個學術資料庫中某篇論文的連結，但連結點進去卻是一篇完全不同領域的論文。這樣看來，最近又開始約會的雅婷不僅可能會在交友軟體上受到傷害，連在學術研究工作上可能也會遭到欺騙。

所以說，我們不能完全依賴 AI 提供的文獻資料，對吧？那我們不如叫 AI 幫我們讀文獻，這樣不是就解決了嗎？

▶ 4.2　不稱職的讀者──僅提供表面訊息而非關鍵資訊

照理來說，有些 AI 工具可以幫我們「讀」文章。然而，根據研究者的使用經驗，這些工具僅能提供**表面的解讀**。

想像 AI 是一隻「閱讀鸚鵡」，牠的聰明程度足以重複聽到的話，但除了簡單複誦，牠無法給出更多訊息。同樣地，透過重述一篇文章字面上的內容，AI 能夠進行總結，並**忠實呈現文章中的研究結果**，但它無法理解文章的深層涵義，也無法有效地將其整合至相應的學術脈絡中。如果缺乏對相關背景的理解（理解背景脈絡是人類讀者才有辦法做到的，至少在 AI 統治世界之前），這些表面解讀還是可能會誤導研究者的。

因此，AI 閱讀往往缺乏文獻探討必須具備的深度。還記得我們說過，撰寫出色的文獻探討就像拼拼圖嗎？在拼的過程中，AI 能為你做的只有描述每塊拼圖的樣子（例如「這塊拼圖是紅色的」），而你必須負責將每一塊拼圖拼在一起，形成有意義的圖像。目前，**AI 仍無法有效執行這樣綜合性的工作**，因此這個重責大任仍是在人類研究者的手中。

▶ 4.3　頭腦簡單的編輯──使用過度單一的語言邏輯

除了整合重要的文獻資料，人類作者還需要領導另一項工作，那就是編輯文字。許多人都對 AI 生成文本的**「GPT 風格」**作出評論，他們認為 AI 產生的文本雖然語法上沒有太大的問題，但經常過於複雜且難以閱讀──換句話說，一看就知道是寫作機器人會寫出的東西！由

此可見，優秀的文章並不只有完美的
語法，還仰賴其他因素，例如作者獨
特的口吻、語調和風格，而這些都是
目前 AI 工具無法做到的事情。

　　以下我們將提供幾個建議，讓你
在跟 AI 協作進行寫作時時，可以有效
避免寫出來的文字內容「**太 GPT**」！

　　在過去，如果你有閒錢，可以僱
用專業的捉刀人代你寫論文或撰書，也就是他們收錢寫字，但著作掛
你的名。而今，感謝偉大 AI 的出現，你不需要是建商富二代也能做
到，因為 AI 就像是免錢的寫手！因此我們想要重申的重點是，無論是
人類槍手還是 AI 代筆撰寫論文，都存在著誠信問題，但是你才是論文
寫作的主人，到底如何在寫作過程中找回你的聲音呢？讓我們接著看
下去！

4.3.1　找回你的聲音

　　使用 AI 工具協作書寫的作者必須找回自己的聲音，透過「**反向編
輯**」梳理 AI 提供的文字內容，使行文能夠真正反映筆者獨特的風格和
視角。為了更清楚地說明，我們來看看下面的例子。

　　表格中的「原始文字」由非中文母語者撰寫，經 AI 修改後，再由
人類校稿員進行反向編輯。各版本間經過修改的內容皆用粗體標出，
並附上人類校稿員針對修改所給予的說明。

	原始內容	AI 編輯後的內容	反向編輯後的內容
文本	有資格參與在本研究的學生是 1984 年（民 73 年）和 1988 年（民 77 年）的出生世代的代表性樣本。有 4 次調查，約有 4 萬名學生參與調查。	**符合參與本研究條件**的學生**來自** 1984 年（民 73 年）和 1988 年（民 77 年）的出生世代的代表性樣本。**這項研究包含** 4 輪調查，**每輪**約有 4 萬名學生參與。	**本研究主要以出生於** 1984 年（民 73 年）和 1988 年（民 77 年）的學生**為研究參與者，以獲取較具代表性的樣本**。這項**縱貫性研究**包含 4 輪問卷調查，每輪有**將近 4 萬名**的學生參與本研究。
說明	第一句中，「有資格參與在」是奇怪的句構。第二句中，兩個分句並不連貫。	AI 修改**解決了文法問題**，並透過改變用詞使行文的**語調更堅定**。例如： • 有資格 → 符合條件 • 是 → 來自 另外，把「有」改為「這項研究包含」也**增強了句子間的連結性**。	這段文字被修改後提供更**具體的**內容，並增加細節以提升文字的**可讀性**，特別是第一句。 加入「**縱貫性研究**」和「**問卷**」等詞彙也增加了研究的清晰度及背景脈絡。

哇，真是花了不少時間，但至少現在我們得到這段文字的昇華版本了！試著比較「原始」文本和反向編輯後的文本，你有發現任何不同嗎？

4.3.2　用詞越漂亮，可讀性就越高？

你可能會注意到，反向編輯的版本比起 AI 的版本，**加入了一些優美的詞彙**。AI 會提供在特定語境中較常使用的詞彙選擇和表達方式，毫無疑問，這是提升**可讀性**的一個方法，畢竟可讀性越高，讀者閱讀文本也越輕鬆，但必須要小心，AI 的修改並不是每次都能達到這個目的。

AI 生成的文本無法總是具備良好的可讀性，畢竟 AI 和人類處理訊息的方式不同：AI「認為」簡單易懂的文字，人類可能不這麼認為。

因此，為了確保更高的可讀性，對 AI 生成的文本進行批判性評估和修改絕對是必要的。

4.3.3　長篇大論不見得好

如果你使用非母語語言撰寫文章，你可能會想：「AI 的文法比我強，我要怎麼編輯或修改它提供的文本呢？」這邊提供你一個萬用準則，那就是**尋找冗長的詞組和句子**。要判斷一段文字是否冗長，我們可以試著一口氣讀完它；如果你做不到，或在念某些單字或詞組時舌頭打結，就可以考慮改用其他措辭，讓文章看起來更簡潔和清晰。

一旦找出冗長或不自然的詞組和句子，你就可以開始精簡文本。例如，在上方 AI 編輯和反向編輯的文本中，AI 版本包含了更長的詞組「符合參與本研究條件的學生來自⋯⋯」，而在校訂後的版本中被縮短為「本研究主要以出生於⋯⋯」。套句知名影集《我們的辦公室 (The Office)》中凱文・馬龍 (Kevin Malone) 的智慧箴言：「三言兩語就能搞定，幹嘛廢話一堆？」（但請不要這樣寫論文，否則你的教授會寄信跟你說：「那麼會搞笑，幹嘛來念碩士？」）

試著比較 AI 編輯文本和反向編輯文本的**句子結構**，會發現後者更加簡潔、直接，且避免使用過於優美的文辭。這也說明了在學術寫作中，要呈現清晰的內文，不需要透過華麗的辭藻，你可以使用對你來說更自然的句子結構。無論讀者背景為何，或是否擁有主題相關的專業知識，這篇研究的內容都是**易於理解**的。

4.3.4 精簡不等於制式

然而，需要注意的是，**精簡並不等於制式**。即使是呈現相同的數據，不同的研究者也會用稍有差異的方式表達他們的發現，反映出**個人偏好和思維過程**，這也是爲何保持自己的獨特聲音如此重要。AI 編輯工具會將語言和風格標準化，容易剝奪作者行文的個體性。因此進行反向編輯時，你在做的是使用熟悉並符合你個性的詞語，恢復寫作的獨特性，並重新找回你的聲音。

當然，在詞語選擇或語域調整等方面，AI 無庸置疑可以提供許多有用的建議。但進行反向編輯之所以重要，是因爲它使論文看起來更有「你」的樣子！畢竟，這終究是「你」的研究，因此你的行文應該要反映出你的想法和風格。

▶ 4.4 意外的洩密者──機密資料外洩之風險

對處理敏感或機密資訊的人來說，意外或非故意的資料外洩可能會是嚴重的問題。由於 AI 會將使用者輸入的資訊納入線上資料庫，並提取相關內容來生成答案，如果用戶將**敏感或機密資訊**上傳到雲端，便可能會產生安全問題。在學術研究的範疇，無論使用什麼類型的技術，都應該**格外謹愼**處理以下資訊：

(1) **研究參與者的個人資訊 (Personally Identifiable Information)**：全名、地址、電話號碼等。

(2) **敏感的人口統計資料**：健康狀況、殘疾狀況、社會與經濟狀況、犯罪記錄等。

(3) **機密的研究數據**：原始資料、尚未經過同儕審查的未發表結果、可能涉及商業或智慧財產的資料等。

(4) **未發表的研究方法或協議**：臨床試驗計畫書、數據加密技術、新型實驗室技術等。

(5) **保密協議 (Information Covered by Non-disclosure Agreements) 中的資訊**：機密研究資金、學生記錄、機密同儕審查等。

　　雖然這個列表稱不上是包羅萬象，但它提供了大致的概念，讓我們知道不該把全部的資訊都「餵食」給 AI，以免在無意間外洩機密的資料。如果你在處理的資料包含敏感資訊，請參考後面〈6.3.3 原則三：你對 AI 提供的資訊有疑慮嗎？那很好〉的段落，我們提供了一些技巧，讓你能夠在**保護資料的同時利用 AI 的優勢**，更有效率地處理訊息。

　　總之，請記住，事前謹慎好過事後道歉，最好只用 AI 處理一般性資料或已經公開可用的資訊，盡可能保護你自己（和研究對象）！

5. 國王與他的軍師（上）：如何奪人性命

　　基於上述理由，AI 只應該被視為一種工具，永遠不能代替人類進行校稿的工作。即使你是利用 AI 來提升論文品質，也一定要檢查、檢查、再檢查（很重要所以講三次）。在以下情境中，想像你是一位國王，而 AI 是你的軍師。

　　國王：我要處決這個叛徒，該怎麼做？

　　軍師：噢，這是我最愛的話題。我想到好多好多好多種方式，像是砍頭、毒殺、絞刑、開腸剖肚……

　　國王：嗯……砍頭最有戲劇張力，毒殺不會弄得亂七八糟，絞刑是吃瓜群眾的最愛，而開腸剖肚又是千載難逢的盛宴……

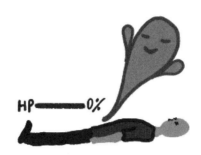

　　根據不同的考量，國王正在進行決策。雖然軍師給了許多有用的點子，但還是得**由國王做出最終決定**。那麼，身為一位明智的國王，該如何有效地獲取軍師的建議，但又不被操控呢？緊接著，我們將討論使用 AI 進行學術寫作的主要原則，若不想在無意中被這些高科技「軍師」牽著鼻子走，請將這個比喻牢記在心！

6. 如何聰明使用 AI？

　　如同國王需要智慧來評估軍師提供的建議，在使用 AI 時，我們也需要動點腦，以防被 AI 引導或誤導。既然 AI 輔助學術寫作短時間內不會消失，就像我在餵的流浪貓現在根本就住在我家門口，我們必須學會聰明地處理這些問題（無論是針對 AI 還是流浪貓）。在本節中，我們將聚焦「如何」有智慧地使用 AI，好讓你能最大程度地利用 AI 的好處，同時將風險降到最低！

▶6.1　乖乖遵循指引

　　首先，查詢你的學校針對 AI 使用所訂定的校園參考指引。有些學校，如國立臺灣師範大學 (National Taiwan Normal University) 和國立臺灣大學

(National Taiwan University)，皆有爲學生和教職員提供了 AI 應用的參考指引，針對研究、教學和行政事務，列舉了 AI 使用的容許範疇。在下表中，我們列出了臺師大[1] 及臺大[2] 學生可以使用 AI 的部分情形：

課業學習	• 文章重點整理 • 生成學科或主題的概述 • 提供個人化的回饋與建議，幫助提高學習成效 • 腦力激盪及／或提供多元觀點和反駁論點 • 釐清概念或想法 • 透過與 AI 對答來練習語言
作業報告	• 文章架構建議 • 編修文字內容 • 文章校對 • 生成範例 • 對作業提供反饋，作為思考和改進的參考

如上表所示，這些都是概括性的指引，而老師也能夠進行些微的調整，以符合課程要求和學生需求。這代表同一所大學中特定 AI 的應用，可能會因爲不同課程而有所差異，因此與你的老師溝通該堂課的 AI 使用指引是很重要的。

如果不確定你的大學是否已經建立這樣清楚的指南，現在就上**學校官網的首頁**，找找看是否有相關的指引。你也可以**定期查閱這些指引**，例如在學期開始時上學校網站看看，畢竟 AI 技術的發展一日千

---

1 國立臺灣師範大學教學發展中心（無日期）。**國立臺灣師範大學生成式 AI 學習應用及參考指引**。民 113 年 4 月 9 日。取自 https://ctld.ntnu.edu.tw/generative_ai。

2 國立臺灣大學教學發展中心 x 數位學習中心（無日期）。**臺大針對生成式 AI 工具之教學因應措施**。民 113 年 4 月 9 日。取自 https://www.dlc.ntu.edu.tw/en/ai-tools-en/。

里。因此，隨著新的倫理和法律考量出現，學術和倫理準則必須持續演進，以跟上日新月異的科技。

由於**機器翻譯** (Machine Translation)（以下簡稱「機翻」）的出現，翻譯行業就面臨了這樣的情形：隨著機翻逐漸成熟普及，許多譯者都使用它來提高效率。有了機翻的幫助，譯者不必從頭開始翻譯每個詞，而是有了基準和參考，只需編輯和修改機翻較不理想的部分。在以下的案例中，可以看見機翻出現後，翻譯行業專業倫理的變化。

人類 **vs AI** 第一回合：從「我該用它嗎？」到「我就是這麼會用。」

機翻剛出現時，許多譯者擔心在工作中使用這種技術是「作弊」行為。然而，現在普遍認為，機翻是譯者工具包的核心配件，有助於提高效率。在這個情況下，討論已經從「可以使用機翻嗎？」轉變為「如何合乎倫理又有效地使用機翻？」因此，一個新名詞誕生了：**譯後編輯** (Machine Translation Post Editing)。這個專有名詞的出現代表在翻譯中使用機翻已是既定事實，譯者要做的，是討論如何改善機翻的文字。

注意到了嗎，使用機翻不代表譯者把所有工作都交給機器（我們都見過機翻「失敗」的搞笑例子）。相反地，機翻是一種工具，可以提高譯者的效率，而**不是取代（優秀的）人類譯者**。這裡的「優秀」指的是有能力提升機翻的譯文，換句話說，如果你是一名譯者，但不知道如何改進機翻的文本，那你很有可能會飯碗不保，因為你的價格更高，卻沒有翻得比機器好。很殘酷嗎？是的。過分嗎？不過分，因為這就是我們所處的現實。

同樣地，在學術寫作中使用 AI 輔助不會直接被視爲「作弊」，但這不代表你應該把所有的研究和書寫都交給 AI，然後打開香檳慶祝畢業！這個慶祝很可能太早，而且會讓你後悔莫及，尤其是當你意識到犯了以下這些錯誤時……

▶ 6.2　我不是故意的！不小心違反了研究誠信

許多老師現在同意甚至鼓勵學生使用 AI 輔助學習；身爲學生，想增進學業和提升寫作技巧，利用 AI 是很好的作法。然而，**正確的心態**非常重要！某些學生會把教授對 AI 的許可當作偷吃步的機會，冒著作弊的風險抄近路。

爲了保護自己，你應該避免**使用 AI 憑空創造內容**，意思是你可以提供 AI 資訊，由它來淬鍊出想法和見解，但**你不該在沒有任何想法、僅給予模糊指示的情況下，要 AI 生成整篇論文或文章**。魔術師可以從（看似）空無一物的帽子中變出兔子，贏得如雷的掌聲，但要是你想在作業中施展同樣的「神奇」把戲，你可能只會得到一個暴跳如雷的教授！

在 AI 時代中，**抄襲**是需要謹愼審視的問題。雖然在一般情況下，我們都能使用 AI 作爲學習和編輯的工具，但過多的 AI 生成內容可能會構成作弊。最極端的 AI 相關抄襲行爲，便是全文引用 AI 的輸出內容。假如你用母語寫一篇報告，再讓 AI 翻譯成英文，並在一字不動的情況下繳交，這是完全不能接受的。

▶6.3　我該如何自保？

為了確保你不會掉入 AI 的陷阱，記住以下幾個關鍵的原則。

6.3.1　原則一：功勞歸於有功者

根據某些大學的 AI 使用指引，學生必須在作業中附上聲明，說明自己如何使用 AI 輔助該作業的書寫，比如 AI 只被用來腦力激盪，或被用來檢查文法等等。誠實地說明你如何使用 AI，不用擔心教授知道你用 AI 寫作業後會覺得你很廢——**他們早就知道你在用了，只是想知道你怎麼用的！**

咦？難道教授們都會通靈嗎？這個嘛，就我們所知，通靈並不是成為教授的條件。只不過教授們都已經很擅長辨識 GPT 的寫作風格，所以別想呼攏他們！如果有疑問，你可以**跟教授確認，詢問他們希望你如何用 AI 輔助學習，以及如何標明你從 AI 取得的幫助。**把它想成你剛完成了最後一場演出，而你給了教授們後臺通行證！參觀後臺能讓歌迷一窺精彩演唱會的幕後祕辛；而透過你的作業聲明，教授將更了解你如何有創意地使用 AI。

如果你預計要把論文投稿至期刊，也會需要查閱**期刊的 AI 使用指引**。具體來說，某些期刊會要求投稿者附上免責聲明，讓讀者知道寫作過程中，AI 如何被使用、用在何處及為何而用。如果對指引內容有任何問題，也可以聯繫出版社澄清疑問。書寫免責聲明時，要盡可能詳細並涵蓋所有面向。畢竟，寧願過於謹慎，也好過因為忽略了特定的倫理考量，而敗壞了名聲。俗話說「**誠實為上策**」，而這個原則也適用於 AI 應用！

6.3.2　原則二：AI 是你的副駕，不是你的運將

　　這時你可能會想，我要修改到什麼程度才算安全？老師會計算我改了幾個字嗎？（提示：你的教授有更重要的事情要做。）AI 使用指南各課程會有所差異，但總括來說，**AI 生成的內容絕對不可凌駕於作者產出的內容**。意思是你的文章不該被 AI 過度修飾，變得完全不像是你會寫出的東西。

> **人類 vs AI 的第二回合：拍謝，你是生化人嗎？**
>
> 在美馨教的一堂課上，有位化名建宏的學生非常依賴 AI 工具。身為英語非母語的學生，他的英語閱讀和理解能力相當不錯，但不擅長口說和寫作。有一次，美馨要學生練習寫出具有說服力的短文 (Persuasive Paragraphs)，並將作業上傳到線上平臺，讓班上的其他學生可以立即看到，並討論彼此的文章。當大家看到建宏上傳的文章後，忍不住哄堂大笑，但是大家並非是嘲笑建宏的內容，而是因為他的文章很明顯是 ChatGPT 寫的！幸好這份作業不計分，不過自此之後大家都稱呼他「建宏 GPT」，而這個綽號也讓他困擾至今。

總之，用你的腦子想一想，就連其他非英語母語的同學都能看出一篇文章是由 AI 生成的，更何況是你的老師呢？我們在前面談了「反向編輯」的概念，而這個例子又再次印證反向編輯的重要性。

6.3.3　原則三：你對 AI 提供的資訊有疑慮嗎？那很好

除了編輯 AI 生成的文字以解決語言問題，在我們提供 AI 訊息及從中獲取資訊時，也應該留意**內容問題**。

在〈4.4 意外的洩密者——機密資料外洩之風險〉這段，我們討論了將**敏感資訊**上傳到 AI 平臺的風險。不過，這代表我們不能上傳研究中涉及敏感資訊的任何資料嗎？當然不是，但我們必須學會**保護這些敏感資訊**。下方提供了一些建議作法：

(1) 你「**餵**」**給 AI 的資訊**：將資料輸入至 AI 工具前，從資料集裡**刪除**所有的個人識別資訊。

(2) **AI「餵」給你的資訊**：仔細**審查** AI 工具輸出的任何文本，確保它沒有在無意間提供敏感或機密資訊。

除了確認是否包含或刪除了敏感資訊，我們也要認知到**事實查核**日益重要。我們常聽到針對假新聞的聲明和澄清，對於 AI 生成的內容也應如此。如前所述，AI 有時會產生不準確的「另類」事實和錯誤的參考資料，因此 AI 使用者在引用 AI 文本時皆須格外謹慎。使用者應**審查 AI 提供的所有事實和參考資料，包括每個統計數字、引用和核心論點。**

即使只用 AI 來總結文章或與之互動，仍須留心 AI 告訴我們的內容。記得前面提到的閱讀鸚鵡嗎？由於 AI 只能重述原始結果或文章字面訊息，它的解讀可能會不精準或有所偏頗。截至本書出版之時，AI 仍無法獨立解釋研究結果，因此解讀的工作還是得由人類讀者負責。因此，雖然 AI 摘要可以幫助我們快速篩選參考資料，但人類研究者仍

需仔細閱讀這些資料，以確保資訊的正確引用，以及研究發現的精準闡述。換句話說，**即使透過 AI 總結了參考資料，也永遠不該省去閱讀的過程。**

談到閱讀，你的**批判性眼光**就更顯重要了。除了培養自己解讀文獻資料的分析性眼光，你也應該放大檢視 AI 提供的資訊。意思是，雖然 AI 能幫助你更有效地學習，但不代表你該把空閒時間都拿來看貓貓迷因短片，（真是一針見血！）相反地，你應該利用省下來的時間閱讀和監督 AI 產出的內容，再將資訊融入你的文章中。真要說的話，人類對於閱讀的內容只該更加批判，不該減少。在 AI 時代中，這已成為**學術誠信**的一部分！

7. 國王與他的軍師（下）：坐穩你的王位

回想一下關於國王和軍師的比喻，AI 只是軍師，身為「國王」的你，才有權力做出最終決定。雖然軍師可以提出一百種處決叛徒的方法，但最終還是得由國王來拿主意。同理，AI 可以為你的寫作增色，但它不該成為你文章的主導者。

進行學術寫作時，你和你的 AI 助手也應該分工合作。AI 能夠在許多方面提供幫助，比如校正語法句構、排列引用格式以及提供一般寫作建議，但是當工作涉及分析敏感資料或解釋研究結果，人類研究者就必須責無旁貸地站出來，確保利害關係人受到良好的保護，並確認文章解讀客觀且可靠。

不管怎麼說，囚犯都該遵照國王屬意的方式被處決（願他早日安息）；對你來說，文章也該依照你希望的方式被撰寫。在編輯 AI 產生的內容時，每一次的校訂都反映了一個決定，因此相信自己，進行你認為正確的修改，善加利用與 AI 的合作關係吧！

8. 結論

在學術環境中使用 AI 所涉及的倫理議題仍然**不斷變化且沒有明確答案**。AI 提供了各式各樣的強大工具，幫助我們提升效率，擁有更多樣的學習方式。因此，善用 AI 的強項來輔助學習絕對能帶來助益。使用 AI 的同時，我們也必須小心謹慎，以免掉入 AI 的陷阱，尤其是那些不起眼的陷阱。

總括來說，使用 AI 的首要原則就是：**重點不是你用了什麼，而是如何使用**。有疑問時，查閱學校或系所提供的指引，或是詢問教授實際使用 AI 時的注意事項！

當然，像是 AI 這樣相對新穎的領域中，灰色地帶比比皆是。因此，以下設計了一些情境，幫助你思考在學術領域中探索 AI 時，可能遇到的模糊情形。請逐一閱讀，想想看在每個棘手的情況下你會怎麼做，以及當你發現自己身陷危機時，該如何脫困！

9. 牛刀小試

　　請閱讀以下情境，找出這些學生使用 AI 時所涉及的倫理灰色地帶，說明理由並提出建議，如何讓該情境中的 AI 使用更加適當？

▶ 9.1　情境一

　　學生 A 正在研究某家醫院一組病患的健康狀況，他蒐集了病患的姓名和目前的健康狀況等資料，並希望利用 AI 對資料進行初步分析。學生 A 將原始資料集上傳到一個 AI 平臺，該平臺生成了一份分析資料。學生 A 自己也分析了資料，並得出初步的分析結果。接著，他將 AI 生成的分析和自己的分析進行比較，並擷取 AI 版本的長處微調了自己的版本。

倫理灰色地帶	
理由	
建議	

▶ 9.2 情境二

　　學生 B 正開始搜尋與他的論文相關的資訊，他輸入關鍵詞，請 AI 篩選出十篇該領域的重要文獻，提供作者資訊、每篇論文的摘要，及引述每篇論文中的三個關鍵句。接著，該學生使用 AI 提供的資訊撰寫了一份初步的文獻探討，準備用來與指導教師討論。

倫理灰色地帶	
理由	
建議	

▶ 9.3 情境三

　　學生 C 的某堂課出了一項英語寫作作業。英語不是學生 C 的母語，但他非常認真地書寫文章初稿。完成後，他請 AI 協助校訂和美化文字，並將 AI 編輯過的文章交給教授。

倫理灰色地帶	
理由	
建議	

本章重點回顧

生成式 **AI** 的優點	生成式 AI 擅長扮演的角色： (1) 智能搬運工 (2) 創意夥伴 (3) 口袋語言顧問
生成式 **AI** 的缺點	生成式 AI 有時卻也可能陷入以下幾種情況： (1) 無心的說謊者——不經意地提供虛假的資訊 (2) 不稱職的讀者——僅提供表面訊息而非關鍵資訊 (3) 頭腦簡單的編輯——使用過度單一的語言邏輯 (4) 意外的洩密者——機密資料外洩之風險
精準 **AI** 提示詞的要素	(1) 使用者身分 (2) 主題／議題 (3) 具體任務 (4) 語境脈絡 (5) 語言考量
倫理準則—— 各大機構明文規定	使用生成式 AI 幫助寫作時，請參考各學校和期刊列出的規定與守則。如有疑問，務必詢問相關專業人士（例如你的指導教授、期刊編輯等）。
倫理準則—— 主要原則	生成式 AI 輸出的內容絕對不可凌駕作者產出的內容。若使用生成式 AI 輸出文本，切記審查事實的準確性並調整語言風格。

牛刀小試參考答案

▶ 9.1　情境一

倫埋灰色地帶	學生 A 將病患的全名和健康狀況資料上傳到 AI 平臺。
理由	病患的全名和健康狀況屬於敏感、機密和私人資訊，不該被上傳到線上平臺，尤其是公共平臺。這樣的資訊可能會讓參與研究的個體被認出，損害研究倫理。
建議	上傳資料進行分析前，先將病患的名稱更改為代碼，例如患者 A1、患者 A2、患者 B1 等。

▶ 9.2　情境二

倫理灰色地帶	這位學生沒有進行查核，就未帶批判性地使用 AI 提供的資訊。
理由	AI 會出現「幻覺」已是眾所皆知，因此查核 AI 提供的所有資訊是相當重要的。
建議	對 AI 建議的「參考文獻」進行各方面的審查，包括作者（確認他們是該領域的真實學者）和論文標題（確認這些論文真的存在）。接下來，利用學術資料庫或圖書館，找到實際的文章並閱讀它們。閱讀時，檢查 AI 提供的引述，確保它們不是由 AI 生成，而是真的引用自文章。

▶ 9.3　情境三

倫理灰色地帶	學生 C 毫無修改就繳交了 AI 編輯過的文章。
理由	未經任何修改就提交 AI 編輯過的文章，會削弱文章的原創性，且無法如實呈現學生的能力。很多時候，老師會透過寫作練習來找出學生的學習缺口，若學生沒有對 AI 編輯的內容進行後編輯 (Post-editing) 就交作業，便無法達到這個目的。
建議	AI 使用者務必要閱讀 AI 編輯過的文本，並進行進一步的修改。在閱讀時可以問自己：「這看起來像我寫的嗎？」如果答案是否定的，那可能就需要進行修改。修改 AI 編輯過的文本時，可以特別留意你不會或不知道如何使用的詞語、表達方式，並將其記錄在學習筆記中。但針對作業本身，請將這些詞語或表達方式改為你平常會使用的字句。

五

我們寫作的那些小事：剖析學術論文寫作的眉眉角角

很多學生一聽到「學術寫作」就會倒退三步：「感覺很無聊、嚴肅又枯燥……我不知道還有哪些形容詞可以表達『無聊』的意思。」對他們而言，學術寫作就是要用很長的句子和很艱深的詞彙，寫很深奧的概念，對吧？

不盡然喔！

很多學生會害怕寫論文，是因為不知道該怎麼寫。我們會在本章與你分享**學術寫作的大原則、常見錯誤，還有進步的策略**，在那之前，先來看看偵探唬爾摩斯和譁生醫生在做什麼吧！

◇◇

《唬爾摩斯與譁生》第五集

自從破了一樁跟植物有關的案件後，偵探唬爾摩斯迷上了植物，投入食肉植物的研究。

在多次失敗之後，他終於靠雜交兩種既有物種，成功培育出了新的物種！唬爾摩斯非常興奮，報名了植物學研討會。他請譁生醫生幫忙為這場報告做準備。

譁生醫生：唬爾摩斯，我準備好了。你準備好就可以開始表演了。

偵探唬爾摩斯：Yo Yo Yo，大家好！我就是植物學大師唬爾摩斯！

譁生醫生：慢著慢著，這是學術研討會，不是「大嘻哈時代」……可以正經一點嗎？

偵探唬爾摩斯：好啦好啦。嗯哼，本人因受一股強烈無法抑制之熱情

所驅使，再加上本人具備非凡之聰明才智與高超無比之實驗能力，故毅然決然嘗試創造植物界中前所未見、聞所未聞之有機體。經過不懈努力，最終已經取得顯著且圓滿之成功。該有機體具有極其獨特且異乎尋常之肉食性特徵，能夠依靠攝取肉類維持其生存。

譁生醫生：你只是想說「我培育了一種新的食肉植物」，對吧？幹嘛說得那麼迂迴？

偵探唬爾摩斯：是你要我正經一點的！

譁生醫生：「正經」跟讓人聽不懂是兩回事好嗎！盡可能簡單明瞭就行了。

偵探唬爾摩斯：煩欸，那我這樣講好了，這種新植物是「世界上最致命的食肉植物」！

譁生醫生：你確定它真的是最致命的嗎？也就是說，沒有其他物種比它更致命，或者是跟它一樣致命嗎？

偵探唬爾摩斯：我跟其他物種做過比較，感覺確實滿致命的！

譁生醫生：除非你有百分之百的把握，否則不該把話說得這麼絕對。保守一點比較好吧。

偵探唬爾摩斯：唉，一下不正經、一下太正式、一下又太絕對……我怎麼做都不對。學術發表和寫作根本不是人做的事嘛！

令令令令令令令令令令令令令令令令令令令令令令令令令令令令令令令令令令令令令

　　譁生醫生提醒唬爾摩斯的地方，正是許多學術新手面對的挑戰：**在輕鬆、正式和絕對之間取得平衡。**

　　你覺得自己的處境跟唬爾摩斯類似嗎？若是如此，可能是因為你還不清楚學術寫作究竟是怎麼一回事，就像唬爾摩斯還搞不清楚該怎麼在譁生醫生開出的眾多標準之間取得平衡。雖然唬爾摩斯準備的是

口頭報告，但學術演講和寫作有許多共通的原則。

你可能會問：「共通的原則？是誰決定的？有經過投票表決嗎？換我來規定的話，搞不好會更有趣？」

我們相信，你經手過的任何事物都會充滿能量！但這些共通原則有其存在的必要。今天第一項任務就是來說說學術語言和寫作規範的重要性。

1. 學術寫作是什麼？

學術寫作指的是**學術文本使用的寫作風格**，學術文本包括期刊論文、碩士論文、博士論文、專題論文、實驗報告、小論文、補助申請書、研究提案和教科書。簡單來說，就是在各種學科、格式之間進行學術溝通的正式語言和規範。

現在的你，就好像首度觀摩外科手術的實習醫師。站在資深外科醫師的身邊，看著他們的手穩穩拿著手術刀劃開病患的身體，你感到既緊張又興奮，心裡疑惑：「怎麼有人這麼會切人肉？」（這個例子可能不太好，但你懂我們的意思。）

你聽到可能會很訝異，但學術寫作跟開刀有一些共同點。不信嗎？我們證明給你看！

　　學術寫作的**特點**如下：

▶ 1.1 精準

　　外科醫師動刀時必須非常精準，因為劃錯地方不是說聲「唉呀不好意思」就能了事的，而學術寫作者提出論點時也是越精準越好。寫作者必須**聚焦想傳達的關鍵訊息，並盡可能減少重複和無意義的冗言贅字**。

▶ 1.2 客觀

　　外科醫師要把手術開好，大概不需要知道你的人生故事。同樣地，從事學術寫作的目的並不是交朋友。你的目標應該是**客觀、確實、不帶個人色彩地**敘述你的研究，以提高研究的可信度。

▶ 1.3 條理

　　外科醫師動手術時，必須按照符合邏輯的步驟依序進行。想像一下，如果有個外科醫師開刀時很隨性，完全沒 SOP，在你的內臟間翻來找去──這比任何恐怖片都還可怕吧？！而進行學術寫作時，你同樣必須確保自己的文章有組織、有條理，換句話說，**概念之間的串連必須流暢、有邏輯**，讓讀者可以輕鬆閱讀、理解你的論點與說明內容。

▶ 1.4 清晰☆☆☆

　　每次動手術時都有明確的目標。如果目標是割除肺部腫瘤，那手術中的每一個步驟都必須指向這個目標，或以達到此目標為依歸。想想看，如果結局是醫師沒割掉那顆腫瘤，反而割掉了腎臟……雖然學術寫作與器官黑市交易無關（通常啦），清晰的目標與步驟依然十分重要。我們甚至可以說，清晰是學術寫作最重要的特徵，與其他所有特徵環環相扣。**寫作時注重精準、客觀和條理都能提升清晰度，這就是學術寫作的核心！**

好的，解釋完學術寫作是「什麼」（**精準、客觀、條理和清晰**）之後，接下來我們要討論「爲什麼」。了解原因的話，過程就不會這麼痛苦了！啊？還是一樣痛苦嗎？反正你也別無選擇，不如讓我們一起了解它、和它好好相處吧！

2. 爲什麼要這樣寫？

▶ 2.1　目的：研究者在巴黎？(PARIS)

以下是從事學術寫作的一些常見動機（當然，是除了課程要求以外的動機）：

(1) **說服 (Persuade)**：呈現研究者對於某個主題的觀點（提供佐證）。

(2) **解答 (Answer)**：塡補研究缺口並回答研究問題。

(3) **建議 (Recommend)**：針對既有問題提供建立在實證之上的解決方法。

(4) **報告 (Inform)**：報告研究發現、記錄知識，並在學術脈絡中進行對話。

(5) **整合 (Synthesize)**：比較既有研究，透過整合產生新的知識。

把每一個英文字的第一個字母拼起來，會是什麼單字？對，就是 **PARIS**（巴黎）！

雖然沒有人會考你學術寫作的目的是什麼，某些學者討論這些目的的方式也可能與我們有所不同，但我們希望

PARIS 這個縮寫能讓你對學術寫作有最基礎的認識。Bonjour！歡迎你進入學術寫作的世界！

▶ 2.2　加入蜂巢心智 (Hive Mind)

學術語言是由許多不同學者社群，經年累月建立起來的一套**規範**。你可以把這套規範想成一種「蜂巢心智（或譯蜂巢思維）」，蜜蜂在搭造蜂巢時，就是靠蜂巢心智溝通和合作。想像有一群蜜蜂戴著小眼鏡、穿著實驗服，一邊嗡嗡嗡、一邊討論花粉蒐集技術的最新研究！

「學術蜂巢心智」的運作方式也類似，學者們**使用同樣的語言**，讓彼此間的溝通清晰無礙。聰明如你，應該可以發現這裡的「同樣的語言」指的並不是英文，而是在學術文本中使用語言的共同標準。

思考一下，如果每個人不是先遵守學術寫作的規範，而堅持要把論文寫得很幽默，或是只用自己懂的語言或風格，那麼讀者就可能會**因為訓練和文化的差異**而接收不到完整訊息，就像我們說笑話、發梗圖給好朋友時，他們也不一定每次都能 Get 到我們的笑點。

不管是在哪個領域、採取哪種格式，**清晰都是最高指導原則**。清晰的溝通能讓你加入學術討論，讓你的研究和更廣泛的社群展開雙向對話，進而讓你對領域的進展貢獻一分心力！工作場域裡，寫得清楚一點也能盡可能減少同事傳訊息來問你「等下，這是什麼意思？」的次數。想像一下，如果解釋完之後，還需要**解釋你的解釋**，甚至**解釋你對解釋的解釋**，這不叫地獄，什麼叫地獄！

▶ 2.3 規範……是啥？

我們可以從兩種角度思考學術寫作的規範：「學科專門規範」和「一般性規範」。

學科專門規範指的是指導特定學科語言使用的不同規範。包括特定學科中常用的術語，或是不同學科表達概念的方法等等。

舉例來說，看到「價值 (Value)」這個詞你會想到什麼？每個人的答案可能會因為所屬的學科而有所不同：如果你學的是經濟學，可能會首先想到商品或服務的金錢價值；如果你學的是倫理學，可能會想到代表原則或行為標準的事物。

學科專門的規範不只如此，我們無法全數列舉。因此，請容我們將焦點放在可以一體適用的原則之上，也就是**一般性規範**。

▶ 2.4 綜合練習：哈蜜瓜有一股哈味，那學術呢？

在開始品味什麼是一般性規範前，讓我們先來比較看看下面兩組句子。

每一組的第一個句子跟第二個句子比起來，學術感比較低。在看解釋之前，試著用前面提到的四個標準（**精準、客觀、條理和清晰**），來判斷學術寫作的學術味是從哪裡來的！

還有改進空間	比較有學術味	第二個句子比較有學術味的原因
Researchers are to follow strict protocols.	Researchers have to adhere to strict safety protocols, such as safe use of equipment, Personal Protective Equipment (PPE), and proper waste disposal.	(1) 精準 (2) 清晰 「Safety protocols（安全措施）」比「protocols（措施）」精準。舉例也能提升精準度和清晰度。
I believe that this study proves my point that you should exercise regularly.	This study provides evidence to support the argument that regular physical exercise can improve cognitive function.	(1) 客觀 (2) 條理 (3) 清晰 第一個句子太個人、主觀，比較像聊天內容，而不是學術文本。簡短地解釋規律運動的好處，也能改善陳述的條理和清晰度。

　　看過範例之後，是時候繼續深入探索學術寫作有哪些該做和不該做的事，以確保你寫的內容不只意義清楚，而且語氣恰當。試試看下面的訣竅，讓你寫得更像自己仰慕的那位教授！

3. 讓論文更有「學術味」：該做的事

▶ 3.1　使用適當的語域 (Register)

　　看到「Register」這個單字，你可能會想到很多不同的意思，可能是「收銀機」、「登記」等等。這裡提到的「Register」是「語域」，指的是根據不同的**情境、受眾、目的**等因素而使用的語言變體。

在學術寫作中，作者需要採用**正式的語域 (Formal Register)**，而這通常體現在技術性或專門的詞彙、嚴肅且客觀的語氣以及相對複雜的句子結構上。嗯，和咱們這本書到目前為止的內容風格可說是南轅北轍。很諷刺吧？我們知道，待會就會進展到正經的一面啦！

對許多論文新手來說，撰寫正式的文章是件十分困難的事。就像本章開頭故事裡偵探唬爾摩斯的誤解，**許多人認為正式寫作就是使用極其困難和複雜的方式來書寫**。而以這種方式寫作的作者，經常自己都被不必要又冗長的句子搞得暈頭轉向。

另一個極端的情形是，**有些作者難以區分正式和非正式寫作**，結果使用非正式語言來呈現他們的研究。在這種情況下，過於非正式的語言會削弱學術的可信度，無法讓人覺得你是位德高望重的學者，而是讓你看起來像個小屁孩！因此，書寫時應該盡量避免使用俚語或非正式語言（除非你的研究主題是關於這類的用語）。但即使你的主題可能和俚語或非正式語言相關，在呈現和說明自己的研究時，你仍然需要用正式的語言來書寫和討論。

試著比較下方表達相同意思的句子，並注意它們在**正式程度上的不同**。閱讀時，想想看在什麼情境下你會使用這些句子。

(1) 兄弟，霍金 (Stephen Hawking) 寫的這本書真的是燃炸了，沒在騙！他超牛！

(2) 霍金寫的這本書相當精彩，他實在太厲害了！

(3) 史蒂芬‧霍金這本富有開創性的著作，使他成為領域權威。

你可能也發現了，這些句子是按正式程度排列的，句子 1 最不正式，而句子 3 最爲正式。不過，**我們絕對不是在說句子 3 比句子 1 更好！**這些句子在**不同的情境**中都是完全合理的：你可能會用句子 1 和朋友聊天，用句子 2 和不太熟悉 Z 世代用語的年長同儕交談，而用句子 3 進行學術寫作。

「廢話，我當然知道不能用句子1和2來寫學術論文。我沒那麼無知好嗎！」

好啦，小天才，抱歉用這麼顯而易見的例子冒犯了你的智商。現在，讓我們提高難度，看看下面這些差別更細微的例子吧！

假設你在寫一篇關於某一現象逐漸普遍的研究論文。你可能會忍不住寫出類似「<u>很多研究</u>顯示**這種現象越來越普遍**」的句子。然而，要使你的寫作更加正式和精確，可以將這句話改爲「<u>越來越多研究</u>顯示**此現象的普遍性正在提升**」。

基於這個概念，我們來探討如何進一步增進你的學術寫作風格吧！下表第一列包含了相對非正式的表達方式，試著思考如何改寫，使其措辭變得更正式，並將答案寫在第二列。此頁最下方提供了參考

答案[1]。

較不正式的用語	更正式的用語
Lots of	
More and more	

　　在練習時，你可能會注意到情況變得有點棘手了，對吧？這個小題目只是為了讓你明白，有時**正式程度的差異是非常細微的**。這也意味著某些術語在特定學科中是可以接受的，但在其他學科中則被認為是非正式的。

　　為了確保你的書寫符合學術寫作的適當語域，請參考以下建議：

　　首先，相較於簡寫，在**寫作中盡量使用完整的單詞和短語**，因為它們更適合正式的學術語境（會在下一節「不該做的事」中談到更多相關內容）。

　　其次，使用**精確和具體的語彙**，避免模糊或概括用語。與其使用「很多人」這樣籠統的說法，你可以依照現有的資訊盡可能地寫出確切的百分比。

　　最後，選擇**中立且客觀的語言**，避免使用情緒化的詞語或個人意見。例如，與其說「這個理論很糟糕」，不如說「這個理論有幾個限制，包含……」。透過遵循這些指導方針，並密切留意使用的語言，你就能夠有效地維持學術寫作的適當語域。

1　**「更正式的用語」參考答案**

　　Lots of → A number of, numerous, a considerable amount of

　　More and more → An increasing number of, increasingly

若想更了解你的學術領域的適當正式程度，可以廣泛閱讀相關資料，並在寫作時問問自己，你寫的內容如果混進你的參考文獻當中，讀起來是不是完美融合、毫無違和感？如果答案是肯定的，那麼八九不離十，你正走在正確的道路上！

▶3.2　即使內容複雜，表述仍需清楚易讀

許多人常把正式性和複雜性搞混。為了澄清，我們強調正式性和複雜性並不是同一件事：

正式語言 ≠ 複雜語言

例如：

　　正式：「懇請您協助處理此事。」

　　複雜：「在下謹啟，懇請閣下施予仁慈之援助，以解此難解之困局，此難題迄今敝人仍未能為己身之認知能力所解決。」

第二句聽起來就像有人同時吞了一本完全沒校對的辭典和唐宋八大家的古文選集！（唐宋八大家激烈抗議中。）

同時，我們也要強調，複雜性和冗長並不等於智力深度：

複雜語言 ≠ 智力深度

更多文字 ≠ 更有深度

來看個例子：

　　精簡：「生存還是毀滅，這是個問題。」

　　冗長：「關於個體的肉身代表其本身是否繼續存在或停止存在的存在主義難題，成為了此特定情況下哲學探究的主要議題。」

第二句的效果更好，對嗎？好到讓莎士比亞在墳墓裡痛苦地打滾！

總而言之，我們希望這些例子能讓你明白，不需要透過刻意做作的寫作方式才能讓你的研究被認真看待。實際上正好相反！

我們現在就來深入探討有效寫作的核心內容。想要達到清晰扼要的寫作，不代表你必須犧牲思想的深度。試著觀察以下的指南和範例，練習用**簡單但完整，且彼此緊密連結的句子**傳達複雜的想法：

(1) **每句只表達一個想法**：想像你的句子是一個單人電梯，一次只能容納一名乘客（想法）。試圖將多個想法擠入單一句子中，就像把整個讀書會的人都塞進電梯，這會讓空間變得非常擁擠不適，而且肯定有人會被擠扁。

範例：

「這次實驗非常成功，研究結果顯著，研究團隊吃披薩慶祝。」

不如說：

「這次實驗成功地取得了顯著的研究結果。研究團隊點了披薩慶祝。」

(2) **每句保持 1 到 2 個分句**：想像你的句子是一個雜耍師。手中握有一顆或兩顆球（分句），雜耍師一定可以輕鬆掌握；但要是加入第三、第四、第五顆球，此時掌握的難度大大提高，萬一雜耍師失手，那球一定掉得到處都是，表演就搞砸啦！

範例：

「在進行為期六個月的研究時，研究人員遇到了不少挑戰，但是他們堅持下來了，然後最終達到了目標。」

不如說：

「這項為期六個月的研究面臨了不少挑戰。然而，研究人員堅持不懈，最終達成了目標。」

(3) **盡可能變換句子的長度和結構：**想像你的寫作是一首歌曲。如果整首歌的節奏都保持不變，那就會非常無聊！同樣地，讀者也不想一直閱讀相同的句子結構，或被困在無數斷斷續續的短句中。試著變化一下，讓一切保持動感和新鮮感。

範例：

「結果在統計上是顯著的，它們支持了最初的假設。此結果是令人意想不到的，它們挑戰了該領域以前的假設。」

不如說：

「呈現統計顯著的結果支持了最初的假設。此結果令人意想不到，且挑戰了該領域先前的假設。」

透過遵循這些指南，你的寫作將從密集的文字原始叢林轉變為修剪整齊的思想花園。讀者會感激你帶著他們愉快且有節奏地漫步於你的思想之中，而不是歷劫歸來，每次閱讀都像是一場叢林求生！

要示範如何執行這些指南，沒有比實際應用更好的方式了！因此，我們將上述要點結合成一段文字，其中一個版本比另一個更具可讀性 (Readability)。閱讀時，想想看為什麼透過運用了以上三個指南，左邊的版本更容易閱讀。

低可讀性	高可讀性
When writing, <u>it is important to</u> stick to one idea per sentence, **and you should also** keep to one or two clauses per sentence, varying the lengths and structures of your sentences, if possible, **which** helps maintain reader interest and improve the flow <u>of your text</u>.	To write clearly, stick to one idea per sentence. It is also good to keep to one or two clauses per sentence. If possible, vary the lengths and structures of your sentences to maintain reader interest and improve flow.

　　很奇怪，對吧？兩個版本中使用的詞彙幾乎一樣，而低可讀性版本中的額外詞彙也並不困難。那麼，為什麼這段文字比高可讀性版本更難讀呢？其中一個主要原因，是低可讀性文本**在一個非常長的句子中包含了三個想法**！雖然這樣的結構並非無法理解，但會增加讀者的**心理負擔。**（回想某些糟糕的情況，你是不是需要讀同一句話好幾次，來回畫線標記之類的，才能明白作者在說什麼？）

　　為了幫助你更好地理解如何清晰扼要地寫作，請試著將下表第一欄中的句子重寫成**兩個或更多的短句和簡單句型**。此頁最下方提供了建議的參考答案，將此長句分解為兩個較短的句子[2]。你也可以試著想出自己的答案，說不定會比我們提供的更好！

2　**「更精簡的句子」的參考答案：** Assuming a stable native-like language system remains unchanged between tests, Johnson et al. (1996) hypothesized that advanced second language learners with native-like competence should produce consistent results across two successive administrations of the same test.

冗長又複雜的句子	更精簡的句子
Assuming that a mature and stable native-like language system is unlikely to change substantially between two tests, Johnson et al. (1996) hypothesized that one should expect consistent results from two successive administrations of the same test with advanced second language learners who have indeed acquired native-like competence in the second language.	

　　為了讓你更了解此範例的背景，這句話是來自宇挺的博士論文的初期草稿。不相信嗎？證據在此：

same test was administered twice, *with a three-week interval*. Assuming that a mature and stable native-like language system is unlikely to change substantially between two *tests*, Johnson *et al.* (1996) hypothesized that one should expect consistent results from two successive administrations of the same test with advanced L2 learners who have indeed acquired native-like competence in the L2.

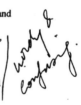

　　如你所見，他的指導教授在這句話旁邊毫不留情地寫了「冗長且令人困惑」，有夠狠。

　　總之呢，我們看到了優秀的作家需要勤學苦練，而不是天生的。繼續練習，相信你很快就能掌握這些寫作技巧了！

▶3.3 適當使用連接詞來銜接語句

如果你有學過開車，你習得的技能中一定
包含了使用方向燈。

「真的嗎？我看過很多駕駛似乎根本不知
道方向燈的存在……」

我們姑且假設他們應該知道如何使用方向
燈。至少理論上是這樣啦！

為什麼使用方向燈是一項重要的駕駛技能呢？在開車時，方向燈
是你與其他駕駛溝通的方式。透過方向燈的示意，你讓其他人有時間
準備好應對你在行駛上的變化。同樣地，在寫作中，你也可以使用連
接詞 (Signaling Words) 來**示意文章方向的變化**，比如告訴讀者你將要列
出重點、詳細說明某一觀點、建立因果關係、討論相反的看法或總結
要點。

3.3.1 連接詞及詞組

以下是學術寫作中常用的一些連接詞。請注意，這份清單並非詳
盡無遺，僅是幫助你在初始階段掌握基本要點！

目的	例子
要走哪條路線 **→條列要點**	Next, then First, second, third
行駛直線道路 **→進一步闡述**	Also, and, besides, furthermore, in addition to, additionally, moreover
換檔 **→改寫**	In other words, in short, that is, to put it another way, ultimately, in fact, most importantly, no doubt, undoubtedly
轉動方向盤 **→改變論述方向**	Although, but, by contrast, conversely, despite, even though, however, in contrast, nevertheless, nonetheless, on the contrary, on the other hand, whereas, while
綠燈表示「行駛」 **→因果關係**	As a result, consequently, hence, since, so, then, therefore, thus, because, due to, in order to
哪條路線更好？ **→比較與對比**	Along the same lines, in the same way, likewise, similarly, as well
我們看到了哪些地標？ **→舉例**	As an illustration, for example, for instance, as a case in point, such as,
到達目的地 **→結論**	To sum up, in conclusion, to conclude, as a result, consequently, hence, in conclusion, in short, in sum, therefore, thus, to sum up, to summarize

3.3.2　段落開頭語

　　除了使用連接詞和詞組，另一個建立連貫性的工具是使用**段落開頭語 (Paragraph Hooks)**。意思是你可以從上個段落的最後一句話中挑出一個想法，並運用它來銜接到下個段落。

　　一起來看看下方的例子。這段例文摘自美馨撰寫的一份未發表的論文草稿，主題是將改編視為一種「鬧鬼 (Haunting)」的形式，認為改編的版本會被原文本的「鬼魂」所糾纏，意思是當讀者體驗一個改編

作品時，我們無可避免地經歷原文本的某些方面。此外，如果我們在體驗改編作品後再觀看原文本，也將無法擺脫改編作品的「鬼魂」。如此一來，原文本和改編作品之間便存在著一種陰魂不散、相互「糾纏」的關係。

　　建立對文章的理解後，讓我們回到下方的例子。請注意粗體字的文本，觀察第二段的前幾個詞如何與第一段的最後幾個詞相互連接。

> 　　如同「不安 (Unheimlich)」一詞帶有否定並因此在時序上次於「安逸 (Heimlich)」，但同時不斷向後回溯，二者持續相互影響，改編作品和原文本也隨著時間向後回溯，**以糾纏的方式影響原文本，即使它本身也受原文本的影響**。
>
> 　　原文本與改編作品之間的**相互糾纏**，否定了「認為小說本質上優於電影的階級概念，使得對忠實性的追求變得相當困難」此一觀點 (Cobb, 2010, p.29) [3]。

　　第一段以描述這種「糾纏」是雙向的形式作結。接著，第二段以「相互糾纏」一詞開頭，先延續了前段的想法，才進一步闡述。

3　原文：Just like how the unheimlich negates and is thus temporally second to the heimlich but nonetheless reaches back towards it in constant movement, the pair persistently acting upon each other, the adaptation and source text reaches back in time to haunt the source text even as it is influenced by it.

The reciprocal haunting between the source and adapted texts refutes "the hierarchy that situates the novel as innately superior to the film, rendering problematic the desire for fidelity". (Cobb, 2010, p.29)

一些常見的段落開頭方式包括：

- 有鑑於…… (Given that...)

- 與……相似的是 (Similar to...)

- 另一種……的方式是 (Another way to...)

- 基於上述原因…… (For these reasons...)

總的來說，使用連接詞有助於建立**連貫性**，讓文本內的思想陳述讀起來有邏輯又流暢。擁有高度連貫性的文章，能夠讓讀者輕鬆跟隨作者的思路。

那麼……如果我們在寫作中忽略了連貫性，會怎麼樣呢？

3.3.3 不使用連接詞會怎麼樣呢？

嗯，要回答這個問題，可以先想想看那些在變換車道時不打方向燈的三寶駕駛，他們都是馬路上的不定時炸彈！

同樣地，缺乏連貫性的寫作，會因為沒有邏輯連接，讓文章讀起來非常生硬。下方的例子展現了兩種類型的文本。閱讀第一個文本後，試著修改第二個文本，看看如何加上一些方向燈，使其更具連貫性！（本頁最下方提供參考答案。）

缺乏連接詞	加入連接詞
Dogs are popular pets. They provide companionship. Dogs need regular exercise. They can improve mental health. Training is important for dogs.	Dogs are popular pets **because** they provide companionship. **Additionally**, dogs need regular exercise, **which** can improve their owners' mental health. **For these reasons**, proper training is important for dogs.
Some people feel sleepy after drinking milk tea. Afternoon food coma is often discussed. The more sugar contained in the milk tea, the sleepier one feels.[4]	

▶ 3.4 選擇適當的引述動詞

　　除了連接詞以外，寫作時還有另一類重要的詞語：引述動詞。**引述動詞指的是作者選擇用來討論其他學者觀點的動詞。**

　　選擇正確的引述動詞很重要，因為引述動詞不同，表達的**確定程度和觀點也不同**。有些動詞可能顯示作者缺乏自信，例如 proclaim（聲稱）、assume（推測），有些則顯示高度信心，例如 contend（主張）、assert（斷言），有些則是較為中性，例如 note（注意到）、observe（觀察到）。

　　使用各種引述動詞，能幫助作者準確捕捉文獻中不同論點和發現之間的細微差異。這種多樣性能協助作者傳達給讀者關於他對於文獻中的資訊抱持什麼立場。舉例來說，在引述爭議性主張時使用

4　「加入連接詞」的參考答案：Some people feel sleepy after drinking milk tea, which is a kind of food coma. Furthermore, it has been observed that the more sugar contained in the milk tea, the sleepier one feels after drinking it.

「assert」這種強勢的動詞，可以告訴讀者：原始作者非常有信心。這麼做可以營造出該主張有辯論空間的氛圍。另一方面，像「note」這樣的中性動詞可以用來引述廣為接受的事實，不會吸引過多的注意。

　　請比較下面兩個句子，除了引述動詞以外，兩句完全相同。這兩個句子給你什麼不一樣的「感覺」？

(1) The researchers <u>assert</u> that climate change denial is often rooted in political ideology rather than scientific evidence.

(2) The researchers <u>note</u> that climate change denial is often rooted in political ideology rather than scientific evidence.

　　第一個句子用了「*assert*」，顯示筆者引述的研究者強烈主張政治意識形態是某些人否認氣候變遷存在的主要原因，但筆者不完全同意這個主張。第二個句子用的則是比較中性的「*note*」，單純引述研究者的主張，而未進行批評，顯示筆者同意這個主張。

　　我們可以從這個例子看到，熟練引述動詞的使用，有助於大幅增加學術寫作整體的**可信度與精準度**。

　　下表整理了學術寫作中常用的動詞，並根據其言外之意進行分類。請注意，此表並未包含所有引述動詞，而且分類並非絕對、不可變更。這裡的分類主要是要告訴各位，就算是同義詞，也不能完全任意交替使用喔！

微弱

提出主張	Assume, proclaim, suggest
表示同意	Accept, acknowledge
表示反對／保留	Doubt

強勢

提出主張	Assert, emphasize, highlight, insist, posit
表示同意	Contend, endorse
表示反對 / 保留	Condemn, contend, criticize
提出建議	Implore, urge
引用	Maintain that

中性

提出主張	Argue, believe, claim, explore, observe, propose, remind us, report, state, study
表示同意	Admire, agree
表示反對 / 保留	Contradict, deny, question, refute, reject
提出建議	Advocate, call for, hypothesize, imply, indicate, recommend, suggest
引用	According to, as... put it, believe, in X's view, state, write, X's point is that
表示因果關係	Cause, contribute to, give rise to, lead to, result in

選擇引述動詞時，請隨時留意**脈絡和其言外之意**，因為引述動詞能告訴讀者你認同過去研究者觀點或發現的程度高低，進而強化你自己的論點。

▶ 3.5　對自己挑剔

對自己過度嚴苛通常不是件好事，但如果你希望寫作技術有所進步，就應該對自己挑剔一點。我們在寫作時必須檢查各式各樣的內容，從比較表面的錯別字，到比較抽象的層面，例如內在條理。

寫作時，可以先問問自己以下的問題。一開始就思考這些問題，

到了校對時，必須修正的地方就不會那麼多（這點會在第十一章詳談）。

3.5.1　我寫的東西有人看得懂嗎？

這個問題可以再分解成兩個問題。

第一個問題：

你自己看得懂嗎？若連身為作者、花許多時間鑽研這個題目的你本人都看不懂自己寫的文章，你怎麼能指望其他人會看得懂呢？

第二個問題：

第一次閱讀這篇論文的人能看得懂嗎？套一句我們老師常說的話：「**把讀者當成笨蛋。**」她的意思是我們在下筆時必須非常明確，不應留下任何模稜兩可的地方。不要預期讀者有辦法靠自己填補空缺。請記得，PhD 除了可以代表「Doctor of Philosophy（博士）」，還可以代表「Permanent Head Damage（永久性腦傷）」。

要確保大家理解你寫的內容，請參考以下原則：

(1) **朗讀你寫的文章：**如果你念到一半舌頭打結，或是喘不過氣，就代表你寫的句子太複雜了。就跟念繞口令一樣，如果你沒辦法順順地把句子念完，讀者大概沒辦法輕易地理解內容。

(2) **向朋友解釋：**試試看跟不熟悉你領域的人解釋論文的主要論點。如果他們只是睜著水汪汪的大眼睛盯著你，你可能就必須做點修改了。

(3) **舉例要具體：**抽象概念就像氣球，必須用穩重的石頭（具體例子）固定在地面上。有了具體例子，讀者會比較能理解抽象概念。想想看，「研究者觀察到了現象」、「液體就像丟入曼陀珠的可樂一樣開始冒泡」，哪一個比較容易理解呢？

(4) **休息是為了走更長遠的路：**有時候，遠離論文一陣子之後再回來重讀會有所幫助。這就好比暫時遠離你最喜歡的冰淇淋口味。不管你有多喜歡蘭姆葡萄，每天吃一定還是會吃膩。如果你忍耐個兩週再回來吃，或許會更能享受蘭姆葡萄的滋味！

遵守這些原則，就能確保你寫的內容清晰、有條理、容易理解，甚至對患有「永久性腦傷」的人來說也一樣！

3.5.2 我的文章流暢嗎？

除了句子和段落層級的條理以外，文章整體的條理也不可或缺，這也和我們上面敘述的「看得懂／看不懂」密切相關。你必須確保論文的不同區塊之間有良好連結，如果你發現某些區段過於「紛亂」，或是轉換不夠流暢，你可以試試搬動整個段落或區塊，重新以比較有條理的方式安排。

但記得！搬動完後要從頭再讀過一遍。因爲在重新搬動過後，段落之間的連接方式有所變化，你可能會需要修改一些連接詞或段落開頭，重新讓它們變得流暢。

3.5.3　我是不是抱有偏見（而不自知）？

有時候，作者和研究者可能會抱有某些隱藏的預設和意識形態而不自知。在這種情況下，他們的論點可能會**有所偏差**，或是**過度一概而論**。這並非刻意爲之，而是因爲他們沒有察覺自己潛在的想法。

請看以下兩個例句與說明，了解這類陳述的問題出在哪裡。

(1) The text is feminist because the writer is female.

問題是什麼？→生理性別和意識形態是兩回事。作者是女性並不代表她一定是女性主義者。無論作者是男是女，都有可能是或不是女性主義者。

(2) The development of former British colonies like India, Singapore, and Australia is comparable given their shared history of British rule.

問題是什麼？→擁有一段共同的歷史並無法抹消其他差異性。這三個國家的族群、國內資源和文化都大異其趣。只因爲都曾受英國殖民就說這三個國家的歷史類似，是過度簡化的主張。

3.5.4　所有內容都相關嗎？

還記得嗎？第一章討論相關性的時候，我們說過：論文應該只納入跟題目有關的素材。現在你已經開始動手寫論文了，是時候再來陰魂不散地囉嗦你一次：你應該只納入**直接相關**的範例和資料來源。

寫作時，請不時捫心自問：引用的內容是否能直接**回答你的研究問題**？還是你只是想幫論文灌水？就像詐騙一樣，老套歸老套，對走

投無路的研究生來說還是深具吸引力，可惜的是不管用，注定會被教授一眼識破，畢竟他們自己當學生時可能也幹過同樣的事。

回到把讀者當成笨蛋的假設，你必須記得凸顯引用內容的相關性。也就是說，不管你引用什麼資訊或資料來源，都要**向讀者解釋這些內容的相關性**，讓他們看到證據和主張之間的連結。

這跟講笑話剛好完全相反。笑話如果還需要解釋就不會好笑，而學術論文則是解釋越清楚、越精確越好！

◇◇

希望這五個訣竅能在你第一次動筆寫論文時幫上忙！沒有辦法一次全部到位也不必擔心。只要持續練習，總有一天這些訣竅都會成為你的本能，就像你現在有辦法不看鍵盤打字一樣！

話雖如此，我們還是必須提醒你不要落入以下的陷阱。如果是談戀愛，我們認為曾經有過勝於不曾愛過。但如果是寫論文，與其錯了之後修改，不如一開始就不要犯錯！

◇◇

4. 讓論文更有「學術味」：不該做的事

▶ 4.1　不要使用簡寫

你可能注意到了：這本書經常使用簡寫，現在又要求你不要使用簡寫。這算不算說一套做一套？

我們自己覺得不算。讓我們用後設的觀點看待這本書。這本書採取了什麼樣的語氣？除了用來當作範例的實際學術論文句子和段落以外，這本書讀起來會很「學術」嗎？如果我們有達成自己的目標，你應該會覺得這本書的語氣很輕鬆。

必須說明一下，這是我們為了不讓你讀到睡著刻意做的決定。不過你的指導教授或編輯在檢視你的作品時，一定是非常清醒的，因此你必須遵守較為主流的學術寫作規範，其中之一就是在正式寫作中避免使用簡寫。在正式寫作中使用詞語的完整形式有兩個原因：強調和避免模糊。首先，使用詞語的完整形式比較能給人經過深思熟慮的感覺，相較之下，簡寫則給人口語或非正式寫作的感覺。口說和寫作風格應該要有明確的區分。

請閱讀以下兩個句子。兩個句子的內容相同，但是第一句（使用簡寫）給人的感覺比較「不正式」，聽起來像口頭陳述，而第二句（沒用簡寫）就算出現在學術期刊也不會讓人感到意外：

使用簡寫

It's imperative that researchers don't overlook potential biases in their research methods.

沒用簡寫

It is imperative that researchers do not overlook potential biases in their method-ologies.

更重要的是，有時候簡寫會導致語義模糊。舉例來說，「it'd」是代表「it would」還是「it had」？雖然你可以從上下文得出一些線索，但在學術寫作必須以精準和清晰為目標。

▶ 4.2　別打破「第四道牆」：不要直接與讀者對話

又是一件我們一直在做，卻要求你不要模仿的事。不好意思啦，我們不是故意的。寫論文就真的不能這樣齣。

在學術寫作中，你應該避免直接與讀者對話。維持**客觀**是學術寫作的重點，如果你直接與讀者對話，容易使你的作品「個人化」的程度升高，進而危害客觀性。**你的焦點應該是研究的主題**，而不是讀者

與文字的互動：

請比較以下兩個句子：

A. <u>You can see</u> from the data that...

B. <u>It is evident</u> from the data that...

你能分辨出這兩個句子之間的**語氣差異**嗎？句子 A 感覺比較個人，是很適合口頭報告使用的句構，但放到正式寫作就不太適合。學術寫作習慣使用句子 B 的第三人稱觀點，以維持客觀和可信度。

你可以把這一點記成「**別打破第四道牆**」，打破第四道牆的意思，簡單來說是小說、劇作、電視影集或電影中的人物直接與讀者／觀眾對話。打破第四道牆也是死侍 (Deadpool) 的註冊商標！但學術寫作時我們不需要扮演超級英雄，所以我們需要盡可能保持客觀，克制與觀眾對話的欲望。

▶ 4.3 話不要說得太滿！

你可能也注意到本書中有很多「預防針」：像是「這可能不適用於每個人」，還有「這份清單並未包含所有可能性」。為什麼要打預防針呢？難道我們這麼怕說錯話嗎？

可以這麼說！**在研究和寫作時考量到所有可能性，是一件很困難的事**。所以我們會打這類「預防針」來保護自己。但是會有這個規範，並非出自懦弱，背後也有邏輯存在。

思考一下，你的研究考慮到**所有可能性**的機率有多大？應該很低，對吧？所以我們在發表主張時，通常不會一開始就把話說死，因為要是說錯就糗大了。

4.3.1　什麼是「模糊限制語 (Hedging)」？

「模糊限制語」是在學術寫作中用來爲自己「掩護」的工具。看過樹籬 (Hedges) 嗎？樹籬是一種造景，由緊密排列的灌木構成，通常會出現在房產的四周。樹籬能保護其內部的建築，而語言上的模糊限制語則能保護作者，不讓他們寫出武斷、過於自信的主張。

說來你可能會很訝異，但你其實在日常生活中就經常使用模糊限制語。不信嗎？閱讀以下雅婷的故事，了解模糊限制語不只是在學術寫作中有用，也可能是你感情生活的一大助手！

4.3.2　約會時的模糊限制語

正在尋找新對象的雅婷經常有機會練習模糊限制語。說得明確一點，她在對話中使用模糊限制語，讓自己**聽起來更有禮貌**。舉例來說，她有次在交友軟體上跟一個小提琴花美男配對成功，對方邀請她一起去吃義大利餐廳。

然而有個問題：雅婷討厭義大利料理！但她不想直接跟小提琴男這麼說，於是她把自己的厭惡用禮貌的言語「包裝」起來。

她內心的想法：我討厭義大利料理！

她實際說出口的話：我不知道義大利餐廳是不是最好的選擇，但如果你真的很想去，我可以陪你去。

暫時不管雅婷的結局如何，模糊限制語的概念是類似的。語帶模糊能**軟化主張**，顯得比較不直接、比較禮貌、帶有適當程度的謹慎，以避免提出主張的人受到潛在的批評。

4.3.3 模糊限制語的詞彙

學術寫作常使用的模糊限制語詞彙包括：

seem to, appear to, as far as we know, perhaps, depend mostly on, suggest, likely, may, possible, probable

請試著應用模糊限制語重寫以下句子！你可以參考第一個句子的範例。**特別注意「may」和「might」可以用來表達不確定性與軟化主張**。用剩下的句子練習看看吧！跟之前的練習一樣，建議解答在本頁下方，供你參考。[5]

5　使用模糊限制語的建議解答：

It is likely that this approach could (may) lead to better results.

It seems that the new policy might improve employee productivity.

Our findings suggest that the drug could be (or may be) effective in treating the disease.

不使用模糊限制語	使用模糊限制語
The study proves that this method is effective.	The study <u>suggests</u> that this method is likely effective.
This approach will lead to better results.	
The new policy will improve employee productivity.	
Our findings show that the drug is effective in treating the disease.	

　　從上述範例中，可以看到使用「may」和「might」這兩種助動詞能夠軟化絕對性的陳述，使之顯得比較審慎、比較適合學術寫作。

　　「有這麼多東西，我這腦袋怎麼可能記得住？」

　　別擔心，我們懂你的感受。

　　下一個部分中，我們將分享一些撇步，讓你寫的文章越來越有學術味。學海無涯，有我們為你導航！

5. 暢遊茫茫學海：掌握學術寫作的竅門

回想你過去成功學習技能或語言的經驗，你是怎麼進步的？一般來說，你可能接受過指導，或是看過別人示範，然後再試著模仿做同樣的事情。換句話說，你經歷過「吸收」和「產出」兩個階段。**吸收能讓你看到專家們是怎麼做的，而產出則是讓你有機會練習新技能、逐漸進步。**

從事學術寫作時，你也可以仿照相同的模式。這個部分，我們將會介紹如何進行吸收和產出，並將兩者合而為一，讓你在學術寫作時，可以從原本「有意識的行為」轉換為「自動導航」！

▶5.1　吸收：潛入學術文獻的大海

想了解什麼叫「好的論文」，你可以深入閱讀各種學術期刊，了解其要求的語調、結構和形式。閱讀時請多留意以下層面：

5.1.1　熟悉詞語的新用法，或在特定領域的專門用法

你可能認識一篇論文中的所有詞語，但它們是否有你沒看過的新用法？尤其是專屬於你領域的特殊用法？

與其隨便找一篇期刊論文，何不好好研讀最頂尖的學術著作？宇挺在此提供一個祕訣：當他還在學術新手村時，會把他指導教授寫的文章當成修練素材。

以下圖片擷取自宇挺指導教授寫的一篇書評，裡面充滿了實用的學術慣用語句，讓宇挺可以盡情「尋寶」。

Coincidentally, about three years ago, I reviewed, at the request of *Language Teaching Research*, a book by Michael Grenfell (Han, 2001). So when the *Teachers College Record* invited me to write a review of Grenfell's new book, I agreed almost immediately – driven largely by my curiosity as to what the researcher had done since his last book. Also, knowing that the researcher came from the field of foreign language teaching as opposed to TESOL and SLA where I had been, I was looking forward to an opportunity to bring myself up-to-date with the latest developments in that camp. Admittedly, for years, lurking at the back of my mind has been the conception -- widely shared among colleagues in my field as well -- that the teaching of modern foreign languages, in general, lags behind the teaching of English as a second and/or foreign language, both in terms of learning theories and pedagogic principles. Is this conception true today? With these curiosities, I began my reading.

　　尋寶過程中，宇挺發現了許多珍貴的語句，像是「lurking at the back of my mind has been...」。寫這句話，就像在社群媒體上發表高見時以「無惡意」開頭：雖然想批評，但又不想得罪太多人。分析指導教授文章的同時，宇挺不只是單純在閱讀，也是在學習學術寫作。這種分析閱讀法提供了一種很珍貴的策略：**向領域中的大師學習他們的寫作技藝**。經過深思熟慮地調整他們的措辭技巧，你可以雕琢自己寫作學術論文的文字功夫，同時深化對主題的理解。

5.1.2　反覆出現的新詞彙

　　你是否曾注意到某些詞彙會不斷出現？若你有這樣的經驗，請務必深入了解這些詞彙，它們可能是你領域中非常重要的概念！

　　舉例來說，如果你是翻譯研究所的學生，可能就會常常看到「skopos」這個字。你可能會納悶，這個字長得真奇怪，是英文嗎？（不是。）

　　做了一些研究後，你才明白「skopos」指的是翻譯的目的。如此一來，你就能更輕鬆地理解用到這個字的論文了！

5.1.3　留意領域規範

　　領域規範包括：偏好主動或被動語態、論文結構（例如：研究討論與結論應該合成一章，還是分成兩章？）、格式規範（例如：期刊使用的是 APA、MLA、Chicago 還是其他格式？）等等。許多期刊對他們預期的格式提供很明確、細節的指引。以下是來自《改編》(*Adaptation*) 期刊的範例。可以看到，他們列出了各種格式規定，包括行距、空格、逗號格式等等。

Presentation Manuscripts should be typewritten with wide margins and all material should be double-spaced including notes, references, extracts and figure legends. Do not divide words at the ends of lines. Each section of the manuscript should begin on a separate page.

Spelling Follow Oxford English (using 'ized' rather than 'ised', but 'analysed', 'enfranchised'). If in doubt, consult the *Concise Oxford English Dictionary*.

Commas Use the Oxford, or 'serial', comma, e.g. 2-, 3-, and 5-min intervals.

Numbers Spell out one to one hundred; thereafter use numerals. Use a comma separator for numbers over one thousand (i.e. 1,234).

Dates Use the date-month-year style, i.e. 11 December 1979. Where necessary, use the style 19 BC; AD 565. For date ranges, follow 1972-77, but 1898-1901.

　　如果你打算投論文到期刊，除了遵守格式規定以外，也應該瀏覽該期刊已經刊登的論文，熟悉一下這些論文使用的語言，並嘗試分辨它們的組織是否存在特定的模式。

▶5.2　產出：參與學術同儕審查

　　光只是吸收是不夠的，你還必須實際練習才行！如果你是論文小白，可以嘗試用閱讀過程中學到的詞彙和語句造句，畢竟每個人都是從模仿開始的。

　　「但我不確定我用得正不正確，如果用錯，不就白練了嗎？」

不必擔心！你可以善用手邊的資源幫助自己增進寫作技術。別忘了，AI 不需要休息。寫完句子後，你可以丟給 AI 檢查，甚至請它給你改善的建議！

如果你偏好比較有人情味的方式，也可以組成讀書會，或是跟同學交換筆記，互相評論彼此的寫作成果。和其他人一起學習，可能會獲得你意想不到的見解。

如果你很有冒險精神，甚至可以報名擔任學術期刊的審稿人！「什麼？我只是學術界初出茅廬的小蝦米，哪有什麼資格當審稿人？你是在唬弄我嗎？」

我們是認真的。許多期刊很樂意廣招各種專長背景的審稿人，以應付他們收到的各種來稿。就算你沒什麼經驗，也可以藉這個機會深入了解學術討論社群的標準和預期。告訴你一個祕密：要成為優秀的學術作者，首先必須成為敏銳的讀者和審稿人。這就好像從美食評論開始學做料理──你得先培養味蕾，分辨什麼樣的食物算美食。

這就是宇挺用以熟悉學術語言的關鍵方法之一。作為審稿人，他能在第一線觀摩各種學術寫作手法，了解其他學者如何評論來稿，並有觀察作者的技巧，以及考量讀者（審稿人）的觀點。

擔任審稿人時，宇挺不只是在閱讀，同時也在拆解、分析和內化有效的論文寫作手法。他學會觀察他人作品的優缺點，讓他能進一步琢磨自己的寫作技術。批判性閱讀就像學術寫作的乳清蛋白，讓你的學術肌肉長得頭好壯壯！

你會很驚訝，在擔任期刊審稿人之後，你會開始收到其他類似期刊的邀請。不知不覺間，你已經可以帶著見過所有大風大浪的自信，開始撰寫自己的論文！

▶5.3 換句話說：結合吸收與產出

另一個練習學術寫作的方式，是透過做筆記練習。說得具體一點，與其將讀過的參考文獻原樣照抄，你可以練習換句話說 —— 畢竟，你要練習的又不是書法或冥想。

在練習「換句話說」時，你必須**用自己的話解釋素材**，在過程中，你必須批判性地思考素材內容，確保自己徹底了解。這個過程不只能幫你記憶資訊，也能讓你在閱讀的同時就開始為論文打草稿，因為某些換句話說的筆記往後或許能成為論文稿件的一部分！

在實際操練前，先讓我們看看換句話說和原始文本之間有哪裡不同吧：

(1) **相同之處：意義和脈絡**

換句話說的句子應該保留原本文字的<u>相同意義</u>。換句話說的句子也<u>不應該將原本的文字抽離脈絡</u>。舉例來說，如果換句話說只取了原本句子的一半，扭曲原意，那不是恰當的換句話說。

(2) **不同之處：結構與用詞**

換句話說的時候，可以用<u>同義詞</u>取代某些詞語，和／或變更句了<u>結構</u>。下面的例子顯示了換句話說的不同方式：

"This study shows that audiovisual materials are effective in enhancing second language proficiency among preschool children."

(a) **更換用詞**：This study <u>suggests</u> that audiovisual <u>resources</u> are <u>useful</u> for <u>improving</u> second language <u>mastery</u> among preschool children.

(b) **更換順序**：According to this study, second language proficiency among preschool children is effectively enhanced by using audiovisual materials.

(c) **更換詞性**：This study <u>is a demonstration</u> of how audiovisual materials are effective <u>in the enhancement of</u> second language proficiency among preschool children.

做筆記和寫作的過程中，換句話說也能幫你**將句子簡化，讓讀者更容易理解、消化**。請比較以下兩個句子。你注意到什麼差別了嗎？

原句	換句話說
The procedures have been outlined to ensure a thorough examination, one that is credible in its objective of generating a detailed summary and analysis of the current literature concerning a research question of interest.	The paper discusses steps for conducting a Literature Review that is detailed, concise, and targeted.
The rapid advancement of technology in the 21st century has significantly impacted communication, making it faster and more efficient but also leading to a decrease in face-to-face interactions.[6]	

6　**換句話說的建議解答：**

Communication has been greatly changed by the fast growth of technology in the 21st century by making communication quicker and more efficient. However, such an advancement has also reduced the amount of face-to-face interactions.

第一個句子可能要讀過幾次，才能理解作者想說什麼。新手學者在讀學術論文時可能常會有這種感覺。右手邊的第一個經過換句話說的句子比較好懂，但仍然遵守學術寫作的規範。如果你覺得自己準備好了，先不要看建議解答，試著將上面的第二個句子換句話說。

請注意，換句話說並不總是等於簡化原本的內容，只是**以符合你寫作風格的方式表達同樣的意義**，目的是：(1) 讓你更容易理解內容，(2) 可以天衣無縫地放入你的論文當中，還有 (3) 不會被視為抄襲！

6. 最後……（但還不是最後）

學術寫作難，也不難。跟所有的寫作形式一樣，學術寫作包含兩個關鍵層面：**內容和語言**。毫無疑問，學術寫作的內容很困難。某些論文包含許多專業術語和概念，有些可能非常抽象。正因為內容如此困難，語言就更必須保持清晰、簡潔。你沒必要為讀者設下障礙，讓原本已經夠難懂的文本更難懂！

學術寫作最大的挑戰之一，就是**把困難的內容寫得清晰易懂，同時又不失專業**。我們設計了一些練習，能幫助你成為專業的學術作者。在你正式開始寫論文前，最好先做做這些練習，或許能讓你在寫作過程中少白幾根頭髮！

7. 牛刀小試

　　你可能沒發現，其實閱讀本章的過程中，你已經開始練習學術寫作了！呀呼！這就是我們在本章不同部分中放入許多小練習的目的。我們在這裡整理重點，看看你能不能將學到的不同技能整合起來！

▶ 實際操練 1：學術寫作的規範

　　本章討論了多種學術寫作的規範。很快地複習一下：

A. **語域**：正式與專業性

B. **標示轉折**：確保概念之間有適當的轉折

C. **避免使用簡寫**：簡寫不但不正式，也可能導致語義模糊

D. **不要直接與讀者對話**：以客觀的第三人稱觀點寫作

E. **模糊限制語**：軟化主張、維持客觀，並確保不會過度概括

閱讀以下句子時，你有兩項任務：

(1) **找出問題**，這些句子哪些地方「感覺不學術」？為什麼？每一個句子可能不只一個問題。請將上面五種規範當作指引！

(2) **重寫句子**，根據 (a) 部分找到的問題，並應用學術寫作的規範重寫句子。

建議解答可見於本章的最後。預祝你的學術寫作初體驗愉快！

(1) This method doesn't work.

    (a) Issue(s): _____

    (b) Rewrite: _____

    _____

(2) Smith's theory's flawed.

    (a) Issue(s): _____

    (b) Rewrite: _____

    _____

(3) Teenagers just can't put down their phones. This is worrying.

    (a) Issue(s): _____

    (b) Rewrite: _____

    _____

(4) You will find it beneficial to compare these results with those of previous studies.

    (a) Issue(s):_____

    (b) Rewrite: _____

    _____

(5) Interviewee A said he enjoyed the class. He said it's engaging. It's more interesting than his usual classes. He would like more classes like this.

(a) Issue(s): _____

(b) Rewrite: _____

_____

▶ 實際操練 2：引述動詞

練習以不同的引述動詞撰寫句子。你可以從這個句構開始：

主詞 + <u>引述動詞</u> + 主張／發現

例如：

(1) **Uchi (2011)** <u>suggests that</u> *organizational culture plays a crucial role in determining employee job satisfaction and retention rates.*

(2) **Chen (2019)** <u>argues that</u> *the adoption of sustainable agricultural practices can lead to increased food security and environmental conservation.*

接下來，寫寫看自己的句子吧！如果忘了引述動詞有哪<u>些</u>，可以參考**「該做的事」第四點**中的常見引述動詞清單。做完練習後，你可以用 AI，或是請同學或老師幫忙檢查，確保你的用詞正確、恰當。

(1) _____

_____

(2) _____

_____

(3) _____

_____

(4) _____

_____

(5) _____

_____

▶ 實際操練 3：換句話說練習

下面的句子很難閱讀，其中有些來自實際的學術文本！練習你換句話說的功力，把它們改寫成較好「消化」的句子。跟實際操練 1一樣，建議解答可見於本章的最後。

(1) A multitude of research concerning mobile electronic apparatuses has repeatedly demonstrated a notable linkage between the employment of such devices and the incidence of unexpected mishaps.

Paraphrase: _____

_____

_____

(2) The outcomes derived from the research exhibit congruence with the findings delineated by Rose (2013).

Paraphrase: _____

_____

_____

(3) True, I have to own that, for reasons that are not hard to divine, and inherent in the times we live in, I have not undertaken a thorough survey of the literature, especially the foreign literature, that would

be relevant to the present modest contribution, which is therefore presented to the reader with no claim to priority.[7]

Paraphrase: _____

_____

_____

(4) Since the incursion of "theory" into the discipline of history, and the uncomfortable advent of Michel Foucault, it is no longer too avant-garde to suspect or admit that "events" are never not discursively constituted and that the language of historiography is always also language.[8]

Paraphrase: _____

_____

_____

---

7   Freud, S. (2003). *The Uncanny*. (D. McLintock, Trans.) Penguin Books. (Original work published 1919.)

8   Spivak, G. C. (1987). A literary representation of the subaltern: A woman's text from the third world. In *Other Worlds: Essays in Cultural Politics*, pp.332-409. Routledge.

本章重點回顧

為什麼寫學術文章需要遵守學術寫作規範？	(1) 語言風格符合學術寫作規範，會讓讀者更易於閱讀你的文章 (2) 每個領域都有自己的寫作規範，但也有的規範適用於各種領域。寫作時，兩種都得兼顧喔
要成為學界才子才女，請記得！	(1) 語域恰當，風格正式專業 (2) 即使內容複雜，但表述仍需清楚易讀 (3) 適當使用連接詞，確保語句銜接得當 (4) 慎選適當的動詞 (5) 對自己也要使用批判性思維
學術寫作禁忌！	(1) 避免使用縮寫 (2) 避免與讀者交談 (3) 避免語氣過於自信
如何培養學術寫作增加？	(1) 勤於輸入：廣泛閱讀 (2) 努力輸出：練習寫作、積極審稿 (3) 改寫：透過改寫，結合閱讀與寫作練習

牛刀小試參考答案

▶ 實際操練 1：學術寫作的規範

(1) This method doesn't work.

    (a) **Issue(s):** Register, contraction, hedging

    (b) **Rewrite:** This method <u>did not produce feasible results in our study. More research is needed to confirm the usefulness of the method.</u>

(2) Smith's theory's flawed.

    (a) **Issue(s):** Contractions, hedging

    (b) **Rewrite:** There are <u>some inherent limitations</u> to Smith's theory.

(3) Teenagers just can't put down their phones. This is worrying.

　　(a) **Issue(s):** Register, contraction

　　(b) **Rewrite:** <u>It is a growing concern</u> among many that teenagers have <u>become too addicted</u> to their phones.

(4) You will find it beneficial to compare these results with those of previous studies.

　　(a) **Issue(s):** Talking to the reader, hedging

　　(b) **Rewrite:** <u>Comparing these results</u> with those of previous studies <u>could prove beneficial</u>.

(5) Interviewee A said he enjoyed the class. He said it's engaging. It's more interesting than his usual classes. He would like more classes like this.

　　(a) **Issue(s):** Signaling

　　(b) **Rewrite:** Interviewee A said he enjoyed the class **as** it was engaging **and** more interesting than his usual classes. **Thus**, he would like to attend more such classes in the future.

▶ 實際操練 3：換句話說練習

(1) A multitude of research concerning mobile electronic apparatuses has repeatedly demonstrated a notable linkage between the employment of such devices and the incidence of unexpected mishaps.

　　Paraphrase: Many studies on portable electronic devices have shown a strong correlation between device use and accidents.

(2) The outcomes derived from the research exhibit congruence with the findings delineated by Rose (2013).

> **Paraphrase:** The results of the study are consistent with those of Rose (2013).

(3) True, I have to own that, for reasons that are not hard to divine, and inherent in the times we live in, I have not undertaken a thorough survey of the literature, especially the foreign literature, that would be relevant to the present modest contribution, which is therefore presented to the reader with no claim to priority.

> **Paraphrase:** I have not conducted a thorough literature review, especially of foreign sources, due to reasons that are understandable and related to the times. Therefore, I present my small contribution, but I do not claim that I'm the first to make such a study.

(4) Since the incursion of "theory" into the discipline of history, and the uncomfortable advent of Michel Foucault, it is no longer too avant-garde to suspect or admit that "events" are never not discursively constituted and that the language of historiography is always also language.

> **Paraphrase:** It has become accepted that historical "events" and language are always shaped by discourse. The commonplace status of this claim began when history took a theoretical turn. The idea was also discussed by Michel Foucault.

比困難更困難的起頭：
緒論

在經歷大把歲月的整裝後，終於可以下筆了！

等一下，我的手機突然有通知。咦？我獲邀去金馬獎走紅毯！我一定要好好打理一番，成為全場焦點！

一如名媛和電影巨星費盡心思打點外表，就是為了讓觀眾第一眼看到就為之驚豔，相同的道理套用在學術寫作上，就代表你的緒論 (Introduction) 也必須夠精彩才行。畢竟，你的目標是要吸引讀者（和狗仔）的眼球，讓他們目不轉睛，對吧？

本章將分享如何在論文寫作中撰寫出引人入勝的緒論。我們會先探討不限學科和論文類型都通用的幾項元素，然後再以具體例子說明好的緒論應該長什麼樣子。

你知道誰也在寫論文嗎？沒錯，就是偵探唬爾摩斯！讓我們一起看看他最新的鬼點子，還有譁生醫生有啥意見吧！

《唬爾摩斯與譁生》第六集

偵探唬爾摩斯：譁生，我寫了一篇論文，主題是我們最近跟探長 K 合作的案件《比被紅蘿蔔生吐司毒死更悲傷的事》。我打算投稿到犯罪學期刊。

譁生醫生：你是說之前那個富二代舉辦私人轟趴，不小心毒死一堆賓客的案子嗎？我沒記錯的話，派對的外燴有一道特別的紅蘿蔔生吐司，裡面被摻了有毒的色素，導致好幾個來賓因為食物中毒而死亡。

偵探唬爾摩斯：沒錯！我在論文中詳細描述這位富二代是如何利用紅蘿蔔生吐司來謀殺賓客……

譁生醫生：讓我打個岔。你剛才是說「謀殺」嗎？

偵探唬爾摩斯：對啊！死了很多人欸！

譁生醫生：可是，富二代又不是故意要殺他們的。

偵探唬爾摩斯：有差嗎？人都死了！

譁生醫生：開什麼玩笑，當然有差！根據《刑法》，殺人罪要成立有兩個條件：「犯行」，也就是犯罪行為，還有「犯意」，也就是犯罪意識。如果犯人只滿足其中一個條件，就不會被判有罪。

偵探唬爾摩斯：我們在討論案件，對吧？幹嘛突然文謅謅了起來！

譁生醫生：因為這對你寫的論文很重要！你想想看，假設有個人只是心裡想著要殺人，但沒有實際行動，他還算是殺人犯嗎？

偵探唬爾摩斯：當然不算啊！我自己就常有殺人的想法。像是現在，我就很想捶死你！

譁生醫生：彼此彼此。總而言之，如果有人為了自我防衛，不小心殺了別人，你會說他犯了殺人罪嗎？

偵探唬爾摩斯：他犯了過失致死罪，不是殺人罪。

譁生醫生：沒錯！回到那個的案件，我們不能說富二代「謀殺賓客」，因為富二代並沒有想要殺死賓客，只是因為過失而造成賓客死亡，所以你得回去修改論文。你對「謀殺」的定義有問題，很可能導致你的討論和結論也都有問題。

偵探唬爾摩斯：此時此刻，我的「犯意」快要實現為「犯行」了！

譁生醫生：別拿我出氣，把憤怒轉換成寫作的動力吧！

在偵探唬爾摩斯和譁生醫生的對話中，我們看到譁生醫生提醒唬爾摩斯準確定義關鍵詞語的重要性。這對撰寫緒論至關重要，能確保讀者打從一開始就對這些詞語與你有同樣的認知。除了定義之外，一段好的緒論還需要包含其他幾項要素。

1. 第一步：我做的是哪一種研究？

無論你是進行哪一個領域的研究，抑或是質性或量化的研究，有一些放諸四海皆準的原則可以引導你寫出優秀的緒論。此時此刻你可能會想：「質性？量化？是什麼東西？能吃嗎？」別緊張，這其實沒有表面上那麼複雜，跟著我們來快速區分這兩類研究的主要差異吧！

在繼續閱讀之前，你必須知道，量化和質性研究的分辨方式並不是非黑即白，當中還牽涉許多考量因素，就像霍格華茲的分類帽在幫學生分配學院時一樣，需要綜合考量許多面向才能進行分院。本書之重點在於提供初學者論文寫作的解謎指南，因此我們將以學位論文最容易遇到的分類方式來讓大家先簡單分辨量化與質性研究之差異。更多的內容，請詳閱相關的專業書籍，畢竟在寫論文的過程中，大量閱讀也是很重要的一環！

▶ 1.1 量化研究

學位論文當中，常見的量化研究流程是先依據文獻探討的發現來提出研究目的、研究問題和研究假設（大多時候需要提供研究架構圖），接著蒐集量化資料、進行量化資料分析，最後陳述研究發現，驗證研究結果與研究假設是否相符。這段話讀起來很繞口嗎？讓我們來舉個例子。

量化研究的目標可以是檢視兩個變數之間的相關性（例如感冒時間長短與維他命 C 攝取量之間有沒有關係），也可以是探究一項因素（例如維他命 C 攝取量）對另一項因素（例如感冒時間的長短）

的影響。常見的量化方法包括問卷調查、實驗研究和後設分析 (Meta-analysis) 等。

研究者通常會先發想研究問題和假設，例如：「維他命 C 攝取越多就能縮短感冒時間嗎？」接著他們會蒐集資料，例如以問卷調查大眾攝取維他命 C 的量，以及他們通常感冒時間的長短。最後，研究者利用統計分析軟體來檢視蒐集到的資料是否能回答研究問題或驗證研究假設。

▶1.2　質性研究

質性研究關心的是**無法輕易化約為數字的複雜現象**。從事這類研究，通常會先選擇一種概念或理論，然後再蒐集資料和詮釋。

慢著，你說資料？剛才不是說質性研究跟數字無關嗎？

問得好！這裡說的「資料 (Data)」，大多指的是數字以外的資訊。例如，質性研究者可以研究對象在言論（例如訪談、焦點團體討論、口述歷史等等）、視聽素材（例如影像、電影、影片等等）和書面文字（例如文學著作、田野筆記、民族誌等等）中所揭露的內容。舉例來說，進行訪談的研究者可能會先選擇文本或理論架構（例如女性主義理論），然後透過該架構分析特定的文本（像是小說或電影）。這讓質性研究成為檢視文化規範、社會動態，以及型塑行為和觀感的脈絡（例如隱藏在動作大片中的父權假設）的有效工具。

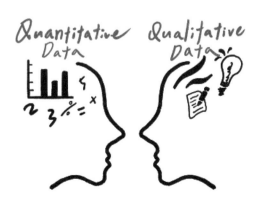

▶ 1.3 我知道兩種研究的差別了，然後呢？

了解不同類型研究之間的差異，對研究者很有幫助，因為研究的類型不同，在緒論中為論文鋪陳的**慣例也有所不同**。

一般而言，量化研究的報告和論文比較有**組織性**，而質性研究則比較**有彈性**，可以適應分析資料的脈絡和深度，但有彈性並不代表質性研究的緒論缺乏組織。兩種研究最關鍵的區別在於，質性研究緒論中常出現的元素通常是以流動敘事的形式呈現。我們稍後會再提到這點。以上提到的只是慣例，並非無法更動的鐵則，但從這些慣例中，論文作者可以學習**從事特定領域研究的最佳作法**。

另外要注意的是，「量化」和「質性」並非黑白分明；有時候，兩者的差別只存在於程度或是研究者的裁量。舉例來說，訪談通常會被視為質性研究的方法，但研究者也能用訪談進行量化研究，例如計算受訪者回答時某個字詞或表達方式（像是「那個……」）出現的頻率。

下表概括了這兩種主要研究類型的內容。我們必須先打個預防針，這個表格簡化了相當複雜的研究方法，某些量化／質性研究可能不符合或不完全符合其中的描述，我們先暫時這樣列表，是希望可以先藉由這個表格讓你理解兩種主要研究的類型：

層面	量化研究	質性研究
概述	資料為本、客觀的分析	重視脈絡、主觀的詮釋
通常的研究流程	提出研究假設→資料蒐集→分析→發現	概念／理論→資料蒐集→詮釋資料結果
從主張到證據	在蒐集資料前提出假設，接著以分析驗證	從資料分析得出結論
常見方法	問卷調查、實驗、後設分析	文本分析、民族誌、訪談

想知道寫論文緒論時可以遵循哪些慣例，你可以**找到研究領域中的重要論文**，研究這些論文的緒論。你可以拿這些論文和以下範例進行比對，了解你的領域重視哪些要素，以及是否有其他較次要的要素或條件需要注意。

如同前面的提醒，我們分享的內容包含一套撰寫緒論的準則，但**實際上的寫作方法可能會因領域而異**。換句話說，這套準則對你來說適用的話，很好！但如果在你的領域有些「慣例」，或許你可以選擇性地加入這套準則中的某些要素，幫助你**繼續推進**！

2. 緒論要素圖說：另一隻襪子呢？

本節，我們將分解優秀緒論中的不同元素。我們會說明各元素代表的意義，並解釋它們為何重要。正如前面所說的，因為各領域慣例不同，你的緒論可能不需要納入以下所有要素，可以挑選對研究有用處的元素就好。最重要的是**你必須以清楚、有邏輯的方式呈現資訊！**

在緒論一開始，你可以先陳述問題，告訴讀者他們正在讀的是什麼研究。

▶ 2.1　問題陳述：問題是什麼？

緒論開頭，可以針對調查中或聚焦的問題**提出論點**。

你的論點必須讓讀者意識並了解到，要是這些問題沒有得到解決，很多人可能會遭遇**困難**。在這個幫助讀者「看見」問題並向他們解釋的過程中，你可能會趁機引用相關**證據**（例如統計數據、事實或專家見解），和／或解釋者必須了解的**關鍵字**。

範文

提出（好）論點
你是否曾注意到，襪子動不動就會消失？這個問題困擾著全世界上百萬人。根據兩個月前的大規模街訪，78%的家庭每個月至少都會有一隻襪子失蹤。**我們要調查這個現象發生的原因，因為這是我們家中最大的謎團之一。**

指出困難
想像一下，你打開烘衣機時預期所有襪子都在，但老是有一隻失蹤。很多人都有同樣的困擾，**2024 年舉行的全國調查估計，92%的人這輩子至少都經歷過一次襪子失蹤。** 襪子很可能自己玩起了捉迷藏，卻忘了告訴我們規則。我們要探索襪子（無論是真實還是想像）的藏身處，試圖破解它們的祕密旅程。

關鍵字
在開始之前，我們先來聊聊「**襪子國**」——據說，所有消失的襪子都是到這個神祕的國度開趴去了。研究者認為襪子國位在平行次元當中。事實上，民調顯示有42%的人相信他們消失的襪子是進入了其他次元，為了讓這個理論獲得支持，了解襪子國是破除謎團的關鍵。

　　閱讀以上範文後，你注意到了嗎？提出論點時，我們還列出了資訊、指出困難，並且定義關鍵字。藉由提及相關證據（統計數據），我們將困難和問題放置在論點中心，讓大家知道襪子失蹤不只是作者自己在乎的問題，而是很多人，甚至是所有人都應該關心的問題。

　　好好定義關鍵字非常重要。良好的定義，特別是與研究應用的核心理論密切相關的定義，可以提醒你自己和讀者研究焦點為何，也能確保讀者與你有同樣的認知（他們的背景或專業知識也許不完全跟你相同）。這點尤其重要！因為在不同的脈絡下，同一個關鍵字的定義可能會有所不同。

　　舉例來說，「再次檢查 cell」這個簡單的句子，在生物學和物理學領域的意思完全不同。「cell」在生物學中指的是組成生物的基本單位（細胞），而在物理學中指的則是電池等裝置！因此，你的定義將能

告訴讀者，你對關鍵字採用的詮釋為何，以及採用的原因。

　　作者之一的宇挺寫博士論文時，血淋淋地學到了明確定義關鍵字有多重要。

宇挺的故事

我的指導教授會將評語寫在學生繳交的紙本稿件上，藉此給予學生回饋，就像下圖。她會將評語按照重要性排序，編號 1 的重要性最高。這是她寫的一部分，你找得到 1 號嗎？

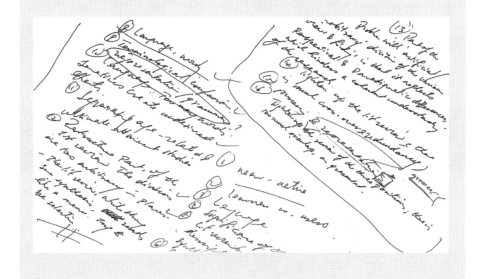

我知道很難找，來，我幫你放大。

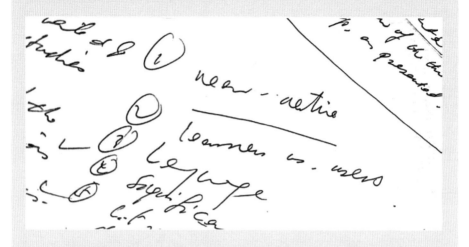

他洋洋灑灑列了 50 個建議，第一個建議只有一個字：「near-native（近母語者）」，這也是我博士論文的關鍵字 (Keyword) 之一，她提醒我，必須針對論文的關鍵字定義非常清楚，否則後面的文章邏輯都會受到影響。幸好，隔壁室友音樂放得很大聲，沒有人聽到我痛苦的哀嚎聲。

總之，這件事帶給我兩個啟示：

(1) 在緒論中為整篇論文鋪陳時，關鍵字的定義非常重要。

(2) 我得多用點腦，確保定義的清楚與精確。

看到這個評語，我第一個反應是出去買我家巷口的鹽酥雞，然後一口氣通通吃光！我當然知道鹽酥雞對身體會有什麼影響，吃了鹽酥雞臉上很容易長東西──當然是長笑容啊。

大笑三聲後，指導教授關於關鍵字定義的評語再次占據了我的思緒，定義關鍵字的重要性確實深植我心，也時刻成為我檢視論文方向的指南針。現在我跟學生討論論文時，常會先將焦點放在關鍵字上，確保他們對關鍵字的概念清楚了，再繼續寫下去。這都要感謝我的指導教授（還有鹽酥雞）！

　　你很走運，不必走宇挺走過的冤枉路。現在，你知道要為關鍵字下明確的定義了！你可以吃鹽酥雞慶祝，而不是靠鹽酥雞紓壓。

　　告訴讀者問題是什麼，並定義好重要詞語、確保你的了解是我的明白之後，下一步是透過尋找你打算應用的理論架構，或是與你相關的過去研究，藉此了解其他研究者對同一主題發表過什麼意見。

▶ 2.2 搭建（理論的）舞臺：原來不只我這樣想！

　　若你聚焦的議題與特定**理論架構**相關，或是你的研究套用了該架構，你可以使用簡單的語言，幫助讀者快速了解研究的核心。

> **範文**
>
> **襪子理論**：傳說中的襪子獸因為在減肥，所以只會吃掉每雙襪子的其中一隻。這部分的故事能幫助我們猜測襪子消失的可能原因。

　　在許多**質性研究**當中，理論架構就像能用來詮釋現象的鏡片。舉例來說，在電影研究中，影評跟學術論文的差別是什麼？請比較以下兩段文字的差異：

(1) 影評：《不！》(*Nope*, 2022) 當中有一隻長得像太空船的怪物，其底部的大黑洞能吸取並摧毀途中遇到的一切事物。

(2) 學術論文：《不！》(*Nope*, 2022) 當中有一隻怪物，其底部的大黑洞能吸取並摧毀途中遇到的一切事物。就精神分析學的角度，怪物的形象可以解釋為母親的象徵，而黑洞就是她的「有牙陰道 (Vagina Dentata)」。也就是說，這個陰道的功能不是創造生命，而是奪取生命。

除了看完第二段文字讓你心想「這作者的腦袋有什麼問題嗎？」以外，你還發現這兩段文字有什麼主要差異？第二段文字的作者採用精神分析學的鏡片詮釋了自己的觀影體驗，這是電影學術研究常見的手法，學者會用各式各樣的理論架構詮釋電影。當選擇使用的理論不同（例如後殖民主義），看到的東西可能截然不同。

簡單來說，影評撰寫評論的依據通常是個人意見，而學術作者**提出的觀點則必須以理論和過去研究為依據**。所以，下次撰寫質性研究論文的緒論時，請試著戴上「理論眼鏡」吧。或許會跟看電影時戴 3D 眼鏡一樣有趣也說不定呢！

如果你做的**量化研究**非根據理論架構來設計，可以換個角度思考這個方法。不要把「理論」與抽象的概念劃上等號，而是想成過去所累積、已經型塑並定義這些概念的研究。要記得，沒有任何研究能夠獨立存在，因此提及相關研究能讓你的研究脈絡化。

▶ **2.3　相關研究概覽：到目前為止的研究成果**

查閱文獻時，你發現許多學者已經探究過與你研究相關的主題，並得到各種不同的發現。該如何概括地呈現這些發現呢？這不是文獻回顧才要做的事嗎？怎麼跑到緒論來了？

　　緒論和文獻回顧寫的東西有點不同，緒論**不需要寫到文獻內容的細節**，但你必須展示自己了解主題的學術脈絡。宇挺常告訴學生：「緒論是**森林**，文獻回顧是**樹木**。緒論中，你可以描繪**全局**，但在文獻回顧中，你必須聚焦由研究問題引導的**特定關注點**。」

章節	範文
(1) 緒論（森林）	許多研究者調查過襪子在洗衣過程中失蹤的現象 (Lin, 2006; Liu, 2022; Lopez, 2023; Smith, 2015; Sharma, 2016; Tsypljak, 2022)，其中有些提供證據，說明襪子本身在此一謎團中所扮演的角色（如 Lin, 2006 及 Liu, 2022），有些提出反面觀點（如 Lopez, 2023 及 Smith, 2015），有些則得出正反摻雜的結果（如 Sharma, 2016 及 Tsypljak, 2022）。
(2) 文獻回顧（樹木）	Tsypljak (2022) 比較不同長度襪子消失機率的差異，得出的結論是進烘衣機後，**襪子越短，消失的機率越高**。他接著提出疑問：短襪消失頻率較高是否跟襪子獸在減肥有關——畢竟襪子越短，熱量就越低。

　　注意到了嗎？緒論**只是帶過主題，並列出參考文獻的清單**。羅列這些研究能讓讀者綜覽全局〔通常以（共同的）發現、研究焦點、方向或脈絡分類〕。此部分為讀者介紹主題，並為研究提供脈絡，讓讀者為接下來詳盡討論個別研究的文獻回顧做好準備。但現在先不必擔心，文獻回顧是下一章的主題。

　　回歸正題，緒論中的概覽拆成三個主要部分：

(1) **全局**：經過分類的研究**趨勢**、取向，貫串所有研究的主題或議題，以及相關研究的研究焦點。

(2) **各研究的共同發現**（若有），點出相同和相異處。

(3) 既有研究的**缺失或不足之處**：現有的研究還缺少了什麼？

　　(a) 方法上的缺失（例如設計、抽樣、統計問題）

　　(b) 理論或概念上的缺失

　　(c) 未納入考量的因素

　　藉由提供以上概覽，你可以：(1) 展示領域現況；(2) 精確點出你的研究能有所貢獻的區塊；(3) 為你的研究奠定堅實基礎。以下範文說明了緒論的概覽部分能包含哪些內容。

範文

全局
在我們之前，已經有些勇者試圖尋覓通往襪子國的道路，他們找過烘衣機的後面和床底，但依舊找不著失蹤的襪子們。投入探索襪子之謎的研究者分別將精力投入**兩個不同的研究區塊**：襪子顏色和洗衣流程。

共同發現
(1) 鑽研**襪子顏色**的研究發現，色彩繽紛的襪子比顏色單調的襪子更容易失蹤。
(2) 針對**洗衣流程**的研究則顯示，有些襪子會試圖從較小的通道逃脫，但總是逃得不遠。

缺失或不足之處
問題來了：很多研究的**方法存在弱點**（例如樣本規模太小、缺少控制組，或是依賴自我回報的資料），而且**尚未有人徹底調查**洗衣精等因素對個別襪子失蹤造成的影響。因此，至今還沒有人以「正確」的工具探究為什麼一雙襪子裡總是只有一隻襪子自己出門冒險。到底是怎麼回事？難道襪子也會鬧分手嗎？除此之外，來自兩大研究趨勢的**發現尚未獲得整合**，使我們依然無法解開襪子失蹤之謎。

　　搞清楚領域後，就該把研究領域中的最新發展進行比較，你得證明自己的研究有做的價值（並說服別人你的論文值得一讀）。

▶ 2.4　動機與定位：我的研究很重要！

　　根據你對研究領域的認識，以及你觀察到或發現的不足之處，**你的研究不可或缺，而且很重要的理由是什麼？**換句話說，你必須說明研究可以為領域帶來什麼樣的**貢獻**，例如：

範文

凡是生而為人，都一定弄丟過襪子、一定思考過背後原因為何。破解這個謎團，**能為全世界洗衣服的人帶來內心的平靜。**

我們的目標不只是找到失蹤的襪子，還有理解襪子們的**動機**。為什麼離家出走？襪子國真的存在嗎？還有襪子獸呢？本研究將帶領我們更深入了解襪子的世界。

　　但我只是學術小白，不知道做研究可以有哪些動機！別擔心，有我們在。以下是**常見的研究動機**，你可以考慮寫到緒論當中。**這份清單並未包含所有可能的動機，每一個類別也不是完全互斥。**你或許能想到其他，而且也可能包含不只一項動機。我們只是丟出一些想法幫助你思考而已。

　　在下表中，我們以花椰菜為範例。假設你發現班上的男生都不愛吃花椰菜，而你想要探究這個現象。該怎麼寫研究動機呢？

研究動機	白話文翻譯	範文
填補目前研究的缺失	還沒有人做過這種研究，或是注意到此一現象。等等，難道我是天才？	本研究探索我們班男生不吃花椰菜的原因，因為**學界至今尚未**嘗試針對此一現象做系統性的研究。
解決現實中的問題	讓我這個天才來拯救世界吧！	本研究企圖**發展介入措施**鼓勵我們班男生吃花椰菜，解決過去研究所發現的特定營養素不足的問題。
發展理論	為什麼會這樣？我有一個理論……	本研究提出，我們班男生不吃花椰菜，是因為他們普遍認為這會影響他們的男子氣概。本研究計畫**以多項實驗測試此一見解**。
擴大知識範圍	這是我們目前所知的事實，但我還想知道更多。	我們已經知道我們班男生不吃花椰菜，但隔壁班的男生呢？本研究比較我們班與隔壁班食用花椰菜的情形，**擴大現有關於男學生食用蔬菜習慣的資料。**

　　請注意，在以上四種研究動機當中，第一種（過去針對某議題在特定脈絡或族群中所做的研究很少，或完全沒有）似乎很受經驗尚淺的研究者歡迎，他們常把過去研究不足當成最大、而且是唯一的研究

動機，並不是「過去研究不足」無法當成研究動機，而是這不應該是
唯一的動機。

　　打個比方，你必須決定期待已久的畢業旅行要去哪裡。你可能
不想去太主流的景點，但在眾多相對冷門的選項中，該怎麼做選擇
呢？你會只因為很少人去過，就隨機選擇一個城市嗎？這個機率應該
不高。就算你喜歡標新立異，十之八九也會選擇對自己有意義的目的
地，無論你看中的是那裡的文化、風景還是體驗活動。美馨在西班牙
當背包客時，在當地搭了三班火車和一班巴士，就為了去一個叫庫迪
列羅 (Cudillero) 的小漁村，原因不只是那裡觀光客不多，也因為她想
從庫迪列羅的海岸欣賞壯闊的大西洋。

　　同理，我們選題目時也要記得，目前還沒有人做過類似研究，
並不足以證明這個研究有做的價值。這可以是你眾多動機中的其中之
一，但你更應該著重的是傳達給讀者你做這項研究的必要性。

　　說服讀者你的研究有做的價值之後，接著你必須向他們說明研究
的**範圍和變數**。

▶ 2.5　範圍和變數：襪子的事，我怎麼可能什麼都懂

　　還記得嗎？我們在第二章提到，**可行**是決定研究題目時必須考量
的標準之一。可行與否與研究的範圍大有關係，範圍越廣，挑戰性越
高，可行性也越低。如果你的研究範
圍太廣，就比較難得到足以證明或推
翻假設，或是回答研究問題的有效解
答。

　　想像你有天晚上找朋友看電影，
你們兩個一起決定要看哪一部。

朋朋：欸，要看什麼片？

你：好看的。

朋朋：好喔……愛情喜劇怎麼樣？

你：才不要，太肉麻了！

朋朋：那動作片呢？

你：我對動作片沒興趣。我說的好看，是心理驚悚片那種好看！

朋朋：嘖，我最討厭驚悚片。看來我們對「好看」的定義完全不同。今晚還是別看電影好了。

以上對話告訴我們，討論的範圍太廣（好看）時，很難得出答案（適合的電影）。所以定義研究的範圍和變數跟定義關鍵字一樣重要。就這個例子而言，「我」應該一開始就說自己想看心理驚悚片，讓兩人能有同樣的認知。

2.5.1　研究範圍：打造量化研究的沙盒

定義或釐清研究範圍時，請記得一件事：除了規模大小（例如「好看」的電影），更重要的是規模的**界線**（例如克里斯多福・諾蘭 (Christopher Nolan) 執導的心理驚悚片）。釐清範圍能確保研究不失焦，

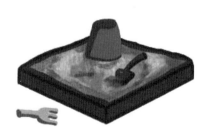

進而幫助你判斷哪些因素和素材與研究相關。否則，與研究範圍「擦邊」的素材會產生很多麻煩：是要納入範圍呢，還是要排除在外？

明確定義研究範圍，並為該定義提供充足依據後，你可以進一步點出範圍內應調查的特定變數，這尤其適用於量化研究。量化研究中的變數和因素包括**自變數 (Independent Variables)** 和**應變數**

(Dependent Variables)、**樣本**等等。

　　這些詞乍看之下很難懂，但事實上，你常常在現實生活中應用這些概念。不信嗎？**繼續看下去吧**。

　　我們假設你準備要跟人約會。要怎麼決定約會行程呢？你可以把約會中的活動想成應變數，而預算可能是你主要的自變數之一。兩者的關係如下表所示：

	自變數：預算	
	低	高
應變數：活動	海邊浪漫散步	到高級餐廳共進晚餐

　　若要將這些術語應用到學術寫作中，可以參考下表中的範例——探究學生在大清早課堂表現和參與度的研究。

類別	描述	範文
自變數	可能影響研究結果的因素。	前一晚的睡眠品質（好或壞）、教師的授課風格（引人入勝或無聊、互動或講課）。
應變數	受自變數影響的目標現象結果。	學生表現，例如早八課堂的參與率。
樣本	作為研究對象的團體或主體。	上早八課堂的學生。
理由	說明包含特定自變數的緣由，以及與應變數的關係。	2020 年後的研究顯示，睡眠不足會降低專注度，但互動式教學可以減緩此一現象，強化學生的參與和集中度。

　　記得，在描述研究中的自變數時，你必須說服讀者，為何這些因素應該**一起考量並納入研究當中**，以確保你不是將各種不相關的因素

湊在一起。切記，你必須以過去研究和理論架構爲依據選擇適當的變數，確保研究的**有效性和相關性**。

此外，你也可以**利用先前提過的資訊**（最好是來自相關研究概覽與其缺失的資訊）來爲自己納入這些變數或因素的決定背書。舉例來說，上表中的「理由」列就有效地證明了應該將前述兩項自變數（學生睡眠品質和教師授課風格）共同納入考量的原因。

2.5.2　放大再放大：繪製質性研究的冒險地圖

質性研究定義範圍的方式跟量化研究大異其趣。質性研究與脈絡密切相關，通常是在自然的環境中對現象進行觀察。質性研究的範圍定義可能包含但不限於以下幾項：

(1) 指定要檢視的**社會、文化和物理背景**（例如要研究吃襪子怪獸對不同類型家庭的影響，考量因素包含家庭的社經地位、襪子對他們所屬社群代表的文化意涵，以及他們家中洗衣間的實際格局）。

(2) 決定參與者與其環境**互動的深度與形式**（例如是要與大量的襪子主人進行簡短訪談，還是以少數離奇襪子失蹤案的受害者爲對象，進行長期觀察和深入的訪談）。

(3) 詳述**時間界線**（在指定的時間內研究現象，例如專注於襪子失蹤的旺季，通常是萬聖節和 1 月 1 日間這段期間），以及**地理脈絡／位置**（專注於特定地點，例如將研究限制在以襪子失蹤率超高聞名的單一社區）。

我們以美馨的碩士論文（題目是小說改編電視影集）為例，來解說質性研究中的範圍是什麼概念吧。

(1) **電視影集**：《使女的故事》第一季 (*The Handmaid's Tale*, Season One)

(2) **小說**：《使女的故事》(*The Handmaid's Tale*)（瑪格麗特・愛特伍 (Margaret Atwood)，1986）

(3) **範圍敘述**：本論文採用文本對比分析，聚焦愛特伍《使女的故事》與電視影集《使女的故事》第一季之間的轉換 (Shift)，並就《使女的故事》的再脈絡化探討這些轉換的重要性。

經過分析，我們可以根據以下幾個層面來理解美馨論文的範圍。

類別	描述	範文
社會、文化和物理背景	小說和電視影集推出當下時空各自的社會脈絡（1986 年和 2018 年）	這兩種不同的**脈絡**造成了**改編過程中發生的轉換**。在小說出版的三十年後，改編團隊透過改編策略的選擇，將《使女的故事》**再脈絡化**。
互動的深度與形式	研究將如何碰觸素材	本論文採用**文本對比分析**，聚焦小說與電視影集之間的轉換。
時間界線；地理脈絡／位置	《使女的故事》第一季	本論文的研究對象**僅限於電視改編影集第一季**，因為第一季內容與小說大致相同。在本論文寫作當下，《使女的故事》影集已經進入第二季，但是第二季的劇情已超出小說範疇，採取了全新的走向，因此不在本論文探討範疇之內。

從範文中可以看到，研究者定義範圍和變數的方式，在量化研究和質性研究中的差異很大。還是那句老話，如果你有疑問，就參考領域內發表的論文，了解道上的規矩是什麼吧！

我們已經學會如何決定並描述研究的範圍，下一步是什麼？接下來，是我們最喜歡問別人的問題：「啊那又怎樣？」是的，下一步就是告訴讀者，你的研究能對領域有何貢獻。

▶ 2.6　研究貢獻：我的研究提供了新資訊！

在這一節中，你可以先給讀者**「搶先看」**你的研究發現，並**解釋這些發現的重要性**。你的研究為什麼重要？在理論或實務方面，你能為現有文獻做出什麼貢獻？

範文

查出襪子失蹤的原因和它們的去處，可以**為洗衣日帶來革新**，甚至讓我們**與襪子簽訂和平協議**。我們期待為家中的謎團撰寫全新的篇章。

你的野心可能沒有這位襪子研究者大，而且你的研究貢獻不一定要改變世界。研究過程中發現的**任何新資訊**，以及假設有沒有得到支持，或只是部分得到支持，都可以在本節中報告。下表總結了可能的研究貢獻：

研究結果	研究貢獻
你的假設得到支持	你發現了可行的新方法！ →**加入支持現有研究假設和預測的證據**
你的假設只有部分得到支持	你找到了部分可行的新方法 →探索你的研究與既有研究之間的差異（預測的哪一部分實現了，**哪一部分**沒有實現？**為什麼**？）
你的假設沒有得到支持	你找到了不可行的新方法 →探索你的研究與既有研究之間的差異（**為什麼**預測沒有實現？）

寫完研究貢獻後，緒論就幾乎完成了。只剩下一件事……

▶ 2.7　論文結構：說故事的方式

寫完研究結果的「搶先看」後，現在你可以為讀者做好準備，請他們踏上你精心準備的冒險旅程了！接下來的章節將會如何展開，又會討論什麼主題呢？你可以把這一節視為幫讀者準備的地圖，讓他們可以預期接下來的篇幅中將會出現什麼內容。

範文
首先我們會蒐集襪子失蹤的故事，**接著**提出有關襪子國與其居民的理論，**然後**描述我們到襪子藏身處的探索經驗。每一章都能讓我們更接近解開襪子失蹤之謎的目標。

好了，這就是撰寫緒論的七個步驟！如果你還是覺得資訊量過多，不必擔心。以下是我們設計的簡單練習，讓你第一次走學術紅毯就上手，為讀者帶來滿滿的大一平一臺！

3. 牛刀小試

▶ 3.1 整理你的偵探筆記

閱讀既有文獻和碩博士論文，了解你的學科有哪些慣例。特別留意這些慣例中包含了哪些元素。如果找到了某個元素，就在對應的方格中打勾。注意，文獻不一定會包含所有元素，所以如果你在文獻中找不到某些元素，也不需要過於緊張。

(1) 選擇領域中的 **3 篇文獻**，分析緒論的結構。（文獻 1-3）

(2) 選擇領域中的 **2 篇碩博士論文**，分析緒論的結構。（論文 1、2）

元素	子元素	找到了嗎？				
		文獻1	文獻2	文獻3	論文1	論文2
問題陳述（第＿頁）	提出論點（第＿頁）					
	指出困難（第＿頁）					
	關鍵字（第＿頁）					
搭建（理論的）舞臺（第＿頁）	理論架構（第＿頁）					
	過去研究（第＿頁）					
相關研究概覽（第＿頁）	全局（第＿頁）					
	共同發現（第＿頁）					
	缺失或不足之處（第＿頁）					
動機與定位（第＿頁）	研究重要性（第＿頁）					
範圍和變數（第＿頁）	〔量化〕範圍（第＿頁）					
	〔量化〕變數（第＿頁）					
	〔質性〕社會、文化和物理背景（第＿頁）					
	〔質性〕互動的深度與形式（第＿頁）					
	〔質性〕時間界線；地理脈絡／位置（第＿頁）					
研究貢獻（第＿頁）	發現的新資訊（第＿頁）					
論文結構（第＿頁）	接下來章節的「地圖」（第＿頁）					

▶ 3.2　踏出困難的第一步

　　了解你所屬學科文獻和碩博士論文的模式後，是時候準備撰寫自己論文的緒論了。你可以把下表當成大綱，協助你安排緒論的結構，因此，現在還不需要寫完整的句子，也不一定每格都要填，在相關的格子當中寫下對你開始寫作後會有幫助的重要詞語就行了。

元素	子元素	你提出的想法
問題陳述（第＿頁）	提出論點（第＿頁）	
	指出困難（第＿頁）	
	關鍵字（第＿頁）	
搭建（理論的）舞臺（第＿頁）	理論架構（第＿頁）	
	過去研究（第＿頁）	
相關研究概覽（第＿頁）	全局（第＿頁）	
	共同發現（第＿頁）	
	缺失或不足之處（第＿頁）	
動機與定位（第＿頁）	研究重要性（第＿頁）	
範圍和變數（第＿頁）	〔量化〕範圍（第＿頁）	
	〔量化〕變數（第＿頁）	
	〔質性〕社會、文化和物理背景（第＿頁）	
	〔質性〕互動的深度與形式（第＿頁）	
	〔質性〕時間界線；地理脈絡／位置（第＿頁）	
研究貢獻（第＿頁）	發現的新資訊（第＿頁）	
論文結構（第＿頁）	接下來章節的「地圖」（第＿頁）	

本章重點回顧

寫作原則	好的緒論應該： (1) 針對欲檢視或探討的議題提出強而有力的論點 (2) 概覽既有的相關研究，並說明你的題目與這些研究的關係 (3) 告訴讀者論文的價值所在 (4) 寫作清晰、邏輯連貫，援引客觀證據或來自既有研究的見解
量化研究與質性研究	量化研究著重資料與數據，質性研究著重非統計資料。
學科慣例	良好緒論的撰寫方法可能因領域而異，所以在寫作時，最好是先參考領域中的慣例。
緒論的要素	以下是緒論中常見的主要要素。你為自己的論文撰寫緒論時，可以此一結構作為寫作的依據。 (1) 問題陳述 (2) 搭建（理論的）舞臺 (3) 相關研究概覽 (4) 動機與定位 (5) 範圍和變數 (6) 研究貢獻 (7) 論文結構

七 文獻中的魔術師：
文獻回顧

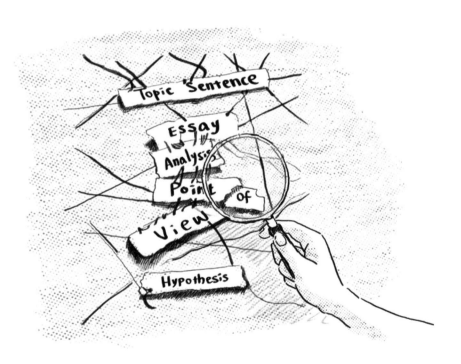

啊，要來談「文獻回顧」（或稱「文獻探討」）了！就是這四個字，讓莘莘學子們叫苦連天。許多學生覺得寫文獻回顧就像去看牙醫——我們知道必須去，但不代表我們享受坐在治療臺上度秒如年的時光。

我們之所以害怕文獻回顧，是因為讀了一篇又一篇的文章後，要將它們組織並呈現在論文裡，是一件極度燒腦又耗時的大工程。你可能會想，我發誓我真的讀了超多資料，看看那一長串的參考文獻列表！為什麼老師還是看著我的草稿頻頻搖頭呢？搞學術的腦袋到底都是怎麼組成的！

其實啊，文獻回顧不僅是告訴讀者你做了充分的準備，更是讓你的研究能夠連結**更廣泛的背景脈絡**。一項研究如果缺乏好的文獻回顧，就像是一群人在聊天，有個人突然插入話題，讓大家都滿頭問號。了解相關的**背景資訊**，你才有辦法參與對話，同樣地，文獻回顧能夠讓你知道已經被討論的內容，進而提出新的、更豐富的回應。

為了達成這個目標，文獻回顧也應該為你的研究提供**客觀**的支持證據，幫助你建立有力的論據，而你也可以利用這個客觀性來**解釋**這些支持證據。等等，這是什麼繞口令？我知道聽起來有些矛盾，但別急，我們會一步步教你該怎麼做！

除了學術研究者，還有另一群專業人士也需要蒐集和整理大量資料，那就是……猜得沒錯，就是偵探！接下來，就讓我們實際觀摩偵探唬爾摩斯和譁生醫生的辦案日常，看看是否能學到一些連結資訊的妙用撇步！

《唬爾摩斯與譁生》第七集

偵探唬爾摩斯和譁生醫生接到一個案子，說有個超級富豪被勒索了，他不斷接到陌生來電，威脅他匯款一百萬美元到一個祕密帳戶，如果不照做，就要將他見不得人的祕密公諸於世。

偵探二人組找到了不少線索，決定一起討論、統整他們的發現。

譁生醫生：我找到了一些線索——
拋棄式手機、可疑人物的監控畫
面，以及丟棄手機的垃圾桶旁找到
的腳印。

偵探唬爾摩斯：好，所以咧？

譁生醫生：什麼所以咧？！我找到
一堆線索耶！

偵探唬爾摩斯：但是你根本沒有整理它們啊！

譁生醫生：什麼意思？

偵探唬爾摩斯：你要知道，光憑這些線索本身，是無從得知太多關於犯人的事的。我們需要把它們連結起來，進行一些推論，才能讓這些沒頭沒尾的資訊變成有意義的線索。

譁生醫生：那請教博學多聞的唬爾摩斯閣下，我該怎麼做呢？

偵探唬爾摩斯：我查看了腳印的大小，並**比對**富豪員工們的鞋碼，結果發現只有三個員工穿這個尺碼的鞋子。接著我**檢查**了他們的不在場證明，發現其中一人的說詞前後矛盾。因此，我去**搜查**了他的辦公桌，結果找到一支拋棄式手機，和被丟棄的那支手機是一模一樣的型號。真相大白，勒索富豪的人，就是那個不在場證明有問題，而且擁有同款拋棄式手機的員工！

譁生醫生：哇，真是太神了！有時我都差點忘了爲何要忍受你這傢伙，然後你就會做出這種讓我甘拜下風的事，讓我重拾對你的敬佩，就如那滔滔江水綿延不絕。這個破案過程，讓我想到學術論文中的文獻回顧是怎麼寫的……

偵探唬爾摩斯：好了，不要什麼事都拿來長篇大論。如果我想了解文獻回顧，有很多書可以看，比如剛出版就賣到缺貨的《破案而非破頭 *(Crack the Case, Not Your Head)*》。總之，既然已經破案了，現在就去找我們的大富豪領錢吧！

◇◇◇

　　許多學生都像譁生醫生一樣，往往難以看見各種資訊之間的關聯，而這也是撰寫文獻回顧時經常遇到的問題。如果你已經感到陰風陣陣，吹來一股不寒而慄的熟悉，趕緊看下去，這個章節就是爲你寫的！

　　在這一章中，我們將帶你了解如何撰寫一篇好的文獻回顧，你可能會發現，這個過程和煮飯其實並沒有什麼不同！

1. 燒一手好菜，或寫好文獻回顧

　　無論你是活到現在連烤箱都沒用過，還是熱愛料理到 24 小時都泡在廚房，基本上只要你能打開冰箱，你就可以開始寫文獻回顧了！

▶ 1.1　步驟一：看看冰箱裡有什麼

　　如果你打算做飯，你的第一個步驟會是什麼？應該是先看看家裡有什麼食材，對吧？打開冰箱知道有什麼材料可用，接著就可以根據現有的食材決定要煮什麼料理。

　　同樣地，撰寫文獻回顧的第一步就像打開冰箱——**先綜觀所有的可能性**（看有哪些食材），再進一步決定要煮哪一道菜。剛開始進行

研究時，對於想要探討的主題，你可能只有模糊的想法，而非具備清楚的**假設 (Hypotheses)** 或**研究問題 (Research Question, RQ)**，但沒有關係，這時你可以先進行廣泛的閱讀，藉此建立對某個領域的初步了解，甚至獲得嶄新的見解和資訊，進而產生新的想法。

有了新想法之後，接著你就可以開始縮小範圍，決定要「烹調」什麼好料！

▶ 1.2　步驟二：決定要煮什麼

你在翻找冰箱時，發現了一塊幾乎要被遺忘的雞肉，接下來就是做決定的時刻了！大廚今天是想做雞肉沙拉，還是宮保雞丁呢？這將會決定接下來的步驟，包含要準備哪些調味料和需要哪些廚具。

對應到研究情境中，這代表你可以透過形成**研究問題**來開始決定你的**研究主題和範圍**。簡而言之，就是你希望在論文中討論什麼，或者你希望解決什麼問題。在這個階段，你的研究問題可能會有所改變，隨著學到新資訊或蒐集到更多資料，你可能會對問題的內容進行調整。不管是否有調整，我們都建議先把研究問題寫下來，這有助於你**選擇和整理相關的研究材料 (Materials)**，這部分稍後會再詳細討論，現在先繼續我們的烹飪之旅吧！

▶ 1.3　步驟三：擺拍再上傳 IG

將食材整理並準備好後，就可以開始了！假設你決定做宮保雞丁，在料理時，就務必牢記你的目標──做出一道讓人垂涎三尺的宮保雞丁！如同《中華一番》的小當家，你有條不紊地把每樣食材加入鍋中，用心地翻炒拌勻，經過一番功夫，終於完成了這道可口佳餚！接著，將成果精心擺盤，窮盡你一生的愛擺放每一塊雞肉，最後爲它拍下一張網美照，上傳 IG 讓大家一睹你的天才廚藝！

▶ 1.4 「擺盤」你的文獻回顧

呈現文獻回顧就像烹調和展示料理一樣——在準備時要**有條理**，並且你會希望追蹤者（或讀者）看到時，這道「菜」是**吸引人的**。那麼如何在文獻回顧中做到這一點呢？

前面有提到我們建議你根據研究問題來統整蒐集到的研究材料，而同樣的思維也能幫助你呈現這些資料——你可以將**每個研究問題作為文獻回顧的一個小節**。我們會在〈文獻回顧祕笈區〉這節中更深入探討如何組織文獻回顧的架構，但現在，我們先來談談跟準備階段更相關的事情，那就是**相關性**！

該如何判斷什麼是相關的呢？在第一章中，我們簡單地介紹了「相關」的概念，而接下來將針對資料蒐集和呈現的相關性，進行更詳細的討論。

2.「相關」是什麼？

美馨的故事

我的好姐妹怡安想寫一篇論文，分析蔡依林如何把瑪丹娜的某些形象元素「轉譯 (Translated)」到亞洲的背景脈絡中，藉此探討大明星的形象從西方到亞洲的轉化。因此，怡安開始研究有關瑪丹娜和蔡依林的一切。

她花了好幾天甚至幾週的時間上 YouTube 看她們的表演和訪談影片，還讀了所有關於她們的娛樂報導，而這一切都是基於「研

究」的名義進行的。幾週後，當她的指導教授問起論文的進展，怡安才驚覺大事不妙！她意識到，就算她對瑪丹娜的所有專輯如數家珍，還知道蔡依林的閨蜜是什麼星座，但在她把這些資訊都統整並有邏輯地呈現在論文中之前，**她的研究實際上並沒有進展。**

指導教授的「溫馨提醒」可謂一語點醒夢中人，把怡安從找資料的黑洞中拉回現實。

她重新審視手上的研究材料，**以研究主題為基準來評估這些材料的相關性，並根據研究問題進行資料整理。**透過這個方式，她把八卦和傳聞從可用於論文的研究材料中剔除，並整理好了她的文獻回顧。篩選出適合分析的**相關例子**後，她的論文寫作速度突飛猛進，一眨眼的時間，她就已經準備好進行學位口試了！

　　你是否也經常**被演算法分散注意力**，一不注意就像怡安一樣，掉進了無底洞？（幸好她懸崖勒馬，成功「爬」了回來！）

　　演算法會提供你可能有關的搜尋結果和建議，但不見得**相關**！以怡安的例子來說，瑪丹娜的影片和她的研究有關嗎？當然有關，因為

這些內容都涉及研究主體（也就是瑪丹娜），然而全部的影片都和研究相關嗎？當然不是！

那麼，怡安要如何把八卦和傳聞從珍貴的研究材料中篩選出來呢？這句話的關鍵詞就是「**篩選**」！進行研究的過程中，當研究者帶有目的地閱讀（或觀看 YouTube 影片）時，必須不斷詢問自己：「**這個材料能幫助我回答我的研究問題嗎？**」務必將這個問題謹記在心，因為它不僅可以在閱讀的汪洋中引導你前進，還能防止你陷入「研究者錯失恐懼」！

▶ 2.1　你有「研究者錯失恐懼」嗎？

現在，讓我們把注意力暫時轉向研究者們的常見困擾：也就是**研究者錯失恐懼 (Fear of Missing Out, FOMO)**。

許多論文作者會過度仔細地做筆記，以致於迷失在細節裡，難以看見全局。還記得我們在前一章用森林和樹木來打比方嗎？一項研究就像一棵樹木，而該研究領域就是森林。有研究者錯失恐懼的研究者們往往專注於**樹木或甚至只是葉子（細節）**，而無法看到**森林（整體方向）**。雖然細節能夠幫助你更好地理解「森林」，但絕不會有人想只盯著同一片葉子好幾個小時！

▶**2.2　數大不見得是美**

接下來，我們回頭來繼續討論「相關」這件事。當你在撰寫文獻回顧時，請記住「**言簡意賅**」！想想你最近看的一部好電影，當跟朋友聊起這部電影時，你會試圖想起每一句對白，還是分享你認為最有趣的情節？套用在學術寫作中也是相同的道理，比起數百個無關的資訊，三個強而有力的論點更有用！

為了確保文獻回顧精簡扼要，在選擇要放入內文的參考文獻時，務必要**有策略且仔細挑選**。換句話說，我們指的「言簡」並非簡短的意思，而是**精準挑選與你的研究目的最相關的研究材料**。相關的資訊就像正確的拼圖塊，能幫助你完成一幅美麗的風景畫！

▶**2.3　如何拼出我的拼圖**？

延伸「拼圖」概念，如果你買了一盒拼圖，結果發現有些拼圖塊缺失了，有些則是多出來的，你會怎麼做？我是絕對會衝回店裡要求退錢！

不過，在做研究時，如果開始注意到有「遺漏的拼圖」，或你發現某塊必須被剔除的「不相關拼圖」，遊戲的樂趣這才正要開始！誠如蘇軾所言：「博觀而約取，厚積而薄發。」基於你持續增加的知識，以及對研究問題的想法逐漸清晰，剔除不相關的研究材料能夠**縮小並聚焦研究範圍**；同時，缺失的部分則是該領域的**研究缺口 (Research Gaps)**，帶出了你的研究可以著手或更深入探討的面向。電影或影集總是有吊人胃口的轉折或結尾，想像你的文獻回顧就有如學術版本的懸念劇情 (Cliffhanger) —— 先是呈現一個讓讀者渴望了解更多的情境，再由你這位新秀偵探帥氣登場，扭轉乾坤！

在你展開第一項調查之前，我們會分享一些文獻回顧的注意事項，這樣你就不會浪費時間追尋不重要的線索了。好好地熟讀這份超實用的指南吧！

3. 文獻回顧地雷區

整理文獻回顧的過程，就像偵探透過蒐集線索來找出謎底。如果要分辨優秀偵探與普通偵探，優秀的偵探往往更能夠**看見線索之間的連結，並且能理解其中的關聯**。換句話說，如果有兩名偵探取得了完全相同的線索，但只有其中一位能夠將它們串連起來，那麼這名偵探就是能夠揭發謎底的大功臣，就像開頭故事中唬爾摩斯臨危不亂地破解案情。

當然，這種看見連結的能力都是需要練習的。首先，我們先來談談應該避免的常見陷阱，接著再提供一些參考指引，這些指引可以適用於質性和量化研究，幫助你順利寫出好的文獻回顧！

▶ 3.1　不要只是列表、列表、再列表

列表對許多情況都很有幫助，例如列出採買生活用品的品項，或是人生夢想清單。（有人也想嘗試高空彈跳嗎？）

毫無疑問，列表可以有效幫助我們整理資訊，大多數的研究者也會製作研究材料列表和這些資料的摘要供自己參考。然而，如果你沒有經過任何「加工處理」，就直接將這些列表和摘要轉成文獻回顧，那就代誌大條了。為了避免這種情況，你可以嘗試在**寫作時重新敘述或改寫 (Paraphrase)**，並根據主題和題目對內容進行綜合評析 **(Synthesize)**。

▶3.2 不要忽略文獻之間的連結

光靠列表並不能構成好的文獻回顧，因為它們無法呈現出不同資料之間的連結，而好巧不巧，這些連結正是文獻回顧中最重要的部分，因為它們展現了一個概念或現象在特定領域中的理解是如何隨著時間而演變，或不同學者如何探討同一個研究問題。

就像如果我們要談論不同品種的雞之間的相似處，對於大多數人來說，可能興趣缺缺，但如果你提到不同品種的雞有共同的祖先：「迅猛龍」，可能就會有更多人驚嘆地回應：「真的假的？！」

（你是否忽然對你盤中的宮保雞丁心生敬意？或許我們應該把這道菜改名為「宮保龍丁」，因為這樣聽起來酷多了！）

▶3.3 妥善分配每個段落的分量

在單一章節中放入太多想法，會讓讀者難以跟上作者的思路，就像看一部電影時，有太多的支線劇情會讓觀眾難以跟上主線故事。

想像一下，假設你跟一個人聊天，而他一次就講了**太多內容**，你一定會覺得難以理解，就像這樣：

> 在學校、醫院和銀行使用 AI 雖然有益，但也引發了一些棘手的問題。它可能對環境造成傷害，並加劇數位落差 (Digital Divide)。我們也應該注意到 AI 帶來的文化影響。

一次提及太多議題，讓人難以確定他到底想要討論什麼主題。這段話包山包海，但是過多的焦點同時意味著沒有重點！

另一種情況，則是說得太少，這種人可能只是為了說話而說話，但其實話中並沒有重點：

所以呢，基本上，當你看待這個問題時，你必須從各個
角度來看。但到頭來，重點還是在於理解來自不同角度
的每個觀點，這讓一切都變得更加複雜。

哈囉，好像講了什麼，又好像什麼都沒講。

第一位說話者有太多想法，第二位則是幾乎沒有想法，在兩種
情況下，聽者可能都會在心裡糾結著要不要喊出：「你的重點到底是
啥？！」

同樣地，在你的寫作中，如果不希望讀者有這種感覺，請記住這
個黃金法則：**每段陳述一個論點**。就 AI 這個話題而言，一個聚焦的段
落可能會長這樣：

雖然 AI 的普及無疑為許多教育工作帶來助益，但也加劇
了城鄉間的<u>數位落差</u>。

在第三個例子中，研究者只專注於 AI 影響的其中一個面向，那就
是 AI 發展在城鄉之間造成的數位落差。藉由這個方式，作者建立了一
個清晰的焦點，讓讀者很容易就可以跟隨他們的思路。

韓式餐廳非常懂得「每段陳述一個論點」的道理。在上主菜之
前，大多數的韓國餐廳都會提供「飯饌」，或稱為韓式小菜。每盤小
菜只包含一種料理，這樣你就能夠全
心全意地品嘗每一道獨特的菜餚。想
像一下，如果有一家餐廳把泡菜、炒
小魚乾和辣炒年糕全放在一起做成一
碗大雜燴，你可能在主菜上桌之前就
憤而離開餐廳了！（反正小菜不用
錢，對吧？）

▶3.4　不要把文獻砸給讀者

文獻回顧不是要將你閱讀的資料寫成讀書報告或摘要，因此，你不該只是爲了提及某個研究或學者的名字而將它們寫入文中，**每個提到的資料都應該有其目的。**

假如你引用了各種資料，卻沒有回答到研究問題，就好像你參加一場聚會，不斷提到你的人脈有多廣，但卻沒有重點，也沒解決什麼實質問題。沒有人喜歡秀人脈的人，也沒有人喜歡愛炫耀的人，更沒有人喜歡爲了炫耀而秀人脈的人——這種行爲在社交場合中可是個大地雷！

3.4.1　聚會中的萬人迷

想像以下情境：有兩位社交名流去參加一場晚宴，宴會進行當中，客人們開始分享有趣的故事，社交名流 A 興高采烈地侃侃而談：

> 社交名流 A：總之呢，我收到一張邀請函，邀我去參加金城武的生日派對。彭于晏來我的別墅接我，他載我到派對地點，到的時候阮經天來門口迎接我。然後，桂綸鎂來跟我宣傳她的新電影，還問我覺得王心凌跟楊丞琳誰比較會唱，哈哈哈，不覺得很扯嗎？

如果你在跟社交名流 A 聊天，應該要花很大的力氣才有辦法忍住不翻白眼（而且很有可能失敗）。首先，社交名流 A 沒有提及他這番話的任何背景，也沒有分享有趣的故事，只是不斷把認識的名人拉拉雜雜地講出來。同樣地，文獻回顧中如果只包含研究材料的摘要，缺乏綜合分析和整理，就如社交名流 A 只拋出了一堆姓名，讓人無聊到想抱怨，而通常這樣的敘述其實並沒有什麼重點。

噢，社交名流 B 來了，我們來聽聽他想說些什麼吧：

社交名流 B：既然大家在分享有趣的故事，那我也來講
一個。有一次我去參加金城武的生日派對，那是我人生
首度受邀參加有名人的活動。可想而知，我當時既緊
張又興奮！當金城武出現在我面前時，你們猜我說了什
麼？我說：「嗨，你一定就是梁朝偉吧！我好喜歡你演
的《玩具總動員》！」我到現在還記得他的表情！那個
反應實在太絕了，就算後來我被趕出了那場派對，但也
值得了啦！

聽完之後，你比較想跟社交名流 A 還是社交名流 B 聊天呢？對大
多數人來說，答案都會是社交名流 B 吧？

3.4.2　如何成為人氣王？

以下表格比較了社交名流 A 和社交名流 B 所講的故事。請注意，
兩個故事有相同的背景（金城武的生日派對），但故事開始後各有不
同的發展。

	社交名流 A 的故事	社交名流 B 的故事
背景	金城武的生日派對	
主題	有趣的故事	
資訊	• 各種名人的名字	• 背景交代 • 感受（緊張興奮） • 認錯人
連結性	單一、破碎	前後連貫、有條理
焦點	多個	單一
關鍵見解（笑點）	「我認識超多人」	「我讓自己超糗」
與主題的關聯	？？？（呃，可能有人覺得有趣，但我暫時還沒連結起來啦）	有（透過一個自嘲的笑話，來分享自己在金城武的生日派對上覺得有趣的事件）

這兩個故事的一個關鍵區別是，社交名流 B 的故事**聚焦於一個明確的要點**，並**以簡潔的方式連結各個資訊**，使聽眾更容易理解事件的發展。另一方面，社交名流 A 只是拋出一連串的名字，沒有明確的焦點，也沒有建立它們之間的關聯，因此聽眾可能會感到困惑，而非覺得有趣。就動機而言，我們可以說社交名流 B 希望娛樂聽眾，而社交名流 A 似乎只想炫耀。

同樣地，撰寫一篇好的文獻回顧就如同社交名流 B 講了一則好故事，為了呈現清晰有條理的文獻回顧，你應該**連結不同來源資料的資訊，凸顯關鍵見解，並呈現它們與討論主題（即你的研究問題）的關聯**。雖然你的文獻回顧可能不像派對故事那樣有趣或好笑，但這兩者有著相似的概念，那就是清晰且扼要地呈現資訊！

這些聽起來都很像基本常識，但為何這麼多論文新手在撰寫文獻回顧的初稿時，都變成在製作「列表」呢？

這個嘛，等你開始整理你的文獻回顧就知道了！你會發現，比起分析和整合資料，列表真的容易得多。在閱讀過程中，你可能讀了數十甚至數百篇文章和書籍，並以列表的方式做了筆記，條列出例如「研究 A 說了這個這個」和「研究 B 說了那個那個」等概述。因此，在綜合評析時，你需要花費額外的心力找出不同研究之間的比較點(Points of Comparison)，並賦予有意義的解釋。

你可能會說：「好喔，現在我覺得綜合評析聽起來超難！」

沒錯，確實如此，但這正是它的意義所在。基於自身的研究問題，每個研究者連結和解釋文獻的方式也會有所差異。這個過程展現了**反思和原創性**，簡單來說，就是**創造新知識的能力**。

「好吧⋯⋯看來是注定要面對命運了。告訴我該怎麼做吧。」

好樣的！既然我們已經討論了「不該」做什麼，現在來看看一篇好的文獻回顧應該是什麼樣子吧！

4. 文獻回顧祕笈區

根據你可能會用上這些建議的時間點，我們將文獻回顧的加分祕笈分成兩個階段：**規劃階段和寫作階段**。每個階段包括兩個主要祕笈，而每個祕笈含有各自的次要主題，或可以說是「次要祕笈」？（有這個詞嗎？）

總之，這個章節的分層結構同時也是個範例，你可以參照它來組織你的文獻回顧！我們建議你在寫作前先熟讀一遍，同時在撰寫的過程中，隨時回來查看相關小節內容，確保它們彼此呼應。等等，看到我們做了什麼嗎？我們用我們建議的文獻回顧撰寫方式來整理出我們提供給你的文獻回顧祕笈，根本是自我參照大師！（有這個獎項嗎？我們應該把它加入走鐘獎！）

規劃階段

4.1　提前做好規劃

4.1.1　定義文獻回顧的目的

4.1.2　仔細並具針對性地評估參考資料

4.2　建立清楚的結構

4.2.1　副標題與次副標題

4.2.2　文獻回顧的（其中）兩種呈現模式

寫作階段

4.3　實際探討文獻

4.3.1　在學科脈絡上建立理論框架

4.3.2　提供「前情提要」，但避免暴雷

4.3.3　對相關研究進行綜合評析

4.3.4　對文獻進行批判

4.3.5　加入自身陳述

4.4　將文獻回顧連結主題和研究問題

4.4.1　透過文獻回顧，導出研究假設

4.4.2　總結文獻回顧，概述重點

4.4.3　埋下伏筆，讓下文有跡可循

▶ 規劃階段

4.1 提前做好規劃

4.1.1 定義文獻回顧的目的

在開始之前，先思考**你想要討論的內容**。你的研究材料如何支持你的研究假設，或它們是如何作為你提出論點的跳板呢？

例如，假設你的研究問題是「什麼**因素 (Factor)** 導致襪子在洗衣過程中經常失蹤？」，你的目標可能是回顧關於洗衣方式、襪子材質和洗衣機特性的現有文獻，以判斷襪子消失的可能原因。

你的目的陳述可能會這麼寫：

> 「本文獻回顧的目的是探討導致襪子在洗衣過程中失蹤的現象的因素，內容將聚焦檢視三個主要部分：襪子材質、洗衣機特性及人類行為。透過綜合評析相關研究的發現，本回顧章節旨在**找出襪子失蹤的主要原因**，並**提出未來的研究方向**以解決該問題。」

4.1.2 仔細並具針對性地評估參考資料

撰寫文獻探討時，必須確保你引用和討論的文章或書籍不僅具有研究相關性，而且是**最新的**資料，若你的學科領域發展瞬息萬變，那與時俱進的參考資料就更顯重要了。想像一下，有人寫了一篇關於 AI 的論文，並且引用了 1970 年代的文章——那鐵定不是該領域的最新發展吧？

以襪子失蹤現象為例，你可能會納入 Sock 等人 (2024) 的研究，因為該研究調查了不同洗衣機類型對襪子留存數量的影響，這直接探討了襪子失蹤的其中一個潛在因素。同時，你可能會排除一項 1990 年代襪子製造史的研究，因為它與你的研究問題沒有直接相關，且重要的

是它已經過時了（除非它是本領域的經典之作）。

不過，這不代表不能引用年紀比我們還大的文章或書籍。在某些情況，例如討論某個領域的起源或該領域發展的重要事件時，如果這些資訊與研究問題相關，便可以引用較早的資料。

4.2　建立清楚的結構

4.2.1　副標題與次副標題

組織文獻回顧的方式百百種，其中一個好方法便是使用**副標題**。還記得我們在第一章中討論過**把一項大工程分解成數個小工程**嗎？這個概念不僅能幫助你整理研究材料，在呈現資料時也可以派上用場。

回到先前提到的韓國小菜比喻，你可以將每個副標題看作是一道單獨的小菜。

將相同的邏輯應用到寫作上，你可以使用不同的副標題來組織你的文獻回顧。由於文獻回顧通常放在論文的第二章，普遍來說，我們會以 2.1、2.2、2.3 等數字，或是以中文字第一節、第二節、第三節等來作為副標題的標號。緊接著，就是最重要的問題了：每道「菜」應該包含什麼內容呢？**每個副標題代表一個小節，討論研究主題的一個**

面向，如下圖所示。

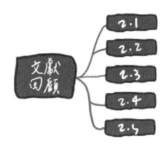

　　換句話說，**每個小節只聚焦一個大概念，每段只闡述一個（重要的）要點**。這個方法就像是一頓飯裡，每道菜都設計成讓用餐的人一次只品嚐一種風味，從而更容易消化和享受整個體驗。（無論是否擁有精湛的廚藝，你都不會將所有食材放進同一道菜裡。）

　　同樣地，想像文獻回顧是由幾道小菜組成的一餐，例如總共有五道，每道代表一個小節，為了讓人專注於研究主題的各個面向，我們不需要在一個小節裡放入過多的資訊。

　　在這個階段，你還不用太擔心每道「小菜」裡應該包含什麼，此刻的重點是，撰寫文獻回顧不必是一個燒腦又混亂的浩大工程：分而治之就對了！將你的回顧分為幾個容易掌握的部分，如此不僅能夠讓撰寫過程更輕鬆，也能讓讀者更容易理解你的觀點。

4.2.2　文獻回顧的（其中）兩種呈現模式

　　好了，現在我們有了不同的「小菜」，那麼每道「小菜」應該包含什麼？又該如何決定呢？接下來，我們將示範兩種常見的文獻回顧呈現模式，而你可以根據研究主題的需求，隨時調整這些方式！

(1) 研究問題導向

　　許多研究者，尤其是專注於量化或實驗性研究的學者，喜歡根據研究問題來規劃文獻回顧的結構和焦點。在下表中，你可以看到文獻

回顧每個小節的內容，就像它的副標題所敘述的，它都對應到一個研究問題的焦點。

介紹與研究相關的 **理論框架**（在適用的情況下）	2.1	「襪子失蹤神祕現象」的理論說明
研究問題一：不同的洗衣機如何影響襪子的失蹤現象？	2.2	洗衣設備與襪子失蹤之間的相關性
研究問題二：我們的習慣是否導致襪子消失？	2.3	人類行為是否會影響襪子失蹤現象
研究問題三：襪子的材質如何影響襪子的失蹤現象？	2.4	襪子材質與襪子失蹤現象間的關係
文獻回顧總結	2.5	線索整合：解開襪子失蹤之謎

在這個結構中，每個研究問題都聚焦在所選主題的不同面向，這些**研究問題並列呈現**，共同探究研究調查背後更廣泛的主題或問題。這種文獻回顧的呈現模式，很適合探討導致某一議題或現象的**不同因素**，例如討論造成襪子失蹤的不同原因。

在此之前，我們強烈建議**先利用初始小節 (2.1) 詳細介紹和闡述你採用的理論框架**（在適用的情況下），接著再處理每個研究問題。畢竟，涉及理論基礎時，你不會希望讀者邊看你的論文邊想著：「所以這個研究的論據到底在哪？」

及早建立理論框架相當重要，再怎麼強調都不爲過！想像你去吃火鍋之前，一定會先選個湯底，它會讓你所有不同的配料交織在一起。同樣地，在文獻回顧開頭先介

紹理論基礎，你就能專注探討與研究問題有直接相關的資料，並確保所有的討論都建立在相同的理論背景下。

接著，你可能會想：「但如果有其他理論可以解釋我的研究呢？」這時候你就需要披上律師袍，為你選擇的理論辯護，說明你為何採用它。就像律師必須說服陪審團，你需要提供有力的論據，說明為何你選用的理論**最適合**你的研究。而如同一個好的律師，你也會盡可能預期任何的反對意見，並直接「當庭」處理它們。

我們來用一個更日常的比喻吧！有一天你準備寫生日卡片給你的朋友，他是一位愛貓人士。挑卡片時，發現了這兩張：

(a) 卡片一：「生日快樂！我本來想拿你的年紀來開玩笑，但在你一百歲之後，我早就算不清你幾歲了。」

(b) 卡片二：「祝你有一個喵不可言的生日！希望你的生活充滿奇喵的貓險！」

我敢打賭，你八成會選擇第二張卡片，因為他可能會對卡片內容更有共鳴。同樣地，清楚說明你為何採用某個理論，而非選擇其他理論，能夠讓讀者知道你**考慮了每個理論選項與你的研究調查的相容性 (Compatibility)**。這個過程也能讓你在後續小節中更專注於研究問題，進而幫助你**為每個研究問題導出研究假設**。這種結構性的方法呈現出你的研究是如何建立在現有知識體系上，並對其做出貢獻（**站在巨人的肩膀上**），也確保被探討的文獻與你的理論框架和研究問題密切相關（也就是我們一再強調的**相關性**）。

那麼，來快速總結一下：

(a) 在 2.1 小節介紹你的理論框架

(b) 在接下來的小節中回顧與你的框架和研究問題相關的研究資料

(c) 爲你選擇的理論提出有力的論據

依照這個結構，你就能打造出一個堅如磐石的文獻回顧（但讀起來不會像石頭一樣難啃）。

但等等，如果這種以研究問題爲導向的方法不太適合你的研究需求，那該怎麼辦？還有另一種模式可以整理你的文獻回顧，說不定會是你研究的完美配方！接下來請輸入：漏斗式寫法。

(2) 漏斗式寫法

另一種情況，你可能會希望以漏斗的形式來規劃你的文獻回顧，先進行較**宏觀**的討論，再逐漸朝向更**具體**的問題。想像一下，你正在一個派對上，有人問起你最近一次的旅行，你應該不會立刻就開始講某件事的細節，對吧？你可能會從去了哪個國家開始，接著提到城市，然後再逐漸細聊到旅行中一些有趣的事情，可能是關於某個人、某個地方或某個事件。

漏斗式結構正是透過這樣的方式幫助你組織文獻回顧，就像帶領讀者開啟一段旅程，從整體概況一路到細節，確保他們不會在半路迷失方向。

接下來，讓我們來看看芷蓉的經驗談：

芷蓉的故事

我當時正在寫博士論文，主題是關於如何提升在職 STEM (Science, Technology, Engineering, Mathematics) 教師的科際教學內容知識（Technological Pedagogical Content Knowledge，以下簡稱 TPACK）。在思考如何建構我的文獻回顧時，我就像抱頭苦惱的可達鴨，因為這個主題涉及許多面向，比如科技、教學法、教師培訓等等。

眼看論文計畫審查口試的日子迫在旦夕，我只好硬著頭皮面對，準備了多少就講多少。可想而知，在審查委員會指出的問題中，我那一團糟的文獻回顧占了大半版面……

其中一位委員帶著尷尬又不失禮的微笑遞了一張紙條給我：

看不懂嗎？沒關係。讓我來分享我花了三天三夜才解開的國家寶藏密碼。

原來，他寫下了詳細的建議，指引我如何建構我的文獻回顧。大體上來說，他要我從大到小——先探究**該領域的研究背景**，再逐步縮小到與我的主題最相關的**具體內容**。基本上，就是建立一個**漏斗**，將問題從大到小組織起來！

什麼？就這樣？我為了「如何組織文獻回顧」夜夜難寐，結果答案竟然是一個簡單的漏斗？！

傻眼歸傻眼，但我還是從善如流，遵循了他的建議，重新組織我的文獻回顧——令我驚喜的是，這個結構既清楚又合理，還幫助我聚焦文獻回顧的重點。從此之後，這個模式就成了我寫作文章時的首選！我是不是可以進化成哥達鴨了呢！

　　如果你像芷蓉一樣，偏好以**宏觀到具體**的順序來組織文獻，而不是根據研究問題，那麼你可以嘗試採用這個模式！

　　在下表中，我們以芷蓉關於 STEM 的研究主題為範例，運用漏斗模式組織了文獻回顧的結構。你可能會發現，漏斗式寫法特別適合芷蓉，因為她專門研究 STEM 教育，在這個領域中，經常會透過探討各種教育解決方案，來處理不同的教育問題。

開頭	2.1 (1) 章節概述 (2) 簡述研究目的
研究背景 (1) 尚未解決的問題 (2) 最迫切的問題 (3) 研究缺口 (4) 本研究的貢獻與重要性	2.2 (1) 尚未解決的問題：教師在 STEM 教學上面臨的挑戰 (2) 最迫切的問題（本研究的主要觀點）：教師的 TPACK 不足 (3) 研究缺口：現有的培訓成效不彰 (4) 研究與貢獻：建立一個提升 STEM 教師 TPACK 的培訓模式
具體細節 (1) 提出解決方案的具體細節：針對問題來設計培訓模式	2.3 (1) 評估現有模式 (2) 設計本研究提出的培訓模式 (3) 將提出的模式與現有模式進行比較
評估提出的解決方案	2.4 (1) 評估用於評量教師 TPACK 的現有工具及調查 (2) 設計一個評量工具來驗證提出模式的有效性
總結文獻回顧	2.5 (1) 總結主要觀點 (2) 提供研究方法（下一個章節）的簡短概覽

　　好了，同學們！以上就是我們提供的兩種文獻回顧呈現模式，保證經過驗證並且有效！但先別急，因為它們並不是戰場上唯二的策略！不同學科可能有其偏好的呈現方式，就像有些人喜歡黑咖啡，有些人則是沒撒肉桂粉、沒打個奶泡就宛如世界末日。因此，在你全心投入一種方法之前，務必先找你最可靠的指導老師討論。

▶ 寫作階段

4.3　實際探討文獻

4.3.1　在學科脈絡上建立理論框架

啊⋯⋯終於來到大家公認文獻回顧中最難寫的部分了。不過，該面對的還是要面對。如果你的研究確實有理論框架，那麼，該如何開始討論它呢？

不同的學者可能會從不同的理論視角來檢視相同的問題，如果你打算在文獻回顧中詳細闡述你的研究理論框架，我們建議先**針對性地**提及一個概念或現象在特定領域中的理解是如何隨著時間而**演變**，或說明**不同學者如何探討相同的問題**。在你深入探討具體細節之前，這些線索要能夠讓讀者了解你如何理解某個理論框架的脈絡。

以襪子失蹤之謎爲例，你可能會對理論框架的脈絡進行這樣的綜合評析：

> 「在襪子失蹤之謎的案例中，早期研究者將責任歸咎於**洗衣機** (Thompson, 1985)，但隨後，劇情大反轉！Nguyen (2002) 指出人類才是眞正的罪魁禍首。隨著故事發展，Garcia (2015) 和 Patel (2018) 等學者開始調查人們的**洗衣習慣**。最近的研究 (Smith, 2019; Johnson, 2020) 則把矛頭指向了襪子本身，宣稱**彈性較差的襪子**更容易失蹤。因此，這個起初看似簡單的洗衣機惡作劇案件，已經演變成一個參雜各種因素的謎團，背後的原因從人爲錯誤到襪子破壞皆有可能。」

值得注意的是，在上方示例中，這段文字是以**簡潔**且具有**針對性**的方式呈現。將**理論框架建立在學科脈絡上**，是爲了提供**「必要的」背景資訊**，在**不過度深入細節**的情況下，支持你的研究的重要性。畢

竟你不是在編教科書，不用把一切都寫得鉅細靡遺。在提供了這樣的背景資訊之後，你便可以闡述你的研究的理論框架。

4.3.2　提供「前情提要」，但避免暴雷

如果你到沒去過的地方旅行，你很可能會使用導航，無論你用的是哪種系統，它都會先顯示完整的路線，再一步步引導你前往目的地。在出發前看到整張地圖，可以讓旅行者為旅程做好心理準備，同時不會減少旅行中的樂趣——即使你一直都知道目的地在哪裡，到達時你依然可能會感到驚嘆不已！

(1) 學學導航系統

在學術論文中，最好一**開始就告訴讀者你的想法**，而不是到最後才來個「情節大反轉」——你又不是在寫推理小說！有一個簡單的方法，那就是告訴讀者在接下來的討論中**你將採用的觀點**。一起來看看年輕時的宇挺所寫的一篇文章：

simultaneously. To explain the complex activity, studies discussing reading models focus mostly on two perspectives: (1) a psycholinguistic perspective and (2) a skill-based perspective.

The psychological perspective of reading regards reading as an active involvement of readers with the text, rather than a passive decoding process. To explain the complex process, the top-down, bottom-up and interactive approaches are proposed

　　在這張截圖中，可以看到宇挺首先告訴讀者，他將透過兩個觀點呈現他的文獻回顧，接著再依序從每個觀點對研究發現進行綜合評析。這樣的作法建立了**清晰的資訊呈現**，讓讀者能夠知道每個段落呈現的是不同的觀點。

(2) 鋪鐵軌的藝術

　　隨著宇挺做研究的經驗逐漸豐富，他學會將文獻回顧的概覽又再分為更精細的部分 (Component)。以下示例為宇挺撰寫的一篇期刊文章，發表於研究第二語言或外語教學的權威學術期刊《語言教學研究》(*Language Teaching Research*)。一起來看看宇挺是如何先以概括性的陳述「開啟」這個小節，接著概述整體研究趨勢，最後再綜述一般研究發現。

3 Relative effects of partial and full captioning on FL/L2 listening

Researchers generally operationalize the so-called 'partial captioning' viewing condition by selecting and showing only some keywords on the screen from the corresponding oral discourse. Existing partial captioning studies typically attempt to establish the effectiveness of partial captions by comparing learners' comprehension outcomes under the partial captioning viewing condition with that under the full-caption and no-caption conditions. Albeit limited in number, this line of research has demonstrated inconclusive results regarding the effects of partial captions on FL listening comprehension: a scenario similar to what is seen in the full captioning studies.

整體研究趨勢的
概述

一般研究發現的
綜述

Lee et al.　　　　　　　　　　　　　　　　　　　　　　**405**

　Guillory (1998) compared the effects of full captions, partial captions, and no captions on 202 beginning French FL learners' comprehension and found no significant difference between full-caption and keyword-caption groups. The result was interpreted by Guillory as a support for partial captioning, for it led to the same level of comprehension as full captions with fewer words being presented. Guillory endorsed the use of partial captioning because it could reorient learners' (limited) attention only to the words that matter to them, thus preventing cognitive overload. Guillory's (1998) finding was

　　同時，可以觀察第一段如何作為**橋梁**連接到下一段，帶出宇挺想要聚焦討論的一項研究。正如我們提到的，作者應該先建立**背景脈絡 (Context)**，讓讀者看到「整片森林」的概況，接著再深入細節。宇挺的作法是，他沒有在這一節直接切入第一個參考文獻（Gullory 1998 年的研究），而是先提供了對整體研究趨勢和一般研究發現的概述。如此一來，他讓讀者更容易**跟隨他的思路**進行後續討論。

　　回到襪子失蹤之謎，在文獻回顧中，2.1 小節的「前情提要」可能會這樣寫：

> 「洗衣過程中襪子失蹤可能是由**多種因素綜合**造成的，
> 包括襪子的材質和設計、洗衣機的特性和設置，以及人
> 類的行為和洗衣習慣……」

(3) 不要暴雷！

然而，值得注意的是，每個小節開頭的概述誠如其名——只是一個概述。其目的是奠定基礎，幫助讀者理解你的論點走向，不代表你應該在一開始就透露所有細節，而是應該要**取得平衡**，既提供清晰的方向，又能夠將讓人眼睛爲之一亮的見解保留到後文。就像是講一個好笑話，你會希望觀衆滿懷期待，所以不能太早說出笑點！

當然，在每一節的開頭提供概述只是組織文獻回顧的衆多方法之一，並不是撰寫文獻回顧的唯一方式。

4.3.3　對相關研究進行綜合評析

(1) 跟著腳印走：追蹤研究趨勢

「綜合評析」到底是什麼？

在學術文章或論文中，對相關研究進行綜合評析代表文獻回顧應該像**一步步說故事**一樣，帶領讀者了解你的發現，進而理解你的觀點，以及你爲何要研究這個主題。同時，你也應該從閱讀的文獻資料中**找出趨勢和模式**，並透過展現不同研究間的相似或差異之處，將這些趨勢和模式連結起來。

在文獻回顧中建立一個**連貫、客觀的「宏觀大局」**，是許多學生的目標。然而，許多人誤以爲這代表他們不能在文中加入自己的聲音，以個人角度來解讀所選擇的研究材料。在第一章中，我們破解了這個迷思（〈迷思 5：論文裡面不能出現個人意見〉），並分享了針對你發現的資訊，**你可以且應該提供個人意見！**

文獻回顧的客觀性並不會因此被削弱，並且融入你的**個人見解**能展現你的**批判性思維 (Critical Thinking)**，而這正是好的文獻回顧不可或缺的一部分。就像冰箱裡的食材無法激起你的食慾，直到它們被

「綜合」成令人垂涎的菜餚——僅僅呈現探討文獻的總結並不能使讀者對你的研究產生興趣。當然，批判性並不代表你應該肆無忌憚地無腦開噴，火力全開地砲轟你讀到的每篇論文。那樣不僅會使你成為全民公敵，還會讓讀者質疑你的文獻回顧的客觀性和目的。

我們來想想看文獻回顧的兩種極端情形：一方面，如果你只呈現閱讀文獻的總結，那就像是你同意所有的內容，欠缺批判性思維；另一方面，如果你只吐槽你引用的研究有多廢，那麼引用它們的意義何在？而且，你真的百分之兩百確定你的研究會更讚嗎？

關鍵是要巧妙地在兩個極端之間**取得平衡**——從過往的研究中學習，但運用客觀批判的眼光發現它們的缺陷和限制，這樣才能以它們為基礎進行。接下來我們就要來討論如何達成這樣的平衡。

(2) 將點連成線：善用比較和對比法

對資訊進行綜合評析的方式很多，其中一種便是指出過去研究的**共同點**以及它們之間的**差異**。

例如，在量化研究中，當你在探討與你選擇的理論框架相關的實證研究時，勢必會碰到透過不同實驗檢視同一個（些）問題並得出不同結果的研究。一篇好的文獻回顧不會只呈現這些實驗的結果，而是**會討論它們之間的連結**，包含被探討的文獻之間的**共同點和差異**。

這點相當重要，原因如下：

首先，藉由找出研究資料中一致的部分，文獻回顧可以**凸顯已確立的研究發現**和結論，並由豐富的證據提供支持。其次，透過探討不一致和矛盾之處，文獻回顧可以發現潛在的**方法論**問題、衝突的**理論觀點**，或可能造成不同結果的背景因素。這種程度的批判性分析使文獻回顧不只是簡單的摘要，而是**整合並深富見解地描繪**研究主題的**學術現狀**。最後，透過界定已知和未知的部分、結果的一致和不一致之

處，文獻回顧可以更有效地找出關鍵缺口和未解問題，並提供未來研究豐富的方向。

相同的邏輯也適用於**質性研究，甚至基於解釋的研究**也是如此。

舉例來說，美馨的論文圍繞著「陌異 (Uncanny)」這個概念。「陌異 (Uncanny)」作爲核心概念，已經以相異的方式被應用在不同的背景脈絡下。更複雜的是，這個概念很難定義 —— 即使它已經誕生超過一個世紀，人們對它的定義仍然沒有共識，而這也展現了這個概念的流動性。像美馨這樣的研究者，在文獻回顧中要做的就是找出一個適合當前研究角度，並爲她的選擇提供合理解釋。也就是說，美馨要說明**爲何她的研究要採用特定的某個「陌異」的概念與定義，而不是其他的**。爲了做到這一點，美馨需要比較其他研究者提出的不同可能性，接著將研究的焦點集中到一個（或一組）可能性上，同時藉由有力的論證提出有說服力的論點。

下方圖示提供了其中一種寫作結構，無論哪種類型的研究，都可以作爲參考。

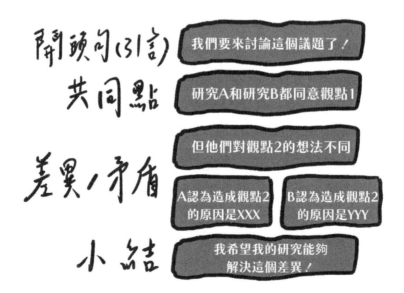

回到我們對襪子失蹤現象的討論，便可以用這個結構來呈現相關文獻的論述。下方的示例呈現出洗衣機的特性及其對襪子失蹤現象的影響。你可以透過以下方式綜合各種研究的發現：

> 「Smith 等人 (2020) 和 Johnson (2018) 都探討了襪子失蹤的神祕現象。〔共同點〕他們一致認為，較小的<u>洗衣機滾筒尺寸</u>就像拯救襪子的超級英雄。〔差異〕然而，Smith 等人將襪子失蹤歸咎於<u>高速脫水</u>，而 Johnson 則沒有發現這樣的證據。Lee (2019) 則提出了另一個觀點，發現<u>滾筒式洗衣機</u>比直立式洗衣機更能保護襪子。〔差異〕面對這些矛盾的線索，這個謎團依然是撲朔迷離！未來的研究應該聚焦於解開這個襪子失蹤的神祕現象。」

4.3.4　對文獻進行批判

在閱讀研究材料時，應該帶有**批判的眼光**，意思是你不該把所讀之物視為絕對真理或永恆智慧，而是要不斷地提出問題，例如：「這些論文有什麼**缺失**？」、「這些研究中是否有固有的**假設**？」或「**比較**研究 A 與研究 B 的結果，兩者有何不同？」。藉由提出這些問題，你正在與文獻進行一場實際互動，而不是被動地接受所有內容。

然而需要注意的是，雖然挑戰研究中的「缺失」是文獻探討關鍵的一環，但我們還是要時時謹記在心，所有出版的作品——尤其是經過專業同儕審查 (Peer Review)，並在專業場合被接受和發表的作品——能夠出版都自有其重要性。對它們抱持合理懷疑的態度，並公正評估每份文獻（找出它們的優勢及不足之處）是研究評論的基石。

(1) 善用文具處理工具的格式和樣式

　　在進行評論時，你可以善用科技輔助你的寫作——這邊指的只是文字處理工具，你可以善用格式和樣式設定的功能，例如可以利用**粗體**或*斜體*等字體格式，強調你將會聚焦的特定詞句或關鍵字。

　　舉個例子，讓我們來看看美馨論文的其中一段：

> *gendered behavior. These households were imagined as nuclear families,*
>
> *with* **one television in the sitting room that the family watched together,**
>
> *except during the day when the husband and older children would be out*
>
> *at work. (emphasis mine)*

　　這段文字已經是斜體，因為它是一段長引用的一部分。因此，為了強調在接下來的段落將更深入討論的詞句，她用**粗體標示了重點**。在這一段中，她的主要觀點是電視媒體在過去數十年來產生了變化，從一個讓家庭相聚的活動，因為線上串流的出現，逐漸變成了一個更加個人化的娛樂方式（不同的家庭成員可能同時在不同房間觀看不同節目）。

　　或者，如果你想強調的詞句是在沒有調整格式的文字當中，也可以只使用斜體來強調你希望讀者留意的部分。

　　然而，謹慎和*有策略地*使用**強調格式**是**很重要的**，*因為*過度使用可能會*削弱它的效果*，**讓**文字顯得*雜亂*或*過於戲劇化*。

　　哈哈哈，有看到我們的完美示範嗎？你絕對不會希望你的論文看起來像這樣！

(2) 如何說出想說的話？

　　在批判文獻時，除了文字格式的使用，還需要注意**用詞選擇**，例如使用不同的引述動詞 (Reporting Verbs)，也會表達不同的觀點。如果想複習學術寫作中適當的語言使用和一些有用的句構，你可以重溫第五章。本節要強調的重點是，儘管文獻回顧力求客觀，你依然必須清楚地讓讀者了解你的看法。

(3) 自保最重要！

　　在批判其他研究時，務必要保持嚴謹。基本原則就是，你應該以直接明確的方式進行批判，但不要暴露自己的缺點。

　　例如，在討論 Smith 等人 (2020) 關於洗衣機類型和襪子留存數量的研究時，你可能會指出一些研究限制：

> 「雖然這項研究針對洗衣機設計對襪子失蹤的影響提供了有價值的見解，但樣本數相對較小 (n=50)，且家戶僅集中在單一城市。本研究希望解決該研究在樣本數和多樣性的限制，藉由從多個城市和地區招募參與者，以確保樣本更具代表性。」

　　一定要記得，**你的批判與你的研究希望填補的缺口必須相關**。找出過往研究中的限制或不足，有助於展現你的研究能夠如何為現有的知識體系做出貢獻。然而，應該**避免批判自身研究無法解決的問題**，因為這可能會削弱你的研究相關性和重要性。

　　例如，如果你對襪子失蹤現象的研究同樣集中在某個城市，那麼批評 Smith 等人 (2020) 在地理範圍上的侷限便是不合適的。這種情況下，應該著重在你的研究將解決的面向，比如樣本量的增加。

　　換句話說，不要拿石頭砸自己的腳！這絕對無法說服讀者你做了一個好的研究。

4.3.5　加入自身陳述

(1) 以文章層面來說

　　在指導學生們撰寫論文時，宇挺喜歡提供以下指導方針：其一，**一定要用證據支持你的論點**，以保持客觀性；其二，在保持客觀性的同時，可以隨著論文或章節推進**巧妙地增加主觀性**。

　　聽到這個建議，正常的學生可能會說：「好的，我理解第一點，但第二點到底是什麼意思？」

　　讓我們來細細分解一下。

　　快速回顧，學術論文的典型結構如下：

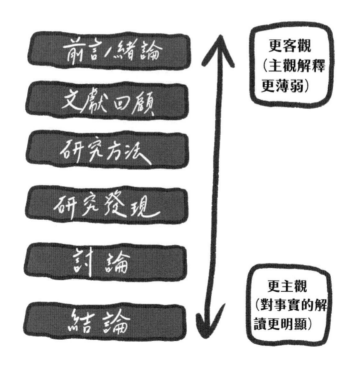

一般來說，一篇論文依循**從客觀到主觀**的結構，在前面章節中，例如前言／緒論和文獻回顧，通常透過客觀事實、實證證據以及知名學者的觀點來建立論點。這種基礎的客觀性支持了研究者的觀點，就像在說：「這個觀點由大量實證證據支持。」

隨著論文進展到討論和結論部分，由於此時研究者需要解釋研究發現，段落重點會轉向**個人解讀和主觀分析**。到了這個階段，研究者可以不再那麼隱藏自己的聲音，因為他們已經藉由調查得出紮實的證據，進而支持自己的觀點。

值得注意的是，我們一再強調和提醒，雖然前言／緒論和文獻回顧本質上是客觀的，但這不代表容不下作者的觀點。作者的主觀性可以透過**引用參考文獻的呈現方式來「偽裝」**，例如文獻的排序或引述動詞的選擇等。

我們可以把主觀性比喻為臥底在黑手黨的FBI探員，他們表面上替黑幫老大執行邪惡的勾當，但同時也朝著最終目標努力，也就是擊潰黑手黨。同樣地，所有研究都在傳達研究者的**最終目標：說服讀者同意你的觀點**。每個研究在某種程度上都是主觀的，但這種**主觀性必須由客觀證據支持**，若非如此，我們要如何融入學術脈絡？

(2) 以章節層面來說

雖然文獻回顧主要在呈現客觀證據和各學者的觀點，但它同時也是個機會，讓身為學術作者的你展現對這些研究材料的理解和批判性評論。在保持客觀的同時，你可以巧妙地融入自己的聲音，而應該要怎麼做呢？以下有幾個方法供你嘗試看看！

(3) 和文獻回顧來場約會吧！

要將個人聲音融入文獻回顧，其中一個方法是有策略地分配不同資訊呈現的**篇幅**，並思考它們呈現的**順序**。一般來說，**較重要的資訊**

應該先出現，並提出更多的討論空間。要達到這個目的，研究者通常會分享更多參考文獻的細節，因爲更多的細節能夠爲論點建立更強的可信度，進而幫助你說服讀者。

記得在第四章中，我們提到最近又開始約會的那位戀愛腦朋友雅婷嗎？就像現在的年輕人，她也在使用交友軟體。很多男生一直傳訊息給她，而她觀察到一個趨勢：那些撩妹達人都會以他們人生中最有趣的故事來開啓話題。雅婷聽過很多瘋狂的旅行故事、遊走法律邊緣的危險行爲（男人不壞，女人不愛？），甚至有個男生說他差點燒了家族的墓園（據稱是意外，但誰知道？）。最後，她選擇和差點變成縱火犯的那個男生出去約會。而就我所知，他們似乎滿合拍的呢！

總之，根據雅婷的觀察，用最有趣的故事開啓話題似乎是約會聊天的首選「公式」。如果我們把這個公式製成圖表，它看起像這樣：

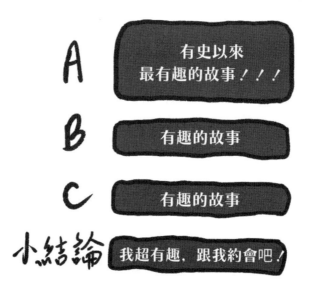

所以說，當你寫論文寫得頭昏腦脹，想放鬆一下，順便用交友軟體「考察」一下時，可以試試這招。如果你成功用這個公式約到了人，免客氣啦！

(4) 大位置是留給 VIP 的！

如同給新的（潛在的）約會對象留下好印象，在論文寫作中，進行陳述最好的方式，便是以你最有力或最理想的觀點開頭，並納入更多的細節。透過這個策略，我們可以利用這些關鍵論點立即吸引讀者的注意力。

同時，一個好的研究者**不該忽略持不同論點的相關研究**，或是排除**從不同角度**討論某一問題的研究，否則這會變成在**採櫻桃 (Cherry-picking)**，意思是你只呈現最有利的資料或研究結果來支持某個論點或假設，而忽略和排除那些不利的資料或研究結果，這將導致你的論點產生偏差。

為了避免落入這種陷阱，並達成寫作平衡，在呈現「理想的」或有利的觀點後，可以納入對你來說**較不理想的資料**或**對比觀點**。你不**用提及太多細節**，並且可以運用**隱晦的措辭**來暗示你的觀點，比如使用特定引述動詞來指出先前陳述。透過這個方式，你巧妙地引導讀者探索不同的觀點，同時隱晦地強調了你偏好的論點。

在下表範例中，我們提供了如何呈現三個研究發現的概述，各自用 A、B 和 C 代表。此外，A、B、C 三個論述的方框大小，代表了我們在討論它們時所用的篇幅大小。

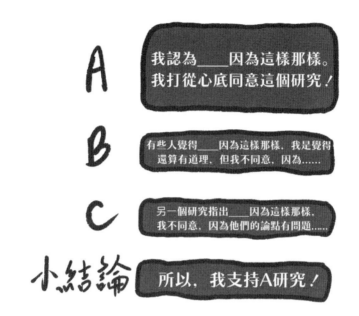

　　由上表可以看出，研究 A 的發現首先被呈現給讀者，並給予更多討論空間，因爲這些發現與研究者的主題更爲一致。研究 B 和 C 可能提供了反駁或不同的觀點，而這些觀點應該被納入討論。這個時候，研究者可以進一步說明，即使有不同的可能性，他們**爲什麼**選擇採用 **A 的觀點**，就像在眾多生日卡片中，我們爲貓奴朋友選擇了貓咪主題的生日卡片一樣。

　　現在，你可能會想：「太棒了，我在文獻回顧中呈現了一個平衡的論點。可以放鬆享受我的咖啡了嗎？」再撐一下！你還需要確保你的辛苦付出與研究是相關的！在你蓋上筆電休息之前，記得檢查你的文獻回顧是否與你的主題和研究問題一致。

4.4 將文獻回顧連結主題和研究問題

4.4.1 透過文獻回顧，導出研究假設

在以資料為基礎的量化和質性研究中，典型的作法是你可能會運用所學的知識，根據文獻探討的發現，**為每個研究問題建立一個有用的假設 (Working Hypothesis)**。如果你進行的是以解釋為基礎的質性研究，例如文學分析，你可能不需要提出或測試假設。因此，以下的資訊僅供參考，你可以依照研究需求來斟酌使用。

以下是如何根據研究問題設計假設的幾個示例：

研究問題一：<u>襪子材質和設計</u>如何影響襪子的失蹤現象？

假設：基於 Smith (2019) 和 Johnson (2020) 的研究結果，我們假設<u>彈性較差的材質製成的襪子以及較鬆的襪子</u>在洗衣過程中更容易失蹤。

研究問題二：哪些洗衣機特性會影響襪子的留存情況？

假設：根據 Lee (2018) 和 Patel (2021) 的研究結果，我們預測相較於低轉速和小筒槽的洗衣機，<u>高轉速和大筒槽的洗衣機有更高的機率會弄丟襪子</u>。

研究問題三：<u>人類行為</u>如何導致襪子失蹤？

假設：根據 Nguyen (2017) 和 Garcia (2020) 的觀察，我們認為<u>人類行為會增加襪子失蹤的可能性，例如把洗衣機塞得太滿和洗衣服前不把襪子整理成對</u>。

完成這些之後，你的文獻回顧應該差不多大功告成了。在你開始慶祝之前，是的！最好再把寫好的內容仔細檢查一遍。

4.4.2　總結文獻回顧，概述重點

在文獻回顧的結尾，**為你的主要發現提供簡要的總結**：討論哪些部分仍然存在疑問，或是有什麼可以進一步研究的地方，並解釋這麼做的重要性。完成這些後，說明文獻回顧的所有內容是如何相互連結的，以及它們為何對你的主要觀點很重要，也就是告訴讀者這些不同的「樹」是如何形成一片「森林」。

如此一來，你的主要工作就（暫時）完成了。要記得，在繼續撰寫論文其他部分的同時，你可能會隨時回到文獻回顧，將它修改得更加完善。透過來回調整，便可以確保後面的章節能夠與文獻回顧中已經討論的內容一致。

4.4.3　埋下伏筆，讓下文有跡可循

在文獻回顧中透過不同面向呈現你的論點，好處是可以在結果和討論的章節再提及這些觀點。我們會在之後的相關章節更詳細討論這部分，但這裡的重點概念是：**你預計（在討論章節）批判和探究的任何內容，都應該先在文獻回顧中提及**。

舉例來說，你發現了兩個競爭性理論，並設計了一個實驗來確定哪一種適用於你的樣本。你的實驗支持理論 A，並在研究結果中提出證據。接著，在討論部分，你就可以探討為何支持理論 A 而非理論 B，而因為要提及理論 B，在你的文獻回顧中，就應該先介紹理論 B 作為理論 A 的競爭理論。換句話說，如果文獻回顧中沒有介紹到理論 B，那就不應該在討論部分突然提及新的理論和發現。

　　總而言之，文獻回顧為你的論點提供基礎，並且指引你如何呈現研究結果。後續章節應該在必要時返回文獻回顧，無論是為了取得支持以強化你的研究結果或資料解讀，還是將你的研究結果作為證據來反駁其他理論。

◇◇

　　終於！我們已經掌握寫好文獻回顧的原則，你準備好開始寫你的文獻回顧了嗎？噢，還沒嗎？沒關係，這很正常。萬事起頭難，為了鼓勵你跨出文獻探討的第一步，我們在最後設計了一個小練習！

◇◇

5. 整理你的偵探檔案

　　是時候開始動筆了！無論你的文獻回顧處於哪個階段（「完全沒頭緒」、「一團糟」還是「快完成了！」），我們希望這個練習能幫助你完成一個結構完整的文獻回顧。

　　對於剛開始撰寫文獻回顧的人來說，你可以使用下表制訂一個計畫；對於即將完成的人，你可以根據這些建議檢查已完成的內容，評估目前的呈現方式是否理想。當然，不代表所有的文獻回顧都必須遵循這個結構，和其他章節一樣，我們提供的是一個通用的參考模型，你可以根據學科領域的慣例或主題的要求調整內容。

▶ **第一步：你的研究問題是什麼？**

　　正如前文所提到的，文獻回顧可以**圍繞你的研究問題來建構**。基於不同學科的慣例和規範，研究問題的數量可能有所差異，但大多數研究通常有一到三個研究問題。

　　我們在下面給了五個空白列表，幫助你構思研究問題。剛開始腦力激盪時，你提出的研究問題可能會比最終版本還要多，隨著知識的積累，你可能會希望專注於更少的研究問題，並將尚待解決的部分留給未來研究，這是完全沒問題的。

(1) _____

(2) _____

(3) _____

(4) _____

(5) _____

▶ 第二步：分解研究問題

一旦篩選出研究問題，就可以開始思考每個研究問題的副標題。請依序寫下研究問題，並爲每個問題**想出副標題，甚至是次副標題**。但如果你需要更多篇幅，可以自己增加表格。

研究問題	副標題	次副標題（如果有）
問題一：		
問題二：		
問題三：		

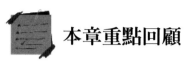

本章重點回顧

寫作原則	文獻回顧章節的撰寫重點包含（但不限於）以下幾項原則： (1) 針對研究問題進行**相關文獻探討** (2) **細節**與**概述**兼具，將研究放入學科發展的脈絡 (3) 不僅陳列前人研究，而是帶著研究問題**有目的性地整合**文獻，進行討論
文獻回顧步驟	(1) 博覽眾書 → **鳥瞰**學科領域的發展與現況 (2) 厚積薄發 → 設定**研究問題** (3) 粉墨登場 → 為文獻回顧設計**副標題**，整理出文獻告訴你的線索和遺留的疑問
文獻回顧地雷區	(1) 不要只是列表、列表、再列表 (2) 不要忽略文獻之間的連接 (3) 妥善分配每個段落的分量 (4) 不要把文獻砸給讀者
文獻回顧祕笈區	(1) 文獻回顧盡可能在一開始就讓讀者清楚其「目的」 (2) 進行文獻探討時，必須「仔細挑選」且具「針對性」 (3) 探討學科脈絡前，先建立可能的理論框架，這可以讓接下來的探討更聚焦 (4) 規劃文獻回顧**內容**時，同步思考**如何**呈現內容與重點 (5) 文獻回顧的（其中）兩種呈現模式：研究問題導向 vs 漏斗式寫法（從大到小） (6) 每段討論前提供「前情提要」，但避免暴雷 (7) 文獻回顧非對每篇文章之「摘要」，而是建構在縱覽相關研究之「綜合評析」上 (8) 批判文獻：嚴謹批判，不流於表述 (Descriptive) 或僅是摘要出讀過的每個文獻 (9) 呈現客觀數據時，帶入主觀決策 (10) 透過文獻回顧，導出研究假設 (11) 見樹又見林：總結文獻回顧，概述重點 (12) 埋下伏筆，讓下文有跡可循

八 質與量，別鬧了：
研究方法

validity?
Reliability?

　　埋頭苦讀數週，你已經對選擇的領域有了良好的概念，但是得到的這些新知識，該用在哪裡呢？畢竟知識又沒辦法拿去賣。（很遺憾，即便是那臺你小時候玩過、已經故障的古董遊戲主機都比較值錢。知識果眞是「無價」的啊！）

　　既然如此，不如就利用你的新知識執行一次方法健全的研究，展示你對既有學術議題的獨到見解吧！

　　本章將告訴你如何以清楚、有條理的方式呈現研究方法，讓你在寫論文時，能夠敘說一個更吸引人、更有說服力的故事。我們的重點不會放在如何設計研究，而是如何呈現**你做了什麼**，還有**爲什麼選擇那樣做**。

　　提到說故事，偵探唬爾摩斯和譁生醫生的生活中充滿了精彩刺激的故事，還有比他們更好的學習對象嗎？

◇◇◇◇◇◇◇◇◇◇◇◇◇◇◇◇◇◇◇◇◇◇◇◇◇◇◇◇◇◇◇◇◇◇◇◇◇◇

《唬爾摩斯與譁生》第八集

偵探唬爾摩斯決定寫一本自傳，跟粉絲們分享他遇到的有趣案件。這天譁生醫生剛好來喝下午茶，唬爾摩斯決定把其中一章的初稿給譁生試讀。

譁生醫生：啊，你挑了<u>南方快車謀殺案</u>當主題。懂挑喔！我還記得當時在火車上發現屍體，大家都不知所措。在沒有人能離開車廂的狀況下，你成功推理出犯人不只一個，而是好幾個乘客聯手殺害了死者。

偵探唬爾摩斯：是不是？我也很佩服自己的聰明才智。

譁生醫生：唉，又來了，真的是誇不得。我來看看你寫書是不是也一樣自大。

譁生醫生讀了幾分鐘，每往下讀一行，眉頭就皺得越緊。

偵探唬爾摩斯：完美，對吧？

譁生醫生：完美個鬼！你看這一句：「我跟一些乘客交談，看他們是否有不在場證明。」你究竟是跟誰交談？問了什麼問題？他們又回答了什麼？

偵探唬爾摩斯：誰會記得啊！你也知道，我看不懂自己的鬼畫符，那些辦案筆記到底寫了什麼我根本無法解讀。但這重要嗎？讀者知道我靠聰明才智破了案，這就夠了。

譁生醫生：當然重要！少了這些**細節**，會讓讀者無法**了解你調查案件的脈絡**。這就好像故事只有開頭和結尾，中間過程一片模糊。如果讀者不了解你使用的方法，就沒辦法體會你成就的**重要性**。

偵探唬爾摩斯：你的意思是說，他們會沒辦法理解我多聰明嗎？

譁生醫生：一點也沒錯。過程才是推理故事最引人入勝的地方——偵探如何以前所未見的方式**串連特定線索**，破解案件！

偵探唬爾摩斯：那我要怎麼寫才會更吸引人？

譁生醫生：首先，解讀你的筆記，回想案件細節，然後有**條理地呈現細節**，讓讀者可以理解事件發生的順序。

偵探唬爾摩斯：你的建議非常好。我這就回去看筆記、修改稿件，告訴讀者，我的思考速度不只是自強號，而是高鐵！

除了要引人入勝，故事還要說得充滿層次，讓讀者身歷其境，這時，研究過程的細節就很重要了。

過程的重要性不遜於結果，這句話在學術寫作同樣適用。寫作學術論文時，許多學生會把焦點放在研究發現和討論，於是在寫「研究方法」這一章時往往很快帶過。但這樣會讓讀者難以理解研究是如何進行的，進而導致他們無法理解研究的**可靠性**和**有效性**（稍後會詳細介紹這兩個詞）。

本章中，我們會以獨立章節詳述研究方法**為何如此重要**、好的研究方法應該包含哪些要素，以及這個章節中有哪些該做和不該做的事情。

第一個要回答的問題是⋯⋯為什麼要寫研究方法啊？

1. 我幹嘛要透露自己的祕密？ —— 分享研究方法的目的

回想你最近一次的組裝經驗：無論是親戚小孩的玩具、新的書架，或是貓跳臺。拆開包裝後，通常我們會找看看說明書（至少會確認有沒有附在箱子裡），但如果廠商什麼說明都沒附，看起來一副就是要讓消費者自己想辦法的樣子，我們可能會開始皺起眉頭。

作為使用者，你比較希望遇到哪一種狀況，為什麼？

大多數人在組裝的時候，應該都會偏好有清楚說明書可以參考。同樣的，「研究方法」這一章就好比組裝說明書 —— 作者應該一步步帶領讀者了解研究流程，讓他們知道作者在研究中**做了什麼**，還有是**怎麼做的**。

讀到這裡你可能會納悶：幹嘛浪費時間寫自己在研究中做了什麼？不都是已經過去的事情了嗎？結果才是研究中最重要的部分吧？

　　確實，研究結果非常重要，但你也必須說服讀者，**自己是透過一個嚴謹的方法來找到研究結果，從而回答研究問題**。簡單來說，你得證明你的研究設計有其目的性，而不只是隨意湊成、毫無章法。

　　研究方法寫的就是你「如何」回答研究問題。我們可以把一篇論文分解如下：

(1) 研究問題：我想要知道**什麼**？

(2) 研究方法：我打算**如何**找出問題的答案？

(3) 研究結果、發現與討論：我發現和學到了**什麼**？

　　你的「如何」（研究方法）必須夠紮實，第二個「什麼」（研究結果、發現與討論）才會有說服力，也就是**讓讀者信任你的研究過程，進而信任你的研究發現**。也就是在接下來的幾個小節中，我們深入探討的**可靠性**和**有效性**，妥善地應用這兩個概念，能讓你寫出優秀的研究方法。那我們就從最基礎的概念開始說起吧！「可靠性」和「有效性」是什麼意思？

▶ 1.1 可靠性 (Reliability)

在學術研究中，**可靠性**指的是一**致性**。我們可以把研究方法想成工具，當我們說某一種工具很可靠，代表在類似的情況下，**每次使用這項工具都會得到相似的結果**。

你也可以它想成一餐**療癒的美食**（此時此刻美馨腦海裡浮現一碗熱騰騰的叻沙）。為什麼人們總說美食很「療癒」？因為對許多人來說，重要的是美食的一**致性**，無論是什麼食物，它們總是能讓我們心情好轉。換句話說，食物就是很可靠啦！

以美馨喜歡的叻沙為例，在一天的尾聲來碗叻沙絕對能讓她恢復元氣，雖然叻沙濃厚辛辣的高湯，和其中氣味刺鼻的參峇辣椒醬，常常讓許多非東南亞人難以招架！

由此得證，叻沙與美馨的快樂之間存在著很穩定的關聯，可以以下表說明：

變數	結果	解讀	意涵
叻沙	快樂（98% 的機率）	叻沙穩定地為美馨帶來快樂，是可靠的療癒美食。	美馨會持續用叻沙療癒心靈，可能永遠不會改變。

▶ 1.2　有效性 (Validity)

那什麼是有效性呢？在學術的脈絡下，你可以用**準確度**來理解有效性。當我們說一項測驗或工具有效，代表這些測驗或工具**能準確地衡量它預期要衡量的事物**。

夜半時分，在對叨沙的渴望驅使下，美馨決定上網搜尋好吃的叨沙。當她看到第一個連結寫著「新加坡市中心前十名叨沙的美食地圖」，她馬上決定到地圖上離她最近的一家看看。結果她到了現場，不見心中朝思暮想的叨沙，只看到一個賣海南雞飯的攤位。美馨覺得自己深深地受到了欺騙，又餓又氣的她直接把地圖丟了，沒有考慮其他九個選項。

不準確的叨沙美食地圖，就好比無效的測驗或工具。叨沙地圖若無法提供正確的叨沙資訊，就不是好的叨沙地圖；同樣地，一項測驗或工具若無法衡量它設計來衡量的指標，就沒有什麼用處。這就是我們必須在研究設計中必須避免的狀況！你的目標應該是設計可靠性高、有效性也高的研究。

▶ 1.3　（高）可靠性＋（高）有效性＝有用的研究

在「研究方法」這一章中詳述你做的選擇，顯示每一個選擇都經過深思熟慮（而不是為了圖方便，選用你找到的第一個工具），透過展示連結每個步驟的邏輯推論，逐步建立起研究的有效性和可靠性。這樣就是在不斷地向讀者傳達一個訊息：**你選用的方法，是專為協助回答研究問題而設計的。**

在不同類型的研究中，有效性和可靠性的概念會以不同形式呈現，符合高可靠性和高有效性這兩個標準的研究通常比較容易取得大家的信任，覺得這樣的研究更能對學術討論做出貢獻！

▶ 1.4　指示清晰的說明書

除了證明自己的研究經得起審視外，解釋研究方法也能幫助其他研究者未來進行相關的延伸研究。套我們教授說過的一句話：「好的研究方法，應該要寫很清楚，讓讀者可以按圖索驥，依照你所說明的方法精確地再現你的研究流程。」

試想一下一個情境：你人在阿嬤家，她正在煮你最愛的香菇雞湯。你想把食譜記下來，這麼一來，你就可以自己在家煮香菇雞湯了。你會怎麼記錄呢？八成是把阿嬤的每一個步驟寫下來，記錄她做了什麼和她是如何做的：

(1) 乾香菇泡水後撈起備用，香菇湯不要倒掉。

(2) 把雞肉洗淨、切塊後汆燙 1-2 分鐘，直到變色。

(3) 電子鍋加入約 1,000-1,200ml 的水和香菇水，把薑片、蒜頭、青蔥、條瓜、雞肉和香菇放入。

(4) 用燉煮模式煮 45 分鐘。

(5) 時間到了開鍋，加入一匙米酒，蓋起來悶 10 分鐘。

論文的研究方法應該要讓讀者覺得自己在讀食譜，並解釋**研究中的各項要素是如何結合在一起的**。舉例來說，你使用某一種工具來衡量受試者的英語理解程度。除了寫出該工具的名稱以外，你還必須解

釋你**為什麼**使用這個工具、使用**方式**、受試者是**誰**、你執行評估的**時間**等等，這能給未來的研究者一個很好的基準，讓他們能以你的文章為基礎進一步**延伸研究**。

假設你的研究是了解臺北某學校六年級學生的英語理解程度，未來可能會有其他研究者想要參考你的研究，把同樣的工具用來了解不同受試者的英語理解程度（例如馬來西亞檳城的八年級學生）。此時，如果你的研究方法寫得很清楚，將會對這名研究者大有幫助，因為他將會盡可能確保測驗條件維持不變，讓兩次研究的結果可以進行公平、有意義的比較。

以上描述可能不適用所有的研究。不同領域的實務作法不盡相同，因此，我們將研究分成三大類，並逐一討論每一類研究的慣例。

▶ 1.5　資料為本的量化研究 (Data-Based Quantitative Research)

資料蒐集和詮釋是量化研究的核心，因此，對於使用問卷調查和實驗等方法的研究來說，呈現研究方法至關重要。

如果你做的是這種研究，你的研究方法應該回答諸如以下的問題：

(1) 你是怎麼蒐集資料的？

(2) 你用了哪些工具？

(3) 是怎麼使用這些工具的？

就跟好的文獻回顧一樣，你不應該像是在列購物清單那樣呈現你的研究方法。我們的意思是你不該只是列出一連串毫無關聯的條目，而是應該試著**整合資訊**讓它們訴說一個有趣、富有見解的故事。這也是你發表個人意見的機會；面對相同的資料，研究者不同，呈現的方

式也會有所不同。

雖然大批樣本和健全的數據資料對量化研究很有價值，但它們無法獨自決定研究的價值和影響。最重要的是研究者**發揮創意，準確運用可得證據回答重要問題**，並推進領域中討論的能力。

下方宇挺的故事告訴我們說故事的重要性──當面對規模很小的資料集，研究者採取的方法就很關鍵，能決定資料是否能產生意義。這是一個證明「少即是多」的具體案例！

宇挺的故事

小資料也能立大功！

宇挺有一篇論文的樣本只有四個受試者，卻得到知名期刊《語言教學研究》(*Language Teaching Research*) 的刊登，這可是一份以偏好大規模量化研究（有人覺得意外嗎？）聞名的期刊啊！宇挺是怎麼跌破眾人眼鏡，完成這項壯舉的？難道是賄賂審查員？

怎麼可能！我們可是正直的學術界成員，有著超高的道德標準（和空空的口袋）。為了突破樣本規模的限制，我們的鋼鐵人發揮了他的拿手絕活──瞄準重點出擊！

以這篇論文來說，他打出了一招三連擊絕招，評估各種教學法對改善學生使用英文過去式的效果。

第一擊：縱向研究 (Longitudinal Approach)

首先，宇挺蒐集資料時，不是蒐集一次就收工，他採取**縱向研究**的手法，在為期九週的時間內鉅細靡遺地多次採集資料，這讓他得以在長時間內深度捕捉參與者複雜細膩的變化。

第二擊：資料集七十二變

再來，宇挺分析了資料的**多種層面**，考量準確度、差異性和質性回答。這種方法讓他得以用全面性的觀點看到「更多」—— 這是單一焦點研究不具備的優勢。

第三擊：使用「廣角鏡頭」

最後，宇挺將研究的特定結果與第二語言習得領域中**廣泛的學理討論**進行連結。打個比方，這就好像在領域這塊大拼圖上，為他自己創造的拼圖片找到了歸屬的位置 —— 他的研究特別強調長時間和以多種角度觀察語言發展的重要性。

KO：宇挺的論文得到刊登了！

這個案例告訴我們，研究者應該想辦法讓資料「說話」。就跟現實生活中一樣，就算是少數人說的話也很重要，值得我們傾聽。而你身為研究者的職責，就是幫助他們找到自己的聲音！

　　數字無法訴說一個完整故事 —— 但經過研究者細心的整合和詮釋，就算資料量少，也能一鳴驚人！

▶ 1.6 資料為本的質性研究 (Data-Based Qualitative Research)

在研究方法中，你必須清楚說明你執行研究的手段。而為了提升研究方法的明確度和精準性，我們認為可以將質性研究分成兩類——以資料為本，或以詮釋為本。資料為本的質性研究強調客觀，著重以系統性的方式進行資料蒐集與分析，以找出其中的模式或主題；另一方面，詮釋為本的質性研究則強調主觀，正視研究者根據其採取觀點詮釋資料時所扮演的角色。

我們先來談談以資料為本的質性研究。

以資料為本的質性分析，特指使用深入訪談、參與者觀察、文件分析和焦點團體討論等方法執行的研究。由於這類研究蒐集的資料通常不是數據，確立其可靠性和有效性的方法並非分析數據資料，而是三角交叉法 (Triangulation) 和評分者間信度 (Inter-rater Reliability) 等其他方法。

三角交叉法是利用多種資料來源、方法或研究者，來交叉驗證、證實研究發現的方法，而**評分者間信度**則是檢驗不同研究者間詮釋資料的一致性。此外，質性研究者可能還會使用**成員查核**（Member Checking，或稱參與者查核，研究者向參與者徵求研究發現準確與否的回饋）和**深厚描述**（Thick Description，提供詳細的脈絡性資訊）等技巧，以增進研究發現的可信度和可轉移性。特別補充一下，這些方法並不是質性研究專屬，它們也可以應用在量化研究中，我們只是在這個範例中說明在質性研究中可以怎麼應用。

我們以寓言故事《放羊的孩子》來進一步說明如何在質性研究中確保可靠性和有效性。假設研究問題是：「村民們應該相信放羊的孩子嗎？」我們可以用以下方法確立有效性和可靠性：

(1) 三角交叉法：研究者找來多位村民對談，大家都說自己不相信放羊的孩子。這個方法透過從多種來源和觀點蒐集資料（不同村民分享的說法），藉以確立有效性，這麼做能幫助驗證研究發現，減少偏差或錯誤發生的可能性。若來自不同來源的資料都指向相同的結論（放羊的孩子不值得信任），就代表研究發現是有效、可靠、可信的。

(2) 評分者間信度：研究者進行多次訪談，並將訪談記錄交給兩名評分者。評分者各自根據研究者的指示對訪談進行評價，例如在訪談記錄中標記出顯示「信任」、「不信任」或「中立」的詞語。接著，研究者會進行分析，判斷兩名評分者的評價是否符合。若符合，就代表評分者間信度高，研究者可以繼續分析村民對放羊的孩子的信任度高低。在這個研究中，不同的評分者在分析同一份資料時，可以獨立得到相似的結論，因此得以確立其可靠性，減少主觀詮釋發生的機會。

　　要記得，這只是質性（還有量化）研究者用以確立研究有效性和可靠性的眾多方法中的其中兩種。多數關於質性研究可靠性的討論都集中在**工具和資料分析方法的可靠性**。由於本書並非講述研究方法的專書，我們將不會介紹各種研究方法的細節（市面上已有很多關於該主題的優秀著作）。

　　話雖如此，我們還是必須了解這些方法，尤其是你的研究融合了量化和質性的元素時。在這類**混合方法 (Mixed-methods Approach)** 的

研究中，確保有效性和可靠性依然重要，而且兩類研究確保有效性和可靠性的方法類似。舉例來說，其中一位作者芷蓉曾以團體訪談進行研究，這是質性研究常常使用的資料蒐集方法，接著以統計工具來對訪談記錄進行分類與分析，這則是量化研究常用的資料分析手法。混合方法的研究可以結合質性和量化研究方法的優點，能讓我們對研究題目有更全面的認識。

我們的重點是，不管你用的是哪一種研究方法，「研究方法」這一章最重要的目標，是**說服讀者你的研究具備有效性和可靠性**！

▶ 1.7 詮釋為本的質性研究 (Interpretation-Based Qualitative Research)

如果你做的是以詮釋為本的質性研究，可能不需要專門討論研究方法的章節。（你說什麼？？）這種研究大概會在緒論中討論研究方法，因為研究方法與你所選的**範圍**和**理論架構**密切相關。

我們繼續來談談《放羊的孩子》吧！這一次我們以<u>解構主義 (Deconstruction)</u> 的鏡片來閱讀《放羊的孩子》。解構主義會以細讀的方式，試圖找出文本中隱藏的意義、假設和矛盾之處。我們可能會<u>挑戰寓言中的二元對立</u>，例如實話和謊話。使用解構主義閱讀文本的研究者首先可能會指出其中的二元對立，然後進行解構，展示將兩個極端視為相反的看法可能過於簡化。

舉例來說，放羊的孩子有意識地惡作劇，在狼沒來時喊「狼來了」，他說的是謊話；如果他真的看到了狼才喊「狼來了」，那他說的是實話。那麼，在他真心相信有狼要來，但事實上狼沒有來的情況又該怎麼說呢？這算實話，還算謊話？

使用解構主義，我們可以質疑實話與謊話這種單純的二元對立，揭露隱藏在故事中的複雜性。這個分析顯示，我們以多種方式確保詮釋的有效性和可靠性。

首先，善用解構主義的理論架構能展示我們採用的方法**有相當完善的基礎**，這能增進研究發現的可信程度，並協助減少潛在的偏差或不一致性；第二，**以邏輯推論質疑文本中的二元對立能確保論點一致、有條理**；最後，我們會**尋找並分析文本中的特定證據**，藉以**支持自己的詮釋**。我們可以宣示自己的論點有得到原始素材中的具體例證支持，而不只是個人的臆測，這樣一來，我們主張的可信度和可靠性都得以提升。

以詮釋為本的研究，它的研究方法有可能不是獨立的章節，但這不代表研究方法不存在。它不像以資料為本的研究一樣強調有效性和可靠性，在這類「研究方法」中（通常在論文的一開頭），就會向讀者清楚傳達你選擇的理論、文本，並為自己的選擇提供良好的解釋，也就是透過**應用適當的理論架構、健全的邏輯推論**以及**文本證據分析**，呈現**強而有力的論點**（即說服讀者認同你的立場），顯示研究在方法上沒有缺失，並提升整體的可信度和可靠性。

◇◇

總而言之，可別讓差勁的研究方法壞了你的論文！這就好比為了出門約會大費周章治裝，卻忘記整理髮型一樣。不同的是，在時尚裡就算蓬頭亂髮，還是有機率可以成為時尚指標或男神女神，但在學術寫作中，研究方法寫糟了可是百分之百的 NG 行為。

樓頂揪樓咖，大家需謹記：「研究方法」這一章的目的是幫助讀者理解**你做了什麼**（可靠性）、**你是怎麼做的**，還有你選擇這些方法的**動機（為什麼要這麼做）**。你應當清楚地呈現有關方法的資訊，好

讓讀者能輕鬆地理解、複製研究，完全掌握研究中的所有細節，並了解你的方法十分健全。

另外，由於研究方法對以詮釋為本的研究並不是必需，我們接下去將著重在如何為以資料為本的研究寫出良好的研究方法。

2. 應納入的資訊

首先，組裝家具前得先確認所有零件都到齊了。需要的螺絲、木板和工具都在嗎？

我們在第六章提到，可以透過參考領域中的論文和期刊，了解你所屬學科的規範。「研究方法」這一章可以依樣畫葫蘆！

找幾篇跟你學科相關的期刊文章和論文，閱讀它們的研究方法。特別注意**子標題 (Subheadings)**，並與以下元素進行比較。領域不同，組織這些元素的方式可能也會有些微不同，某些領域而言必須存在的元素，對其他學科而言可能不見得重要。你可以想像自己在吃到飽餐廳，下面都是任君挑選的美味佳餚！（是否再一次發現，寫論文和做料理很像呢？）

餐廳在上菜時，通常會有開胃菜、主菜、配菜、飲料和點心，同樣地，研究方法通常也會遵照特定的順序：

參與者 (Participants)、研究設計 (Design)、素材 (Materials)、研究工具 (Instruments)、研究流程 (Procedure)，以及資料編碼與分析 (Data Coding and Analyzing)。此一順序能引導讀者了解你的研究，從參與者是誰開始，接著是研究設計和素材、用來蒐集資料的研究工

具、按步驟說明的研究流程，最後是你如何進行資料編碼與分析。根據領域和研究性質的不同，此一順序可能會有些微變化，但遵從這一個大致的架構能確保你的研究方法對讀者而言是一道營養均衡、令人滿足的大餐！

▶ 2.1　參與者

(1) **族群資訊**

(a) 納入參與者年齡、性別、種族等<u>相關</u>資訊。

(2) **選擇標準**

(a) 你如何決定誰能參與、誰不能參與這項研究？

(b) 有任何納入或排除標準嗎？

(3) **樣本規模**

(a) 研究包含多少名參與者？

(b) 為什麼選擇使用大樣本／小樣本進行研究？

(4) **招募**

(a) 你是怎麼找到參與者的？張貼廣告，還是透過口耳相傳？

(b) 請注意，跟其他元素相比，招募策略在期刊文章中的重要性通常較低，因此你可能會看到很多期刊文章因為字數限制而跳過這個部分，但如果你寫的是學位論文，就應該提供與招募相關的詳細資訊。

▶ 2.2　研究設計

(1) 研究類型

(a) 你使用了哪一種類型的研究設計？以下列舉了幾種常見的研究設計。想了解更多可用的研究設計，以及每一種設計的詳情，請參考討論研究方法的專書！

- 實驗：測試特定處置或介入措施的效果

- 準實驗：與實驗類似，但缺乏隨機分配的要素

- 行動研究：以解決特定環境中特定問題爲目標的研究

- 個案研究：深入研究單一個人、團體或事件

- 文本分析：檢視書面或口頭文本中的模式和主題

(b) 你的研究是否牽涉**處置或介入措施**，還是僅止於觀察、沒有介入性質？

(c) 在什麼**環境**，教室還是實驗室？

(d) 蒐集資料的**方式**，例如問卷調查、訪談、德懷術（Delphi，一種結構化的溝通方法，需要專家小組的參與）、觀察、焦點團體等。

(2) 條件與團體分配

(a) 分組或研究條件（如果有的話）是如何建立和分配的？

(b) 是採取**隨機分配**（隨機將參與者分配到組別中）、**對抗平衡設計**（確保每一組的測試條件均等）、**便利抽樣**（招募對研究者而言「方便接觸」的參與者，例如研究者認識的人），或是**自願分配**？

(3) 盲法

    (a) 實驗條件是否對參與者、研究者或評分者**保密**？（不讓他們知道每位參與者被分配到哪個團體，以避免參與者的行為或反應會因為知道自己的組別而受到影響）

    (b) 你如何確保不同評分者採用一**致的**評分標準（評分者間信度）？

    (c) 你是否會訓練評分者，以確保他們在評分的時候採用一致的標準？

▶ 2.3　素材

(1) **使用的資源**：列出研究中使用的所有素材，例如教材和問卷。

(2) **技術性細節**：任何設備或技術性資源的規格和細節。

(3) **軟體**：列出所有使用的軟體名稱，包括版本編號。

▶ 2.4　研究工具

(1) **描述**：列出所有用於衡量或資料蒐集的工具（例如問卷調查、診斷工具）。

(2) **驗證**：提及或描述工具的有效性和可靠性。

(3) **校準**：如何校準這些工具（如果適用的話）？

▶ 2.5　研究流程

一般而言，流程這個部分可以寫得很簡潔，你可以用**視覺輔助**（例如流程圖）說明你的研究流程，藉由採取的步驟、強度、時長、間隔時間等等資訊來與讀者分享執行研究的過程。簡單來說，只要專注在複製實驗所需的**時間性**資訊就好了！

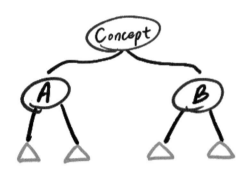

(1) **採取的步驟**：概述研究的每一個步驟，包括準備、資料蒐集、分析和後續行動。視覺輔助往往可以更好地幫助讀者理解處理順序或時間軸，你可以多參考不同的研究者是如何呈現步驟。

(2) **關於資料蒐集的時間性資訊**：詳述資料蒐集的方法與時間，著重時間順序，並納入整體研究的時間線當中。

(3) **關於研究方案 (Protocol) 時間性資訊**：列出特定研究方案，並詳述各研究方案在研究各階段所採用的時間點。

▶ 2.6　資料編碼與分析

(1) **資料編碼**

   (a) 說明你將質性資料轉換成量化數據的方法、使用的類別，以及任何派上用場的工具。

   (b) 說明你如何確保編碼者間具有一致性，可以描述你採取的步驟，例如使用評分者間信度測驗。

(2) **資料分析**

   (a) 描述你處理資料遺失、編碼、統計流程或功率量測等問題的方法。

　　所有零件到齊後，開始組裝！以下我們將說明優秀的研究方法有哪些該做和不該做的事情（沒錯，這個主題會反覆出現）。

　　我們先前以洗衣服時襪子經常失蹤當作例子，但現在我們已經不想管那些臭襪子了！這部分，我們要用一種不臭的東西說明寫作要點──貓咪！告訴你一個冷知識，健康的貓咪就算不洗澡也能隨時保持身體香香（除非牠們耍笨，大便時不小心沾到屁股的毛）。

　　我們在研究中將設計一項實驗，來驗證貓界一句經典名言──「空間夠，本喵就坐。」

　　根據傳說，貓咪無法抗拒紙箱和其他容器的誘惑，無論這些容器是大是小。面對誘惑，貓咪真的是完全無能為力嗎？貓咪真的像液體一樣，即使是再小的箱子也能適應嗎？真的是這樣嗎？還是說這些只是謬誤？讓我們做喵喵實驗一探究竟吧！

「老兄你搞啥？你太肥了，塞不進小箱子！」

3. 喵喵研究方法圖說

我們要用一個突破性的實驗來說明如何撰寫好的研究方法，也就是──**喵喵實驗**！

我們會將研究方法的內容拆分成不同子標題 (Subheading)，並將「範文」提供在方框中。

前面提到研究方法應該與研究問題和研究假設相互呼應，我們就先來設定貓貓實驗的研究問題和研究假設吧！

> 研究問題：箱子的尺寸（大、中、小）是否影響貓咪爬進箱子並坐下所需的時間？
>
> 研究假設：貓咪爬進小箱子並坐下所需的時間，比爬進中或大箱子並坐下所需的時間要少。

▶3.1　參與者

首先我們要討論的是參與者，但我們更喜歡叫牠們喵星人！有哪些貓貓獲選了呢？一起來看看吧！

族群與樣本規模

> 本研究共有八十七隻喵星人參與，年齡在一歲到十三歲之間，包含不同的品種、年齡和性別。

選擇標準

　　體重在兩公斤到八公斤之間的喵星人才符合實驗資格。輕於兩公斤的貓咪體型較小，可能無法填滿箱子，造成結果不準確；相反地，重於八公斤的貓咪也遭排除，避免箱子被壓扁。（有隻肥喵因此黯然離開喵喵實驗。）

招募

　　我們在廣受貓貓歡迎的社群媒體 Insta-cat 上張貼廣告，藉以招募參與實驗的喵星人。總共有一百零一隻貓貓回覆，排除掉兩公斤以上和八公斤以下的喵星人，最終共有八十七隻獲選參與喵喵實驗。

▶ 3.2　研究設計與素材

　　參與者選好了，下一步呢？是時候該談談喵星人**如何**幫助我們揭露貓貓與箱子之間的神祕吸引力了。

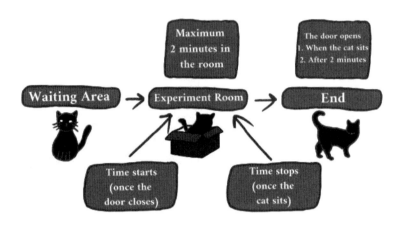

研究設計

　　這是一項**實驗**研究，設計來測試一項假設：箱子的尺寸會影響貓咪決定爬進箱子並坐下所需的時間。這項研究需要各種不同尺寸的箱子。

　　每隻貓咪都會被單獨放進一個實驗房，每個實驗房都有一個特定尺寸箱子。一開始，貓咪會被放在**等待區**，門打開以後，貓咪就可以進入**實驗房**。實驗的目的是觀察並記錄貓咪從進入實驗房開始（以關門時間計算）到完全坐進箱子，共耗費多少時間。每一次的實驗最大時限爲兩分鐘，如果貓咪在兩分鐘內沒有坐進紙箱，該次實驗則記錄爲失敗。

　　實驗使用了**直接觀察法**，在門和箱子底部安裝感測器（細節請見下方〈研究工具〉小節），讓研究者得以精確蒐集有關貓咪和箱子互動的資料。

條件與團體分配

　　爲了要調查箱子尺寸對貓咪爬進箱子並坐下所需時間的影響，研究者將喵星人**隨機分配**到三個團體，三個團體分別對應不同尺寸的箱子：

(1) 大 (L)

(2) 中 (M)

(3) 小 (S)

　　隨機分配能確保每個團體的條件平均反映，消除團體偏差。本研究將喵星人分配到三個不同箱子尺寸的團體中，目的是**將自變數（箱子尺寸）對應變數（貓咪爬進紙箱並坐下所需的時間）的效果獨立出來**，並同時維持實驗的**有效性**。

素材

　　研究使用的素材包含三種不同尺寸的**紙箱**（大、中、小）。特製的貓進箱計時器附有門和紙箱感測器，可以用來評估每隻喵星人進入紙箱並坐下所需的時間。研究者使用**記錄紙**和**筆**手動記錄每次實驗的持續時間。

盲法

　　喵星人對其他喵星人的表現一無所知。研究者也不知道每一隻喵星人屬於哪一個團體，藉以確保觀察不會出現偏差。

▶3.3　研究工具

　　為了盡可能蒐集最精確的資料，我們決定使用市面上有效、可靠，而且精準度極高的感測器。就讓我們告訴你這些研究工具有多厲害吧！

描述

　　貓進箱計時器是一種特製工具，可以用來評估每隻喵星人進入紙箱並坐下所需的時間。貓進箱計時器包含兩個感測器：

(1) 感測器 1：感測器 1 安裝在門上。只要偵測到門完全關上，計時器就會開始計時。

(2) 感測器 2：感測器 2 安裝在每一輪貓咪實驗使用的箱子底部。這個感測器是一種光電阻 (Light-dependent Resistor)，可以偵測光強度的變化。

(a) 喵星人在箱子中完全坐下後，身體會完全遮住進入箱子的光線，促使感測器 2 停止計時器。光電阻經過校準，確保只有在喵星人坐下導致光線完全遭到阻擋時，感測器才會啟動並停止計時器。

(b) 只有部分光線遭阻擋時（例如喵星人站著或未完全坐下時）不會觸發感測器 2。

　　此一工具設計能讓研究者準確衡量實驗設計中所描述的應變數（喵星人爬進箱子並坐下所需的時間）。

驗證

> 過去與動物相關的研究已經確立了這類感測器的有效性和可靠性，對象包括魚 (Marlin, 2003)、獅子 (Mufasa, 2019) 和狗 (Cruella, 2021)。結果證實感測器準確度極高，研究者回報的延遲時間極短。

▶ 3.4 研究流程

接下來就是刺激的部分了：動手做實驗！告訴讀者你讓貓主子們做了什麼，並按照時間順序呈現實驗步驟。

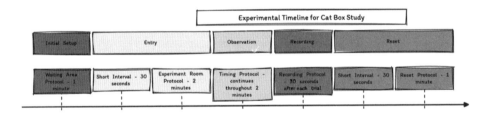

採取的步驟和花費的時間

　　本實驗性研究遵循結構化的時間表，其中包含**五大研究方案**，以調查不同尺寸的箱子對貓咪爬進箱子並坐下所需的時間有何影響。

(1) **等待區方案**（一分鐘）會在每次實驗前執行，即將貓咪放在等待區。

(2) 經過三十秒後，**實驗房方案**（兩分鐘）會接著執行，門會打開，讓貓咪可以進入放著一個分配尺寸箱子的房間。

(3) 每次為時兩分鐘的實驗內會執行**計時方案**，從門關上開始，到貓咪在箱子中坐下，或是時限到達為止。

(4) 貓咪進房直到在箱子中坐下的時間，會在每次實驗結束後隨即以**記錄方案**（三十秒）進行記錄。如果貓咪在兩分鐘內沒有坐下，實驗就會結束。

(5) 再經過三十秒後，會執行**重啟方案**（一分鐘），準備迎接下一隻喵星人。

▶ 3.5 資料編碼與分析

資料編碼

觀察資料以秒數記錄。舉例來說，若一隻喵星人花了十五秒在箱子內完全坐下，資料就會記下「15」。若有喵星人沒在兩分鐘（一百二十秒）內坐下，資料會記錄「120」，顯示已經到達時限。

觀察資料會記錄為三種類別：S、M、L，分別代表不同的箱子大小。

資料分析

敘述統計 (Descriptive Statistics)：分別計算每一種箱子尺寸記錄的時間平均數、中位數、眾數和全距。結果將用來在箱子間進行排名，數字越低，代表越受喵星人喜愛；能讓牠們越快坐下，就是牠們越喜歡的箱子類型。

統計檢定：要判斷在不同尺寸箱子中坐下所需的時間是否有顯著差異，研究者進行了單因子變異數分析。若發現有顯著差異，將使用事後檢定（例如杜凱氏最誠實顯著性差異 (Tukey's HSD)）辨識哪些團體彼此間存在差異。這能幫助研究者了解，箱子尺寸對喵星人爬進箱子並坐下所需時間的影響是否具有統計意義。

以上就是我們喵喵實驗的研究方法！沒有很難，對吧？只要經過拆解，寫研究方法就只是填格子而已（就像貓貓填滿箱子）。我們寫完研究方法後，其他想更了解貓主子的貓奴們就能以不同的喵星人參與者、在不同的環境，或是用不同的變數來複製我們的研究，探索更多有關貓咪行為的重要知識！

在本章的結尾，我們設計了一項練習，協助你撰寫自己的研究方法。在進入實際操練前，先讓我們來看看寫作前有哪些事情應該留意。

4. 該做的事：談論研究方法時，請參考以下方法！

▶ 4.1　留意形式：所有項目都應該有清楚的標籤

我們可以在「緒論」和「文獻回顧」中善用**子標題**，「研究方法」也可以依樣畫葫蘆。應用相同的概念，確保每一節都有明確的定義，子標題應能**提供資訊**，並與接下來的內容**直接相關**。這麼做不但能維持行文流暢，也有助讀者閱讀論文。最好是能在開始寫作研究方法前，就**先想好大綱**。換句話說，開始寫內文前，先決定子標題是個不錯的作法。

▶ 4.2　留意文字使用

我們在第五章討論過一些學術寫作的慣例，這裡只是很快地複習一下與研究方法相關的重點。

首先是**寫作風格**，傳統學術寫作強烈偏好被動語態（尤其是在科學領域），因為被動語態著重行動和結果，而非行動者，可以協助維持客觀。然而這項慣例近年來出現了顯著變化，許多當代的學術寫作指南和期刊都鼓勵研究者適時使用**主動語態**。某些學者試圖在傳統與新的典範之間尋求平衡，使用例如「**本文 / 本研究……**」而非「我」

（或「我們」），在使用主動寫作風格的同時，維持較爲客觀的語調。調查你的研究領域，或是想投的期刊有哪些規範，因爲不同學術社群的慣例可能有很大的差異。

第二，**使用適當的時態**。確保描述方法時使用的時態一致且適當。明確來說，寫已經做過的事就用過去式，寫計畫要做的事就用未來式。比方說，寫碩博士論文**提案**時，請用未來式描述你的研究預計使用的方法，例如：「本研究將對二十名參與者進行半結構式訪談。」相對地，撰寫**已完成的碩博士論文、研究或技術報告時**，請用過去式描述該研究已經採用的方法，例如：「本研究對二十名參與者進行了半結構式訪談。」

第三，**清楚**和**簡潔**，盡量以對讀者友善的方式寫作。請清楚簡潔地解釋你的方法，僅納入必要的細節。避免冗長的解釋和背景資訊；如果有需要，你可以把這些細節放到「研究討論」。我們的目標是讓讀者可以理解並複製你的研究。

▶4.3 使用視覺輔助搭配文字敘述

我們都聽過那句老話：「一幅圖像勝過千言萬語。」在描述研究方法時，視覺輔助經常能補足文字敘述的不足之處。它們能強化理解和易讀性，讓讀者能一眼就看出不同因素之間的模式或關係。以下是學術研究中常使用的視覺輔助類型：

(1) **概念圖或網絡圖**：這兩種
圖能描繪不同概念之間的
關係，對描繪理論架構、
模型或論點結構很有幫
助，在社會科學、生物學
（例如食物網）和電腦科
學（例如電腦網路）等領
域很有用處。

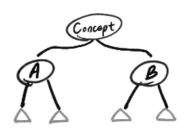

(2) **流程圖／甘特圖 (Gantt
Chart)**：這類圖能呈現研
究流程的步驟，幫助讀者
想像研究作業的順序和工
作流程。

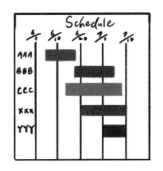

(3) **資訊圖表**：結合影像、圖
表和少量文字，針對特定
主題提供易於理解的概
要。適合用來以容易消化
的形式呈現複雜的資訊或
資料。

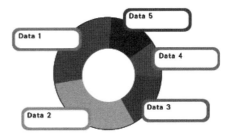

(4) **表格**：表格非常適合用來將詳細的資訊整理為濃縮的形式。舉例來說，表格可以用來列出蒐集資料使用的工具，以及每種工具蒐集的資料類型、其可靠性和有效性評級，以及任何必要的校準資訊等相關細節。

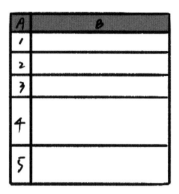

(5) **文氏圖 (Venn Diagram)**：可以呈現不同資訊集之間的重疊或共同之處，很適合用於比較和對照不同概念、想法和群體。

(6) **圓餅圖**：可以用來呈現整體當中的比例或百分比，能有效呈現樣本組成，或是問卷調查答覆的分布。

(7) **盒狀圖**：盒狀圖能提供資料分布、集中趨勢和變異性的視覺概覽，很適合用於尋找離群值與比較不同族群間的分布情形。

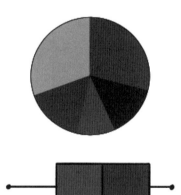

(8) **3D 模型或渲染圖**：某些領域（例如建築或工程）會運用 3D 模型或渲染圖將複雜的結構或系統視覺化。

(9) **照片**：實驗設置或使用設備的照片能幫助讀者確切理解研究環境和使用的工具，這對在實驗室或田野進行的研究尤其重要。

(10) **螢幕截圖**：在某些研究中，納入影片或電影的畫面截圖或許能幫助你說明論點（但你必須留意版權問題。若有任何疑慮，請寫信給版權所有人，像是出版社或發行商，確保你不會因此惹上官司）。

視覺輔助還有幾個該注意卻常被忽略的事項：

第一，視覺輔助的位置應該**緊鄰首次提及視覺輔助的對應文字**，以幫助讀者在視覺輔助與文字內容之間做出連結。（畢竟它是來補足、強化文字敘述的不足之處的，對吧？）

第二，一定要記得介紹視覺輔助的性質（例如：「下圖／下表／表格 X 描繪了某某某關係……」），這點很重要！就像帶朋友參加派對卻不介紹他們給別人的話會很沒禮貌，同理，**你必須明確介紹你所有的視覺輔助給你的讀者**。

最後，就像我們在第七章提過的：一個段落應該只包含一個完整的概念，而**每張視覺輔助也只該傳達一個主要的概念**。設計視覺輔助時，請以直截了當、容易理解、不要有過多資訊為原則。

5. 不該做的事：不能沒有「方法」（廢話？）

▶ 5.1　不要濫用顏色

顏色有助於區分資料，但使用太多顏色會令人分心，或是造成混淆。請使用容易區分、不會造成眼睛負擔的簡單色調。

錯誤示範：

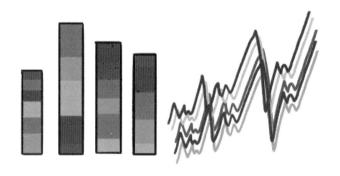

正確示範：

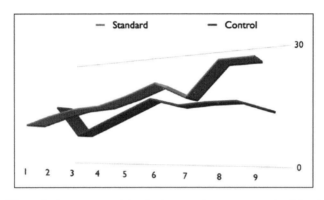

Figure 3. 3D visual schematization of the developmental trajectory trends of the standard recasts vis-à-vis the trend of the control.

　　第二張圖來自宇挺只有四個受試者的研究。請注意，宇挺的軌跡圖只用了兩種顏色，就能以清楚易懂的方式，傳達他在九週內所蒐集的參與者資料中有何關鍵模式和關係。

　　這證明了設計良好的圖表能有效表達數字背後的故事。

▶5.2　不要納入不相關的細節

　　遵守清楚和簡潔兩大原則，只納入對了解研究方法有幫助的文本描述和視覺輔助元素。多餘的細節可能會使討論偏離重點。

　　以喵喵實驗為例⋯⋯

〔這樣不行喵！〕

　　喵星人參與者包含各種品種和顏色的貓貓，包括英國短毛貓、布偶貓、緬因貓、波斯貓、挪威森林貓、米克斯等等，顏色包括藍色、白色、黑色、棕色、三色、玳瑁色。

〔為何這些是不相關的資訊〕

　　有關貓咪品種和顏色的資訊與眼前的研究無關，換句話說，**品種和顏色**並非此研究的自變數或應變數，因此無須討論。

▶5.3　不要以為讀者都懂

　　避免預設讀者具備有關複雜圖表或專業工具的相關知識。在必要時提供解釋，讓更多的學術讀者能理解你使用的視覺輔助所言為何。

　　舉例來說，芷蓉有篇論文刊登在 *International Journal of STEM Education* 期刊中，她在研究中使用了計畫行為理論 (Theory of Planned Behavior)，一個在她研究領域中很常見的理論架構。該理論可以下圖說明：

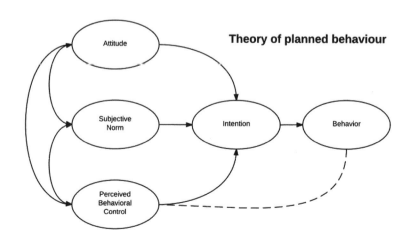

在圖表的下方，她以文字解釋圖中每一個連線分別代表什麼意義。在以下螢幕截圖中，芷蓉解釋了該理論的一部分，特別聚焦「主觀規範 (Subjective Norm)」和「行為意向 (Intention)」之間的關係（以反光標示的部分）。

> **Subjective norm**
> Subjective norm refers to social pressure that relates to an individual to engage in or refrain from a given behavior (Ajzen, 1991). These social pressures usually originate from the media, family, and schools (Ajzen & Driver, 1991). Empirical research has provided evidence for a positive relationship between an individual's subjective norm and behavioral intention, particularly in studies that attempted to investigate individuals' intentions toward technology use (Chen et al., 2018; Watson & Rockinson-Szapkiw, 2021; Zheng & Li, 2020). However,

　　儘管芷蓉用的是領域中眾所周知的理論架構，她依然為了沒那麼熟悉的讀者解釋了一次理論，確保他們能在後續的章節中理解她的論點與說明。

　　「不要以為讀者都懂」這個原則適用於各種領域。舉例來說，宇挺是個經驗老到的英語教學專家。儘管宇挺知識淵博，他很清楚，就算是他的同事，也可能不太熟悉他習以為常的術語和概念。這就好像你請朋友來家裡吃晚餐，卻預設所有人都要知道你姑婆的拿手菜是剝皮辣椒雞不放香菜，這只會讓你朋友一頭霧水。

　　因此，宇挺總是會分享必要的背景資訊，確保所有人都有同樣的認知並提供足夠的脈絡吸引讀者；但在這麼做的同時，他也會留意不要丟給讀者太多不重要的細節，避免他們腦袋過載，昏昏欲睡。

▶ 5.4 不要忽略行文的流暢和組織

最後還是不免來個提醒，分享研究方法就像從頭開始說一個故事，你的文字和視覺輔助應該遵循邏輯和條理，一步一步引導讀者了解研究流程。舉例來說，在以資料為本的研究中，你可以以這個順序組織資訊：參與者→設計與素材→工具→流程。

隨時注意你的研究方法是否符合整體敘述和呈現的邏輯，才能確保讀者能夠理解你在研究中**做了什麼**？你為何選擇如此做？你是**怎麼做的**？如同開頭我們一再呼籲的：好的研究方法能展現你研究的**可靠性和有效性，讓讀者信任你的研究過程，進而信任你的研究發現。**

◇◇

現在你知道該怎麼做了。理論說完了，該來實際操練一下了！你準備好要寫自己的食譜……不對，我是說研究方法了嗎？接下來，請時時惦記你的研究題目或研究問題，然後寫下你預計採取哪些步驟來回答這些問題！

6. 整理你的偵探檔案

　　我們為你準備了表格，供你填寫與研究相關的資訊。不必所有空格都填滿。只要挑選適用你研究的類別，盡可能填寫相關的資訊，幫助自己組織研究方法。填寫完之後，你就可以將每一個重點串連起來。

　　登楞！條理清晰、結構分明的研究方法出爐了！

▶ 6.1　參與者

族群資訊	年齡：	
	性別：	
	種族：	
	其他資訊：	
選擇標準	納入標準：	
	排除標準：	
樣本規模	參與者人數：	
	為什麼選擇這個數字：	
招募	如何找到這些參與者讓他們加入研究：	

▶ 6.2　研究設計

研究類型 (1) 實驗 (2) 準實驗 (3) 行動研究 (4) 個案研究 (5) 文本分析 (6) 其他：＿＿＿＿＿＿＿	處置或介入措施？（如果有的話）
	你是怎麼蒐集資料的？
條件與團體分配 (1) 隨機分配 (2) 平對抗平衡設計 (3) 自願分配	
盲法	如何建立**評分者間信度**？
	如何進行**規範**？

▶ 6.3　素材

使用的資源 （例如教材和問卷）	
技術性細節 （例如設備規格）	
軟體 （包括版本編號）	

▶ 6.4 研究工具（用於衡量或資料蒐集）

描述 （例如問卷調查、診斷工具）	
驗證 （工具的有效性和可靠性）	
校準	

▶ 6.5 研究流程

採取的步驟 （準備、資料蒐集、分析和後續行動）	
關於資料蒐集的時間性資訊	
關於研究方案的時間性資訊	
視覺輔助類型 （例如流程圖／甘特圖、圖表、表格、圖形、照片、螢幕截圖）	類型： 初稿（將你的想法畫成簡單的草圖）

▶ 6.6 資料編碼與分析

資料編碼 （例如你如何將資料編碼）	
資料分析 （例如資料遺失、編碼、統計流程或功率量測）	

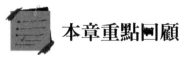 **本章重點回顧**

寫作原則	良好的研究方法應該： (1) 讓讀者看到**你的研究目標和研究發現互相呼應** (2) 確立研究的**可靠性**和**有效性** (3) 提供研究的**步驟指引**，供未來研究者複製或延伸你的研究
應納入的資訊	(1) 參與者 (2) 研究設計 (3) 素材 (4) 研究工具 (5) 研究流程 (6) 資料編碼與分析
研究方法 該做的事	(1) 留意形式：所有項目都應該有清楚的標籤 (2) 留意文字使用：寫作風格、時態，清楚與簡潔 (3) 使用視覺輔助搭配文字敘述
研究方法 不該做的事	(1) 不要濫用顏色 (2) 不要納入不相關的細節 (3) 不要以為讀者都懂 (4) 不要忽略行文的流暢和組織

九　命中注定發現你：
研究結果

距離你開始研究已經過了幾個月。蒐集資料占據你大半時間。盯著螢幕上永無止盡的試算表，反覆閱讀訪談逐字稿，你的視力越來越差。這時，你懷疑自己能不能活著離開寫論文這個大坑。

在宛如永恆的漫長時間過去後，你的研究結果終於出爐了！終點近在眼前！

但……

你驚覺自己不知道該拿結果怎麼辦。這下尷尬了……這幾個月辛勞的成果，你可不想跟偵探唬爾摩斯一樣，搞砸了最後一步……

◇◇◇◇◇◇◇◇◇◇◇◇◇◇◇◇◇◇◇◇◇◇◇◇◇◇◇◇◇◇◇◇◇◇◇◇◇

《唬爾摩斯與譁生》第九集

前陣子偵探唬爾摩斯受到當地報社邀請，寫一篇文章講述他辦過的一起案件。編輯退回了他的初稿，理由是覺得結尾來得太突然，而且就跟冷掉的薯條一樣軟趴趴，一點都不可口！唬爾摩斯大受打擊。

偵探唬爾摩斯：譁生，我已經卡關兩個星期了。我需要一些關於收尾的建議，否則我會發瘋，開始跟放大鏡講話也說不定！

譁生醫生：好，讓我看看……啊，你選的案件是「螺蜜歐與豬麗葉」，那對一起結束生命的青少年情侶……（譁生難得認真地翻閱著唬爾摩斯的大作。）你對事件的描述很詳細，但我同意編輯的看法，你收尾的方式太拙劣了！這就好像買了 LV 名牌包要送人，結果卻用垃圾袋包裝。一切都毀在最後一刻！

偵探唬爾摩斯：「這對情侶會死，都是因爲溝通不良。」這句話有什麼問題嗎？這明明是對事發經過的精確描述！

譯生醫生：讀者看起來會覺得要嘛你時間不夠，只好草草結尾，要嘛你就是態度不佳，在取笑兩名死者！不管是哪一種，都會給人不夠尊重的感覺。

偵探唬爾摩斯：好啦，掃興鬼。你有什麼建議？

譯生醫生：你可以先描寫故事中出現的每個人物、他們有什麼遭遇，最後再寫「大家都死了」的「大結局」。唬爾摩斯，說故事是一門藝術，不信你去 **Google** 看看。

偵探唬爾摩斯：你的意思是，我得先寫豬麗葉喝了讓自己假死的藥，讓螺蜜歐因爲悲傷而自殺，而豬麗葉又因爲看到螺蜜歐死了而決定眞的自殺，才能寫「大家都死了，劇終」？

譯生醫生：沒錯！就跟我們說明案情時一樣，必須說明所有細節，再用涵蓋整體的結論收尾。

偵探唬爾摩斯：也太麻煩了吧！我也想來點豬麗葉的藥，好好睡一覺。酒也可以。不然兩種都來好了……

譯生醫生：在你喝到不省人事之前，記得先修改你的稿件，否則編輯會帶著螺蜜歐的匕首找上門喔！撰寫發現時，必須留意細節和敘事結構。你可不希望讀者讀了你的文章後反而更困惑，對吧？

偵探唬爾摩斯：（碎念）……好吧，你說得對。謝了，我會好好修改文章，把螺密歐和豬麗葉的悲劇寫好的！

在本書中，我們經常將寫作學術論文比擬為說故事。你在研究上花了很多心力，一定不想跟偵探唔爾摩斯一樣過於急躁沒有好好收尾，而在發表時功虧一簣吧？

本章將介紹一些呈現研究結果的常見手法，並提供一些訣竅，幫助你在做以資料為本（無論是量化或質性）的研究時撰寫良好的「研究結果」。在那之前，我們先必須定義「結果 (Results)」和「發現 (Findings)」的差別。

1. 結果 vs 發現

「結果」和「發現」聽起來好像差不多，但在學術研究寫作領域，這兩個詞的意義有著些微差異。「**結果**」是資料分析的結果，「**發現**」則是研究者對資料分析結果的詮釋與說明（為研究結果提供意義和脈絡）。你可以把「結果」想成食材，把「發現」想成烹調過的佳餚。這兩個詞之間的差異，讓讀者能以批判性的眼光評估從結果得出的結論有效性，確保研究不只精確，而且容易入口！

因此，研究者必須先取得資料，分析出「結果」，之後再針對這個結果進行詮釋、提供意義與脈絡，並說明「發現」了什麼。

也就是說，**發現來自結果**，沒有結果，就不會有發現。此一邏輯順序說明了必須先有完整、精確的資料分析，我們的詮釋和結論才有充足的根據。

我們可以用以下範文說明結果與發現的差別：

> 爲了解喵星人對大箱子和小箱子的喜好程度是否存在差異，研究者設計實驗來針對喵星人坐進箱子的時間進行計算，並透過統計軟體來將蒐集到的資料進行 t 檢定考驗。統計結果顯示，(a) 喵星人在小箱子坐下的平均時間較短，且與在大箱子坐下的平均時間存在顯著差異性 ($t(29) = 2.45$, $p < 0.05$)。換言之，(b) 由統計分析結果我們可以發現，喵星人看到小箱子會更積極地想鑽進去坐下，顯示出他們對在小箱子坐下的喜好程度明顯高於大箱子。

以上範文說明了結果和發現之間的差異：(a) 的部分爲蒐集到數據之後進行分析所得到的研究結果（喵星人在不同尺寸箱子中坐下所需的時間），而 (b) 部分則是針對研究結果進行詮釋，賦予研究結果意義和脈絡的研究發現（喵星人偏好小箱子的趨勢）。

▶ 1.1　精挑細選

要注意的是，有時候你會需要**挑選**「其中一些」關鍵結果來呈現和說明。舉例來說，你的結果可能包含了五則資訊，但你在「研究結果」的章節中僅選擇其中兩則重點討論，因爲這兩則比較重要，且與你的研究問題最爲相關。

策略性拆分和詮釋結果，可以避免資訊量過多，將焦點維持在最重要的結果與其意義上。這種選擇性的方法對於針對實務工作者（可能不太嫻熟統計學）的研究特別有幫助。透過聚焦詮釋部分關鍵結果，你可以幫助實務工作者**理解研究的意義和影響，讓他們不會因爲看了過**

多的數據細節而消化不良。確實，這個作法近期越來越受面向實務工作者的學術期刊（例如英國教育技術期刊 (*British Journal of Educational Technology*)、外語年鑑 (*Foreign Language Annals*)、語言教學研究 (*Language Teaching Research*) 和 *ReCALL*）接受。

不過我們也需要提醒，因應領域不同，在這方面的作法也可能會有所差異！有一些研究者認為研究結果應該聚焦在呈現數據分析結果，而研究發現與討論應該保留到下一章「研究討論與結論」。因此我們建議你可以先跟指導教授討論，你們領域的論文寫法通常偏向哪一種類型。

▶ 1.2　一招不能打遍天下

上述在研究結果中選擇性呈現並詮釋關鍵結果的作法，可能並不適用所有學術領域。舉例來說，**以詮釋為本的質性研究**（例如文學批評）採用的方法，經常與以資料為本的量化和質性研究截然不同。以詮釋為本的研究會採用如以下的架構：

(1) **理論架構＋文本**：「我使用某觀點閱讀文本。」

(2) **我的詮釋與分析**：「架構揭露的事情如下。」（理想上，應該是先前沒人討論過的新穎詮釋。）

(3) **意涵**：「這個觀點讓我們學到了關於文本或世界的什麼新知？」

這些要素組成了以詮釋為本研究的核心，引導結果的呈現。如果你做的是以詮釋為本的研究，對於如何呈現結果和討論有疑問，你也許會考慮寫信給本書的作者尋求建議。我們非常歡迎你的來信。只要等個十八年，大概就能收到我們的回信了。祝你好運！

開玩笑歸開玩笑，如果你在論文寫作的途中有任何疑問，我們一律建議還是先找指導教授商量。

▶ 1.3　什麼內容能讓你怦然心動？

先讓我們暫時講回以資料爲本的研究。如果你考慮要做實徵研究 (Empirical Research)，就必須討論結果與發現，然後以清楚、邏輯連貫的方式呈現。但有時候，組織和分類大量的資訊跟整理亂糟糟的房間一樣，可能會讓人覺得喘不過氣。好在市面上有許多教人如何整理居家環境的節目和書籍（甚至還有家事整理師），同理，有些策略能幫助我們有效組織研究結果與發現。

其中一個廣受歡迎的居家整理法，是由日本整理顧問近藤麻理惠開發的「怦然心動整理法」。祕訣就是只保留能讓你「怦然心動」，帶來幸福感的物品，其餘的一切都扔掉。我們不是要你在學術寫作時完全複製這招，但是同樣的原則——**專注在眞正重要的事物上，捨棄其餘內容**——或許很有幫助！這類似我們先前提過的概念：只挑選其中一些關鍵結果呈現並解釋。

接下來，我們會介紹兩種方法，幫助你有效地組織並呈現研究結果：**漏斗式寫法和製麵器寫法**。這些策略能引導你組織發現，確保你的研究吸引人、條理清晰，而且容易閱讀。

那麼，我們首先該怎麼在混亂中找到並呈現秩序呢？

2. 看我發現了什麼！組織研究結果

研究完成後，你可能會發現自己手上有大量資料，但該從何梳理起呢？這就好像你是小學老師，必須選一位學生代表全班參加說故事比賽。班上所有學生都興奮地喊著：「選我！選我！」但你沒辦法

讓全班都參賽，所以必須做出選擇。你會選誰？爲什麼？

　　你應該會選最會說故事的學生參賽，同理，呈現研究結果和發現時，應該採用最能吸引讀者的方式，只是寫研究結果和發現時不能用「很久很久以前……」當開頭就是了。以下有一些方法供你參考。

　　最適合用來說明這些方法的實驗當然還是……我們獨一無二的貓貓實驗！

　　好的，欣賞了三天喵星人參與者們的優雅、美麗和傻勁之後，資料蒐集終於完成了！感謝貓皇大人們垂青！

　　我們將結果整理爲表格，記錄喵星人參與者在各種尺寸的箱子中坐下平均花了多少時間。結果如下表所示：

	小	中	大
平均花費時間（秒）	12.5	14.3	14.8

　　如果這是你的主要結果，該怎麼用兩種不同的方式呈現呢？

▶2.1　方法 1：漏斗再度登場

　　無論你做的是量化還是質性研究，其中一種呈現研究結果的方式是**由大到小**，先提供結果的概覽，然後再詳述細節。這方法聽起來很熟悉嗎？沒錯，就是「文獻回顧」中用過的漏斗式寫法！

2.1.1　量化研究使用漏斗式寫法

(1) 敘述統計 (Descriptive Statistics)

　　許多量化研究通常都會使用漏斗式寫法報告研究結果。這個方法通常以敘述統計開始，使用平均值、標準差和百分比等指標統整資料集的主要特徵。這些統計值能提供「**全局**」，讓我們一覽資料集的整體趨勢和分布。

(2) 推論統計 (Inferential Statistics)

　　呈現完敘述統計後，下一步是推論統計。此一階段會鑽研「**小**」**細節**，提供有關特定關係和趨勢的詳細洞見。推論統計工具（例如變異數分析、迴歸分析和多變量共變數分析）可以幫助研究者揭開隱藏在資料中，**有意義的關係和模式**。

(3) 漏斗式寫法的實際應用

　　以下範文使用漏斗式寫法描述貓貓實驗的敘述統計部分：

　　　　整體而言，喵星人受試者偏好小箱子，勝過較大的箱子。我們可以從受試者在各尺寸箱子中坐下所需的平均時間觀察到這一點。**具體而言**，牠們在小箱子 (S) 中坐下平均要 12.5 秒（標準差 = 1.8），中箱子 (M) 要14.3秒（標準差 = 2），大箱子 (L) 則要 14.8 秒（標準差 = 2.3）。

　　以上範文有效應用了漏斗式寫法，首先**整體概述**結果，說明「喵星人受試者偏好小箱子勝過大箱子」。接著範圍縮小，說明**具體細節**，條列受試者在各種尺寸的箱子坐下花費的時間，並附上標準差。像這樣從廣泛的陳述到細節的資料，就是漏斗式寫法的特色，這麼做

能引導讀者先對研究結果有一般性的認識，接著再進一步理解特定、聚焦的資訊。

但在以推論統計深入分析細節時，我們必須避免詮釋錯誤和做出不正確的結論。推論統計最常見的陷阱之一，就是**相關和因果**的差別。在進行推論時，請切記：相關不代表因果。（請默念三次：相關不代表因果、相關不代表因果、相關不代表因果。）

說白話一點，兩件事情有關聯，並不代表其中一件事是另外一件事發生的原因。舉例來說，研究結果顯示養貓的數量多寡和主人社交焦慮程度呈正向相關性，且相關性達統計顯著。透過這個研究結果我們可以推論，養越多隻貓的主人社交焦慮程度表現的分數也越高。但是這並不代表養貓是造成主人社交焦慮的原因，我們可以得知的是「兩者之間有相關」，但我們<u>**無法透過這項研究來確定他們之間是否具有因果關係**</u>。

為了避免這種錯誤詮釋，正確地使用推論統計，參考專業的統計學教科書可能會有所幫助。在此我們只想強調，推論統計能協助決定觀察到的模式是否具有**統計意義**，或者只是隨機出現。

2.1.2　質性研究使用漏斗式寫法

質性研究同樣可以應用漏斗式寫法，從廣泛的主題性概覽開始寫起，描述主要的故事或觀察到的現象。這可能包括呈現從資料得出、貫串整個研究的主題或模式。隨著分析的進行，焦點會跟著縮小，聚焦對細節的描述、敘事，或是深入探討主題各層面的個案研究，並以特定資料片段、引言或範例進行說明。

舉例來說，我們起初檢視了來自一大群喵星人受試者的各種反應，以辨別存在牠們行為和偏好中的一般性模式。我們後續訪問了透過立意抽樣 (Purposeful Sampling) 選出的八隻喵星人受試者（母體總共

有八十七隻），了解牠們在決定是否要在某個箱子中坐下時，通常會考量哪些因素。

以下是牠們的部分回答。

問題：哪些因素讓你決定在某個箱子中坐下？

喵星人受試者 A：我抗拒不了紙箱喵！

喵星人受試者 B：我很大隻，但喜歡小箱子喵！擠一點很舒服喵！

喵星人受試者 C：我喜歡比我體型要小一點的箱子喵！很有安全感喵！

喵星人受試者 D：小箱子最讚喵！屁屁裝不下也沒關係喵！

喵星人受試者 E：紙箱很棒喵！味道就像第一個奴才棄養我時裝我用的紙箱喵！現在我有新奴才了，喵耶～

天啊，沒想到會看到這麼沉重的回答。很高興那隻小貓咪已經找到愛牠的奴才了。

看過各式各樣的回答後，我們聚焦分析以上逐字稿中的關鍵字，辨別受試者特定的偏好。透過將類似的回答分組，我們就能看到共同的主題，像是對尺寸和箱子材質的偏好。

你發現了嗎？讀過逐字稿後，我們將類似的回答**分組**，找出共同的主題，並為每個類別分配**編碼**或**標籤**。分組和分配編碼這兩個步驟對於**主題分析**很重要，資料經過組織和詮釋，才能形成有意義的模式。在我們的研究中，此一分析步驟透過編碼者間的一致性得到強化，進一步增進了發現的可靠性和有效性。

經過焦點式的分析，我們可以看到受試者間存在不同的偏好。舉例來說，喵星人受試者A和E都說喜歡紙箱，而 B、C 和 D 都提到喜歡小箱子。換句話說，我們可以從這次訪談中得出一個結論：貓咪做決定時會考量尺寸和材質這兩個因素。

(1) 尺寸偏好：小（提及 3 次）

(2) 材質偏好：紙箱（提及 2 次）

人類研究者可以如下呈現研究結果：

　　貓貓實驗後與八位受試者進行的訪談顯示，多數貓咪在決定是否要在箱子中坐下時，會考慮尺寸和材質兩個要素。此一概略的觀察可以當成我們的主題性概覽〔**主題性概覽**〕，首先，我們注意到大樣本對特定類型箱子的一般性偏好。進一步的分析則聚焦這幾隻貓咪偏好的特定特質。我們觀察到一個模式：大多數的受試者顯然都偏好較小的箱子。此一詳細的發現〔**縮小焦點**〕顯示較小的箱子或許能提供安全和遮蔽，這一點很吸引本能上需要安全空間的貓咪。多數的貓咪都強烈偏好小箱子。

　　為了進一步了解這個偏好，我們在個別的訪談中深入詢問〔**深度探討**〕受試者，許多貓咪都將對小箱子的偏好與過去的正面經驗（舒適、溫暖）做出連結。材質方面，牠們則是偏好紙箱。我們在最詳盡的分析〔**特定細節**〕中探討了紙箱受歡迎的原因。受試者描述紙箱是最理想的材質，因為質地柔軟、有隔熱效果，很適合抓抓，而且很舒服，最適合貓咪休息和玩耍。

以上範文使用了漏斗式寫法，從對箱子偏好的大範圍主題性概述寫起，接著漸漸將焦點縮小到特定發現（偏好的箱子尺寸和材質），並以對個別訪談的詳細分析佐證。當然了，這篇範文只是質性研究採用漏斗式寫法的簡化版本。但即便是更複雜的質性研究，說故事要**從廣泛到細節**的原則都是一樣的！

▶ 2.2　方法 2：製麵器寫法

如果你的研究問題不只一個，照順序對付或許會是個好辦法，尤其光是一個研究問題的統計探索工作就很龐雜的時候。一次只處理一個研究問題，提供相關資訊，協助讀者跟著你的思路，以清楚、無負擔的方式**慢條斯理地拆解或解開每一個研究問題的謎題**，這在處理複雜資料集或精密分析流程時特別重要。

使用這個寫法時，你可以把原始資料想像成一大團麵團。要怎麼把它做成麵條呢？把麵團放進製麵機，按下開關，麵團就會變成一條條的麵條。你可以把每一根麵條視為研究中的不同面向或不同問題，換句話說，如果你有三個研究問題，就可以視為三根麵條。

沒有人一餐只吃一根麵條，對吧？所以你的研究題目必須經過研究過程的「拌炒」，將這些麵條統合起來做成一道菜才能供人享用。也就是必須融合來自各研究問題的發現，以提供對研究題目全面性的理解。

透過這個方法，你可以透過回答每個研究問題來組織你的發現，**以研究問題引導段落，撰寫小節。**這麼一來，你就能確保每一根「麵條」能夠適當地煮熟並混在一起，形成一道令人滿足、味道連貫的「研究佳餚」。

2.2.1　量化研究：「統計」麵條

在量化研究中應用製麵器寫法，就像把麵團做成麵條一樣，按照順序處理各個研究問題。每個研究問題都會以特定的統計工具處理，例如迴歸分析、變異數分析等等。這個方法可以確保每一個統計項目都獲得仔細的分析，並呈現在讀者面前，再接著處理下一個項目。

心理學領域經常使用這個方法。在與心理學相關的期刊文獻中，經常可以看到兩、三個實驗的描述和發現，每一個實驗都是設計來回答特定的研究問題。因此，你可以預期每篇論文都有兩到三個研究結果章節或小節，其中通常會包含相關的視覺輔助，以及對研究結果的討論，為下一個研究問題的出場做好準備。儘管每個研究問題和實驗都是專為探索不同面向而設計，所有問題最終會整合到一般討論的環節，所有發現（研究問題 1、2、3）在最後都會「拌炒」成讓讀者滿意、邏輯連貫的「研究佳餚」。

我們將這個方法拆解為以下圖示。下圖為包含兩種實驗的量化研究論文結構，每個實驗的目的都是回答特定的研究問題：

範例 1：量化研究（涵蓋兩個實驗）

(1) 實驗 1（回答研究問題 1）

　　(a) 方法

　　(b) 結果

　　(c) 討論（爲研究問題 2 做好準備）

(2) 實驗 2（回答研究問題 2）

　　(a) 方法

　　(b) 結果

　　(c) 討論

(3) 一般討論與結論

　　(a) 討論研究問題 1 和 2 的關鍵發現，整合成連貫的「研究佳餚」

2.2.2　質性研究：「敘事」麵條

　　上面簡介了量化研究與製麵器，對質性研究而言，製麵器一樣可以適用：我們可以理解爲以主題「麵團」製作敘事「麵條」。每個研究問題都經過詳盡的主題分析，按照順序探討每一根敘事麵條。這個流程能讓研究者聚焦每個主題，進行深度檢視，確保每一根「麵條」都發展完全後，再整合到研究發現，形成一道完整「料理」。

　　質性研究的製麵器寫法如下圖所示。量化研究仰賴數據資料支持其研究題目，質性研究則是納入各式各樣的資料形式（例如細節描述、觀察，和相關訪談的引用摘述），以回答各研究問題：

範例 2：質性研究（涵蓋兩個實驗）

(1) 研究結果

    (a) 研究問題 1

        • 與研究問題 1 相關的資料

        • 統整關鍵重點

    (b) 研究問題 2

        • 與研究問題 2 相關的資料

        • 統整關鍵重點

          • 研究討論與結論

製麵器寫法能有效呈現多個研究問題的發現，但這只是可供研究者用以撰寫「研究結果」這一章的其中一種策略而已！

初步比較兩種寫法，漏斗式寫法組織資料呈現的方式，是從廣泛的概覽性資料開始，漸漸縮小到更為細節的資料。這個方法能讓讀者**一開始**就獲得**完整的資料集**，幫助他們建立起基礎認知。**接著**，作者會小心翼翼地**過濾廣泛的資料**，強調最重要的發現，讓他們得以有效地**回答每一個研究問題**。

相較之下，製麵器寫法則是以比較**容易入口的分量**呈現資料，根據研究問題將資料切分成小份。這樣能讓資料比較**容易消化**，這也是近年來製麵器寫法越來越受歡迎的原因之一。

　　你可以把漏斗式寫法想成比較難懂的電影，例如克里斯多福‧諾蘭 (Christopher Nolan) 的作品。像是《記憶拼圖》(*Memento*, 2000) 和《天能》(*Tenet*, 2020)，在經過兩、三小時的複雜敘事後，所有線索最後都導向令人出乎意料又大呼過癮的結局。觀影過程中，觀眾（特別是不擅長電影分析的觀眾）心中可能充滿疑問，直到結局才會獲得解答。

　　另一方面，製麵器寫法比較像電視影集。你有想過為什麼自己有時候（或者一直都）無法抗拒瘋狂追劇的衝動嗎？除了影集中的帥哥美女以外，另一個重大的原因可能是影集將漫長的故事切分成容易消化的篇幅。花兩個小時安靜地看完一部文藝片，很多人可能做不到，但花二十分鐘看故事的一部分呢？簡單多了！

　　請注意，我們的意思並不是製麵器寫法比漏斗式寫法優秀。選擇哪一種寫法，最終取決於研究的性質、研究問題，還有特定領域或學科的慣例。

　　不管你偏好哪一種寫法，在寫「研究結果」時，都必須留意某些大原則。下一節我們將介紹的該做和不該做的事情，是無論你寫的是量化還是質性研究都適用的常見原則。

3. 祕笈區

　　本節中，在介紹「研究結果」該做和不該做的事情時，我們會使用符號幫助你了解哪些要點跟量化研究相關，哪些跟質性研究相關，圖例如下：

(1) 量化研究：■

(2) 質性研究：●

　　為方便記憶，你可以把方塊想成試算表中的格子，做量化研究時，不管怎樣都避免不了試算表的！而圓圈代表撰寫質性研究發現時應該採納的全面觀點。希望這些聯想對你有所幫助！

▶3.1　維持焦點不偏題 ■●

　　不管從事哪一種研究，維持焦點都是重點！你可能會覺得很煩，但我們還是要再次強調「少即是多」！這點在我們討論設定範圍和「文獻回顧」時就講過了，但我們還是要在「研究結果」這裡再重複一次。**聚焦能回答你研究問題的關鍵結果**，避免提供過多細節，讓讀者喘不過氣。

　　只回報與研究問題相關的重要發現，這點在撰寫有嚴格字數限制的期刊論文時特別重要，把握有限的空間，聚焦你研究中最重要的事情。即便是沒有嚴格字數限制的碩博士論文，維持焦點依然很重要，因為你絕對不希望被不重要的資訊轉移焦點，導致論點薄弱。

　　實務上，如果你做的是量化研究，那麼只需回報具有統計意義的資料，忽略不具統計意義的發現，讓讀者能聚焦在重要的數據之上。同樣地，在質性研究中，你應該聚焦呈現並討論能直接回覆研究問題、最相關、最有意義的資料。舉例來說，與其放入訪談的完整逐字稿，你可以策略性地摘錄提供有關研究題目珍貴洞見的特定陳述加以討論。

　　如果你得到很有趣，但跟目前研究問題不相關的發現，可以先保留下來。這或許會是你進行下一個研究計畫的動力也說不定呢！（這是研究者增加著作的方法之一，這招不需付費解鎖，不用謝了！）

　　呈現完事實資料後，你必須將發現連結到更廣泛的詮釋，深化你的研究。這麼做能讓你根據領域的規範清楚區分出資料與詮釋有何差別。

剛好帶到下一個要點……

▶3.2 呈現並區分事實與詮釋（假如適用）■●

正如前面所提到的，有些領域允許在研究結果中提供簡短的詮釋，有些領域則偏好研究者將詮釋留到研究討論。請先參考領域的慣例，再決定要怎麼做！

若你的領域允許在研究結果中發表詮釋，你應該客觀呈現你的重要觀察，在適當的時候選擇性地提供你對這些結果的詮釋。這麼做的同時，請確保使用適當的**引述動詞**，讓讀者能區分事實結果，以及你對結果的詮釋。

我們已在第五章詳細討論過引述動詞，在此僅快速複習一下能代表研究者詮釋的常見引述動詞：

指出 (indicate)

為……提供了證據 (provide evidence for)

暗示 (imply)

顯示 (show)

代表 (suggest)

說明 (demonstrate)

支持 (support) ……

以下句子包含事實與詮釋的陳述範例。〔方括號〕中的文字是**事實資料**，｛花括號｝中的文字則是對該資料的**詮釋**。閱讀的時候，請留意作者如何使用引述動詞標註自己的詮釋！

(1) 〔喵星人受試者在小盒子中坐下平均需要花 12.5 秒，大盒子則是 14.8 秒〕，**{這顯示受試者明顯偏好較小的空間}**。

(2) 〔我們對喵星人參與者行為的分析揭示牠們對小箱子有一致的偏好〕，**{這代表貓咪可能會出於本能尋找較狹窄的空間，以獲得舒適和安全感}**。

(3) 〔80% 的喵星人受試者在小箱子中坐下的速度比在大箱子中快〕，**{進一步支持貓咪偏好窄小環境的概念}**。

(4) 〔箱子尺寸和喵星人受試者坐下速度之間存在強烈的負相關 (r = -0.78)〕，**{這指出箱子尺寸可能是影響貓咪選擇休息場所時決策過程的關鍵因素}**。

(5) 〔資料顯示 80% 的喵星人受試者在小箱子中坐下的速度比在大箱子中快〕，**{這些結果為貓咪在選擇休息或躲藏場所時，偏好較小、遮蔽較多的空間的觀點提供了證據}**。

請注意，這並非引述動詞的完整清單。這裡只是舉例，讓你在閱讀時比較清楚要找哪些關鍵字，或是提供你寫作時可以參考的選項。

資料顯示的資訊，以及你從資料推論出的詮釋，兩者間的差異能建立起研究的可信度，所以非常重要！一方面，你能讓讀者看到你的主張受到有力的**實證**支持；另一方面，你對資料的詮釋也能展現**洞見和批判性思考**，為資料賦予意義。兩種元素都對學術論文至關重要。

▶ 3.3　納入視覺輔助 ■●

研究方法可以納入視覺輔助加強易讀性，讓讀者更容易理解你的研究設計，同樣地，在呈現發現時加入視覺輔助，也能**讓發現更為直觀**。適時加入相關的表格、圖形、圖表或影像，確保每一個視覺元素都有清楚的標示、附上標題，並在文字當中提及。

讀到這裡，你可能會想：「喂，我怎麼會知道什麼時候適合使用視覺輔助？是不是沒東西好寫的時候，就塞點圖表進去，讓論文分量看起來多一點？」

啊哈，不管是新手還是老手，我們都不該用圖表來灌水，這樣實在太侮辱我們的研究了！加上你的教授沒那麼笨，他們知道各種把戲（相信我們，他們也可能用過同一招）。

一般而言，視覺輔助有兩個用途：統整資料以及凸顯發現。

(1) 視覺化統整

製作精良的視覺輔助能像貓薄荷吸引貓咪一樣吸引讀者，幫助他們迅速理解你研究中的關鍵發現。沒錯，我們會繼續用貓貓實驗說明視覺化統整的運作方式。畢竟，有誰不喜歡貓貓呢？

研究中蒐集的資料通常很複雜，視覺輔助能協助呈現資料，凸顯其中的趨勢和模式；這提供了讀者一條捷徑，讓他們能迅速掌握全局。直方圖就是能協助達成此一目標的工具之一，適合用來表示特定值出現的頻率。

以貓貓實驗為例，直方圖可以用來呈現喵星人對小、中、大箱子選擇的分布，允許讀者快速理解哪一種尺寸最受歡迎。

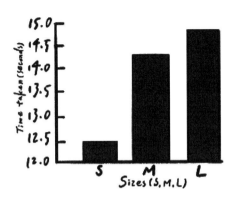

附上視覺輔助後，別忘了**描述**其意涵。就算視覺輔助能讓讀者大概認識你的發現，他們可能還是不知道如何詮釋視覺輔助中的細節。身為研究者，你有責任向讀者解釋這些細節。

以貓貓實驗的直方圖為例，研究者可以用以下方式描述：

> 本直方圖顯示喵星人受試者在三種箱子中坐下時所花費的時間（秒）。垂直刻度已經收緊，以清楚顯示每個類別之間的差異。我們看到，隨著箱子尺寸從小到大，所需時間就越多，顯示喵星人受試者通常偏好小箱子勝於大箱子。

(2) 凸顯關鍵發現

視覺輔助也能協助吸引讀者注意最重要的發現。對讀者而言，設計良好的圖表，加上清楚但充滿資訊的標籤和標題，就好像雷射燈對貓貓的作用一樣，可以讓牠們知道要往哪裡看（以及往哪撲）！

另外，凸顯關鍵發現的一種方法，是在視覺輔助中使用**不同粗細的線條**。如果你覺得有幫助的話，甚至可以使用**虛線**。

　　跟所有的圖表一樣，也別忘了為視覺輔助加上**描述**！伴隨圖表的文字可能會長這樣：

> 　　上圖以視覺圖形呈現喵星人受試者對箱子的偏好。各種箱子尺寸以不同大小的方格代表，受試者的偏好則以不同粗細的線條表示。指向小箱子的線條最粗，顯示受試者對小箱子展現強烈偏好；指向大箱子的線條最細，顯示大箱子是最不受到受試者歡迎的選擇。

　　當然，實驗越複雜，圖表就會越複雜，可能包含更多方塊、線條或其他元素。無論如何，重點是為讀者提供**將複雜資訊視覺化的概覽，以凸顯你最重要的發現**。

　　視覺輔助在研究中的重要性再怎麼強調也不為過。請記得「一畫勝千言」，也就是說，若你要寫八千字的論文，只要放一個畫龍點睛的圖表，就可以多出八分之一文字額度撰寫其他內容。放入補充文字的視覺輔助，能讓你的發現更易讀，也更好記憶。

▶ 3.4　使用適當的時態 ■●

閱讀發表的論文時，你可能會發現研究者會在研究結果中同時使用過去式和現在式。為什麼？他們搞混了嗎？還是說編輯沒有發現他們的文法錯誤？

都不是！在研究結果中同時使用過去式和現在式是有理由的，因為它們有**不同的使用情境**。

如果你不是英語母語者，可能會覺得英文時態特別難懂。以下提供一些使用時態的簡單原則。

描述對象	使用時態	原因
結果	過去式	你描述的是已經做過的事情
目前領域中的知識現狀和一般情形	現在式	你在概述領域中已經確立，尚未受你目前研究影響的知識

要為這些概念提供脈絡，請看以下兩個句子。看看你能不能不閱讀下方的解釋就區分兩者之間的差別。

(1) 貓咪通常偏好小箱子，勝過大箱子。

(Cats *prefer* smaller boxes to bigger boxes.)

(2) 喵星人受試者偏好小箱子，勝過大箱子。

(The cats *preferred* smaller boxes to bigger boxes.)

　　第一個句子是一般性的觀察，所以使用**現在式**。第二個句子特指我們的貓貓實驗，所以使用**過去式**。請注意，第二個句子的「cats」前有「**the**」，表示這裡的「cats」指的並非任何貓咪，而是參與貓貓實驗的那一群八十七隻喵星人受試者。

　　接下來，我們會在同一個段落中使用這兩個句子，讓你見識過去式和現在式在學術寫作中的不同用途。

> 　　去問任何貓奴，他們都會告訴你貓咪通常偏好 (prefer) 小箱子勝於大箱子。我們檢驗了這個主張，發現貓貓實驗中的喵星人受試者確實偏好 (preferred) 小箱子勝於大箱子！

　　這些研究結果使用過去和現在式的原則適用於各種領域，但最好還是花時間熟悉你學科特有的慣例。現在，你可以帶著有關時態的新知識，重看一次之前讀過的論文，看看你的領域是否適用這些原則。如果你的領域有不同的規範，或是發現你不懂的例外情形——老話一句，請向指導教授請教領域的規範！

▶ 3.5 以合乎邏輯的方式組織結果 ■●

呈現結果時，請使用漏斗式寫法或製麵器寫法，確保結果的組織結構有邏輯可循。

就呈現的順序而言，如果你的研究問題或假設不只一個，請你以跟「緒論」**呈現研究問題或假設相同的順序來撰寫結果**，這點在以研究問題推動的研究中特別重要。例如呈報統計數據時，**敘述統計應該先於推論統計**（t 檢定、變異數分析、迴歸分析），並要註明p值和效果量 (Effect Size)。

另一個應留意的面向是「統計資訊呈報的順序」，各類型研究在呈現統計結果時會遵循一定的邏輯。例如，檢驗兩種變數或因素之間關係的研究，每個**變數的（主要）效果**一定會在兩個變數或因素間的**交互作用（若有）**之前呈報。嘗試找出不同類型研究呈報結果的邏輯或趨勢，或許你會開始欣賞組織良好的研究結果，體會出它的美感也說不定呢！

同樣地，量化研究呈現「主題」和「次主題」時也有其順序。例如在探討「影響工作滿意度因素」的研究中，研究者可能會先列出**貫串研究的主題**（例如勞逸平衡、專業發展機會），再細究每一個類別中具體的次主題（例如彈性工時、是否有培訓課程）。此一階層式（漏斗式）的架構能引導讀者以清楚、有組織的方式閱讀研究發現。

▶ 3.6 可別忘了脈絡 ■●

無論是哪一種研究，脈絡都至關重要，因為研究不可能憑空發生！要呈現研究結果，不代表只能討論研究發現中的重點細節。

你應該把這些細節連結回**廣泛的脈絡**，與領域現況進行對話，展示你的發現對領域有何貢獻。研究性質不同，將結果脈絡化的方法也不同，以下將分別針對量化和質性研究可能適用的方法進行討論。

3.6.1 重點以外的重點 ▓

在量化面向，我們提到第一件「該做的事」是：量化研究者應該專心回報具有統計意義的資料，省略不重要的發現，好讓讀者專心在影響最大的結果上。但這不是絕對：**在某些情況下，不具統計意義的發現或許也能提供見解！**

蛤？統計學不是這樣教的！你是說真的嗎？？？

不具統計意義的發現若反覆出現在不同的指標或研究中，或許能告訴我們些什麼！不具統計意義的發現呈現一致的**趨勢或模式**時，或許能指出值得進一步探究的潛藏現象。若有更大規模的樣本，或是更精細的研究方法，這些模式可能就會具備統計意義。

此外，我們必須理解：**缺乏統計意義並不一定代表差異或效果不存在**。在某些情況下，即便差異確實存在於母體當中，**樣本規模或研究設計**可能不足以發現具有統計意義的差異。只要樣本規模夠大，或是花更多的時間，具有統計意義的差異就可能會浮現。

或者，差異可能在受試者的表現中不明顯，但**會顯現在其他面向**，例如受試者的態度或情緒變化。若是如此，你可以考慮用質性方法補充量化研究，以更深入理解你研究的現象。

假設你在研究辦公室裝潢對員工創意有何影響。

量化研究結果發現，員工發想的創意點子數量沒有顯著差異，但訪談員工後，比起在單調沉悶的環境工作，有更多員工表示在色彩繽紛的辦公室裡更充滿靈感和熱忱。這顯示了**探索研究問題多種面向**的重要性，真正的影響可能就在眼前，等待好奇的研究者去發掘！

另一件重要的事是，有時我們沒發現（介入措施）有意義的效果，是因為這種效果需要更長的時間才會顯現。舉例來說，如果你在研究新的貓玩具對貓主子的活動度有何影響，前一、兩天可能是看

不到什麼顯著差別的。但是如果你把研究時間延長數週，可能就會發現，比起沒有新玩具的貓咪，得到新玩具的貓咪活動度漸漸增加，變得越來越愛玩耍！以這個例子來說，進行長期研究，或是在較長的期間內多次蒐集資料，或許能幫助你辨識出無法立即在短期研究中看到的模式或效果。

有鑑於上述不具統計意義的結果也可能帶來有價值的洞見，在規劃和撰寫量化研究的研究結果時，你可能要考量以下問題：

核對項目	應考量的問題	行動／注意事項
樣本規模	樣本規模足夠嗎？	需要時，考慮採用更大的樣本或檢定力分析。
研究時長	研究期間恰當嗎？	針對顯現速度較慢的效果延長研究時長。
另類表現	效果有可能是以未經衡量的方法呈現嗎？	增加質性方法或替代的量化衡量方法。
方法限制	方法上的限制是否影響了結果？	評估並解決可能的設計偏差或限制。
質性洞見	質性資料是否能提供更多見解？	使用訪談或觀察等方法深化理解。
縱向效果	效果是否會隨時間浮現？	縱向後續追蹤，或是多次蒐集資料。

3.6.2 利用脈絡深化質性研究結果 ●

說故事的高手總是會清楚說明故事的前後脈絡。因此，許多電影的開場常常是環視場景的鏡頭，或以攝影機掃視全場，這是為了向觀眾確立目前的整體場景。

儘管量化研究不是電影，不太可能與遙遠國度的公主和火龍有關，但是建立全面性的脈絡依然重要。有時候，你可以在研究結果提

及研究方法的細節，即便先前已經提過也是如此（但寫在研究結果的必須是簡短的回顧，以避免冗贅）。

什麼時候這麼做是合理的呢？讓我們提供大致上的原則：**只有在方法細節直接影響對結果的詮釋，或是資料分析得出有關方法的新洞見時，才在研究結果中提及或提供（進一步的）方法細節。**

舉例來說，如果你在分析資料時發現某個訪談問題比起其他問題更能讓受訪者給出詳細的回答，你可能會想在研究結果中提及這件事，並討論這個問題如何影響蒐集到資料的豐富度。在研究結果中討論脈絡細節，一來能讓我們用更完整的方式呈現我們的研究發現，二來在研究結果中提醒讀者關鍵的脈絡細節，能加深他們對研究結果與發現的理解。

在前一章「研究方法」提供研究設計與流程的完整概要，在此章「研究結果」中重述相關的脈絡和方法資訊，能讓你的研究發現和這些特定條件連結得更緊密，也讓我們的論點和詮釋站得更穩。你可以考慮納入：

(1) **更詳盡的場景描述：**雖然在研究方法中就已經概述過，但在這裡提供有關場景的特定額外細節，能協助在物理／時間脈絡跟你的結果和發現之間做出直接連結（不只是重複敘述同樣的資訊）。

(2) **詳述參與者背景：**你可以提供先前未提及的、有關參與者族群資訊的更多細節。此外，如有任何與你研究問題相關的文化、社會或社群規範或和動態，也請呈現在研究結果中。

(3) **詳細的研究條件：**提及發生在資料蒐集過程中，獨特或前所未見的條件，可以解釋資料中的變異性，或是不尋常的發現。

▶3.7　清楚呈現主題，把故事說好　■●

分析資料時，**你可能會在資料中發現特定的主題。**

量化研究中，**趨勢**可能會以不斷出現、具備統計意義的資料的形式出現。要支持你對這些主題或概念類別的描述，你可以根據主題組織關鍵統計發現和參與者言論，並將之串連成流暢的敘事。請記得，在優秀的故事中，所有元素會以連貫的方式結合在一起，為故事要傳達的重要訊息服務。

舉例來說，如果你發現貓貓在不同的實驗和測試中都偏好小箱子，這就是一個值得進一步探索的**趨勢**。這些**趨勢**就像腳印，帶領你揭開貓咪不為人知的偏好和行為。

在質性研究中，研究者可能會發現由不同受訪者各自提出，但是**反覆出現的要點**。在先前的例子中，不只一隻的喵星人受試者表示牠們喜歡小的紙箱。貓貓實驗的量化部分專注在箱子的大小，但質性部分揭露了新的因素（材質），這也是一個值得關注的主題。一如尋找破案線索的偵探，研究者必須辨別並連結這些主題，揭發潛藏在資料當中的故事。

如果這些元素是一球毛線，作者就是編織者——你的工作是把毛線編成可以供人穿戴的衣物，像是圍巾、毛衣或是手套。同樣的一球毛線，編織的人不同，編織出來的成品也會不同；就算兩個編織者都決定編手套，他們編出來的手套可能也沒辦法湊成一雙，而且他們會有不一樣的設計，也可能運用了不同的編織技巧！

同理，請運用你的「毛線」（重要發現和來自受試者的關鍵言論），說一個引人入勝的故事。不要只是寫「資料顯示……」，或是「受訪者A表示……」，請**將不同的線頭交織在一起**，創作具有說服力又條理清晰的文章。

▶3.8　回報分析時要精確 ■

「不要在能精確時模糊」，這點特別適用於量化研究。舉例來說，你不應該寫「喵星人爬進小箱子花了<u>約 12 秒</u>」，而是該寫「喵星人爬進小箱子<u>平均花了 12.5 秒</u>」。精確性對於學術寫作很重要，能建立研究的可靠性和嚴謹度。再說，如果你用了超精密的儀器，結果得出的發現卻很模糊，不是很好笑嗎？

▶3.9　保留參與者的聲音 ●

呈現來自訪談的發現時，請**逐字引用**，允許參與者以自己的說法發表意見，而不是改寫他們說的每一句話。「換句話說」是很適合在文獻回顧中練習的技巧，但如果要分享自己的研究發現，這麼做很可能有損參與者分享資訊的獨特性。

4. 地雷區

▶4.1　避免冗贅 ■●

說白了，沒人喜歡聽人嘮叨。如果你已經用表格和圖形呈現過某些資料，就不要再用文字重複一遍，因為這麼做沒有意義。你的文字應該是提供不一樣的內容，賦予資料意義，或是展示你對於發現有何觀點。

▶ 4.2　不要過度概括發現 ■●

無論是量化還是質性資料，請保持謹慎，不要過度一概而論。

若你做的是量化研究，請記得評估**樣本的代表性**，並在試圖概括發現時保持實際。同樣地，在質性研究中，研究者通常會執行與特定**脈絡**相關的研究，因此，發現可能不太能概括。請清楚描述你研究結果的範圍和適用性。

舉例來說，我們的貓貓實驗有統計發現（量化資料）和來自喵星人參與者訪談的主題（質性資料）。這些發現都很有意義，但無法用來把全世界的貓貓一概而論。

例如，我們將喵星人受試者的範圍限制在兩公斤到八公斤之間，因此，此一研究的發現就無法適用落在這個範圍之外的貓貓。而且貓貓實驗是在實驗室環境中進行。這也可能是影響貓貓行為的因素之一，在自然環境中，喵星人受試者的行為模式可能會有所不同。另外，我們選出了八隻喵星人受試者進行訪談，也必須面對牠們的意見能否代表廣大喵眾的問題。

▶ 4.3　（盡可能）進行三角驗證 ■●

無論你做的是量化還是質性研究，都應該避免仰賴單一方法或資料來源。使用三角驗證可以透過比較**不同觀點或資料來源**，加強研究發現的可信度。你一定看過電視劇或電影中的法庭戲，法庭審理案件的方法就是三角驗證的良好範例。要將嫌犯定罪，法院需要不同的證人出庭提供證詞。若五名證人、監視攝影機畫面和犯罪現場的證據都指向嫌犯有罪，那麼嫌犯被定罪的機率就很高。

證據越多，主張就越確鑿。三角驗證在學術研究中的運作方式跟在法庭一樣。三角驗證能證實發現、消除偏差，並提升從資料得出的結論有效度，因此對研究相當重要。你可以把三角驗證中使用的每一

種方法當成證人。他們的證詞能以不同方式爲你的主張做出貢獻！

使用「三角」交叉法，用三種不同的方法測試一項主張，然後比較結果。如果結果一致，恭喜你！這代表你的主張得到充分支持。如果結果不一致，就該進一步探究原因了。

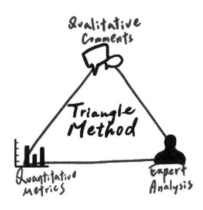

研究者可以運用多種方法和來源**交叉驗證**結果，確保詮釋並未因爲受限於單一方法而扭曲，例如你可能會將量化和質性方法混搭使用，以達成三角驗證的效果：讓我們可以**更全面地理解**你想要研究的現象，因爲不同方法能揭露原本可能遭到忽略的面向或細節，我們更可以藉由三角驗證強化研究發現的可靠性和說服力。

聽起來很讚！但我什麼時候可以，或應該使用三角驗證呢？

很高興你問了！我們強烈建議在以下三種情境中使用三角驗證：

(1) 處理**複雜或具有爭議性的研究題目**時，仰賴單一方法或來源可能得出不完整或具有偏差的結論。

(2) 研究發現可能**對政策有重大影響**時，使用三角驗證來驗證多種來源的資料，能爲行動提供更強而有力的支持。

(3) 進行**探索性質或前導研究**時，在你對大規模研究計畫投注大量資源之前，三角驗證能你協助找出研究設計中潛在的限制或不一致性。

我們的貓貓實驗該如何使用三角驗證呢？貓貓實驗能得出顯示喵星人受試者對箱子尺寸偏好的**量化資料**。由於貓貓實驗的發現可能對政策有深遠的影響，（世界各地的貓奴們都想知道哪一種箱子尺寸最能取悅主子！）我們運用了三**角驗證**，對德高望重的喵星人受試者進行訪談，了解評估箱子尺寸時的思路歷程，藉以**驗證實驗發現**。

除了確認統計發現和允許研究者更細緻地了解貓貓的偏好以外，三角驗證對於消除偏差也很有幫助。

▶ 4.4　避免偏差 ■●

詮釋和呈現研究結果時，必須留意個人偏差參雜其中。個人偏差有兩種形式。

其中一種個人偏差來自**既有的假設和態度**。我們假設在貓貓實驗的過程中，你漸漸喜歡上了一隻橘貓受試者（就叫牠金桔吧），因為牠長得特別可愛，融化了你的心。儘管牠並沒有提出任何值得一提的論點，你還是決定排除萬難，在論文中逐字引用牠說過的話（據說世上所有橘貓輪流共用一個腦細胞，訪談當天很可能不是輪到金桔）。

於是，因為引用金桔（？）導出的論點其實不甚理想，導致你在研究結果中的發現得不到良好的支持。如果你真的選擇這麼做的話，那麼你確實讓你的情感（個人態度上的偏差）影響了判斷，進而削弱了你的論點。

另一種個人偏差，出現在**你的發現無法支持假設的時候**。對許多研究者而言（尤其是研究新手），這感覺就像是被宣判了死刑！畢竟你在研究上花了那麼多時間，結果卻得到跟希望南轅北轍的結果。

「我的努力都白費了嗎？我是不是失敗了？這是世界末日吧！」

新手研究者，還不到放棄的時候！得到意料之外的結果，並不代表你的研究毫無意義。正好相反，意料之外的結果能讓你做出比預期更有趣的研究！

所以請不要忽略**反面案例、預期外的結果和離群值**。許多新手可能會想要忽視甚至竄改資料，（作者們：⋯⋯）讓它們更符合研究問題，但這是絕對不行的 NG 行為，徹底違反了學術倫理和科學精神！

於是有良心的你只好說：「好，我發誓會遵守學術界的規則，但我該拿這些令人沮喪的結果怎麼辦？我還想畢業欸！」

問得好！

4.4.1 不要忽略量化研究中的反面案例 ■

宇挺年輕時也差點墮入魔道 —— 可見誘惑的力道有多強！謝天謝地，他的指導老師即時把他拉回正途，否則我們今天就不會寫這本書，而他到今天都還會戴著羞恥圈！

宇挺的故事

假設不成立怎麼辦？

我年（智）少（商）輕（有）狂（限）的時候，曾誤以為論文的研究假設必須完全獲得驗證，否則研究就算失敗。

就這麼好巧不巧，真的讓我蒐集到了一些不符合研究假設的資料。我帶著沉重的心盯著這些資料，沮喪到想把筆電拿起來摔爛，但幸好，貧窮阻止了我這麼做。

我知道竄改資料是學術界的禁忌，但我也無法忍受放棄寶貴的資料呀！它們宛如我的孩子，我卻沒辦法幫它們找到好的「歸宿」。

於是，我帶著罪犯到警察局自首的心情，找上了指導教授，心裡想著這就是我學術生涯的終點了。再會了，老師。再會了，學術界。但令我意外的是，指導教授竟然說：「安啦。」

好吧，她沒有真的說「安啦」，但大概就是這個意思。

簡單來說，她把研究比喻為探索的旅程，旅程中充滿了許多預料之中和預料之外的發現。她說：「如果你所有的假設都得到支持，就只是費盡千辛萬苦，證明其他研究者一直以來都是正確的。這有什麼好玩的呢？」

她指出**有趣的發現經常來自假設不完全成立的研究**——這些發現偏離了當前研究的主流路徑。**研究的目標並非證明假設正確，而是踏上一場邁向未知的冒險。**我們必須做好準備，無論發現什麼意料之外的事，都要勇於接受。宇挺就像水手，他的船為了避開暴風雨而改變航向，結果意外發現一座新的島嶼！

觀點轉過來後，我明白了下一步該怎麼做。與其對抗風雨，我會與之共舞！我不會再無視反面案例和預料之外的發現，而是仔細地把它們記錄下來。結果與假設的差距將是我「研究討論」中吸引人的立論基礎，讓我的論文一問世就驚天地泣鬼神！（對，還是那個年少輕狂的我！）

備註：結果那篇研究並沒有驚天動地，讓我有點失望。

宇挺的故事告訴了我們什麼？如果你只能記得一件事，請記得：反面案例就像燃料，能讓你寫出爆炸性的「研究討論」！這麼說是有點浮誇，但我們的重點是，反面案例能提供你討論如何處理資料的「談資」。處理假設與發現間的差距，能讓你的研究更有深度、更可信度，讀起來更刺激。

4.4.2　注意：故事不要只說一半 ●

進行訪談的量化研究者可能會發現規範的例外。

舉例來說，貓貓實驗量化部分後執行的訪談中，多數喵星人受試者都同意小箱子是牠們的首選，只有一隻不合群的喵星人（還會有誰呢？當然是金桔）說比較喜歡大箱子。聽到牠這麼說，你可能會心頭一沉，這小子顯然是刻意標新立異，找你的麻煩！但當你看到牠圓圓亮亮的雙眼，便轉念心想：「牠不可能這麼壞心的！」

所以你該怎麼辦呢？

首先，如果你在訪談中得到意料之外的結果，可別忘了，受訪者就在你面前！如果他們的回答出乎你的意料，就**繼續追問**。

這是訪談等質性研究方法的一大優勢，能讓你**深入**想進一步了解的面向，而且通常是當下就能進行，讓你可以獲得有關欲調查現象的

新見解。某些量化學者以質性方法搭配量化方法，還有另一個主要原因——深入了解研究題目中的「為什麼」！

讓我們回顧金桔的訪談，只有這小子說牠偏好大箱子勝過小箱子。在這個情況下，身為訪談者，你可能繼續追問以下問題，以了解金桔為什麼跟其他喵星人受試者有不一樣的看法。

訪談逐字稿（金桔）

訪談者：你為什麼最喜歡大箱子？

金桔：空間大！可以翻滾！喵耶～

訪談者：那小箱子呢？你有什麼想法？

金桔：也不錯！但不能翻滾！翻滾好！翻滾讚讚！

好，我們知道這隻調皮的喵星人回答與眾不同的原因了。即便你覺得金桔很呆，還是必須記錄牠的回答，並在論文中進行討論。你可以在主文中引述牠回答的一部分，然後在論文最後的附錄中附上訪談逐字稿。

簡短的討論可能會長這個樣子：

在訪談中，其中一隻喵星人受試者（橘貓），提到牠偏好大箱子勝過小箱子，原因是大箱子才有空間讓牠「翻滾」。金桔究竟只是離群值，還是這是橘貓間常見的偏好，可以作為未來研究深入探討的主題。

我們的重點是，你應該在遭遇反面或預料之外的結果時將它們記錄下來，並討論你如何處理這類資料。如果結果在你預料之外，就坦白這麼說，遇到規範的例外時也一樣。你也可以指出這些結果是離群值，或可以作爲未來研究的題目。

▶ 4.5 別使用太多視覺輔助 ■●

先前我們提到使用視覺輔助能以簡潔、直覺的方式呈現資訊，也很贊成大家使用視覺輔助，但這不代表你得在論文中到處使用視覺輔助。俗話說得好：「物極必反」。

還記得尋找眞愛的雅婷嗎？在小提琴花美男之後，她曾經告訴一個男生她喜歡吃麻辣火鍋，於是對方帶她到了一家知名的麻辣火鍋店。原本約會進行得很順利，結果男方一直往湯底裡加朝天椒，直到辣到讓兩人都無法承受爲止。（當然兩人後來沒有再約。）

總之，雅婷這場災難性的約會告訴了我們「物極必反」、「過猶不及」的道理。成語眞是充滿了智慧，對吧？

如果你發現自己用了太多視覺輔助，可以重新看過一次，看看能不能合併其中一些。找出視覺輔助的「甜蜜點」，**在簡潔和清楚之間取得平衡吧！**

▶ 4.6 不要納入原始量化資料 ■

原始量化資料、計算過程和訪談逐字稿應該收錄在附錄。

這些素材都非常重要，但比較像是過程，而不是成品。在研究結果中，你應該聚焦成品，也就是**你在進行研究後獲得的新資訊**。「過程素材」比較偏補充性質，所以不應該納入主文當中。

▶ 4.7　不要過度引用 ●

引用參與者的回答有保留其經驗真實性和獨特性的好處，但引用過度可能會造成反效果。你不應該將直接將逐字稿的一大段文字複製貼上到論文當中，而不展現你的思路歷程。如果你的論文被冗長的引用占據，問題就大了！尤其是有嚴格字數限制的期刊文章，因為你呈現分析、詮釋發現的空間會不夠，而這些才是研究最重要的部分。

為避免落入這個陷阱，請引用與你的主題、研究題目或研究問題**最相關**的回答。若有任何引用（或是引用中的一部分）沒有直接關聯，你必須重新思考是否有必要將它們納入論文當中。你可以考慮將逐字稿放到附錄就好！

無論你從事的是量化還是質性研究，我們希望以上要點能對你有幫助，請記得研究結果的重點是**以有組織、簡潔的方法凸顯與你研究題目相關的重要發現**。每個研究者呈現資訊的方式可能會有所不同，甚至是同一個研究者撰寫的不同論文，取決於研究題目，有可能也會有所差異。要找到最適合你的方式，最好是從組織自己的研究結果開始。把你的素材準備好，搭配以下練習開始整理吧！

5. 牛刀小試

蒐集了幾週、幾個月的資料之後，好戲終於要上場了！以下練習的目的能幫助你撰寫呈現研究結果的大綱。

(1) **研究問題：**請記下你的研究問題，讓你可以根據問題組織資料。這項練習能確認你是否已經針對研究問題給出完善的回答。整理完資料後，你可以根據漏斗式寫法或製麵器寫法組織你的結果。

(2) **關鍵資料／證據：**量化研究中的關鍵統計數據，還有質性研究中的關鍵引用，能回答你的研究問題，並證實或推翻假設。你手邊可能有很多資訊，可以利用現在仔細篩選這些資訊，分辨哪些有助你寫出說服力十足的論文。

(3) **解讀：**你對關鍵發現的解讀。請在此說明發現對你的研究有何意義。

研究問題	關鍵發現	詮釋
研究問題 1：		
研究問題 2：		
研究問題 3：		

　　希望這個小練習能幫你在混亂中找到秩序，更清楚了解你的發現能如何支持（或推翻）研究問題。無論如何，概述研究問題和發現之間的連結都很重要，因為這個連結將影響你最終詮釋結果的方式，而這部分大多將寫進接下來的「研究討論與結論」！

　　終點線就快到了，撐下去啊！

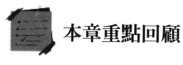 **本章重點回顧**

寫作原則	良好的研究結果應該： (1) 聚焦研究問題，**維持相關性** (2) 針對關鍵發現提供詳細說明
組織方法	(1) 漏斗式寫法→先提供結果概覽，然後詳述細節 (2) 製麵器式寫法→根據研究問題組織結果，根據研究問題呈現的順序，同時回答
研究結果 該做的事	■ 量化研究 ● 質性研究 (1) 維持焦點不偏題 ■● (2) 呈現並區分事實與詮釋（假如適用）■● (3) 納入視覺輔助 ■● (4) 使用適當的時態 ■● (5) 以合乎邏輯的方式組織結果 ■● (6) 可別忘了脈絡 ■● (7) 清楚呈現主題，把故事說好 ■● (8) 回報分析時要精確 ■ (9) 保留參與者的聲音 ●
研究結果 不該做的事	■ 量化研究 ● 質性研究 (1) 避免冗贅 ■● (2) 不要過度概括發現 ■● (3) 不要忘記三角驗證 ■● (4) 避免偏差 ■● (5) 別使用太多視覺輔助 ■● (6) 不要納入原始量化資料 ■ (7) 不要過度引用 ●

那些年，我們一起寫的
最終章：結論與討論

經過重重萬難，終於來到最後一節、最後一章、最後一哩路了！在先前的章節中，我們討論了如何呈現你在研究過程中蒐集到的客觀事實和數據。現在，來到論文的最後一部分，是時候讓你這位研究者登上舞臺，大放異彩了！

如果你還記得，在十萬八千里遠的第一章中，我們談到學術寫作有時就像通靈，研究結果就像靈異現象（特別是對讀者而言）：「這些顯靈的阿飄究竟要告訴我們什麼呢？」想理解它們要傳達的訊息，就是在「研究結果」中對關鍵結果進行分析。你就是一位靈媒，將靈體製造的超自然現象「翻譯」成（活）人能理解的語言。

BUT！這樣是不夠的。接收並翻譯這些訊息之後，我們還要更進一步給予回應，或幫這些「好兄弟」實現它們的請求，例如「挖出我埋在隔壁老王家院子的木箱，裡面的寶藏就是你的了。」換句話說，在搞清楚靈體發出的訊息後，你要採取的下一步就是解讀。

這和我們在「結論與討論」要做的工作很相似。在這一章節中，你應該**同時進行回顧和展望**：經由回顧來總結關鍵發現並評估研究限制，再透過展望來討論你對該領域的貢獻，以及你的研究延伸出的潛在研究議題。

簡單來說，在「結論與討論」中，你要回答的主要問題是：「我們學到了什麼？」就像童話故事背後都隱含著「**寓意**」，你的論文也應該提供讀者你自身的主觀討論，以及研究帶來的啟發。說到童話故事，我們碰巧認識一位這方面的專家——就是我們的大偵探唄爾摩斯，想不到吧！（都到這章了，還有誰想不到？）

《唬爾摩斯與譁生》第十集

受到當地警察局的邀請，唬爾摩斯要寫一篇關於公共教育的文章。左思右想後，這位大偵探決定寫那個他和譁生稱之為「小轟帽」的案件。在這個案件中，一位小女孩差點被一個假裝成她外婆的陌生人綁架，還好在千鈞一髮之際，警察趕到並在女孩上車前拯救了她。

擬好草稿後，唬爾摩斯決定讓譁生先睹為快。

譁生醫生：哈哈哈，你滿會講故事的嘛！我特別喜歡這幾句：

　　小轟帽：「外婆，您的手好大呀！」

　　壞蛋：「這樣才更容易抓緊你呀，我的小寶貝。」

　　小轟帽：「外婆，您的車好大呀！」

　　壞蛋：「這樣才更容易綁架你啊！！！」

譁生醫生：唬爾摩斯，我懂你的梗！你巧妙地改編了經典童話的對白，讓它符合這個現代綁架未遂案的情境！

偵探唬爾摩斯：「巧妙」這個詞用得好！這的確是我的人生代表作……你覺得這篇文章能讓我贏得臺灣文學獎嗎？我該穿什麼參加頒獎典禮？黑色永遠不會出錯，但……

譁生醫生：等一下，別得意忘形！這個草稿還有很大的修改空間！

偵探唬爾摩斯：吼！你剛不是說很巧妙？又怎麼了？！

譁生醫生：嗯，這麼說吧，你描述**過程**和**結果**的功力的確有進步，但缺乏對故事意義的**討論**。這個故事的寓意是什麼？我們又能從中學到什麼？

偵探唬爾摩斯：呃，阿災，「這個女孩頭腦不靈光」？

譁生醫生：不是！再想想看，不要那麼機車。

偵探唬爾摩斯：好啦……或許她該換副眼鏡？

譁生醫生：不是！我是覺得你應該多談論「陌生人危險 (Stranger Danger)」的概念，提醒小朋友在與陌生人互動時要保持警覺。身爲作者，我們必須留給讀者重要訊息，而不是在敘述完最後一個事件就結束了！一個強而有力的結論能夠闡明你的觀點，讓故事更有影響力。

偵探唬爾摩斯：譁生你啊，就是個天生的掃興鬼。不過，我相信你一定能幫我把這部分寫好，畢竟你的腦袋瓜眞是好大呀，譁生！

譁生醫生：這樣才更容易對付你啊，唬爾摩斯！來吧，我們一起合力讓這個故事成爲讀者巴不得「狼」吞虎嚥的神作吧！

◇◇

　　如果要說一個好的寓言故事教會了我們什麼，那就是它一定有清楚的訊息要傳達給讀者！你可能會發現，學術寫作和寓言故事的相似程度，其實比你想像中來得高喔！

　　在論文的結論與討論章節中，你可以**針對蒐集的數據發表個人見解**，特別是如果你的學科領域不鼓勵在研究結果中解讀數據，結論與討論便能夠成爲你表達自我的舞臺。即便你已經在研究結果中提供了一些初步的數據詮釋，結論與討論仍然是你能夠深入探討並**賦予研究結果意義**的好所在。

　　值得注意的是，在某些學科中，結論與討論會被**分成兩個獨立的部分**，但是在另一些學科中，則會將它們**結合成一個章節**，使論文篇幅更爲精簡。這兩種方式沒有絕對的對錯，因此在開始寫作之前，可以先列出你希望在結論與討論提及的內容，讓自己有更清晰的概念，

再決定要分開或合併呈現這兩個部分。再次強調，當你拿不定主意時，尋求指導教授的幫助就對了！畢竟，教師教書，指導教授提供指導，這本來就是天經地義的事。

不過，在你衝進教授的辦公室前，最好先做好準備，這樣你們的討論才能達到最佳效率！

1. 爲何要寫：爲什麼要討論研究發現呢？

身爲一位寫作初心者，你可能會想，爲什麼非得詮釋和討論我的發現，給那些比我更有經驗、更了解這類研究的讀者看呢？而且，萬一我的解讀不是最好的怎麼辦？萬一我的文字就跟我的自我感覺一樣蠢怎麼辦？？？

首先，請容我說一句：「你一點也不蠢！」你已經翻山越嶺走到這一步，光憑這點就說明了你的才智和毅力不容小覷。

現在，回到你的問題，結論與討論之所以重要，是因爲它**展現了你的個人聲音，並將你的研究與更廣泛的背景脈絡連結起來**。你的分析體現了你對某個問題的獨特見解，而這可能是一個前無古人的**新觀點**。如果是這樣，這將是你對自身領域的珍貴貢獻！

2. 要寫什麼：結論與討論的基本要素

在這一節中，我們將告訴你如何撰寫學術論文的結論與討論。值得注意的是，雖然我們針對不同類型的研究分別提供了建議，但它們背後的書寫邏輯是相同的。先閱讀下方的所有範例，再決定哪種最適合你的研究吧！

▶ 2.1 量化研究：這些數字要告訴我們什麼？

結論與討論是你的論文中相當重要的一部分，因為我們將在這裡迎來大結局——透過討論研究發現的重要性，以及對領域的貢獻，你將正式成為學術界的一員！（來賓請掌聲鼓勵鼓勵！）你可以想像結論與討論就像是一場盛大的劇場表演，你努力了好幾個月要讓這齣戲一鳴驚人，而這個章節就是你在學術百老匯上大放異彩的機會！

每個劇場製作都是由不同元素組成，結論與討論也是如此。在下方，我們首先概述了這一章節包含的關鍵要素，並將其與劇場元素進行類比，再深入說明每個要素：

(1) **劇本：關鍵結果**

(2) **背景：將研究發現脈絡化、詮釋，並基於證據進行解釋**

(3) **角色：文獻比較**

(4) **化妝和髮型：研究貢獻和／或涵義**

(5) **聲音與燈光：研究限制**

(6) **謝幕：未來研究方向**

當所有元素都準備就緒，接下來要說的就是：「預備！五、四、三、二、一，開演！」

2.1.1 劇本：關鍵結果

既然「結論與討論」緊接在「研究結果」之後，我們首先要提到的當然是……研究結果！

「什麼？我不是上一章才剛呈現研究結果嗎？讀者的記憶力難道都像金魚一樣嗎？」

當我們在處理一系列的統計報告或數字時，相對容易遺忘重要的研究結果。因此，我們建議你先描述**關鍵結果**，專注於那些精挑細選後的發現，而不是每個單一數據，這樣你的讀者就能將注意力集中在最重要的地方。

在「討論」的部分，你可以提供**詮釋**（說明這些數據代表什麼），**將結果轉化為研究發現**（如果你先前還沒這麼做）。為了喚醒你的記憶，在討論研究結果的前一章中，我們分享過在撰寫研究結果時，某些領域的慣例是只呈現結果（不進行詮釋），而其他領域則傾向將結果轉化為發現（帶有詮釋）。

如果採用了後者（只呈現結果而不進行詮釋），你的詮釋在研究結果中可能是比較初步的，你仍會需要在討論部分將你的研究發現脈絡化。

（但脈絡化是什麼意思？請見下段分曉！）

2.1.2　背景：將研究發現脈絡化 → 詮釋 → 基於證據進行解釋

將研究發現脈絡化，指的是**將你的結果與相關研究比較，並進行討論**。也就是**在你的研究的脈絡下**詮釋你所得到的結果，包括人口統計變數、參與者背景和其他相關因素。

研究的脈絡就如同一部戲的背景，而提供脈絡就像是為故事設定發生的舞臺。想像一下，相同的愛情故事發生在太空船裡和16世紀的日本，聽起來的感覺也會大有不同，對吧！同樣地，在學術研究中，研究者應該將研究結果與學術脈絡相連結，並透過詮釋將統計數據轉化為對讀者來說有意義的見解。

詮釋之所以重要，是因為單靠數據無法回答研究問題。只有當研究者對數據進行解讀時，才能**建立數據與研究問題之間的關聯**。

要記得，在進行這樣的詮釋時，所有解釋都必須與數據密切相關。**基於證據的解釋**，指的便是<u>透過數據支持來詮釋研究結果</u>。在第一章 5.1 小節中，我們談到了如何**結合證據和主張**，（還記得我們「不是」多管閒事的鄰居吧？）結論與討論就是這些概念派上用場的地方！在這一章節中，你應該要為觀察到的結果和數據（「證據」）中的模式提供合理的**「主張」**。

我們稍後會更深入地討論如何將證據連結至主張。在那之前，先繼續來看看「討論」部分的其他要素吧！

2.1.3　角色：文獻比較

在第七章中，我們談到在「文獻回顧」中將你的研究與現有文獻連結起來的重要性，而這個連結，在「討論」部分也同樣至關重要。

文獻比較要做的，是檢視你的研究結果與現有研究之間的關係，藉此讓你的研究在該領域的知識體系中找到自己的定位。你可以把你的研究想像成一齣大戲中的其中一個角色，它會與其他角色進行對話。通常，角色會回應其他角色，以推動對話的進行，並透過不斷建構彼此的想法來創造更多意義。這正是學術研究應該做的 —— **彼此對話，並拓展對特定領域的了解！**

(1) 該進行排練了！

在繼續往下之前，我們會示範如何將「劇本」、「背景」和「角色」結合，形成「討論」的第一部分。在下面的例子中，你可以看到如何將這三個元素整合，並作為「討論」的開頭。比起單純重述「研究結果」中的發現，這個作法是不是有趣得多呢？要不然，內文很有可能會變成一段沉悶的獨白，讓觀眾昏昏欲睡（呵欠）！

「(a) 根據我們的分析，85% 的學生在參加同儕輔導課程後，考試成績皆有所提升。(b) 這顯示同儕輔導對學業成績有很強的正面影響，也解答了我們欲探討這兩個變量之間關係的研究問題。(c) 同儕輔導的有效性可能源於它能提供個人化的教學、增加參與度，並促進合作學習的環境。(d) 這些發現與 Smith 等人 (2022) 的研究一致，其同樣也陳述了透過同儕輔導在學業成績上的相似提升，不過我們的研究顯示了更高的提升比例。」

(a) 仔細挑選**關鍵結果**

(b) **詮釋**關鍵結果以回應研究問題

(c) 為詮釋提供**基於證據的解釋**

(d) **文獻比較**

呼！這就是我們的第一次排練，還不算太差，對吧？接下來，為了不讓你被舞臺的魅力和演出的興奮沖昏頭，快先來看看幕後在做些什麼，順便抽絲剝繭一番吧！

(2) 為什麼要先排練？

這種戲劇式排練法十分重要，因為並非所有人都精通「統計語」。將你的原始數據轉換成上述的「四幕劇」，能夠確保你的觀眾（不管他是統計專家還是研究菜鳥）就算沒有高階統計博士學位，也能被你這齣戲感動得不要不要的。

要記得，你的目標是讓讀者滿意且有所啟發，而不是讓他們急著 Google 翻譯這些「統計語」，或懷疑自己誤闖了某個數字巫師的祕密組織！以這種方式呈現你的研究發現，不僅能讓讀者津津樂道，更是在宏偉的科學知識劇院中，循序漸進地加深他們對你研究的理解！

(3) 眞人製作實例

為了進一步示範如何透過**詮釋**和**基於證據的解釋**將**關鍵結果**與**脈絡化的研究發現**連結起來，我們引用宇挺的一篇論文，節錄了討論段落的開頭部分。

閱讀這段摘錄時，請注意每行文字所扮演的不同角色：深底色部分爲宇挺的詮釋，淺底色部分是宇挺的解釋，而中間有底線的句子則是這些詮釋和推論所依據的數據。

Notwithstanding, one interesting finding stands out and begs for further explanation. While full transcription of oral text proved to be useful in enhancing the more-caption-reliant learners' listening comprehension, this study also found that the more-caption-reliant learners assigned to the no-caption condition performed similarly well with those under full and real-time caption conditions. This finding, which appears to contradict the aforementioned account for the prominent role of captions for the more-caption-reliant learners, requires further explanation. Nearly half of the more-caption-reliant learners in our study ($n = 20$) – 16 of which came from those assigned to the no-captioning viewing environment – indicated in the exit interview that when captions were not available, probably due to their keen preference for visual input, they would pay more attention to other available subtle paralinguistic or nonlinguistic visual clues (e.g. facial expression, hand gestures) that may not be attended to by other the less-caption-reliant learners for meaning interpretation. Interestingly, none of the less-caption-reliant learners noted this

你會發現，在上方的節錄中，只要情況合適，**解釋和詮釋都是基於從參與者蒐集到的數據**（有底線的句子）。意思是，即使解釋和詮釋可能包含研究者對數據的主觀看法，這些見解也應該要基於蒐集到的證據，無論是**直接證據**（例如訪談中參與者的回答）還是**間接證據**（例如觀察到的參與者行爲模式），而不能僅是臆測。

(4) 呃，好像有點卡關？

但假設你遇到一種情況，是你的數據無法爲你的發現提供清楚的解釋，那該怎麼辦？假如無法從蒐集到的直接或間接證據中獲得解

釋，有一種退而求其次的策略，那就是**參考具有類似重點或背景的研究**（尤其是先前<u>已被探討過的研究</u>），藉此尋找可能的解釋。例如，在我們的貓貓實驗中，就可以這麼說：

> 「雖然我們的數據顯示貓咪對小盒子的明顯偏好，但並無法解釋原因。」然而，<u>Whiskers 等人 (2022)</u> 先前的研究表示，狹小空間能給予貓咪安全感，這在某種程度上解釋了我們的觀察結果。我們還需要進行進一步地研究，確認這樣的關聯是否適用於我們的研究情境。」

這種參考以前研究的方法，不只是數據不足時的最後手段（我們沒那麼壞），而是在所有情況下都相當重要的一種作法。事實上，無論你的數據是否能提供清楚的解釋，我們都強烈**建議你將關鍵發現及其相應的解釋，與先前探討過的相關文獻進行比較**。

想像你要幫自己的研究辦一場晚宴，你一定不希望你的研究成果孤零零地坐在角落，對吧？邀請先前的研究一起加入，你不僅在扮演一位好的東道主，也是讓你的研究結果與現有研究體系相互交流。

(5) 製作宣傳文宣──總結

總體來說，在「討論」部分，這場文獻比較的學術晚宴能發揮幾個作用：將你的研究發現脈絡化，使你能夠根據既有的理論提出解釋（畢竟開創性的想法也需要透過專業的表演者來呈現），並讓基於數據得出的結論保持學術誠信。

此外，這場宴會也能讓大家知道，你的研究能夠很好地與學術戲劇界的其他研究共事。（沒有人喜歡跟大頭症天王天后合作！）將你的發現與現有文獻結合，不僅提升了研究的可信度，還能夠促進該研究領域的持續討論。

2.1.4 化妝和髮型：研究貢獻 (Contributions) 和／或涵義 (Implications)

現在我們已經把一齣戲的主要元素都搞定了，接下來就來點最後的修飾吧！在解釋完關鍵結果並將它們與蒐集到的證據對照分析後，依照邏輯，下一個步驟就是討論你的關鍵發現在**理論和／或實際上的涵義或貢獻**。

具體來說，就是要解釋這些研究發現如何支持、反駁或修正該領域現有的理論或模型。你也可以討論這些發現的**實際應用**及其對相關行業或社會的潛在**影響**，也就是你的研究結果能夠如何應用於現實世界，藉此改善工作實踐，或為從業人員、政策制訂者或其他相關的利害關係人提供具體建議。

強調你的研究貢獻和影響，就像化妝師和髮型師透過專業幫演員**凸顯最出色的特點**！在結論與討論中撰寫研究貢獻和／或影響時，你應該融合、修飾和凸顯你研究的最佳部分，將它們編織成一件華美的戲服，全力展現這個研究的風采！

為了讓你更了解如何有效地呈現研究貢獻和／或影響，我們先來看看貓貓實驗及其在現實世界中的影響吧！

例文	說明
貓貓實驗的發現對全球的貓奴和貓用品製造商皆有著深遠的影響。	主題句（整體性陳述）
對於**貓奴**而言，本研究證實了喵皇們對盒子的偏好，而這也提醒了鏟屎官們在丟掉任何盒子之前，都要審慎評估。如果家裡有兩個盒子，想要有好日子過，最好只丟掉比較大的那個，留下小的上繳給這個家的老大。畢竟，貓奴們不能再宣稱他們不知道主子的喜好了！	對貓奴的影響
這項研究的發現還可以應用於**貓用品產業**的政策和製造決策。如果一個廠商計畫設計貓沙發、貓床或僅僅是供貓休息的盒子，他們現在會知道製作過大的盒子是不明智的。我們都希望我們尊貴的貓貓能在專屬牠們的盒子裡感到溫暖又舒適！	對貓用品產業的影響

2.1.5　聲音與燈光：研究限制

在貢獻與涵義的段落讓大家知道你有多棒之後，是時候來片謙虛派 (Humble Pie)，**指出你的研究限制 (Limitations)**，並**討論它們對研究有效性 (Validity)** 的影響了！

在整本書中，我們像個老媽子一樣，一直強調無論在「文獻回顧」或「討論」中，你都要**仔細挑選**撰寫的內容。如果以戲劇來類比，在一場戲中，我們有時會用聚光燈把觀眾的注意力集中在舞臺的某一區塊，使其他部分暗掉。這種在限制範圍內進行工作的概念也適用於聲音設計，因為聲音工程師必須決定在特定時刻要凸顯戲劇中的哪些元素，可能是對話、背景噪音或音樂，但不可能同時強調所有元素。（不然就全部都變成噪音啦！）

由於每一個決策的背後都有其考量，可能是為了凸顯某些要素而捨棄其他的，或是讓研究能夠在限制內順利進行。因此，你不必為你的研究限制道歉！每個研究都有其侷限性，而你的研究有一些限制也是完全正常的。重要的是，你要能夠認知到這些限制，並討論它們對結果的潛在影響，而進行這樣的探討，也代表你對不同的面向皆有考量。透過闡述限制，你展現了對研究不足之處的了解，而這能夠為**未來的研究方向**帶來啟發。更重要的是，這個段落也是你展現**批判性思維**的大好機會。

你也可以把討論研究限制視為一種以退為進的**防守招式** —— 先「承認」自己的不足，讀者就不會對你太嚴格。實際上，你心裡的 OS 就是：「我知道我有一些缺點，我也承認，所以你不能因為這些缺點批評我，哇哈哈！」

以下是我們的貓貓實驗遇到的限制。沒錯，雖然受試者是無可挑剔的喵星人，但實驗本身並非十全十美。事實就是這麼悲慘。

例文	說明
本貓貓實驗是在<u>環境受控的實驗室</u>中進行。因此，得到的結果可能無法類推至自然環境中的喵星人。	限制一：實驗室環境
貓貓實驗的參與者皆為<u>臺灣北部</u>的貓公民。研究人員無法招募來自其他城市或國家的受試喵，以了解牠們是否有不同的箱子大小偏好。因此，有限的樣本數限制了貓貓實驗的普遍性。	限制二：有限的樣本

　　值得注意的是，許多學術寫作新手會直接將「**樣本數有限**」當作他們的主要限制，或甚至是唯一的限制。然而，每項研究的樣本數其實都是有限的（除非你有妙麗的時光器，否則要讓地球上的每個人參與研究根本是不可能的任務）。因此，雖然「樣本數有限」是一個有效的限制，但你**應該避免將其列為首要限制**。

　　重要的是，如果樣本數有限確實顯著削弱了研究有效性，在研究初期設計和規劃階段，研究者就應該想辦法減少此限制帶來的影響，而不是等到最後才說：「我知道這裡有問題，但我沒有解決它！」

這種情形是一個典型的自我破壞案例，就像這位仁兄一樣：

簡單來說，關鍵是要承認並客觀地討論你的限制，但並不需要在論文中過度自責。

2.1.6　謝幕：未來研究方向

討論了限制之後，是時候將結論與討論收尾，讓讀者期待你的下一篇大作了！許多學術寫作者喜歡在論文的結尾探討未來的可能性，以一種前瞻性的方式收尾。更具體地說，他們會討論研究的潛在影響和未來方向。

(1) 潛在影響的類型

(a) **理論面**：你的研究獲得的新知識如
何推進特定領域中的理論或模型？

- 例如：愛因斯坦 (Albert Einstein)
提出廣義相對論後，推動了量子
物理學領域的發展。

(b) **實作面**：你的研究得出的新發現如
何應用於實際目的？

- 例如：瑪麗·居里 (Marie Curie)
對鈾射線的實驗導致了放射性的
發現。

(c) **方法面**：你的研究如何改
進該領域的研究方法？

- 例如：凱利·穆利斯
(Kary Mullis) 在 1980 年
代發明的聚合酶鏈式反應 (PCR) 法，為分子生物學和遺傳
學領域帶來了巨大的影響，並在新冠疫情期間被廣泛應用於
「戳鼻孔」快篩檢測。

(d) **概念面**：你的研究如何為我們看待某
一現象的方式提供新的觀點？這部分
通常比理論面的影響更廣泛，因為理
論影響通常僅限一特定領域，但概念
影響可能適用於多個學科。

- 例如：卡爾‧馬克思 (Karl Marx) 的
  著作對政治、經濟、社會學、歷史和文化研究等領域皆產生
  了重大影響。

(2) 未來研究方向

　　未來研究方向是指在你的研究之後**需要進一步探究**的部分，可能
包括因為資源限制而無法討論的因素或區塊、從你的研究結果延伸出
的新問題，或為該領域的發展提供的建議。在下表中，我們針對不同
類型的研究，提出了撰寫「未來研究方向」的示例。

　　很多時候，**未來研究方向會建立在研究限制之上**，也就是你剛剛
討論完的部分。換句話說，你可以建議未來的研究將重點放在你遇到
的限制。例如，假設其中一個限制是數據蒐集的來源背景過於單一，
缺乏參與者多樣性，那麼未來的研究方向可能會是：可以針對**不同的
背景、族群或環境**進行更多研究，以再現和驗證本研究的發現，從而
增強結果的穩固性和普遍性。

例文	說明
為了提升研究結果的普遍性，未來可以對來自各個城市和國家的不同喵星人群體上進行研究，並控制其他變因。如此一來，我們就能夠了解世界各地的喵星人是否都有相似的盒子偏好。	未來研究方向一： 不同族群的喵星人
未來的研究還可以針對不同尺寸或數量的盒子進行探討。例如，如果提供喵星人受試者其他尺寸的盒子，結果是否會有所不同，或如果實驗包含 5 個盒子，而不是 3 個，結果又會如何？	未來研究方向二： 不同大小／數量的盒子
除了盒子的尺寸和數量，未來的研究還可以使用不同形狀的盒子。在這次的貓貓實驗中，所有的盒子都是四邊形的。如果提供喵星人受試者不同形狀的盒子，例如圓形、橢圓形、長方形、三角形，甚至是不規則形狀的盒子，結果會如何呢？	未來研究方向三： 不同形狀的盒子

　　以上僅是提供一些例子，讓你了解如何以前瞻性的視角陳述，而不是寫下讓人眼花的一長串清單。欲獲取更多靈感，請參閱貴領域的相關論文或與指導教授討論，以確保盡可能全面地涵蓋研究範圍！

▶ 2.2 質性研究：最後的謝幕

在某些質性研究中，最後一章的編排方式可能會有所差異。以資料為本的質性研究與量化研究在規範是更為相似，而**以詮釋為本的質性研究**，則是較為不同。在這一節中，我們會使用基於詮釋的質性研究作為例子，讓你了解結論與討論的另一種寫法。

撰寫結論與討論時，詮釋型研究使用的方法之所以不同於資料型研究，是有原因的。在資料為本的論文中，研究者會以大量篇幅記錄他們的研究過程和數據，而進行詮釋為本的研究者則是在**討論完理論框架後，會立即進行文本分析**，在第二至第四章中結合證據和主張。

因此，在最後一章中，他們不會再次描述和詮釋他們的「資料」；反之，論文的最後章節將更側重於**研究的重要性 (Significance)和涵義 (Implications)**。

2.2.1 包含獨立結論的大綱範例

為了讓你了解如何組織以詮釋為本的質性研究，作者美馨列出了以「《使女的故事》從小說到影集的改編」為題的碩士論文大綱。

章節編號與標題	說明
(1) 緒論	(1) 理論框架 (2) 所選文本的背景資訊
(2) 將視覺放入螢幕——媒介的轉變 (3) 情節加深——情節結構的轉換 (4) 出櫃、抗爭、逃離——角色的變化	**討論** (1) 第二章：將文本作品改編為視覺媒介所涉及的變化 (2) 第三章：情節結構的文本分析 (3) 第四章：對女同性戀角色的文本分析
(5) 藝術長存，生命短暫——結論	**結論** (1)《使女的故事》的改編如何啟發了現實中的事件

　　如上表所示，文本分析構成了詮釋型研究的主要部分。在論文的第二至第四章中，美馨討論了《使女的故事》的改編影集如何刻意強調小說核心的政治訊息，藉此凸顯電視改編促進社會實際變革的力量。第五章〈藝術長存，生命短暫〉**專注於結論陳述，沒有再進行更多的文本分析或討論。**

2.2.2　獨立結論的關鍵要素

　　獨立結論的關鍵要素可能會聚焦以下面向：

(1) 研究重要性

　　(a) 根據現有的知識背景，描述並詮釋研究發現的<u>重要性</u>。

　　(b) 討論<u>研究結果如何加深對研究主題的理解</u>，以及<u>對該領域的意義</u>。這部分要探討的是研究發現的「所以呢？」，也就是為何在該領域或社會的廣泛背景下，你的發現是重要的？如果你的研究擁有<u>對現實世界的影響</u>，此時也應一併討論。

(2) 研究涵義或貢獻

　　(a) 這部分將連結研究發現與文獻回顧中提出的研究問題和理論框架，展現你的研究如何<u>為該領域中持續討論的主題提出解方或補充</u>。

(3) 分析角度或解釋

　　(a) 從蒐集到的資料挑選出關鍵發現，與現有理論及先前研究進行對照，進而提供對研究現象的<u>實質理解</u>。

(4) 研究發現及「新意」

　　(a) 提供新的<u>見解</u>，討論研究的<u>涵義</u>，並根據研究發現提出<u>解決方案或建議</u>。

(5) 後續研究

(a) 指出文獻的新<u>缺口</u>以及<u>未來研究</u>的可能方向。發現研究缺口在質性研究中特別重要，因爲這往往能開啓一開始並不明顯的新研究領域。

(b) 建議之後的研究能夠如何探討<u>新問題</u>，或對已提出的問題<u>加深理解</u>，例如透過將相同的理論框架應用於**不同的背景或文本**來挖掘新的意義，進而影響我們對某一現象的理解。

為了示範如何在「結論」部分涵蓋這些面向，我們將透過大家都耳熟能詳的《愛麗絲夢遊仙境》來說明。

2.2.3　案例研究：從兔子洞中回到現實

《愛麗絲夢遊仙境》是一部充滿文本和主題元素的寶藏作品，可以透過多種方式進行解讀。由於已經有許多人寫過關於這本書的研究，起初你可能會認爲幾乎不可能再提出新的觀點。不過，在你進行文獻回顧時，可能會受到啓發，**以新穎又有趣的方式來閱讀這個經典故事**。在下方例子中，我們則是從女性主義的視角來閱讀《愛麗絲夢遊仙境》。

在這樣的研究中，「結論」部分可能會這樣寫：

要素	例文	說明
研究重要性	思考愛麗絲的身體大小如何作為社會中女性主體性的隱喻是很重要的，因為這讓我們窺見了女性的角色和權力在社會中涉及的更深層議題。	討論此文學研究的現實世界涵義，以確立其重要性。
研究涵義或貢獻	在文獻回顧中，我們看到早期學者如陳和劉 (2024)，討論了愛麗絲身體大小的變化作為現實世界中身體形象扭曲的隱喻。*基於他們的研究*，本研究顯示愛麗絲身體大小的變化也可以作為現實世界中女性賦權的隱喻。	將分析與研究問題和文獻回顧連結起來，以參與該領域的持續討論。研究問題：愛麗絲身體大小的變化能否被視為現實世界中女性賦權的隱喻？
分析角度或解釋	如果比較愛麗絲第一次和最後一次變大的情景，我們會看到她的態度有明顯的變化。第一次變大時，她感到非常困惑並躺下哭泣。然而最後一次變大時，她變得果斷，甚至敢打斷國王說話。小說中將這一場景描述為：「*她在最後幾分鐘內變得如此巨大，以致於她一點也不害怕打斷他。*」愛麗絲自信心的增強可能源於她在仙境中遇到的眾多不合常理的事物。當她對這些事物提出質疑時，她發現自己變得更加批判和堅定。她更大的身體尺寸也可能有助於增加她的勇氣，使她感覺更有力量去面對和挑戰權威人物。	透過使用故事中的文本範例（可視為「資料」），研究問題得到回答。研究者針對挑選的文本（斜體字部分）*提供詮釋*，說明這些範例與研究問題之間的關聯，從而提供實質性的論證，而非僅靠推測。
研究發現及「新意」	透過從《愛麗絲夢遊仙境》中身體大小變化作為女性主體性和賦權的隱喻這一全新角度來檢視這部小說，我們可以從全新的視角觀看兒童故事，將其視為啟發社會變革的強大工具。	以此方式解讀《愛麗絲夢遊仙境》所獲得的新見解，對我們未來閱讀其他兒童故事的方式具有深遠涵義。

要素	例文	說明
後續研究	這種閱讀方法也可以應用於其他兒童故事，藉此對熟悉的故事產生 *新的理解方式*。白兔先生帶領愛麗絲踏上自我發現和成長的冒險，同時，她也不斷將這份探索精神傳遞給我們，引領我們展開 *探索其他童話世界和故事情節的冒險*，開啓一段可能會「越來越奇妙 (curiouser and curiouser)」的旅程，正如愛麗絲所說！	如果《愛麗絲夢遊仙境》可以被解讀為社會正向變化的隱喻，那麼也許其他故事也同樣如此！這一段指出使用此方法（重新）閱讀其他兒童故事的 *未來可能性*。

看完上述的結構範例，你是更有信心能夠呈現你的討論，還是覺得「大家都瘋了」？就像《愛麗絲夢遊仙境》中柴郡貓所說的那樣？

嘿嘿，讓我告訴你一個祕密吧，那就是所有厲害的人都瘋瘋癲癲的！所以，親愛的，勇敢地寫下你的結論吧！

▶ 2.3　基於證據的主張：看見一個，不代表看見全部

在基於證據提出主張時，無論是量化研究還是質性研究，務必小心不要將主張建立在不～夠～穩～定的證據上，也不要基於微小的證據做出**巨大的**主張。我們知道，說服力強大的主張和毫無根據的推斷有時只是一線之隔。因此，為了幫助你了解並避免做出損害討論誠信的行為，以下例子是一些你「不應該」做的事：

(1) 在<u>沒有足夠證據</u>的情況下提出
主張。

　　主張：「吃巧克力會讓你變得
更聰明！」

　　事實： 沒有充分的證據證明，
雖然聽起來「食」在太讚了！

(2) 做出適用於所有情況的<u>地毯式
主張</u>，但沒有足夠的證據支持
這種廣泛的結論。

　　過度概括：「每個人都喜歡披
薩加鳳梨。」

　　事實：這是一個備受討論的話
題，正反雙方都持激烈意見！

2.3.1　貓貓實驗沒告訴我們的事

　　在貓貓實驗中，我們發現大多數的喵星人受試者喜歡小箱子勝過
大箱子。根據實驗進行的訪談得知大部分的喵星人（八隻中的七隻）
偏好小箱子，因為牠們認為小箱子提供更多的安全感。

　　基於這些發現，研究者**不應該**得出以下結論：

(1) 〔**箱子大小偏好**〕所有貓咪都偏好小箱子勝過大箱子。

　　錯誤所在：<u>樣本數</u>為八十七隻受試者的貓貓實驗，其研究發現
不能概推到全球所有的<u>喵星人口</u>。

(2) 〔**選擇原因**〕貓咪偏好小箱子是因為相較於寬敞的箱子，牠們
在剛好可以塞進的箱子中感覺<u>更安全</u>。

錯誤所在：來自八隻參與者的訪談結果不能概括到全球所有的喵星人，尤其是在這八位受訪者中，也並非所有喵都達成共識。（叛逆的金桔，就是在講你！）其他如脾氣和生活經歷等因素，也會影響個別參與者的選擇。

(3)　〔**箱子形狀偏好**〕由於受試者偏好較小的方形箱子勝過較大的方形箱子，因此可得知牠們也會偏好較小的<u>圓形</u>箱子勝過較大的圓形箱子。

錯誤所在：來自方形箱子的實驗結果不能概推到其他形狀的箱子。需要進一步針對貓咪對箱子形狀的偏好進行研究。

所以說，**主張永遠要基於資料和證據支持，並且不應超過資料和證據顯示的範圍**。根據貓貓實驗的結果，適當的主張可能是：

根據我們對八十七隻城市家庭中的家貓所進行的研究，喵星人受試者偏好小箱子勝過大箱子。在後續訪談中，八隻貓咪中有七隻表達了此偏好。這些發現可能適用於具有相似特徵和生活條件的家貓，但在進一步研究之前，不應將此發現概括至所有貓咪或不同環境中。

「明白了！不過，我剛想到可以把這個概念應用到我的生活當中。假設我去約會，主張：『我是一名出色的廚師。』並且作為證據，秀出我上週做成功的煎蛋捲和水煮蛋的照片，然後下結論：『因此我準備開一家五星級餐廳！』很會學以致用吧？」

這個跳級聽起來真的是直接從行天宮飛到外太空了呢！不過，這其實就是過度概括有限資料的典型例子。**更合適的主張**可能是：「我在基本早餐料理方面小有成果，並且有興趣提高我的烹飪技能。」

這確實是對研究原則的創意應用！雖然這可能不會讓你成為烹飪界的明日之星，但你已經掌握了避免過度概括的精髓了！

▶ 2.4　簡短總結

我們討論的內容還真有點多，為了方便你理解，這裡提供了一個簡短的總結，總結如何總結我們的研究。（哈囉，請問是在繞口令嗎？）哼哼，這為了讓你保持警覺！如果你發現自己開始恍神，試著把剛剛那句話快速念一遍！

言歸正傳。要為論文收尾，你可以重申你的**研究主題**，強調**重要的論點和見解**，總結你的研究如何填補了文獻中的**缺口**，並對未來的研究者提出**問題**。無論你選擇將結論與討論合併在一起，還是分開為單獨的部分，都應該包含這些關鍵要素。

無論如何，都不要認為這些框架是要限制你的思想和你打算討論的想法。這些框架只是工具，你可以運用它們為自己的戲劇增添精彩的轉折！即使用同樣的顏料，兩位藝術家仍然會創作出兩幅完全不同的畫作。

即使你只專精一種研究類型，且不認為你會涉足其他領域，但有機會向其他學科學習，或將這些機會視為靈感來源，總是百利而無一害。想像你在進行臥底工作，必須潛入不熟悉的領域，完成任務，然後無聲無息地離開。我們知道這行得通，因為我們當中有一位作者主要進行詮釋為本的研究，但從資料為本的研究中「偷」了很多撇步。（有人看起來很可疑喔！）

◇◇◇

　　希望上述討論的關鍵要素和例子能提供幫助，使你能夠自信地描繪論文最後一個段落或章節的樣貌。繼續探索兔子洞吧！誰也說不準，但最終，你或許會發自內心享受這場論文仙境之旅！

◇◇◇

3. 祕笈區

　　記住這些要點，寫出強而有力的總結。

▶ 3.1　使用正確時態

　　還記得嗎，在學術論文中，**過去式**用來描述研究方法和結果，而**現在式**用來描述領域中的知識現況，以及討論你的研究結果的涵義。

　　接下來，我們要介紹一個新時態：**未來式**！

　　真是謝囉，好像學術寫作還不夠困難一樣！為什麼寫個論文包含這麼多不同的時態？！

　　是這樣的，未來式在某些情況會派上用場，比如建議**未來研究方向**，或討論你的研究結果衍生出的**潛在應用**。舉例來說，我們可能會寫道：「這些知識將幫助貓床製造商優化產品尺寸以符合其喵星人客戶的偏好」，其中「將 (will)」這個字指出，截至作者寫作的時間為止，此知識還未應用於實際目的。

　　時態真的讓人頭很痛，我們懂。目前而言，你可以將本書介紹過的指南作為寫作依據。在撰寫完成後，你還會有時間可以進行校對。而在下一章中，我們也會深入探討最終檢查時需要注意的事項！

▶ 3.2　強調關鍵發現

如同我們在前一章「研究結果」談到的，要討論你從研究中得出的每一個資訊，幾乎是不可能的任務；即便你做到了，內容也會變得非常枯燥且缺乏重點，甚至會讓長期失眠的人一秒呼呼大睡（但他們應該會感謝你）。

因此，一般來說，研究者會專注於他們研究中的**一到三個重要發現**。請注意，這裡的「重要」不僅代表統計上的顯著性，同時也是你對該領域「最主要」的貢獻（中文一字多義有時真的讓人很困惑）。畢竟，正如我們說的，沒有任何研究是與世隔絕進行的，每一項研究都應與更廣泛的學術背景相連結。

▶ 3.3　結合學科現況與現有文獻進行討論

在討論你的研究發現的重要性時，記得闡述它們與該學科現狀的關聯。你可以從兩個面向來思考這些連結：

(1) **回顧過去**：你的研究是否解決了過去學者提出的任何「謎團」？如果是，是如何解決的？

(2) **展望未來**：你的研究是否提出了未來學者需要解決的任何新問題？如果是，有哪些問題？

你可以把一個學科領域的發展想像成蜜蜂在建造新蜂巢！個別的研究可以看作是蜂巢中的一個蜂房，而**每個蜂房只有在與整個蜂巢相連時才能發揮作用**。想像一下，一隻搞不清楚狀況的工蜂，在蜂巢以外的地方孤零零地建造蜂房──它終究不會成為

一個蜂巢，只會是樹上的一些黏答答碎片。一個新建造的蜂房要有意義，它必須成為蜂巢的一部分；同樣地，要使一項（新的）研究有意義，它必須是更廣泛脈絡的一部分。

回到上述提到的兩個面向，「回顧過去」的部分在「文獻回顧」中都大致完成了，因此，在「結論與討論」中，「回顧過去」的撰寫要有**選擇性**和**目的性**，以便 (1) 更好地呈現你的研究發現或新見解是如何連接現有的學科內容，或是 (2) 為得出的研究結果提供合理的<u>解釋</u>。接著，**重點應轉向「展望未來」**，更聚焦你的研究的新穎面向，並探討它們對研究領域未來的涵義。

▶3.4　收尾得當，讓論文論述完整

最後，是時候總結所有內容了！雖然十篇論文裡有九篇都以討論研究限制和未來方向作為結尾，但如果可以的話，最好以強而有力的方式來畫下句點。

什麼叫做「強而有力」？<u>**加粗體跟底線夠強而有力了吧！！**</u>

用粗體加底線確實能吸引注意力，並且絕對會讓你的論文更有記憶點（不見得是好的就是了）。不過，在任何情況下，你的論點都不會因此更具說服力。更好的結尾方式，可以是提出**行動呼籲、發人深省的引用，或對該領域未來的看法**。

對美馨而言，她的論文結尾主要在討論改編的力量如何為現實生活帶來影響，因此她以行<u>動呼籲</u>來作結。而為了讓觀點更強而有力，她<u>引用</u>了她的研究主體《使女的故事》中的一句經典臺詞作為結尾。

一起來看看美馨碩士論文的最後幾段：

cultural identity is discursively formed through popular culture" (Arthurs, 2009). The clear and overt political stance taken by the cast and crew of the television series in public, as well as Atwood herself, made it clear that the shifts from the novel to the television adaptation are not incidental, but are deliberate strategies of the production team to highlight social issues that they wish to discuss via their work, and at the same time remind us about what could happen if we allow oppression to creep up on us in our complacency or complicity.

In any case, it appears that the resistance is on, both on screen, and off.

Nolite te bastardes carborundorum

　　「Nolite te bastardes carborundorum」是《使女的故事》作者瑪格麗特‧愛特伍 (Margaret Atwood) 創造的偽拉丁語格言。這句話的意思是「不要讓那些混蛋打倒你」，被廣泛用來提醒人們對抗壓迫的艱辛。美馨用這句話爲她的論文作結，希望透過這句經典引用語增加論文的影響力，並讓讀者留下深刻印象。

　　我們知道你在想什麼：像文學這樣「有藝術氣息」的學科，勢必在創意上有更多的選擇自由吧！倒也不一定，這並不代表「科學化的」論文就寫不出「好結尾」！

　　舉個例子，宇挺在 2018 年於《語言暨語言學》期刊發表了一篇論文[1]，比較臺灣中文單語使用者和雙語使用者的語言歷程，一起來看看這篇文章的結尾。

1　Liu, Y.T. (2018). Linguistic relativity in SLA: Chinese-English bilinguals' reading of Chinese counterfactual statements. *Language and Linguistics*, 19(1), pp.117-155.

To conclude, the strong version of the Linguistic Relativity Principle, which is challenged by the finding of the present study, can be described using Robert Frost's poem, *The Road Not Taken*:

> Two roads diverged in a yellow wood,
> And sorry I could not travel both.
> And be one traveler, long I stood
> And looked down on as far as I could
>
> …
>
> I shall be telling this with a sigh
> Somewhere ages and ages hence:
> Two roads diverged in a wood, and I –
> I took the one less traveled by,
> And, this had made *all* the *difference*. [emphasis added]

In Taiwan – where English education is promoted and obligatory at an early age – Chinese monolinguals are analogous to the travelers who take the path that is "less traveled by," and the bilinguals are like the travelers who take the path that is "grassy and wanted wear." In Frost's literary eyes and for the proponents of the strong version of the Linguistic Relativity Principle, the travelers who take different paths would "never come back" to the vantage point and would be destined to lead *totally* different lives. However, in the eyes of the proponents of the weak version of the Linguistic Relativity Principle, the roads taken by monolinguals and bilinguals are only *partially* different. The present study shows that despite different options in monolinguals' and bilinguals' language experiences, similarities and differences coexist in their linguistic journey; the Chinese-English bilinguals and monolinguals share some common ground (having the same parsing predilection when reading L1 counterfactual statements) and they also differ from each other (drawing on different mental representations in L1 reading). Despite the underlying differences, as shown by the accuracy data collected from the advanced Chinese learners of English, we are able to prove these L2 learners' counterfactual reasoning is nearly on a par with that of English speakers. In light of this, in examining the journey undertaken by bilinguals in the lens of the Linguistic Relativity Principle, we should probably perceive the bilingual journey in a positive light; any languages at our disposal enrich, rather than constrain, our minds.

　　從上面的摘錄中可以看到，宇挺引用了羅伯特・弗羅斯特 (Robert Frost) 的詩《未選之路》(*The Road Not Taken*) 來表達他的觀點，即臺灣的中文單語使用者和雙語使用者既有相似之處，也有所差異。除了引用詩作，宇挺還對該領域的未來提出了一個觀點：「我們應該以積極的態度看待雙語之旅。」

　　透過這兩個例子，可以發現有許多方法能讓你的論文結尾從「不怎麼樣」變成「精彩絕倫」！在不同的論文中，你可能會嘗試不同的作法，儘管試吧，享受過程，找到適合自己的方法！

◇◇

　　和所有其他章節一樣，在撰寫結論與討論時，也有些需要避免的事情。仔細閱讀接下來的提醒事項，避免踩到以下地雷！

4. 地雷區

▶ 4.1　避免橫生枝節

　　突然在結尾討論前面未提及的新數據、發現、論點，這可是一個超級大地雷！不僅是對學術寫作而言，對所有類型的寫作都是如此！想像你在讀一本偵探小說，儘管偵探已經完美破案，新的線索仍然不斷出現。這會讓讀者滿頭問號，甚至比小說裡的謎團還令人費解。

　　因此，要特別注意在結論與討論部分，**不應討論前文未提及的新資訊**。你在這個章節提到的所有<u>參考文獻</u>，都應該在文獻回顧中討論過，尤其是那些與你的研究問題直接相關的資訊；而你提到的所有<u>數據資料</u>，也都應該包含在研究結果當中。

　　最重要的是，你不應該在結論中提出任何新的<u>論點</u>。假設整篇論文一直都是基於同一個立場撰寫，卻在最後一刻突然「換檔」，讓讀者感到困惑，這可是會翻車的。

▶ **4.2 不要複製前文**

還記得你媽媽第七十次叫你整理房間時，你終於忍不住跟她開吵的情景嗎？沒錯，這完全是她的錯，誰叫她要一直講同一件事，像壞掉的唱片一樣跳針（聳肩）。

總之，僅僅重複已經討論過的資訊，無法爲你的論文增添更多價值，也無法說服你的讀者。相反地，你應該嘗試綜合（沒錯，又是這個詞！）你的發現，並展現它們如何支持（或不支持）你的研究問題。**建立研究發現與研究問題之間的連結**需要努力和思考，而藉此你也在創造新的知識。有了這些新知識，你就可以強調你的發現的重要性，進而在學術界占有一席之地。

如果把研究發現看作你在社群媒體平臺上發的照片，那麼結論與討論就像是照片的文案。一張沒有背景說明的照片可能不具太多意義，所以我們需要**透過解釋情境來賦予它意義**。

試著比較下方兩則貼文：

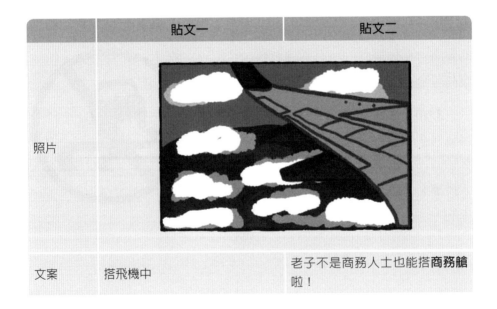

	貼文一	貼文二
照片		
文案	搭飛機中	老子不是商務人士也能搭**商務艙**啦！

　　你覺得哪一篇貼文更有趣呢？貼文一的文案平鋪直敘，沒有提供新資訊，而貼文二則是讓讀者獲得了僅從圖片中無法得知的更多資訊，或許會更有趣、更有討論空間。

　　同樣地，在結論與討論中，你也應該試圖提出**一些從研究結果中無法明顯看出的新內容**。如果這樣有所幫助，可以把討論你的研究重要性想像成在社群媒體上低調地炫耀「我做了某件事」。你完成了一件自豪的事情，現在是時候告訴世界它為何重要了！

▶ 4.3　請勿忽略其他觀點

　　當你在分析和討論結果時，若有其他理論或觀點可解釋研究發現，應納入參考討論。由於研究者立場會影響詮釋的角度，不同的研究者可能會有不同的解釋。因此永遠不要忽視或排斥其他可以解釋研究結果的觀點，也就是說，如果你的發現可以用兩種不同的理論來解釋，你應該說明為什麼在競爭性理論中，你選擇的理論是最適合的！

　　用一個更貼近的例子來看，在貓貓實驗中，我們在與喵星人參與者的訪談中注意到一個反覆出現的趨勢。當被問及與人類的互動時，大多數喵星人理所當然地回答：

　　　「他們餵我。他們照顧我。我一定是神。」

　　這與我們在進行文獻探討時看到的內容形成了強烈的對比。在對汪星人的訪談中，狗狗們說：

　　　「他們餵我。他們照顧我。他們一定是神。」

　　雖然有著相同的證據（餵養和照顧），但結論完全不同！

這些不同的主張並不代表其中之一是客觀錯誤的，這僅是說明了連接證據和主張的方式有多種。因此，一個很好的作法是**展現出你已經考慮過其他可能性，才進而得出自己的結論**。

▶ 4.4　不要過於放大研究限制

最後，許多寫作新手往往對自己過於嚴格。在結論與討論部分，他們過度集中於研究限制，以致於沒有更深入討論研究發現的涵義和重要性。雖然承認研究的侷限性是必要的，但你應該著重於如何盡力克服這些限制，並在有限的條件下完成了最有效和可靠的研究。

此外，研究限制**不應削弱你的研究發現的重要性**。如果你已經付出了所有努力將限制降到最小，並將研究的有效性和可靠性放到最大，那麼你得出的結果勢必可以對你的領域做出非常有價值的貢獻。記得在結論與討論中強調這些結果的重要性！

◇◇

有了這些基礎，希望你現在能夠以有組織、有影響力和意義的方式結束你的論文！畢竟，你已經在研究和寫作中付出了如此多的努

力，你最不樂見的，就是你的論文像過期的汽水一樣，變成沒氣的糖水黯然失色。

美國詩人狄倫‧托馬斯 (Dylan Thomas) 的詩作最貼切地表達了這點：「別溫順地步入那良夜；怒吼，怒吼抗拒天光滅沒。」[2] 當你接近寫作的結尾時，好好思考如何透過撰寫一篇與眾不同的論文來充分發揮你的研究價值吧！

Do not go gentle into that good night.
Rage,
Rage against the dying of the light.

2　看到了嗎？我們透過引用來提出觀點，並且讓觀點更強而有力！

5. 牛刀小試

　　又到了你動手寫論文的環節了！在本章的練習中，我們為你拆解了結論與討論的關鍵要素。你可以使用下方的表格來組織你自己的結論與討論。

　　不過，我們想提醒你，這只是一個通用模板。你可以**根據你的需求進行調整**，並且不一定要填寫每個表格。如同先前的章節，我們僅是提供一個「自助餐」，而你可以挑選自己感興趣的菜餚！

　　祝你用餐愉快！在你吃完水果和甜點後，我們會在下一章討論完成所有內容後該做些什麼！

▶ 5.1　總結關鍵發現

證據（關鍵發現）	主張（我能從這些發現得出什麼結論？）

▶5.2　貢獻／涵義

該領域中的**現有缺口或問題**	**貢獻**（我的研究如何填補了知識缺口或回答了未解決的問題）	**涵義**（我的論文是否具有超出該研究範圍的更廣泛影響或應用）

▶5.3　研究限制 + 未來研究方向

研究限制	新提出的**問題**或新發現的研究**缺口**	未來研究的潛在**主題**

▶5.4　精彩的收尾

行動呼籲	**發人深省的引用**（引自研究本身、文學作品等等）	**其他**（發揮你的創造力吧！）

 **本章重點回顧**

寫作原則	結論與討論章節的撰寫重點包含（但不限於）以下幾項原則： (1) 反映作者的觀點、聲音或立論 (2) 強調新發現、新知識 (3) 將研究結合宏觀視角，結合學科與現實脈絡
結論與討論 基本要素： 量化研究	(1) 擇要列出關鍵研究發現 (2) 列出研究貢獻及涵義 (3) 謹慎地列出研究限制 (4) 列出與研究限制相關的未來研究方向
結論與討論 基本要素： 質性研究	(1) 研究重要性 (2) 研究涵義或貢獻 (3) 分析角度或解釋 (4) 研究發現及「新意」 (5) 後續研究
結論與討論 祕笈區	(1) 使用正確時態 (2) 強調關鍵發現 (3) 結合學科現況與現有文獻進行討論 (4) 收尾得當，讓論文論述完整
結論與討論 地雷區	(1) 避免討論前文未提及的新數據、發現、論點 (2) 不要只照搬前文提過的內容、複製貼上，而應提出創見 (3) 若有其他理論或觀點可解釋研究發現，請勿忽略或漠視，而應參考討論 (4) 不要過於放大研究限制

十 我們與讀者的距離：
標題與摘要

呼，好一趟漫長的旅程！論文大部分已經完成，差一步就可以跳舞慶祝了。注意到了嗎？我們說的是「差一步」。

「唉，是還有什麼事要做啦？我已經在論文上嘔心瀝血，就算想跟魔鬼做交易換取好成績，也沒多少靈魂可以當籌碼了。我還真後悔沒有早點跟魔鬼交易咧。」

親愛的朋友，情況沒有你想的那麼糟！大部分的工作確實已經完成了，現在可以進入潤飾的階段！就像電影公司的後製團隊在毛片中加入視覺特效和音效，能確保不同的場景連貫，潤飾論文這個步驟能讓一篇好論文更上一層樓。

不潤飾論文會發生什麼事？算你走運，不必拿自己當白老鼠做實驗。偵探唬爾摩斯曾忽略這重要的最後步驟，我們來看看他有什麼下場吧……

◇◇◇◇◇◇◇◇◇◇◇◇◇◇◇◇◇◇◇◇◇◇◇◇◇◇◇◇◇◇◇◇◇◇◇◇

《唬爾摩斯與譁生》第十一集

破過許多案件的名偵探白羅要編輯一本文選，他邀請了偵探唬爾摩斯投稿一篇文章。唬爾摩斯剛完成一份稿子〈玻璃鞋的祕密〉，內容是他的客戶在交友軟體上認識一個女生，卻弄丟了人家的聯絡方式，於是找上唬爾摩斯協助。

偵探唬爾摩斯：不賴吧？是不是結構良好、故事完整？

譁生醫生：確實！你敘述流程、結果，還有故事背後關鍵訊息等資訊的功力真的進步很多！可是……

偵探唬爾摩斯：怎麼還有「可是」？

譁生醫生：我這是愛之深，責之切。

偵探唬爾摩斯：好啦好啦，掃興鬼。你這次又有什麼意見？

譁生醫生：你的文章錯字太多了，一再**拼錯**主角的名字！你把女主角取名為「火種姑娘」，但有些地方你寫「火腫姑娘」、「惑種姑娘」，或是「禍種姑娘」！還有什麼……「活種姑娘」嗎？再來，你用的**時態**很混亂。你描述故事事件時，一下用現在式，一下用過去式。感覺就你好像一邊寫，一邊穿越時空！而且有很多可以拆成兩、三個句子的**連寫句 (Run-on Sentences)**，看得我頭都昏了。

偵探唬爾摩斯：吼，有差嗎？內容不才是最重要的嗎？一點小瑕疵是蓋不過我的文采的！

譁生醫生：正好相反！充滿低級錯誤的稿件，會讓讀者覺得你不用心、缺乏專業，連寄出稿件前稍微檢查一下都不願意！難不成你是想搞壞我們和白羅之間的關係嗎？

偵探唬爾摩斯：當然沒有，我可是白羅頭號粉絲耶！不過你說得有理，那這次我就不計較你意見太多。我會好好潤飾文章，潤到完美無缺，讓白羅本人來跟我討簽名！

譁生醫生：欸欸欸，你還說我意見多？放尊重點！不然我就會對你說：「親愛的唬爾摩斯，根據我的推理，你得了大頭症！」

◇◇

　　很抱歉讓你失望了，你不能把剛寫好的論文原封不動寄出，畢竟不是每個人都是女神卡卡，有辦法「天生完美」。

　　本章將介紹學術論文的主文完成後應該進行的步驟。如果你正在寫碩博士論文，我們也會分享一些你未來可以考慮走的路，以免你在

離開研究所後茫然失措，就像在鳥巢裡待太久、終於被父母趕出去的小鳥，還沒想好怎麼飛就直線下墜。

但先不必那麼著急。在找工作之前，你得先交出論文才行！很多人會以生小孩來比喻寫論文：經過了數個月的辛勞，這些睡眠不足的日子終於有了成果！因此當你把「論文寶寶」公諸於世時，一定不想聽到任何壞話。當然，你的論文可能不是完美無缺，甚至會讓二十年後的自己看了羞到巴不得搬到波蘭（哎，論文跟小孩的共同點可真多），但你還是應該展現它最好的一面，對吧？

首先，必須揪出論文中所有的小瑕疵！

1. 學術除錯：校對／編輯

開始校對前，你可以先把論文放著，等一段時間過後再回來校對。這個「**沉澱**」的步驟能讓你和論文稍微拉開一點距離，獲得新的觀點。這個距離很重要，能讓你將焦點從細節轉移到整體。

還記得我們提過「樹木」和「森林」的視角嗎？同樣的概念也能應用到校對這個階段。寫作學術論文時，我們經常會聚焦文字和句子等小細節，這就是「樹木」視角；而當我們需要從「樹木」變焦到「森林」視角時，作者本人必須往後退一步，其中一種方法就是讓自己脫離研究標的。

那「森林」視角又是什麼呢？「森林」視角指的是論文**整體的結構、焦點和組織**。你要從修改字句的層級轉換成將整個文本視為整體的視角，著重在留意你的文本是否有清楚、合乎邏輯地傳達想法，以及段落和章節安排是否條理清晰等等因素。在修正字詞前，你應該先確認好論文最終的大架構，再回頭修正比較小的問題。

　　確定「森林」視角沒問題後，你應該再次檢查每一棵「樹木」，然後才能交出稿件。以下提供一些「除錯」的小訣竅！

▶ 1.1　「樹木」視角的檢查

　　「好，我準備好開始除錯了。我該找的是哪些錯誤？」

　　問得好！本節首先會介紹你該尋找「**哪些**」錯誤，然後再說明「**如何**」快速有效地清除這些惱人的錯誤！

　　我們認為在「樹木」視角檢查中，**將任務獨立出來**的策略很有幫助：你必須多次閱讀自己的論文，但每次閱讀都聚焦不同的層面。舉例來說，**你可以一次檢查動詞時態一致性、一次檢查標點符號、一次檢查格式**。

　　一次只專注在一個問題上，你就能在每個問題上付出適當的精力與時間，而不會因為想一次找出所有問題，而背負過於沉重的壓力。這個方法能**改善你聚焦的能力**，讓你對細節更敏感，更有機會找到之前可能忽略的錯誤，並進行修正。

　　時態是校對論文時可以檢查的重點之一。聽起來很基本，所以你更不應該在時態上犯錯！

1.1.1　語言 (1)：正確的時態

　　檢查動詞時態一致性時，請專注在這件事情上，其他問題以後再檢查，先確保你使用的時態在給定的用途內維持一**致**。以下是各章節主要使用時態的一**般性規範**。

(1) 〈摘要〉：過去式

(2) 〈緒論〉：現在式

(3) 〈文獻回顧〉：過去式

(4) 〈研究方法〉：過去式

(5) 〈研究結果〉：過去式

(6) 〈研究討論〉：現在式

(7) 〈結論〉：現在式

以上規則只是大原則。有時候，根據論文的特定脈絡與內容，會使用其他時態。

1.1.2　語言 (2)：根據過去獲得的回饋，多加留意常見錯誤

你應該檢查的語言問題不是只有時態。在受教育的過程中，你可能曾犯過一些錯誤，並獲得相關的回饋。這些回饋間是否有**反覆出現的模式**？有些人可能常漏掉句子或段落間的**連接**，導致論文缺乏條理（突然從一個概念跳到另一個概念，中間缺乏適當轉折）。有些人則是**措辭不自然**（這在以第二或第三語言寫作的作者之間很常見）。

措辭不自然會導致兩種結果：**表達不清晰、行文缺乏條理**。下表列出了這兩種問題的意涵和解決方法：

如果缺乏……	白話文翻譯	（其中一些）除錯策略
清晰度	你想表達的意思不清楚	(1) 簡化句子 (2) 避免術語 (3) 為複雜概念提供清楚解釋
條理	你無法在概念間流暢轉換，或是連結方法缺乏邏輯	(1) 使用適當的轉折（句子和段落間都是） (2) 以邏輯組織概念

若你不確定自己的稿子是否清晰、有條理，可以讓朋友或同事讀一部分，並請他們整理出其中的主要概念。若他們能不受語言影響，成功整理出文中的概念，就代表你成功了！但是如果他們難以理解，或無法表達文中的主要論點，你可能就必須修改遣詞用句，以改善清晰度和條理（如果不是你朋友理解能力有問題的話啦）。

1.1.3　內容：再上一次小菜

　　還記得我們在第七章「文獻回顧」中韓式小菜「飯饡」的舉例嗎？在第七章 4.2.1 中，我們說到學術論文中每一個段落只應該包含一個主要概念，就像韓式小菜裡每盤小菜只包含一種料理，讓顧客全心全意地品嚐每一道菜餚。這種組織文獻回顧的方法，能讓我們建立起清晰的焦點，也易於讓讀者跟上我們的思路。

　　當我們在重新閱讀每個段落時，請試著找出其表達的主要概念。在你「自我評估」每個段落時，可能會發生以下幾種情況：

(1) **有一個清晰的概念**→好棒！可以繼續讀下一個段落了。

(2) **有不只一個概念**→試著將這個段落拆分成數個較短的段落，讓每一個段落只包含一個主要概念。

(3) **沒有清晰的概念**（概念過於模糊，或是沒有主要概念）→可以重寫這個段落，強調其中的重要概念，或是刪除這個段落，因為它並不包含任何實質內容。（好直接！）

　　檢查的時候，你可以用不同的符號和斜線／或顏色來標註評估結果。這麼一來，在你完成這次校對後，就可以一眼看出哪些段落的清晰度和條理需要改善了！

1.1.4　參考文獻：魔鬼藏在細節裡

　　上述要點都跟論文主文的語言和內容有關，但我們不該忘記，還有你的參考文獻等著你！

　　主文校對完結束後，是時候整理參考文獻了。以下是你可以檢查的一些項目：

(1) 條目：不多不少剛剛好

如果你在編輯完成前就已經列好參考文獻初稿，你有可能必須增刪其中一些條目。

建議你再從頭完整看過一遍論文，確認你參考的所有資料都已經列在參考文獻中（無論是直接引用或換句話說），並確認你沒有納入那些並未直接參考的資料。意思就是，不是所有對你有某種影響的文獻都必須列入參考文獻，否則參考文獻將會永無止盡！

(2) 格式：明察秋毫

請參考你要投稿的期刊的格式規範，如果你寫的是碩博士論文，請參考你系所的規定，以了解該採用哪一種格式。最常見的論文寫作格式有三種：

(a) APA 格式 (American Psychological Association Style)

(b) MLA 格式 (Modern Language Association Style)

(c) 芝加哥格式 (The Chicago Style)

在確認完採用的格式後，請上網查詢你採用格式的**最新版本**，或是使用格式手冊的最新版本。使用最新版本這一點很重要——你可不想花了時間檢查格式，卻因為使用了舊的格式而功虧一簣！

檢查參考文獻時，必須留意**標點符號**、**斜體**、**大小寫**等細節。我們認識的某些教授，能一眼就能看出句號是不是斜體。真心不騙！

幸好，現在有許多工具可以幫助我們事半功倍！

(3) 拜請科技拔刀相助：數位格式工具

現在市面上有許多專門設計來幫助身陷論文地獄作者們的軟體。這些軟體更新或更迭的速度很快，（請跟我們大喊：「我愛論文！」

當你喊出這句話的同時，軟體已經更迭了兩、三代！）我們不會詳細介紹每一種軟體。畢竟科技世界同樣是「適者生存」，競爭甚至比其他領域更激烈！

這些軟體能將參考文獻儲存到軟體或雲端伺服器。接著在你寫論文時，就可以使用快捷鍵插入內文引用，引用的文獻就會出現在文件底部的**參考文獻清單**。

聽起來很方便對吧？雖然很方便沒錯，但是千千萬萬記得，電腦程式也不是完全不會犯錯，所以在寄出稿件之前，你還是應該檢查一次。沒錯，在第四章討論 AI 工具時也說過：科技工具扮演的角色就像國王的顧問，即使你利用 AI 來提升論文品質，也一定要檢查、檢查、再檢查，最終做決定的人還是國王，也就是你本人！

當然，錯誤並不限於這幾種類型，上面提到的只是最常見的幾種。你可以在「除錯」清單中新增其他項目，來幫助你精修你的論文。放心，這是「除錯」清單，不是購物清單——新增項目不會花到你任何一毛錢，只是消耗你的青春年華而已。青春算什麼，對吧（淚流滿面）？

好了（擤鼻涕）。總之，講完該找的錯誤後，接下來我們要討論能在校對過程中對你有幫助的一些策略！

▶ 1.2　除錯策略：善用感官

記得嗎？念小學的時候，老師曾教我們，要把故事說好就要善用五種感官。原來這個方法不只能讓你在學語言時得高分，念研究時，你也可以運用同樣的概念來檢查自己的論文！我們主要會用到的感官是**視覺、聽覺和一點點的觸覺**（照理來說，你的論文應該沒有臭味，你也不該舔論文，所以嗅覺和味覺派不上用場）。

你選擇的方法也取決於你的**學習風格**。舉例來說，視覺學習者和聽覺學習者處理資訊的方式可能有所不同，所以，可能會有適合你的方法，和不那麼適合你的方法。你可以嘗試各種方法，甚至結合不同的方法，以了解哪種方法適合自己！

1.2.1　觸覺：數位排毒法

許多作者都認為從**數位切換回類比**這個方法很有用。

「你的意思是要我買一只指針錶嗎？這對時間管理有幫助？如果是這樣的話我就買。」

很可惜，改善時間管理不是買新手錶那麼簡單，這筆錢還是省下來，等到畢業時請自己吃頓大餐吧！

我們的意思是，你可以暫時離開電腦螢幕，**改讀印出來的紙本論文**，提升自己的專注力。這個方法有兩種效果。

第一個，改變閱讀方式能**減少讓你分心的事物**。如果你在電腦上閱讀，很可能會受到各種通知和彈出式視窗的誘惑，例如你才剛坐下，就收到朋友傳來的搞笑影片，滑一滑、看個兩眼……兩個小時咻一下就沒了。我們不是說讀紙本就不會有干擾，但這樣至少干擾不會出現在同一個螢幕上。如果你擔心自己會分心，也可以直接把手機放在拿不到的地方，讓自己專心閱讀論文。

第二個，比起在電腦螢幕上閱讀，閱讀紙本論文比較有**觸覺回饋**，因為你是用手握著自己論文的實體，也可以用尺、螢光筆等工具來幫助你維持專注（有關視覺輔助工具，下一個要點會詳細說明）。拿著工具在紙張上比劃的動作也能幫助你與素材互動，為你的心理運作增加另一個層次。

信不信由你，作者們在為本書定稿時，就是用這個方式檢查書稿的。在盯著螢幕長達數週、數個月之後，改讀紙本讓我們能以不同的眼光看待自己的作品，並發現一直以來遺漏的錯誤。

（話雖如此，如果你發現了我們沒改到的錯誤，與其給我們一星評價，不如多買幾本，讓我們有機會在再版中修正好這個錯誤？）

1.2.2　視覺：視覺輔助工具

如果你是視覺學習者，可能會覺得閱讀紙本的自由度更大，你可以在校對過程中使用視覺輔助工具，例如我們可以在紙本論文上使用**尺或螢光筆**等工具來幫助自己維持專注。傳統，但有效。

　　有效使用這些工具的方式包括：用尺（如果你是無尺之徒，也可以用一張白紙）**把句子獨立出來**，讓你可以一次聚焦在一個句子或一個重點之上。把尺或白紙放在你正在讀的句子底下，遮住其他句子，避免自己受到其他行的干擾。

　　螢光筆的使用方式無窮無盡。美馨是極度仰賴視覺的學習者，在她閱讀的過程中，螢光筆是不可或缺的存在；若一篇文章沒有用各種顏色標註，她就會找不到重點！如果你跟她一樣，或許可以嘗試**用顏色區分**重點的類型。舉例來說，美馨會用粉紅色標示**主題句**、用黃色標示**主張**，並用藍色標示**證據**，以下是她碩士論文的截圖，這就是她在最後提交論文前用來校對的版本。

Also, Moira's indomitable spirit is put through more ups and downs in the television adaptation. She enlists the help of June in her ploy to escape by dressing up as an Aunt. The inclusion of June in her scheme tells us that TV-Moira is more confident than novel-Moira, in that she believes that she can plan for an escape on a bigger scale than her novel counterpart. The arrangement also emphasises the close ties between Moira and June, as they include each other in their own plans, not unlike their pre-Gilead lives. Their close ties set the stage for their role reversal in the later part of the series, where June becomes the one to reignite the fighting spirit of an almost-defeated Moira.

　　運用這個技巧，美馨得以快速確認論文的每個段落都有一個清楚的概念，每一個主張都有證據支持。

　　宇挺的方法則不太一樣。他校對自己的文章時，會用不同的顏色標示**關鍵要點和洞見**。具體而言，他會用橘色標出他希望讀者能從文

章中獲得的洞見，是他想傳達的最關鍵資訊，**或是令人靈光乍現的時刻**，所以通常不會標記太多地方。另一方面，黃色則是代表他希望讀者知道的**新資訊或重要資訊**。這套以顏色作區別的系統讓宇挺能以**讀者的角度評估自己的寫作內容**，確保關鍵洞見和重要資訊都很顯眼且清楚地傳達給讀者，在讀者可以輕鬆取得並辨識資訊之外，更馬上知道其重要性。別忘了，他可是鋼鐵人，效率就是一切！

螢光筆的妙用還不只是這樣。另一個使用螢光筆的方式，不是用來標示文章本身，而是**標示標點符號**！

「什麼？我知道學者都很怪，但這麼怪的我還是第一次見到……」

我怪我驕傲！如果怪能為生活增添價值，有什麼好不承認的呢？

一言以蔽之，標示標點符號能幫助你系統性地檢查自己的文章。舉例來說，你可以用綠色**標示逗號**，然後用紫色**標示句號**。這樣你就能清楚看到自己是不是連續使用過多的逗號？或是中間沒什麼逗號但連續使用太多的句號？如果你發現太多逗號，或許你應該嘗試將長句拆成較短的句子；如果發現太多句號，或許你應該把幾個句子組合成複合句。

最後，印出紙本也可以從視覺上提醒你，距離睡覺（或是派對，如果你是E人的話）時間還剩下多少的閱讀（校對）工作要做。我們不知道你怎麼想，但我們很喜歡**翻過每一頁，看著剩餘頁數減少的那種感覺**——還蠻療癒的呢！

1.2.3 聽覺：朗讀出聲

如果你是聽覺學習者（比較擅長透過聲音學習），就可以善用**文字轉語音**軟體聆聽自己的寫作內容。某些文字處理軟體（例如 Microsoft Word）有內建的文字轉語音功能。如果你偏好線上作業，網路上也有許多免費的文字轉語音平臺。

聆聽自己的寫作內容可能會讓你發現新世界，找到在無聲閱讀時逃過你法眼的錯誤。試著讓微軟先生或小姐為你朗讀吧，你可以用耳朵聆聽已經熟悉的內容——或許會有什麼新發現也說不定呢！

以下截圖顯示 **Microsoft Word 文字轉語音功能**的介面。在這個版本當中，「大聲朗讀 (Read Aloud)」可以在「校閱 (Review)」索引標籤中找到。當然，軟體版本不同，介面可能也會略有差異，下圖可以讓你有初步的概念。

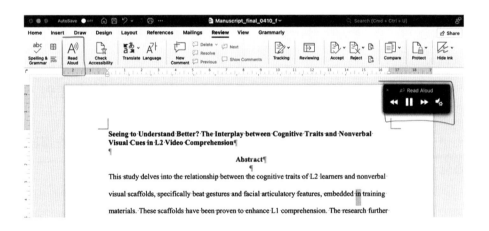

等等，還不只是這樣！在聽過自己的作品幾次後（或許還因為發現機器人朗讀功力比自己好而暗自垂淚），輪到你上講臺了！不要懷

疑，輪到你朗讀了！

大聲念出自己的作品能幫助你**感受文句的流動**，並抓到任何**文法錯誤或不自然的措辭，甚至也可以作為將來你在口試、發表上的預習**。如果念到令你喘不過氣的長句，就知道應該拆解句子；如果念到一個字，你總是心虛，不太確定它的發音，就知道應該查清楚，並且多念十遍、二十遍，而不是含滷蛋式地念過去！不僅讀者們（還有他們的肺跟耳朵）會感謝你，未來你自己在學術口說表達時，你也會感謝當年自己的貼心與嚴謹！

下次遇到寫作瓶頸時，不要害怕把文字處理軟體的文字轉語音功能當成你忠實的夥伴。它們的聲音可能不是很悅耳，但一定對你寫作論文有所幫助！

◇◇

請記得，這些策略並不互斥。你可以選擇一種適合自己學習風格的策略，或是像點冰淇淋一樣混搭各種策略！

無論如何，**校對的重要性**再怎麼強調也不為過。請設身處地為讀者著想：如果一篇文章充滿錯字和不當的措辭，你會繼續讀下去嗎？你會怎麼看待這篇文章的作者呢？是不是覺得這個人怎麼連檢查都不檢查呢？這是你已花下寶貴青春，懷胎（數）十月的論文寶寶，應該不想毀了自己的學術處女作吧？就好像選美小姐勇奪后冠，卻在風光走下舞臺時瞬間跌個狗吃屎──雖然令人留下深刻印象，卻是我們想避免的印象。

這裡的要點就是：**檢查、檢查、再檢查**！我們要做的不只是揪出文法錯誤（這點 AI 可以代勞），更重要的是保持「永遠都有改善空間」的心態，我們重視的不是完美，而是進步。

◇◇

主文定稿之後⋯⋯抱歉，還沒結束⋯⋯可以把這「最後的最後」想像成做蛋糕的裝飾步驟。烘烤蛋糕花了你很多力氣，現在該加上最後的修飾，讓蛋糕在視覺上也充滿吸引力吧！

論文的最後修飾包括想一個好**標題**、撰寫簡短清晰的**摘要**以及決定適當的**關鍵字**。不一定要按照這個順序，有些人會先想好標題再寫摘要，有些人則相反。一起來看看每一個步驟的內容吧！

2. 玫瑰不論以什麼為名，都一樣芬芳：取個好標題

好的標題就像磁鐵，能吸引你目標讀者的注意力。每天都有新的論文發表，要怎麼確保你的論文能鶴立雞群呢？我們將討論好標題該遵守的三個關鍵原則：清晰、簡潔和吸引力。

▶ 2.1 清晰

確保標題能清楚傳達你論文中最重要的課題，這對於搜尋引擎最佳化 (SEO) 很重要。簡單來說，如果你希望別人能找到你的論文，就**必須先讓你的論文容易被找到**！

好的標題能讓讀者立刻理解你的研究內容。想想看，你的研究中**最、最、最不可或缺的元素**是什麼？如果研究範圍、樣本、研究方法和變數會是理解你論文的關鍵，你的標題就該清楚傳達這些元素。

以貓貓實驗來舉例，這項研究主要是驗證喵星人對小紙箱的偏好大於大紙箱，並且以二至八公斤的喵星人為受試者，因此我們可以將標題訂為「探究喵星人小箱子偏好程度之研究：以二至八公斤的喵星人為例」。看吧！我們在標題中呈現了研究樣本「喵星人」、研究範圍「二至八公斤的喵星人」、研究「箱子尺寸」等重要資訊。

如此一來，未來想要進行喵星人對紙箱偏好程度相關研究的人就可以輕易地找到我們的文章，還可能從中找到未來可以進行的研究方

向，例如更進一步探究喵星人對不同材質紙箱的偏好程度等（就是這樣喵）。

話雖如此，你的標題也不應該放入太多資訊。標題不應該是一整個句子，更不應該是一整個段落！想標題時，應該以簡潔、易消化作為目標，否則重點太多就變成沒有重點啦！

▶ 2.2　簡潔

原則上，標題應該在十二個英文字以內。

「要是超過怎麼辦？會被退學嗎？！」

沒這種事，不會有什麼很嚴重的後果。但是簡潔的標題也**更好消化、更清楚**。想像一下，如果有篇論文的標題需要讀者重複讀三次才能理解研究內容……誰有那個美國時間啊？

還有一件事，雖然我們希望簡潔，但標題應該**避免使用縮寫 (Abbreviations)**。

「你不是說要簡潔嗎？縮寫再簡潔不過了！」

縮寫確實很簡潔，你可以在主文中使用縮寫，前提是要<u>先解釋過縮寫的意義</u>。但在標題使用縮寫可能會造成讀者混淆、意義模糊不確定。首先，**讀者可能並不熟悉你使用的縮寫**。如果是這樣，他們會無法只靠標題理解你論文中最重要的課題。再來，**同樣的縮寫可能有不同的意思**，影響標題的清晰度。

舉例來說，如果有篇論文的標題是《睡眠不足對 NTU 大學生認知表現的影響》，讀者可能無法判斷這裡的「NTU」指的是國立臺灣大

學 (National Taiwan University)，還是新加坡的南洋理工大學 (Nanyang Technological University)。

▶ 2.3 吸引力

這一點算是加分項目。你不必每次想標題時都考慮吸引力，完全不想也可以。但如果剛好靈感大駕光臨，有何不可呢？除了傳達事實外，你也能用標題來吸引讀者閱讀的興趣！

「但我以為學術論文的標題必須寫得中規中矩，因為學術界都是一群無聊又中規中矩的人。」

認真？都讀到這裡了，你還沒發現我們多**風趣**嗎？我們都用粗體寫**風趣**這兩個字了，不可能沒發現吧？學術界的人還是很酷的，多虧各位讀者，讓我們能跟上流行！

總之，以下是本書作者寫過不那麼無趣的論文標題：

(1) 〔字挺〕**Meaningfulness is in the Eye of the Reader**: Eye-tracking Insights of L2 Learners Reading E-books and Their Pedagogical Implications

這個標題是個<u>文字遊戲</u>，改編了「beauty is in the eye of the beholder（情人眼裡出西施）」這句諺語。這個標題很風趣，但又不失規矩，因為這項研究運用了眼動追蹤技術（「the eye of the beholder」），並探討讀者詮釋意義的方式。

(2) 〔美馨〕**Shifting Ground and Moving Tales**: The Adaptation of *The Handmaid's Tale* from Novel to Television

這個標題當中的「Shifting Ground」和「Moving Tales」都描述了動態的變化，形成結構和意義相似的排比。此外，「Moving Tales」也是一語<u>雙關</u>，其中一層意涵是「<u>動人的故事</u>」，指

　　《使女的故事》小說和電視影集中跌宕起伏的劇情；另外一層意義則是指改編故事<u>跨越媒體</u>的過程。

　　做得更透徹一點，如果你的學科（或指導教授）允許你發揮想像力，甚至連**章節標題**也可以套用同樣的想法！宇挺念博士的時候曾偶然讀到一份博士論文，跟一般乏善可陳的博論與眾不同，讓他決定買下論文的實體書，並用生命守護它一輩子。我們說的或許有點誇張，但是你懂的。

　　下圖是這份特別論文的目錄：

Table of Contents

Dissertation Abstract　　　　　　　　　　　　　　　　vi

General Introduction　　　　　　　　　　　　　　　　1

<u>Article 1</u>:　　　　　　　　　　　　　　　　　　　6
　　　　"On the Yellow Brick Road". Ultimate Attainment in Second Language Acquisition: Theoretical Framework and Empirical Evidence

<u>Article 2</u>:　　　　　　　　　　　　　　　　　　　46
　　　"The Emerald City". Analysis of the Linguistic Profiles of Highly Proficient Adult Second Language Learners

<u>Article 3</u>:　　　　　　　　　　　　　　　　　　　111
　　　"Courage, Heart and Brain". Best Predictors of Ultimate Attainment in Second Language Acquisition.

General Conclusion　　　　　　　　　　　　　　　　161

Appendices　　　　　　　　　　　　　　　　　　　167

　　注意到什麼了嗎？沒發現的話，跟著黃磚路 (Yellow Brick Road) 走就對了！「翡翠城 (Emerald City)」、「勇氣、心和頭腦 (Courage, Heart and Brain)」的共同點是什麼？沒錯，這些典故都出自《綠野仙蹤》(*The Wizard of Oz*)！在這個經典故事中，小女孩桃樂絲 (Dorothy)

來到充滿魔法的奧茲國 (Oz)，並試圖找到回家的路。

　　這份論文的作者史戴夫卡・馬林諾瓦－塔德 (Stefka H. Marinova-Todd) 博士（現任英屬哥倫比亞大學教授），將《綠野仙蹤》中的元素加入章節標題，恰當地比喻了第二語言學習者習得語言的歷程：

　　「**"On the Yellow Brick Road". Ultimate Attainment in Second Language Acquisition: Theoretical Framework and Empirical Evidence**」就是〈文獻回顧〉。就像在《綠野仙蹤》中，黃磚路代表通往目標的旅程，本章的作用是建立引導整個研究的理論基礎和知識路徑。這條黃磚路上沒有唱歌的小矮人，而是充滿了註釋和引文。

　　「**"The Emerald City". Analysis of the Linguistic Profiles of Highly Proficient Adult Second Language Learners**」這一章深入分析了研究者以熟練的成年第二語言學習者為分析對象，了解他們語言能力概況的過程，是該論文的〈研究方法〉章節。就像通往翡翠城的路只有一條，這項分析調查是哪些特質讓某些學習者達到較高的語言熟練度。

　　「**"Courage, Heart and Brain". Best Predictors of Ultimate Attainment in Second Language Acquisition**」：標題中的關鍵字「Courage, Heart and Brain」對應的是〈研究結果〉，以實證說明動力（勇氣）、情緒韌性（心）和認知策略（頭腦）是能預測語言學習成

功與否的關鍵指標。

　　馬林諾瓦－塔德教授饒富創意的章節標題，以《綠野仙蹤》的元素有效地比喻了語言學習歷程，讓她的論文更易讀、概念更清晰。

　　我們知道，不是每個領域或指導教授都支持作者在題目、標題和子標題上盡情發揮創意。但如果你有任何好點子，何不跟指導教授分享，看看他們會有什麼反應？或許你一直都擁有想像力這項超能力，只是自己沒注意到罷了！

◇◇

　　除了標題以外，**摘要**也是論文中很重要的一部分。讀者會先閱讀論文摘要，再決定要不要繼續讀下去。

　　請看下面兩扇門的圖片。你比較想走進哪一扇門？為什麼？

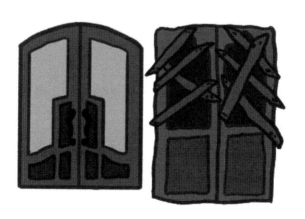

　　多數人都會選第一扇，看起來乾淨、平易近人的門。另外一扇看起來像是鬼屋的門，大聲說著：「膽敢進來的人就小心了！」論文的摘要就好像房子的前門，最好具備吸引力、平易近人的特質。讓我們教你怎麼做。

3. 撰寫摘要

▶ 3.1　摘要是什麼？

　　首先，摘要是什麼？你大概已經在做研究時看過上百篇的摘要，已經有了初步的印象，但我們還是很快介紹一下摘要的組成：

關鍵元素	時態
問題／目標／目的：討論最重要的課題。你想解決什麼問題？為什麼這些問題很重要？為什麼你選擇研究某些變數，而不是其他變數？ 你也可以*短暫*提及現有的文獻，或描述你想補足的研究缺口。	現在式
參與者、研究方法、研究發現：統整研究參與者的資訊（若有的話）、研究方法和研究結果／發現。 ● 研究方法：設計、資料蒐集技巧和分析方法 ● 研究結果／發現：最重要的資料或結果	過去式
影響：你從研究中學到什麼？這些新知識對你有何幫助？你的發現對現實世界有何影響、建議，或是可能怎麼應用？	現在式

　　這個表是不是有點眼熟呢？這不是你的錯覺！**摘要的關鍵元素跟論文的關鍵元素相仿。**

　　如果你已經忘了論文有哪些關鍵元素，別擔心！我們在此快速複習一下學術論文的五個關鍵元素以及其各自功能，還有慣例上使用的時態。請注意，這裡建議的時態是每一個章節主要使用的時態，其他時態一樣可以使用喔！

章節	功能	時態
(1)〈緒論〉	為研究鋪陳、設定目標	現在式
(2)〈文獻回顧〉	為你的研究提供脈絡	過去式
(3)〈研究方法〉	你在研究中做了什麼	過去式
(4)〈研究結果〉	你蒐集到的資料	過去式
(5)〈研究討論〉、〈結論〉	你可以從蒐集到的資料中學到什麼、這對領域的未來有什麼意義	現在式

　　換句話說，你可以把摘要想成論文的**概覽**，主要著重在你從事這項研究的原因，以及這項研究對學術界有何貢獻。以下是《大腦與語言》(*Brain and Language*) 中一篇期刊論文的摘要。

Age constraints on first versus second language acquisition: Evidence for linguistic plasticity and epigenesis☆

Rachel I. Mayberry* and Elizabeth Lock

School of Communication Sciences and Disorders, McGill University, 1266 Pine Avenue West, Montreal, Que., Canada H3G 1A8

Accepted 17 April 2003

Abstract

Does age constrain the outcome of language acquisition equally regardless of whether the language is a first or a second one? To test this hypothesis, the English grammatical abilities of deaf and hearing adults who either did or did not have early language experience (spoken or signed) during early childhood were investigated with two tasks, timed grammatical judgement and untimed sentence to picture matching. Findings showed that adults who acquired a language in early life performed at near-native levels on a second language regardless of whether they were hearing or deaf or whether the early language was spoken or signed. By contrast, adults who experienced little or no accessible language in early life performed poorly. These results indicate that the onset of language acquisition in early human development dramatically alters the capacity to learn language throughout life, independent of the sensory-motor form of the early experience.

Keywords: Critical period; Grammatical processing; Comprehension; First-language acquisition; Second-language acquisition; Signed language; ASL; Plasticity; Syntax

▶ 3.2　怎麼寫摘要？

摘要的所有零件到齊了，是時候將它們組裝起來了！

本書其中一位作者芷蓉分享了她寫摘要的過程，利用點、線、面的概念組成摘要：

(1) 從每個章節提取「**一或兩個要點**」，用「**一句話**」條列出來。

    (a) 〈**緒論**〉：用一個句子描述研究主要課題、目標或目的。

    (b) 〈**文獻回顧**〉：根據關鍵字討論現有研究最重要的發現，或是你想填補的研究缺口。

    (c) 〈**研究方法**〉：簡單地用一到兩個句子描述研究設計、資料蒐集技巧和／或分析方法。

    (d) 〈**研究結果**〉：用一到兩個句子強調研究最重要的結果。

    (e) 〈**研究討論**〉、〈**結論**〉：用一到兩個句子討論研究最重要的影響和潛在應用。

(2) 把這些要點連結成「**一個段落**」，摘要的初版就完成了。

(3) 重新回到論文，對照摘要初稿是否**遺漏了任何關鍵資訊**。若你發現初稿漏掉了什麼重要的資訊，現在就是補漏洞的好機會！

這個方法簡單又有效，對不對？芷蓉也是歷經了多次嘗試和錯誤，才終於整理出這一套方法。不信嗎？來看看芷蓉博士論文摘要的兩個版本吧！

▶3.3　實際個案研究：撰寫好摘要

　　請閱讀以下芷蓉博士論文摘要的兩個版本。為求簡潔，我們只從摘要中節錄與研究目標／目的有關的部分。左邊欄位是初稿，也就是原始的摘要版本。右邊欄位是她根據口試委員建議進行修改後的第二版。請注意第二版的底線部分，並觀察這兩個版本之間的差異。

初稿 （論文口試前）	第二版 （論文口試後）
本研究之主要目的在於發展以抗震結構設計為主題，且符合臺灣科技師資培育教學現場需求的「重複式工程設計教學模組」。此外，本研究調查此重複式工程設計教學模組對職前科技教師 STEM 教學概念和自我效能的有效性。本研究採用……（研究方法）	本研究之目的在於發展以抗震結構設計為主題的重複式工程設計教學模組，<u>結合工程設計流程與逆向工程策略，並透過「建構、反思、探討，以及實踐」四步驟</u>，增進職前科技教師於 STEM 教學中應用工程設計流程的概念，並提高他們的 STEM 教學自我效能。本研究採用……（研究方法）

　　初稿中，芷蓉主要聚焦研究的全局，提供較普遍性的資訊。口試委員指出，這個版本的摘要雖然沒有太大的問題，但是**無法有效區分芷蓉的研究跟其他類似研究的差別**。換句話說，很多研究者都會設計教學模組，芷蓉設計的模組跟其他研究有什麼差別呢？因此，口試委員認為芷蓉應該修改摘要，強調她研究的**獨特性**。所以在第二版的摘要中，芷蓉加入了較具獨特性的細節（底線部分），強化她的研究和其他類似研究之差異性。

　　芷蓉的經驗提醒了我們，雖然摘要篇幅有限，我們還是應該好好強調**自己研究的獨特之處**。除了縱覽全局外，也要納入**鑑別性資訊**，讓讀者理解你研究的重要性和獨特性。

4. 選擇關鍵字（學術主題標籤）

　　第三章討論尋找合適的指導教授時，我們說過可以留意教授研究的關鍵字，把它們當成「主題標籤」，你可以透過關鍵字找到彼此互相關聯的研究；本章稍早也提到，論文標題必須夠清晰，以達到搜尋引擎最佳化，讓感興趣的讀者找到你的論文。因此，關鍵字扮演的角色十分重要！

　　我們敢說你們對社群媒體的主題標籤一定不陌生。在社群媒體發一篇文，放多少主題標籤是合適的呢？有人是說三十個（！？），但寫學術論文時沒辦法放到三十個關鍵字，一個研究通常會有**四到八個關鍵字**。同樣地，確切的建議數量會因為你的領域或期刊規範而有所差異，若想多加了解，請查閱相關內容，或與你的指導教授討論。

　　最重要的問題來了：「我的研究有很多細節，要怎麼挑選最適合的關鍵字，讓大家看到我的研究有多棒呢？四到八個實在太少了！」問得好！以下分享兩個為論文設定**「學術主題標籤」**的關鍵原則：

▶ 4.1　研究的關鍵元素

　　關鍵元素指的是研究中最重要的課題、問題和／或主題。請盡量寫得**具體**一點，不要過於籠統。設定關鍵字時，請試著站在其他研究者的立場問自己：「其他研究者在搜尋相關文獻時，會使用哪些詞語呢？」此外，因為關鍵字的數量很少，你也應該確保關鍵字間**沒有重複**，否則只是徒增冗贅而已。

　　假設你在研究使用 Instagram 對大學生學業表現的負面影響好了。請比較下面兩組關鍵字，哪一組是比較好的「學術主題標籤」？

(1) A 組：社群媒體、社群媒體的影響、學業表現、學業成就、學生

(2) B 組：Instagram、社群媒體的負面影響、學業表現、大學生

讓我們快速講解這兩組關鍵字的差別。

A 組關鍵字	B 組關鍵字	評論
社群媒體	Instagram	B 組聚焦單一平臺，讓讀者了解研究的範圍與限制。
社群媒體的影響	社群媒體的負面影響	如果研究只聚焦社群媒體的負面影響，關鍵字就應該包含「負面」兩個字。
學業表現、學業成就	學業表現	「學業表現」和「學業成就」重複了，可以刪掉其中一個。
學生	大學生	若研究對象僅限於大學生，就應該強調此一族群資訊。

　　整體而言 B 組較為具體，能讓從事類似研究的研究者更容易**找到這篇論文**，當成未來研究的參考資料，讓你的論文更有機會對領域的發展做出貢獻。如果你有心向學術界發展，論文的讀者越多代表越有機會獲得引用，這能衝高你的引用指數。

　　但我們不是說 A 組一無是處。相反地，如果研究的範圍比較廣，例如討論「社群媒體」整體、範圍不僅限於單一平臺、同時探究社群媒體的正面和負面影響，以及納入各個教育階段的學生等等（而不是只限大學生），A 組中某些詞語可能會是很好的關鍵字。但是，我們還是會以冗贅為由，刪除「學業表現」和「學業成就」的其中一個。

　　你可能會注意到很多關鍵字都已經在題目中出現過了。像這樣的重複是可以接受的，**你最重要的課題可以、也應該同時出現在題目和**

關鍵字當中。

有時候，研究可能相當複雜，無法在標題中傳達研究的所有面向。如果你遇到這種情況，請參考下一個訣竅！

▶ 4.2 標題沒提及的關鍵元素

如果標題已經達到字數限制，你可以用關鍵字補齊標題中沒有提及的關鍵元素。

你可以在規劃標題和關鍵字時列出研究的所有關鍵元素。假設你想到六個關鍵元素，但為了避免冗長，標題只能包含其中四個。在這種情況下，請將剩下的兩個關鍵元素納入關鍵字，確保你沒忽略任何研究的重要層面。

◇◇◇◇◇◇◇◇◇◇◇◇◇◇◇◇◇◇◇◇◇◇◇◇◇◇◇◇◇◇◇◇◇◇◇◇◇◇

標題、摘要和關鍵字都寫完後，終於可以按下「列印」，將論文交給更有經驗的學者審查了！

如果你寫的是期刊論文，讀的人是期刊編輯；如果你寫的是碩博士論文，讀的人會是你的指導教授和口試委員。下一節將快速介紹完成初稿寄出後要執行的步驟（對，現在還只是初稿而已）！

5. 接下來呢？

這個問題的答案取決於完成稿件的類型，以及你目前處於哪一個教育階段。我們假設了各種可能性，讓你可以更清楚地預期每個階段會發生什麼事。有些部分可能不適用現在的你，但往後若你決定在學術界進一步發展，可能就會有所幫助！

▶ 5.1　稿件的類型

5.1.1　若你投的是期刊論文

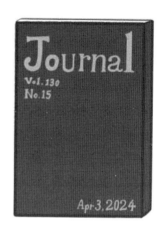

　　如果你剛完成的是要投到期刊的論文，現在你已經可以把它寄到你選擇的期刊了！**檢查一下期刊的要求**：論文是該郵寄、Email，還是上傳到某個網站？如果是數位投稿，檢查一下期刊是偏好 PDF 檔還是可以編輯的格式。除此之外，有沒有其他要準備的素材？有些期刊會要求你將摘要獨立成一個文件繳交，有些期刊則會要求你在表單中填寫作者資訊……等等。

　　論文投出去後，下一步就是……等待！每份期刊在收到投稿至回覆之間的時間都有所不同，可能長達**數週到數個月**。因此，如果獲得知名期刊刊登是你的目標，或者是畢業標準之一，請記得提早將論文交出去！不怕一萬，只怕萬一，你可能會想在**預定畢業日期的一至兩年前**就開始準備期刊投稿。因為某些期刊（特別是投稿量很大、競爭激烈的期刊），光是完成外部審查和修訂可能就需要長達一年的時間（如果你的論文成功通過內部審查，被送交外部審查的話）。

　　交出論文後，你坐立難安地等待、等待、再等待。終於，你收到了來自期刊的 Email！你因為焦慮和期待而全身顫抖，深呼吸三次後，你鼓起勇氣開信。

　　以下是交出論文後，常見的五種**可能結果**。

(1) **直接拒稿 (Desk Rejection)**：抱歉，你的論文直接在主編這一關就被判定不符合該期刊的刊登標準（各種原因都有可能，不一定是寫得不夠好，也可能是不符合該期刊的範疇）。

(2) **同儕審查 (Peer Review)**：你的論文通過了第一關，送給同儕進行審稿（通常是兩到三位）。審稿人不知道作者和其他審稿人身分，以確保審查公平、沒有偏差。

(3) **需要稍微修訂 (Minor Revisions Required)**：你的論文有刊登的潛力。在這個情況下，評審會提供回饋，作者則必須做出回應和對應的修正，然後重新交出論文接受審查。

(4) **需要大規模修訂 (Major Revisions Required)**：你的論文有潛力，但需要大規模的修正才有辦法刊登。作者必須大幅修訂論文，如果修訂得好，才有辦法變成「需要稍微修訂」，然後才有機會得到期刊接受。如果修訂達不到標準，期刊編輯可能會在第一次修正後拒絕論文。

(5) **通過且無須修訂 (Accepted Without Revisions)**：期刊照原樣接受了你投稿的論文，這是論文投稿的最高追求！可以想像，這種情形極度稀少。若你的論文通過且無須修訂，應該把它裱框起來，掛在你努力取得的畢業證書旁邊！

雖然論文投稿的流程可能長達數個月，甚至數年，往往等到花兒都謝了。而且論文在獲得刊登前，也可能必須經過好幾次的修訂才能達到要求。然而，第一次看到自己論文獲得刊登，是令人成就感噴發的經驗！我們會在這裡一直陪伴並鼓勵大家的！

但即便被拒絕了也不必氣餒。本書作者都經歷過無數次拒絕，還不是好好地活到現在，歌照唱、舞照跳了？就算遭到拒絕，你還是能從投稿期刊的過程學到很多東西，像是自己論文中存在的**盲點**，還有在將論文投到其他期刊前有哪些**改善方式**。被拒絕不代表你一切的辛苦都放水流，你可以把每位評審的意見視為**有建設性的批評**，把每一次修訂視為學習的過程，如此一來，你的寫作功力就會隨時間進步！

5.1.2　若你投的是碩博士論文

　　如果你剛完成碩博士論文，這代表你離畢業又更進一步了！恭喜恭喜，但在正式畢業前，還有一些關卡等待著你。

(1) 口試委員

　　通常到了這個階段，你已經跟指導教授討論過該邀請誰當論文口試委員。如果還沒，或許你應該馬上找教授討論。碩士論文口試通常需要三名口試委員，博士則需要五或六名。

　　決定口試委員名單後，**請在口試前寄一份論文給所有的口試委員**。通常最好是<u>提早至少兩到四週</u>寄出你的稿件。口試委員可能同時要讀好幾份論文，所以你必須確保讓他們有足夠的時間閱讀。如果你太晚寄出，到了口試當天，他們可能沒辦法給你很好的回饋。除此之外，你會顯得很失禮、很難搞。研究生太晚寄出論文，就好像插隊的人還有膽說：「我很重要，我很急餒，先幫我點餐！」

　　你確實很重要，但所有人都很重要，請不要當學術界的奧客。

(2) 口試當天

　　這天終於到了！不，不是世界末日，是你口試的日子！今天，你要以主角的身分站上舞臺，過了今天，你有可能一炮而紅，成為學術界的明日之星。該怎麼準備呢？

　　建議口試前一至兩週，檢查你所屬系所的規定，提前了解行政工作和流程安排該如何進行，避免行政程序成為這完美的一天的遺憾。例如：

行政程序：需要準備什麼表格給口試委員簽名嗎？事先印出紙本並準備在旁邊，能讓你心情安定，避免要簽名畫押時手忙腳亂，徒增變數。

事前準備：如果你的口試是在線上進行，或是採線上、現場混合模式，是該使用自己的設備，還是跟系所借用？該提前多久去測試，確保設備正常（筆電、簡報筆、投影機、線上會議室、播放設備等等都有可能是當天的小頑皮）？口試過程中可以錄音或錄影嗎？如果你希望可以錄音來作為之後修訂論文的依據，建議事前就和委員告知並充分說明，充分展現我們的尊重與誠意。

其他細節：是否需要為口試委員準備一些小點心／水果／飲品？口試委員是否有特殊的飲食習慣？這些都是很瑣碎的小細節，但會大大影響口試委員對你的印象。你可不想讓他們覺得自己毫無準備、缺乏組織、東漏西漏，對吧？（如果準備了委員喜歡的點心，說不定他們可以少問一點問題？）

口試過程：你大概會有二十到二十五分鐘的時間，針對你的研究進行報告。時間管理也很重要，不要超出規定的報告時間！如果你的報告拖得太長，會讓人覺得你沒有事先排練過、不尊重規定的時間限制。（這時候，先前的朗讀練習可能就會派上用場啦！）

回饋與提問：報告結束後，口試委員會針對你的論文和報告**提問或提供回饋**。一般來說，碩士學位口試時長是一個半小時，博士學位口試則是兩到兩個半小時。別擔心，雖然感覺永無止盡，但時間是公平的，口試終究會結束的！口試過程中，你可以**做筆記**，並現場回應口試委員。口試結束後，這些筆記也會是你在修訂論文時，可以用來參考的珍貴資源。你可以把它們想成通往寶藏（學位）的藏寶圖。

（難熬的）口試結束後，你將會得到口試的**結果**。如果結果是通

過，恭喜你！記得要鄭重感謝各位教授撥冗前來及給予建議，也確保他們簽了所有該簽的行政文件，然後……開始修訂論文，準備定稿！

(3) 口試和畢業之後

請根據你在口試時獲得的回饋修訂論文，完成**定稿**。修訂完之後，請指導教授再過目一次。指導教授點頭之後，就大功告成了！你可以把最終版本的論文交給學校，完成**畢業**手續（請提前參考系所和學校規定，如果你有安排出國或其

他行程，請確保這些文件的辦理不致影響你的時程），接著，熱騰騰的學位就到手了。

恭喜你人生升級！有了新的學位，你可以邁向人生的下一個階段，那就是……是什麼去了？

來問問我們的作者們吧！以下是美馨和芷蓉在取得學位後所做的事，你可以看看自己有哪些選項。

▶ 5.2　再接下來呢？

5.2.1　取得學士或碩士學位之後

如果你剛取得學士或碩士學位，決定不想繼續朝學術界發展，或是想先探索其他選項，再決定學術界適不適合自己的話，你可以開始做大人該做的事：寄出履歷表找工作！希望學位在你跟公司談薪水的時候有所幫助（這是我們所有人都必須學習的課題）。

但如果你有興趣朝學術界發展，或許你可以考慮繼續在研究所深造。作者之一的美馨就做了這個決定（她仍不確定這是不是正確的決定）。來看看她的故事吧！

美馨的故事

食髓知味

親愛的讀者們，雖然我平常是個「I人」，但相處了這麼久，我覺得什麼事情都能跟你們說。我想告訴你們一個祕密（深呼吸），我要說囉：

我@#%*&$！

「蛤，你說啥？」

好，我再說一次，這次說慢一點：

我從小就是書呆子！

呼，說出口了。感覺鬆了一口氣。

我把自己最不可告人的祕密告訴你們，是想說明我決定在取得碩士學位後繼續攻讀博士的原因。

我在碩班寫報告和論文時，其實就已經開始考慮留在所上繼續念博士了（我就像他們怎麼甩也甩不掉的口香糖）。但我一開始並沒有百分之百的把握，於是我決定**把寫論文當成測試**：如果過程太痛苦，我就在拿到碩士後止步；如果我很享受寫論文的痛苦（？？），就報考所上的博士班。

接下來發生的事相信你們都知道了，目前我還在想辦法取得博士學位。

你們問我喜歡念博士班嗎？說真的，滿喜歡的。我喜歡發掘觀看既有現象新觀點的過程。換句話說，我喜歡將熟悉的事物陌生化，將陌生的事物熟悉化（很繞口吧）。

你們問我有沒有懷疑過自己念博班的決定正不正確？當然有，說實話，我昨天就有這種感覺。今天的話……我還不知道。

但可以確定的是，我並不後悔做這個選擇。不然我怎麼會寫這本書，跟你們分享學術寫作的訣竅跟故事呢？肯定不是因為博士生都窮到快吃土了，需要賺外快吧！

　　如果你跟美馨一樣，不排斥當個專業的書呆子的話，可以考慮報考碩士班或博士班，往學術界進一步深造。但這是一個重大的決定，你可能必須找人談談，尋求他們的意見。除了同儕和家人以外，你也可以找指導教授，或是其他你喜歡的教授。畢竟，他們直接觀察到你在學術環境中的狀況，是最能評估你是否適合走這條路的人了！

　　好，那假設我決定讀碩士班，畢業後繼續讀博士。那博士班畢業之後呢？

5.2.2　取得博士學位之後

　　同樣地，我們來聽聽前輩的經驗吧！芷蓉在寫作本書時才剛取得博士學位不久。她對畢業後必須做的抉擇仍記憶猶新，讓我們看看她對各種選項有何看法吧。

芷蓉的故事

我該如何靠知識為生？

我會決定念博士班，是因為我很喜歡學習新知識，然後用新的方

式將之「拆解」、「重新組合」。此外，我很仰慕我的指導教授（我在第三章提過，我碩班和博班的指導教授是同一個人），所以，我從來沒有質疑過自己就讀博班的決定是否正確。

讀博班的選擇對我來說很容易，但畢業後的抉擇就比較困難了。我的研究與 STEM（科學、科技、工程與數學）教育有關，所以我主要有三個職涯選項：

(1) 研究

(2) 教學（大專院校）

(3) 顧問（私人企業）

面對這三個選項，我誠實面對自己的內心。**哪個選項最令我感到怦然心動呢**？我重新審視過去的經驗，發現自己熱愛教學，也同時對學術研究充滿熱情，因此決定找一份能讓我一邊教書、一邊作研究的職位。我開始向各大學投履歷，希望能獲得在大學服務的職位。

長話短說，我現在的工作讓我有辦法與研究新手分享自己的經驗！希望你們能跟我一樣幸運，聆聽自己的心聲，找到自己熱愛的工作！

　　畢業可能讓人在感到興奮的同時，感到壓力山大。一方面，進入人生的下一階段確實值得慶祝，但另一方面，我們可能會因為害怕做錯決定而緊張過頭。因此，我們在此討論幾個主要的選項供你參考！

(1) 研究

　　如果你喜歡研究，比起與人相處，更喜歡埋首書中，或許你很適合從事研究工作！你可以查查看你所在的城市或國家有哪些**研究機**

構。以我們所在的臺灣為例，主要的研究機構有中央研究院和國家教育研究院。查查看他們的職缺，看看職缺內容，是否會讓你心想：「如果得不到這份工作，我寧願流浪街頭！」寄出應徵信和所有必要文件，接著就靜待回音吧！

(2) 教學

如果你跟芷蓉一樣，覺得教書是你的天職，你可以查查**大專院校**有哪些職缺，看看科目、地點、上課時間和其他你在意的條件是否適合。如果你找到離家很遠的大學職缺，你也必須考慮搬家對你來說是否是可行的選項。這是很重大的決定，在做出決定前，你必須和親朋好友討論，規劃短期和長期的目標。如果你跟芷蓉一樣，覺得人生是一趟冒險旅程，那不妨就去試試看吧！

該注意的是，即便你決定在大學教書，你還是必須**繼續**在自己的領域做研究，維持你的學術聲望。你在同行評審期刊或其他專業管道的發表情形，將會是他人評估你表現的標準。也就是說，你必須**持續發表論文**，因此，這本書會一直是你的得力助手。（我們就會成為你怎麼甩也甩不掉的口香糖？　）

(3) 顧問／專家

如果你對研究和教學都不感興趣，可以到**私人企業**找顧問或專家的職缺。這些工作能讓你有機會在現實世界中運用學到的知識，對喜歡實務應用勝於理論研究的人來說是很好的選項。如果你屬於這類人，可以查看看跟你領域相關的公司有沒有適合的職缺！

6. 天下沒有不散的宴席

曾經有位教授在課堂上問過這個問題：「做學術研究，然後寫一篇長篇大論的論文回報你做了什麼、有什麼發現，究竟意義何在？」

聽到這個問題，整個教室陷入一片寂靜。老實說，大多數人只把寫論文當成爲了畢業不得不做的事情。

看到學生們回答不出來，教授神態自若地**繼續說道**：「**寫論文的過程，是在訓練邏輯和批判性思考**。對你們很多人來說，這是第一次，也可能是唯一一次的機會，可以評估題目和相關文獻的各種面向，並運用邏輯撰寫如此細節的文章。這樣的練習會對你們的未來有許多幫助。舉個例子，如果未來的老闆要求你們寫一篇兩頁的報告，你們就可以應用在論文寫作中學習到的原則，寫出一份**清晰**、**簡潔**的報告！」

教授微笑著說道：「相信我，未來當你們在開會時看到講者嘮叨著無意義的枝微末節，而臺下的人都自顧自地滑手機，一定會感謝現在的自己接受過論文的試煉。**批判性思考和簡潔的表達**是社交場合的超能力，能讓別人願意聽你們說的話。這兩項超能力的應用範圍很廣，從打造完美的交友軟體檔案，到跟父母解釋爲何需要向他們借錢。在這個資訊量過載的世界，**排除雜訊、有效溝通**的能力，甚至比終生有免費咖啡喝更有價值──記得，我們說的可是研究生啊！」

宇挺的故事

用電梯簡報推銷自己！

宇挺在三十多歲時完成了博士論文，隨後便開始在學術界發展職涯。他應徵美國密西根州一所大學，有機會取得終身職的職位，進入了最後的候選人名單。

經過多次與系所教授和學院長的面試後，宇挺終於來到了掌握僱用決定權的人面前。他充滿了信心。畢竟，他可是從將近一百名的應徵者中殺出重圍，除了他以外只剩下另一位候選人。沒道理

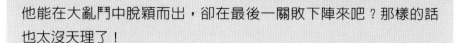

他能在大亂鬥中脫穎而出，卻在最後一關敗下陣來吧？那樣的話也太沒天理了！

於是，宇挺帶著滿滿的自信心，和競爭者一同走進面試間。他志得意滿，卻萬萬沒想到面試官會投出一記變化球：「請用**一個句子**說服我，為什麼這個職位非給你不可。」

宇挺驚呆了。

一個句子！一個句子？如果是一百個句子，那還不容易（有誰不喜歡暢談自己的事呢）？然而只能用一個句子？他完全沒想到會是這種情況。

在宇挺還不知所措的時候，他的競爭者自信滿滿地說道：「我要改變這個領域。」這句話簡潔、充滿魄力，沒有足夠的自信、不夠了解自己的人是說不出口的。

此時的宇挺腦袋一片空白，只擠得出三個字：「我⋯⋯來了。」

宇挺在面試中成功做到了一件事：讓面試官的眼睛瞪得跟金魚一樣大。

用不著說，宇挺沒有錄取，但他有了一個頓悟。聽到競爭者簡練卻力道十足的回應，他意識到寫論文真正的價值所在：論文不只是一本厚重的磚頭書，而是一塊能砥礪心智的磨刀石。就讀研究所期間，他將複雜概念濃縮成清晰、簡潔陳述的能力有了長足的進步，現在，他發現這項能力在專業領域也有重要功用。

這次經驗深化了他從教授身上學到的課題：論文寫作和學術研究不只對學業很重要，也是面對現實世界挑戰的珍貴訓練，讓我們了解：**每一個字都很重要、複雜的概念要用簡單的話說，而且要對世界有所貢獻**。

時間快轉到今天，無論面對什麼挑戰，不管主題是什麼，宇挺都有辦法用一個、五個或二十個句子好好說明！他也花了好幾年的時間，從應徵者成為面試官。現在，換成他偶爾會因為應徵者無厘頭的回答瞪大眼睛，但這些回答應該也會成為應徵者多年後侃侃而談的趣事吧！

不知道你有什麼想法，但我們特別受到這種觀點啟發。寫論文不只是為了達成課程要求，而是**磨練心智、訓練自己長話短說的過程**！這樣想的話，或許你就不會覺得寫論文是一件痛苦的事，反而覺得充滿了意義。

最後，我們想引用美國天文學家卡爾・薩根 (Carl Sagan) 的一句話：「**科學不只是知識，而是一種思考方式。**」[1] 我們希望，你從寫論文的過程中學到的不只是內容上的知識，還有超越學術應用的各種技巧。這些技巧或許會在你的人生中，在出乎意料之外的場合派上用場也說不定呢。

希望你跟我們一樣享受這趟旅程。本書已經來到尾聲，但你的故事才正要開始。我們跟偵探唬爾摩斯、譁生醫生一起祝福你在學術研究的旅途上一路順利。希望你收穫滿滿！

1　Sagan, C. (1979). *Broca's Brain: Reflections on the Romance of Science.* Random House.

7. 整理你的偵探檔案

　　在你雙手離開鍵盤，宣告論文大功告成之前，囉嗦的我們設計了一份核對清單，幫助你雕琢努力的心血。將以下核對清單看過一遍，確保你已經修正所有語言、內容和格式上的問題，再按下「送出」！

▶ 校對核對清單

語言 (1)：動詞時態一致性

　　注意：以下建議的是每一個章節應該使用的主要時態，但有時出於其他目的，還是可以使用其他時態：

(1) 〈摘要〉：過去式

(2) 〈緒論〉：現在式

(3) 〈文獻回顧〉：過去式

(4) 〈研究方法〉：過去式

(5) 〈研究結果〉：過去式

(6) 〈研究討論〉：現在式

(7)〈結論〉：現在式

語言 (2)：過去的錯誤

檢查你過去寫過的東西，找出經常出現的問題（例如條理貧弱、措辭不自然等等）。把這些問題寫在下方。檢查目前的稿件是否有這些問題，然後勾選對應的方塊。

- 過去的錯誤 (1)：＿＿＿＿＿＿＿＿＿＿＿＿＿＿＿＿＿＿＿

- 過去的錯誤 (2)：＿＿＿＿＿＿＿＿＿＿＿＿＿＿＿＿＿＿＿

- 過去的錯誤 (3)：＿＿＿＿＿＿＿＿＿＿＿＿＿＿＿＿＿＿＿

內容

閱讀每個段落，找出其表達的主要概念。你可以自己規定要使用哪些符號或顏色。盡情發揮創意吧！重點是符號要夠簡單，讓你可以邊讀邊做記號。你可不想花五分鐘畫完一幅康丁斯基式的大作，才有辦法接著繼續讀下一段吧！

以下是每類內容可以參考使用的符號：

(1) 有一個清晰的概念 ✓

(2) 有不只一個概念 △

(3) 沒有清晰的概念 ∅

如果你喜歡音樂，甚至也可以用音符來標記：

(1) 有一個清晰的概念 ♩

(2) 有不只一個概念 ♫

(3) 沒有清晰的概念 ⌢

參考文獻：項目檢查

檢查你是否多放或少放了參考文獻。

(1) <u>多放了</u>參考文獻（你在〈參考文獻〉清單中放入了沒有直接參考的文獻）

(2) <u>少放了</u>參考文獻（你直接參考的文獻沒有放入〈參考文獻〉清單中）

參考文獻：格式檢查

我使用的是哪一種格式？＿＿＿＿＿＿＿＿＿＿＿＿（例如 APA、MLA、Chicago 等等）

(1) 內文引用

(a) 檢查內文引用格式

(b) 檢查遺漏的資訊（例如你需要再次確認的頁數）

(2) 參考文獻（檢查格式是否正確）

學術主題標籤

檢查研究的所有關鍵元素是否都已經納入：

(1) 標題

(2) 摘要

(3) 關鍵字

 **本章重點回顧**

校對	**策略：把任務獨立出來** (1) 多次閱讀自己的論文，但每次閱讀都聚焦不同的層面 **校對時要留意：** (1) 語言：文法、拼字、標點符號等等 (2) 內容（包含主文和〈參考文獻〉中的內容）：確保已經清楚 　　表達概念，沒有多餘或遺漏的資訊 (3) 格式：根據選用的格式指南檢查論文
畫龍點睛	確保研究的**關鍵元素**都清楚、簡潔地納入了： (1) 標題 (2) 摘要 (3) 關鍵字
交出論文了！ 然後咧？	(1) 如果你寫的是**期刊論文** 　　○ 寄給期刊 → 修訂（可能不只一次）→ 期刊刊登／退稿 (2) 如果你寫的是**碩博士論文** 　　○ 交給口試委員 → 口試 → 修訂 → 指導教授核准 → 畢業
畢業了！ 然後咧？	(1) 取得學士或碩士之後：找工作，還是繼續深造？ (2) 取得博士之後：你想找哪一類工作？研究、教學，還是在私 　　人企業上班？

國家圖書館出版品預行編目(CIP)資料

破案而非破頭：論文解謎初學者指南 / 古芷蓉,
范雅筑, 黃美馨, 劉美慧, 劉宇挺著；李偉誠, 吳
寬柔譯.－－初版.－－臺北市：五南圖書出版
股份有限公司, 2024.12
　　面；　公分
　ISBN 978-626-393-871-7 (平裝)

1.CST: 論文寫作法
811.4　　　　　　　　　　113015998

1HAY

破案而非破頭：
論文解謎初學者指南

著 作 主 編 ― 劉美慧、劉宇挺

作　　　　者 ― 古芷蓉、范雅筑、黃美馨、劉美慧、劉宇

譯　　　　者 ― 李偉誠、吳寬柔

編 輯 主 編 ― 張毓芬

責 任 編 輯 ― 唐　筠

文 字 校 對 ― 許馨尹

稿 件 校 對 ― 陳妍儒、陳重安、劉冠妏

封 面 插 圖 ― Jocelyn Ko

封 面 設 計 ― 施可旋

章節名插圖 ― Jocelyn Ko

內 文 插 圖 ― 黃亭瑜

出 版 者 ― 五南圖書出版股份有限公司

發 行 人 ― 楊榮川

總 經 理 ― 楊士清

總 編 輯 ― 楊秀麗

地　　　　址：106臺北市大安區和平東路二段339

電　　　　話：(02)2705-5066　傳　真：(02)2706

網　　　　址：https://www.wunan.com.tw

電 子 郵 件：wunan@wunan.com.tw

劃 撥 帳 號：01068953

戶　　　　名：五南圖書出版股份有限公司

法 律 顧 問　林勝安律師

出 版 日 期　2024年12月初版一刷

定　　　　價　新臺幣580元

經典永恆・名著常在

五十週年的獻禮——經典名著文庫

五南，五十年了，半個世紀，人生旅程的一大半，走過來了。

思索著，邁向百年的未來歷程，能為知識界、文化學術界作些什麼？

在速食文化的生態下，有什麼值得讓人雋永品味的？

歷代經典・當今名著，經過時間的洗禮，千錘百鍊，流傳至今，光芒耀人；

不僅使我們能領悟前人的智慧，同時也增深加廣我們思考的深度與視野。

我們決心投入巨資，有計畫的系統梳選，成立「經典名著文庫」，

希望收入古今中外思想性的、充滿睿智與獨見的經典、名著。

這是一項理想性的、永續性的巨大出版工程。

不在意讀者的眾寡，只考慮它的學術價值，力求完整展現先哲思想的軌跡；

為知識界開啟一片智慧之窗，營造一座百花綻放的世界文明公園，

任君遨遊、取菁吸蜜、嘉惠學子！